Für all die Menschen, für die Freiheit kein täglicher Gebrauchsgegenstand ist, sondern etwas, dass sie jeden Tag bitter missen müssen.

Wie hat dir der Schmöker gefallen? Schreib mir unter:
boris.steidle@hotmail.de

<Boris Steidle>
Land ohne Geheimnisse
Erstausgabe 2024
ISBN: 9798884840058

Druck:

CreateSpace, ein Unternehmen von Amazon.com

Das Cover wurde von Christiane Schreiber (www.drachenfels-illustration.de) gestaltet.

Text von Boris Steidle

Rechtlicher Hinweis:

Alle weltbewegenden historischen Ereignisse in diesem Buch sind völlig frei erfunden. Etwaige Ähnlichkeiten mit tatsächlichen Ereignissen und lebenden Personen sind rein zufällig und natürlich komplett unbeabsichtigt.

Hinweis zum Format:

Mir ist klar, dass der aktuelle Satz sogenannte »Hurenkinder und Schusterjungen« enthält. Kindle direct publishing macht es einem da nicht einfach. Ein manueller Wechsel führt dazu, dass aufeinanderfolgende Seiten nicht mehr die gleiche Größe haben. Das schaut dann nicht sehr professionell aus. Das Einzige, was mir einfiel, waren Füllsätze oder Streichungen, sodass keine alleinstehenden Zeilen mehr zustande kommen. Ist doch aber auch irgendwie gekünstelt?

Inhaltsverzeichnis:

Die Protagonisten

Abdullah Niyaz: Geschäftsmann in Ürümqi, der gern eine Frau an sich binden möchte
Achmed Erkin: Landet ungewollt in der Hölle
Ahmad Shah Mumcu: Kommandeur der uigurischen Rebellen
Barde Bambang: Leiter der Baubehörde. Alias: Triple B
Deng Lin: Ambitionierte Mitarbeiterin der Baubehörde in Ürümqi
Bo Tin: Zarte Frauenstimme des Systembots von »Adlerauge und Luchsohr«
Ding Dong: Energischer Bauunternehmer, Mitglied des Kartells
Dshamilja (Meiming) Qumtur: Junge Uigurin, die sich nicht vorschreiben lassen möchte, wie sie zu leben hat. Aber wer will das schon?
Faris und Dalia: Der Imam und seine Frau
Hao Rai: General der Volksarmee mit Abstiegsängsten
Han Ping: Oberst der Rebellen
Ho Mo: Tians schrulliger Onkel auf dem Land
Hu Pen: Hauptmann der Geheimpolizei
Hui Pong: Oberst der Rebellen
Ibrahim: Alternativlos auf dem Weg ins Paradies
Joy: Nordkoreanische Prostituierte
Kang: Geheimpolizistin
Katrin Ente: Stellvertretende Institutsleiterin des Sprachinstituts in Ürümqi mit einem dunklen Geheimnis
Khadija (Bei) und Melek (Fang): Dshamiljas jüngere Schwestern
Kuo Dung: Verräterischer Lehrer an der Parteihochschule in Peking
Lang: Sergeant der Geheimpolizist
Li Dandan: Erfolgreicher Bauunternehmer, korrupt, aber nicht nur deswegen erfolgreich
Miriam (Ning) Qumtur: Mutter von Dshamilja

Mohammed (Sheng) Qumtur: Von diversen Sorgen geplagter Vater Dshamiljas

Hauptmann Tinglong Nie: Ehemaliges Fliegerass auf Gnadenbrot

Noureddine Dawut: Fanatischer Islamist

Oberstleutnant Hao Bi-Tze: Stellvertretender Kommandant der Deng-Xiaoping-Basis

Péngyǒu hé Bāngshǒu: Mit allen Wassern gewaschener Vernehmungsbot

Leutnant PF2312: Fürchtet den Tod nicht

Frau R-Go: Umtriebige Kupplerin

Suffian (Hao) Qumtur: Der widerliche Bruder von Vater Mohammed

Tian Gu: Freundlicher Han-Chinese, den es in die (ganz und gar nicht) autonome Provinz Xinjiang verschlagen hat. Im Gegensatz zu den meisten seiner Landsleute befürwortet er Unterdrückung und Zwangsassimilierung der einheimischen Bevölkerung dort nicht.

General Ti Ten: Abwesender Kommandant der Deng-Xiaoping-Basis

Major Pang: Herr über die Atomraketen und unfreiwilliger Fluchthelfer

Major Wan Tan: Überrumpelter Kommandant in Bayingolin

Wei Ba: Mitarbeiter der Geheimpolizei

Wermut Schluck: Von Einsamkeit geplagter Leiter des Sprachinstituts

Wu Li Wuam: Selbsternannter Städteentwickler und schwerhörig

Yin Jang: Major und Leiter der Geheimdienstzelle im Viertel Shuimougou

Yong Chen: Polizeioberst der zentralen Antikorruptionsbehörde Peking

Kapitel 1: Verbotene Liebe

Ürümqi, 23.05.2035:

Mohammed Qumtur kochte vor Wut. Die Wanduhr im golden verzierten Plastikgehäuse zeigte fast halb zehn. Auch der bunt illustrierte Garten Eden hinter den Zeigern mit seinen Bächen, die durch Gärten in prallstem Grün fließen, konnte ihn so gar nicht runterbringen.

Wie so oft der Grund für seine Missstimmung: Dshamilja, seine älteste Tochter. Nach sieben Uhr abends hatte jede seiner drei Töchter zu Hause zu sein. Pünktlich zum Abendessen, noch eine Runde Fernsehen und dann ab ins Bett.

In Mohammeds Personalausweis stand der Name des Propheten nicht. Die KP Chinas hatte es den Uiguren schon vor Jahren untersagt, ihren Kindern Vornamen mit eindeutig islamischem Bezug zu geben. Mohammeds Eltern hatten sich dem Druck gebeugt und Sheng in das Taufregister eintragen lassen. Doch zu Hause wurde er immer mit dem Namen des Propheten angesprochen. Und er hatte es bei seinen Töchtern nicht anders gehalten. Für Dshamilja hatte er den Namen Meiming eintragen lassen.

Endlich drehte sich der Schlüssel im Haustürschloss. Mohammed sprang, ohne auch nur eine Sekunde zu zögern, auf und rannte zur Tür. Wortlos packte er seine Tochter am Arm und zog sie ins Wohnzimmer. Die Tochter ließ es widerstandslos geschehen.

Das Wohnzimmer bestand nur aus Sofas und Tischen, nicht höher als 45 Zentimeter. Hier pflegte sich Mohammed mit seiner weitverzweigten Verwandtschaft zu treffen, wenn es etwas zu feiern gab oder der Familienrat zur Beratschlagung einberufen wurde. Natürlich nur die männlichen Familienmitglieder. Die Weiber hatten sich in der Küche zu treffen.

Mohammed platzierte seine Tochter neben sich auf einem der Diwane.

»Wo warst du?«, fragte er streng.

Dshamilja riss sich aus der Umklammerung, wissend, dass ihr Vater sie freigeben würde.

»Du weißt es. Im Yao Mo Shan Park, wie immer.«

»Wieder mit diesem ungläubigen Bastard?«

Dshamilja nickte stumm.

»Ich hatte es dir verboten.«

Das Mädchen blickte ihrem Vater trotzig in die Augen, hielt seinem Blick tapfer stand. Doch sie schwieg. Noch. Die Uhr tickte.

»Du kannst es mir so oft verbieten, wie du möchtest. Ich liebe Tian und ich werde unsere Liebe weiterleben.«

Die Ohrfeige, die es jetzt setzte, war nicht besonders schmerzhaft. Dafür umso erniedrigender. Denn Mohammed pflegte, ganz anders als die Verwandten und Freunde, seine Kinder nur äußerst selten zu züchtigen.

Die Auseinandersetzung hatte die Mutter aufgeweckt und zwang sie ins Gesellschaftszimmer. Die Tatsache, dass ihr Mann Dshamilja geschlagen hatte, ließ sie Schlimmes erahnen.

»Mohammed, was ist los?«

Im tiefsten Innersten bereute dieser, dass er zum ultimativen Mittel der körperlichen Maßregelung gegriffen hatte. Doch das permanente Infragestellen seiner Autorität als Vater und Familienvorstand traf ihn tief. Die Vorstellung, dass die anderen Männer ihn für schwach hielten, sich in der Moschee hinter seinem Rücken über ihn lustig machten, nagte entsetzlich an ihm. Schlimmer noch: Auch die Züchtigung ließ Dshamilja wort- und widerstandslos über sich ergehen. Und Mohammed wusste, dass er sie hätte einsperren müssen, um zu verhindern, dass sie sich weiter mit diesem Han-Chinesen traf.

~

Abdullah Niyaz drückte das Gaspedal seines Mercedes voll durch. Der nahm den Beschleunigungswunsch mit kurzer Verzögerung an. Das Automatikgetriebe hatte

zwei Gänge herabschalten müssen. Doch dann zeigte der schwarze GLC, was in ihm steckte: Die 476 Pferdestärken unter der Haube katapultierten den SUV nach vorne. Innerhalb von Sekunden zeigte der Tacho über 150 Stundenkilometer.
Nicht, dass die enge Landstraße einen solchen Zahn wirklich hergegeben hätte, aber Abdullah musste seiner Euphorie einfach freien Lauf lassen. Noch dazu kannte er die Straße wie seine Westentasche. Er fuhr sie beinahe täglich, denn die meisten der Bauern, denen er seine Landmaschinen verkaufte, hatten ihre Höfe hier, im Norden von Ürümqi. So rechnete er fest damit, dass zur Zeit des Mittagsgebets die Straße frei sein würde. Sie führte eh schnurstracks geradeaus, war über Kilometer einzusehen.
Der Sound seines Handys, »Blume des Ostens«, ein Ohrwurm aus seiner Jugend, lenke seine Euphorie über den Deal, den gerade klargemacht hatte, in eine andere Richtung. Riss ihn aus den Tagträumen darüber, was er mit den über 50000 Yuan anstellen würde. Wie er in einer der Animierbars in Ürümqi die Sau rausließe. Am anderen Ende der Leitung die Heiratsvermittlerin, Frau R-Go. Auf dieser Dame ruhten alle seine Hoffnungen, den geschäftlichen Erfolg auch durch den privaten abrunden zu können.
Das Handy verfing sich im Saum seiner Jackentasche. Jodelte unverdrossen weiter »Blume des Ostens«, das unüberhörbare Signal dafür, dass er Frau R-Go in der Leitung hatte. Doch es ließ sich dem klammernden Saum seine Jacketts nicht entwinden. In Abdullah kochte der Zorn hoch. Grundlos, denn die Melodie verriet ihm ja, wen er da in der Leitung hatte. Ein Rückruf, sobald das Jackett sein Handy freigegeben hatte, war völlig problemlos.
Doch nicht für Abdullah. Niemals hätte er irgendjemandem zugestanden, dass ihn 150 Sachen auf einer engen Landstraße mit Schlaglöchern und eine widerspenstige Jackentasche in Bedrängnis bringen

könnten. Es entsprach so gar nicht dem Bild, das er von sich selbst zu zeichnen pflegte. Für sich und hauptsächlich für seinen Dunstkreis. Dem Bild, alles im Leben fest im Griff zu haben. Dem Griff seiner Eisenfaust.

Doch wie er es auch drehte und wendete, die Tasche wollte das Handy nicht freigeben. Nur ein Schlagloch am Rande der Fahrbahn rettete ihm das Leben. Der Rumms, der den schweren SUV erzittern ließ, als der wuchtige Reifen des rechten Vorderrades in den Krater einschlug, riss ihn aus dem Ringen mit seinem Oberkleid.

Wenige Millisekunden später regierend wäre er direkt an einem Baum gelandet. Doch der Rumms ließ ihn sein Augenmerk wieder auf die Straße richten, von der er gerade mit Höchstgeschwindigkeit abzukommen drohte. Abdullah konnte den Reflex, das Lenkrad gehörig herumzureißen, nicht unterdrücken. Gut so, denn die Bekanntschaft mit dem Baum vor ihm hätte sicherlich absolut fatal geendet.

Doch im Eifer des Gefechts blieb die Dosierung auf der Strecke. Was nur einer mäßigen Kurskorrektur bedurft hätte, wuchs sich zu einem radikalen Kurswechsel aus. Der überforderte auch das elektronische Stabilisierungssystem des Wagens. Nicht, dass die Software der Mercedes-Benz Group Schlaglöcher und panische Fahrer nicht hätte handeln können, aber das momentan verbaute Steuergerät vom Autoteileflohmarkt in Ürümqi arbeitete nur widerwillig mit dem straff abgestimmten Fahrwerk zusammen.

Nach dem Richtungswechsel schoss der Wagen auf die Gegenfahrbahn. Und das nicht schnurstracks, sondern eher gefährlich schwankend. Selbst Abdullahs Über-Ego konnte es nicht verhindern, dass er gehörig in die Eisen stieg. Nicht besonders schlau, denn die verzögernden Reifen stabilisierten den Kurs des Gefährts nicht. Führten im Gegenteil dazu, dass der Wagen noch weiter in Richtung gegenüberliegender Straßenseite abdrehte. Endlich gelang es Abdullah, trotz der starken

Schwankungen seines Mercedes, das Lenkrad nicht nur dazu zu benutzen, sich festzuhalten, sondern auch gegenzusteuern. Trotzdem touchierte der SUV einen mittelgroßen Findling am linken Straßenrand.
Ein Glücksfall für den übermütigen Fahrer, denn der Aufprall schlug seinem Wagen eine ordentliche Delle in den linken Türschweller und die Fahrertür. Verhinderte dadurch aber, dass der Wagen gänzlich von der Straße abkam und sich überschlagend in der Pampa landete. Der Rumms: ohrenbetäubend. Die Party im Club würde also ausfallen müssen.
50 Meter weiter kam der Landmaschinenhändler zum Stehen. Er rollte schwer atmend auf den Meter Seitenstreifen, den die Erbauer neben der Straße aufgeschüttet hatten. Diesmal, ganz nach Fahrstunde, auf der rechten Seite der Fahrbahn.
Die gute Stimmung war dahin und der kühne Fahrer sich nicht sicher, ob er die Tür auf seiner Seite noch würde öffnen können, wollte es auch nicht ausprobieren. Saß da nur und blickte in Schockstarre auf die verlassene Landstraße vor sich.

~

Dshamilja wäre niemals auch nur im Entferntesten auf die Idee gekommen, mehr als nur das absolut Notwendigste mit Tian zu sprechen. Oder aber gar ein Schwätzchen mit ihm anzufangen. Zu tief waren die Gräben zwischen der alteingesessenen Bevölkerung und den Vertretern der Zentralregierung, die sie nur als Besatzungsmacht sahen. Mehr als grüßen und ein knappes »Ja-Nein« tauschte man mit denen einfach nicht aus. Das lernten auch die Han-Chinesen schnell, die für gutes Geld und faule Versprechungen in die Provinz versetzt wurden. Sie versuchten ebenfalls, unter sich zu bleiben. Einerseits, weil sie keine Wahl hatten, andererseits weil auch sie wenig Interesse verspürten, sich

mit den Menschen vor Ort einzulassen. Die so anders wie sie selbst.
Tian rumpelte mit Dshamilja, die er nur als Meiming kannte, auf der Youhao N Straße zusammen. Sie hatte mehrere Male auf der Stadtverwaltung wegen einer neuen ID-Karte vorgesprochen. Mal war das Foto zu unbiometrisch, mal die beglaubigte Kopie nicht beglaubigt genug. Mal ein Stempel nicht sauber gestempelt. Tian hatte die Antragstellerin immer wieder abweisen müssen. So auch bei der letzten Vorsprache. Diesmal stimmte angeblich die Postleitzahl der Meldeadresse nicht. Dshamilja alias Meiming, war reichlich desillusioniert. Warum war die Postleitzahl nicht schon beim letzten Mal moniert worden?
»Aber verehrter Herr, die Postleitzahl ist korrekt. Das Haus unserer Familie steht dort seit Generationen.«
»Frau Qumtur, das kann nicht sein. Das System verweigert die Eingabe. Die Postleitzahl existiert nicht.«
Nicht, dass Tian von dem, was er da von sich gab, überzeugt gewesen wäre. Trotz allumfassender Digitalisierung neigte die Behördensoftware immer dazu, unerklärliche Fehler auszuspucken. Doch so etwas konnte ein Beamter im Staatsdienst nicht in aller Öffentlichkeit zugeben. Schon gar nicht in der autonomen Provinz Xinjiang.
»Bitte überprüfen Sie die Zahl noch einmal. So kann ich sie nur einpflegen, wenn eine Bestätigung des örtlichen Polizeireviers vorliegt. Die müssten Sie mir dann vorlegen.«
Dshamilja spürte diese Hilflosigkeit, die sie dann überkam, wenn sie mit der Willkür der han-chinesischen Autoritäten konfrontiert wurde. Verachtung, Wut und Verzweiflung über die Unterdrückung und Zwangsassimilierung ihrer Landsleute kochten in ihr hoch. Doch so dumm, ihrem Frust freien Lauf zu lassen, war sie nicht. Denn sie brauchte die neue ID-Karte dringendst. Ohne die ging nämlich gar nichts. Nicht mal an dem Chipleser im Einkaufszentrum kam man vorbei,

wenn der nicht den Chip in ihrer Tasche erfassen konnte. Sie schenkte dem jungen Mann hinter der Glasscheibe ihr süßestes Lächeln.
»Tja, mein Herr, dann werde ich mir die besorgen. Wie es Ihnen beliebt!«
Tian entging der Spott der anmutigen Uigurin nicht. Das war gestern gewesen. Im Laufe des Nachmittags war das System dann dazu übergegangen, immer mehr Eingaben völlig erratisch zurückzuweisen. Gegen halb vier musste Tian seinen Schalter dicht machen. Die gesamte EDV der Behörde wurde zur Überholung heruntergefahren.
Außerhalb der Behörde würden der Han-Chinese und die stolze Uigurin alles tun, um sich nicht zu kennen. Schon Dutzende von Metern vor einem möglichen Zusammentreffen lenkte man den Blick geflissentlich so, dass man den anderen übersah. Wenn man nicht um eine Ecke bog, um keinesfalls in die Nähe des andern zu kommen.
Tians erster Impuls war, genau das zu tun. Doch dann obsiegte sein Gewissen. Er musste dem armen Ding einfach weiteres Ungemach ersparen. Es war wahrlich nicht ihr Verschulden, dass die Rechner ausgestiegen waren.
»Gute Frau! Einen Moment bitte!«
Dshamilja schwante nichts Gutes. Eine brave Muslima lässt sich auf der Straße nicht einfach von wildfremden Menschen ansprechen. Der Gedanke, den kleinen Beamten aus der Stadtverwaltung einfach stehen zu lassen, schoss ihr durch den Kopf. Sie: kurz davor, einfach durchzustarten. Doch dazu hätte sie Tian auf dem gut frequentierten Bürgersteig förmlich umrennen müssen. Sie verharrte in ihrer Bewegung und gaffte ihr Gegenüber verständnislos an.
»Gute Frau, ich will Sie nicht belästigen! Nur eine Minute! Ich habe gute Nachrichten für Sie!«
Die Verständnislosigkeit in Dshamiljas Gesicht wich betretener Ungläubigkeit: »Ja?«

Tian erklärte ihr in wenigen Sätzen, wie es zu dem Missverständnis gekommen war und dass sie morgen ihre ID-Karte abholen könne. Die Uigurin nickte und machte sich schon daran, mit einem kurzen Dank weiterzustürmen. Da entdeckte sie in der Menschenmenge vor sich Onkel Suffian.
Auf den war sie gar nicht gut zu sprechen. Vor ein paar Tagen hatten sie ein reichlich unangenehmes Gespräch geführt. Thema war die Frage gewesen, wie ihre Lebensgestaltung auszusehen habe. Als Frau natürlich. Denn wie alle lieben Onkel wollte Suffian ja nur das Beste für seine Nichte. Er hatte versucht, subtil zu sein. Ein Gebiet, auf dem er sich maßlos überschätzte. Komplett unverfänglich hatte er davon angefangen, wie glücklich ein entfernter Cousin jetzt war, nachdem er endlich die Frau fürs Leben gefunden hatte. Sie sei jetzt trotz der Vorgaben der Kommunistischen Partei Chinas zum dritten Mal schwanger. Trotz der Restriktionen, die sie jetzt zu befürchten hätten, seien die beiden so glücklich miteinander. Dshamilja zermarterte sich derweil den Kopf, wie sie die peinsame Unterhaltung abbiegen könnte. Doch es war noch genug Tee und Gebäck zu Tisch.
Der fette Onkel versteifte sich jetzt darauf, das Glück der beiden in den schillerndsten Farben zu beschreiben. Wobei er sich lüstern süßes Backwerk in den Mund schob, ohne seinen Diskurs zu unterbrechen. Die Krümel, die er unverdrossen produzierte, ließ er achtlos auf den Teppich fallen.
Das Glück, das der Bruder des Vaters beschrieb, rankte sich im Wesentlichen oder ausschließlich darum, welchen materiellen Wohlstand das junge Paar sich jetzt zu gönnen wusste. Und wie die werdende Mutter zu ihrem Göttergatten aufschaute. Wenn sie Gäste in ihr Traumhaus einluden, wenn sie mit der Familienkarosse Ausflüge ins Umland unternahmen und von allen wegen des Luxusschlittens bewundert wurden. Wenn der Göttergatte sie zu allen erdenklichen Anlässen mit

erlesensten Schmuckstücken überraschte, für die er keine Kosten scheute.
Weiter wanderte ein Praliné nach dem anderen aus den speckigen Händen in den gefräßigen Mund des Erzählers. Der Teppich zu seinen Füßen war jetzt von einer unübersehbaren Schicht Krümel überzogen. Was ihn aber nicht weiter störte.
Das Glück habe einen Namen: Frau R-Go. Sie sei die geschickteste und auch einfühlsamste Heiratsvermittlerin in der Region. Die Frau kenne alle jungen Menschen im heiratsfähigen Alter in der Gegend und wisse einfach, wer zusammenpasse. Als er geschickt den Bogen zu seiner Nichte schlagen wollte, passierte ihm in seinem euphorischen Erzählfluss ein bedauerliches Missgeschick. Beim Versuch, sich ein süßes Hörnchen einzuverleiben, welches das ausgiebige Bad in seinem lauen Tee nur recht durchweicht überstanden hatte, fiel das Süßgebäck klatschend zu Boden. Und das nicht ohne den wertvollen Teppich vollzusauen.
Die Gelegenheit für Dshamilja dem Redefluss des besorgten Verwandten zu entgehen. Der Onkel: reichlich überrascht, wie flugs es der Nichte mit der Entschuldigung etwas zum Aufwischen holen zu müssen, gelang, aufzuspringen und den Raum zu verlassen. Auch die Mutter und die beiden Schwestern staunten nicht schlecht. Sie hatten denselben Gedanken gehabt.
»Nicht notwendig!« sagte der Onkel streng und trachtete danach, die Nichte daran zu hindern, sich seiner Predigt zu entziehen. Was aber nicht gelang, denn sein Griff ging ins Leere. Die Nichte huschte unerreichbar davon. Doch der Onkel war mit seinem Latein noch nicht am Ende.
Sobald die widerspenstige Tochter seines Bruders den Raum wieder mit Schaufel und Besen bewaffnet betrat, ging er auf Konfrontationskurs.
»Ich weiß schon, dass du es nicht hören willst. Aber es ist Gottes Wille. Dein Hochmut wird dich noch reuen. Es steht dir nicht zu, jeden auch noch so wohlmeinenden Bewerber von der Hand zu weisen. Es ist nun mal Gottes

Wille, dass Mann und Frau den Bund fürs Leben schließen!«
Dshamilja blickte vom Boden auf, wo sie vor seinen Füßen das Ergebnis seiner Fresssucht zu beseitigen versuchte. Und auch von dort kam die Gegenrede.
»Wenn es Gottes Wille ist, warum belästigt er mich dann mit ungewaschenen Rüpeln? Die nichts auf die Reihe kriegen, mir aber vormachen wollen, sie seien ganz tolle Typen? Die aber nur ein billiges Dienstmädchen und eine Zuchtsau suchen! Und falls du es nicht weißt: Es gibt keine Macht größer als Gott! Wenn es also sein Wille ist, dann muss es geschehen. Das solltest du als guter Moslem am besten wissen!«
Dem Onkel stockte der Atem. Die wütende Zurechtweisung fiel aus. Denn die Nichte sprang auf und entschwand, um sich in der Küche in Sicherheit zu bringen.

~

Abdullah saß immer noch schwer atmend im seinem ramponierten SUV. Unfähig weiterzufahren. Die Erkenntnis, dass er eben dem Tod von der Schippe gesprungen war, fraß sich auch durch die letzten Winkel seiner Gehirnwindungen. Und mit ihr die Einsicht, dass er sich genau so positioniert hatte, dass ihn der Sensenmann mühelos hätte aufschippen können. Gelähmt vom Schock hing er im Gurt.
Der zarte Klang von »Blume des Ostens« erweckte ihn aus seiner Lethargie. Allerdings nur mühsam. Wieder begann er, an seinem Jackett herumzufummeln. Diesmal ohne die Egomanie, die er sich auferlegt hatte und die ihn dazu verdammte, alles um sich herum seiner Kontrolle zu unterwerfen. Derart runtergefahren gelang es ihm, sein Handy seiner Jacketttasche zu entziehen.
»Hallo«

»Hier Frau R-Go. Herr Niyaz, ich habe gute Nachrichten für Sie. Ich habe eine junge Schönheit auf dem Schirm. Genau die richtige Frau für Sie.«
Es fiel Abdullah schwer zu antworten. Doch es gelang ihm, einigermaßen Fassung zu heucheln.
»Sehr gut, Frau R-Go. Ich höre.«
Die Frau konnte verkaufen. Das musste sie in ihrem Job. Sie begann die Qualitäten von Dshamilja in schillerndsten Farben zu beschreiben. Wobei sie nicht einmal so übertreiben musste, wie sie das sonst zu tun pflegte. Die Heiratskandidatin hatte nun mal alles, was sich ein Mann nur wünschen konnte. Anmut, Willen, Fleiß und eben auch den Kopf dazu, ihre Fähigkeiten einzusetzen.
Ein gebärfähiges Becken, pralle Brüste und die derbe Anmut, die seine Kunden beeindrucken würde, waren Abdullah am wichtigsten. Obwohl er bereit war, Abstriche zu machen, denn auch er hatte verstanden, dass man einfach nicht alles haben kann. Und nicht brauchte. Wozu denn? Das konnte man sich auch woanders holen. Denn Geld öffnet mehr Türen als jeder Schlüssel es vermag.
»Zu viel Kopf tut Frauen meist nicht gut. Wofür strengt sie denn gewöhnlich ihr helles Köpfchen so an?«
Diese Klippe hatte Frau R-Go schon vor dem Anruf am Horizont auftauchen sehen. Den chauvinistischen Unterton war sie gewohnt wegzutexten, ein essentieller Teil ihres Geschäfts als Kupplerin. Nur nicht den Anschein erwecken, dass die Zukünftige widerspenstige Anwandlungen haben könnte.
»Keine Sorge Herr Niyaz, Dshamilja kommt aus einer hochanständigen Familie, die tief in der muslimischen Gemeinde verwurzelt ist. Der Vater ist ein hoch angesehener Mann in der Moschee. Bestens mit dem Koran vertraut. Dshamilja studiert Informatik. Vater und Tochter haben zusammen entschieden, dass sie diesen Weg einschlägt. Eine weise Entscheidung. Denn es ist die Technologie der Zukunft. Und es kann ja nicht schaden, wenn die Liebe Ihres Lebens auch etwas zum

Wohlergehen der Familie beitragen kann. Informationstechnologie ist nur mal unser aller Weg in die Zukunft.«
Das erste und einzige Treffen zwischen Frau R-Go und Dshamilja hatte in extrem frostiger Atmosphäre stattgefunden. Vater Mohammed versuchte in den Vortelefonaten mit der Kupplerin ein direktes Zusammentreffen zu umschiffen. Doch Frau R-Go hatte das rundweg abgelehnt. Profi, der sie nun mal war. Das Argument war so einfach wie stichhaltig: Ich verkaufe keine Katze im Sack.
Dshamilja wäre nie auf die Idee gekommen, die Autorität ihres Vaters in Anwesenheit Dritter infrage zu stellen. Nicht, weil sie es nicht wagte, sondern weil sie ihn zu sehr liebte. In dieser Welt voller Widrigkeiten war der Papa immer ein Bezugspunkt gewesen, an den sie sich klammern konnte. Auch das Erwachsenwerden und der damit verbundene totale Perspektivenwechsel bei der Sicht auf das Leben hatten daran nichts geändert. Denn hinter seiner Fassade als Patriarch existierte der liebenswerte Mensch, hin- und hergerissen zwischen den vielen Ambivalenzen, der sich immerwährend bemühte.
Doch trotz allen Respekts und einer Erziehung ganz im Sinne des Islams hatte Dshamilja ihre Vorbehalte, besser ihre totale Ablehnungshaltung, gegenüber den Diensten der Kupplerin nicht verhehlen wollen. Und die war keineswegs so schlicht, dass sie nicht genau gemerkt hätte, wie ihr Gegenüber sie einschätzte. Nach nur knapp 15 Minuten bat sie Dshamilja, sie mit dem Vater allein zu lassen.
»Herr Qumtur, das wird nicht einfach werden. Ihre Tochter hat einen starken Willen ... Einen überaus starken Willen. Das sähe auch ein Blinder mit Herpes in Wuwei, der Ihre Tochter nie zu Gesicht bekommen hat. Die paar Minuten haben mir gereicht. Ich fühle das. Es wird sich nur schwer ein Mann finden lassen, der das akzeptiert.«

Die Sorge, die schon seit Jahren in ihm keimte, ergriff schlagartig von dem besorgten Vater Besitz.
»Ich weiß, Frau R-Go, ich weiß. Aber genau deswegen bin ich ja zu Ihnen gekommen. Sie sind doch die Spezialistin für solche Fälle.«
»Sie hätten sie viel mehr an die Kandare nehmen müssen,« konstatierte Frau R-Go bitterernst. »Sie waren nicht streng genug zu ihr, haben ihr ihre Grenzen nicht aufgezeigt.«
Frau R-Go ließ diesen Gemeinplatz oft genug vom Stapel. Diesmal meinte sie ihn ausnahmsweise ernst, brauchte einige Augenblicke, um das Repertoire ihrer Strategien durchzugehen, wie man Menschen dem ultimativen Glück und Lebensinhalt zuführt. Sie atmete demonstrativ durch.
»Der Zukünftige wird viel Geduld und viel Geld mitbringen müssen. Ein Haus mit allem Komfort und ein deutsches Auto haben schon so manche Vorbehalte ausgeräumt. Nichts ist süßer als die Annehmlichkeiten des Luxus.«
Mohammed fixierte Frau R-Go erwartungsvoll, fast unziemlich. Die hatte endlich einen Weg ausgetüftelt, wie man das Ruder rumreißen könnte.
»Neben den Annehmlichkeiten einer gesicherten Existenz wird viel, viel Strenge notwendig sein. Er wird sie formen müssen. Und an vielen Stellen brechen!«
Die Stimme der Kupplerin hatte einen bedrohlichen Unterton angenommen.
»Brechen?«, frage Mohammed erschrocken. Die Bedeutung des Wortes sickerte nur langsam in sein Verständnis ein.
»Verstehen Sie mich nicht falsch, lieber Herr! Wir wollen doch nur beide das Beste für Ihre Tochter. Mit ihrer jetzigen Auffassung wird sie nie einen Mann abbekommen, der ihr eine Zukunft bieten kann. Es dient nur ihrem Wohl, ist nur zu ihrem Guten.«
Mohammed hatte ein verdammt ungutes Gefühl. Sah sich nicht in der Lage, etwas Sinnstiftendes von sich zu geben.

»Ich habe ein paar Kandidaten, die über die notwendige Lebenserfahrung verfügen, um Ihrer Tochter beizukommen. Das sind natürlich Männer im reiferen Alter. Aber das sollte ja kein Problem sein. Ein nachlassendes Stehvermögen hat ja bekanntlich auch seine guten Seiten.«
Frau R-Go sprang auf und verabschiedete sich eilig von einem Vater, der nicht mehr als die üblichen Grußformeln murmeln konnte. Und dies auch nur völlig baff in Anbetracht des Willens, der Überredungskunst und der Energie der Kupplerin. Die war aber schon auf dem Sprung zu ihrem nächsten Termin in Sachen Eheglück.
Das war vor ein paar Wochen gewesen, doch jetzt hatte sie Abdullah Niyaz in der Leitung. Den hatte sie kontaktiert, weil sie ihn für fähig hielt, Dshamilja zu brechen. Denn sie kannte den Ruf, der ihm vorauseilte, nur zu gut. Diese penetrante Hartnäckigkeit ohne jegliche Selbstreflexion, die es ihm immer wieder ermöglichte, Dutzende von Landwirten über den Tisch zu ziehen, die nicht die Tölpel waren, für die man sie hätte halten können. Sie vertraute seiner Bauernschläue, hoffend das junge Kind so bearbeiten zu können, dass es auf ihn reinfiel. Denn Heerscharen von einfältigen Backfischen mit strammen Waden hätten nichts lieber getan. Doch dafür war sich der Herr zu gut.
Momentan hatte sie ebendiesen Abdullah Niyaz in der Leitung. Es wäre der falscheste Moment gewesen, genau jetzt auf ihre Bedenken zu sprechen zu kommen. Sie musste den Mann im mittleren Alter erst mal anfixen.
»Herr Niyaz, ich maile Ihnen erst mal ein paar Fotos. Damit Sie einen ersten Eindruck haben. Schauen Sie sich die mal an!«
Sie verabschiedete sich und legte auf.
Wenig später piepte das Handy von Abdullah, das er jetzt auf der Mittelkonsole abgelegt hatte. Das mussten die Bilder sein. Den Beinahe-Crash hatte er schon fast vollständig verdrängt. Die Fotos halfen ihm dabei. Der

Landstraße schenkte er wieder nur geteilte Aufmerksamkeit. Wenigstens drückte er das Gaspedal nicht mehr bis zum Anschlag durch.

~

»Gute Frau, machen Sie einfach einen Termin in einem Monat für die Abholung aus und dann haben Sie Ihren neuen Perso.«

Tian bot Dshamilja die einzigartige Möglichkeit, den nervigen Onkel zu brüskieren. Ihm mal so richtig zu zeigen, wo Hammer hängt. Ihr versteinerter Gesichtsausdruck verwandelte sich schlagartig in ein lieblichstes Lächeln der anmutigen Art. Tian konnte den Stimmungswandel nur schwer einordnen. Aber bei den Uiguren musste man ja immer auf alles gefasst sein. Außerdem ist ja gegen ein wenig Freundlichkeit vom anderen Geschlecht nichts einzuwenden. Insbesondere wenn man in der Einöde, so weit entfernt von der Heimat, kaum derartige Ansprache hat und, mal ehrlich, danach dürstet.

Aber es sollte noch besser kommen. Dshamilja vermied es tunlichst, Onkel Suffian auch nur die geringste Aufmerksamkeit zu schenken. Sie wollte den Hanswursten ruhig im Glauben lassen, dass sie ihn nicht bemerkt hatte. Gleichzeitig wusste aber mir hundertprozentiger Gewissheit, dass der aus sicherer Entfernung genauestens beobachtete, was sie da tat.

»Guter Mann, das ist ja wunderbar! Vielen Dank, dass Sie sich so für mich eingesetzt haben. Das war wirklich sehr edel von Ihnen.«

Die Freude darüber, dass ihr weitere erniedrigende Behördengänge erspart blieben, musste sie nicht mal heucheln. Um dem Onkel noch mehr eine reinzuwürgen, deutete sie einen Kotau vor dem Beamten der Zentralmacht an. Das würde den Onkel so entsetzen, dass es ihm die Kehle komplett zuschnürte. Wenn er nicht einen Herzinfarkt erlitte.

Den erlitt zumindest Tian. Na ja, fast. Das edle Wesen vor ihm, war mit einem Schlag wie ausgewechselt. Beugte sich vor ihm, strahlend wie die zart schimmernde Abendsonne in der lauen Luft der einsetzenden Dämmerung. Um dem etwas zu entgegnen, brauchte er eine gehörige Weile. Fast zu lange. Dshamilja setzte schon zur Verabschiedung an. Doch der völlig geplättete Han-Chinese nutzte seine Chance.

»Werte Frau, ich bedaure das Missverständnis von ganzem Herzen. Darf ich Ihnen bei einer Tasse Tee darlegen, wie es dazu kam?«

Von einem Augenblick zum anderen befand sich die kühne Uigurin in der Defensive. Sich mit einem Han-Chinesen so einfach in ein Cafe zu setzen, hatte was von einem öffentlichen Geschlechtsakt auf dem Rathausplatz. Sie musste davon ausgehen, dass der Typ vor ihr sie nicht in den blickdichten ersten Stock führen würde, sondern womöglich auf die vollöffentliche Außenterrasse. Doch der Onkel sollte leiden, so richtig leiden. Auch mal im 21. Jahrhundert ankommen.

»Ja gerne, zu freundlich von Ihnen werter Herr!«

Zu ihrer angenehmen Überraschung, versuchte Tian gar nicht, sie auf dem Präsentierteller zu platzieren. Er schlug ein ruhiges Teehaus in einer Seitenstraße vor und führte sie dort ins Obergeschoss, wo sich die niederließen, die nicht die Öffentlichkeit suchten.

Dort überraschte ihn die junge Uigurin ein weiteres Mal. Er war davon ausgegangen, dass er ihr ein paar technische Details über den Komplettabsturz an den Kopf werfen würde. Die würden sie bestenfalls beeindrucken, wahrscheinlich aber nur langweilen. In Gedanken war er schon dabei, auf Frauenthemen umzuschwenken.

Doch schon wieder entwickelte sich der Tag vollständig unvorhergesehen. Dshamilja stieg auf jedes Detail mit einer Wissbegierde ein, die Tian niemals erwartet hätte.

»Wie kommt es, dass Sie so viel über automatisierte Bürosysteme wissen?«

Die Antwort so kurz wie einfach: »Ich studiere Informatik mit Schwerpunkt selbstentwickelnde Datenerfassung.«
Jetzt war der kleine Beamte der Stadtverwaltung absolute baff. Verhaspelte sich einige Male, bis er etwas Sinnstiftendes zusammenbrachte.
Die Kanne Tee war schon lange leer, als die beiden sich voneinander losreißen konnten. Wie er die Frage endlich hervorbrachte, schoss ihm durch den Kopf, dass er keinen Plan B hatte. Doch da war es schon zu spät.
»Darf ich Sie wiedersehen, schöne Frau?«

Kapitel 2: Geheimsitzung

Ürümqi: 01.06.2035

Alle Han-Chinesen in der autonomen Provinz Xinjiang waren dazu angehalten, mit dem Geheimdienst zusammenzuarbeiten. Wobei eine Verweigerung der Zusammenarbeit einem offenen Aufbegehren gegen die von der KP Chinas ausgegebenen Losung der dreifachen Harmonie von Staat, Partei und Volksarmee gleichgekommen wäre. Was zu ernsthaften Konsequenzen für die Karriere des Betroffenen geführt hätte.

Natürlich war Tian Mitglied der Partei. Anders wäre es ihm niemals möglich gewesen einen, wenn auch nur bescheidenen, Posten in der Stadtverwaltung von Ürümqi zu bekleiden. Schon seine Eltern waren pflichtbewusste Mitglieder der KP Chinas gewesen und hatten ihn in deren Geiste aufgezogen. Gemäß der »ein-Kind-Politik« war er der einzige Sohn geblieben und somit der alleinige Sonnenschein und die alleinige Hoffnung der stolzen Eltern. Was unweigerlich dazu führen musste, dass sich diese zwar alle erdenkliche Mühe gaben, ihrem Spross den Weg in eine goldene Zukunft zu ebnen, sie aber auch in vielen Bereichen nach dem Motto »Tigermutter« agieren ließ. Den Druck zu ertragen, war oft schwer für ihn gewesen.

Durch die konsequente Linientreue hatte die Familie eine Reihe von Privilegien in Anspruch nehmen können. Tian durfte als Anerkennung an der Zentralen Parteihochschule der KP in Peking ein Jahr lang den Spezialkurs »Durchsetzung der kommunistischen Ideale mit Mitteln der Verwaltung« besuchen. Hier wurden die zukünftigen Kader darauf vorbereitet, auch in den entlegensten Teilen des Landes die Vorgaben der Zentrale in Peking umzusetzen.

Eigentlich war vorgesehen gewesen, dass Tian danach einen Führungsposten in der Verwaltung einer der 22

Provinzen Chinas angeboten würde. Doch so war es nicht gekommen.
Der eiserne Drill auf der Parteihochschule hatten dem jungen Kandidaten schwer zugesetzt. Auch die Tatsache, dass seine Eltern jetzt mehr als 1000 Kilometer entfernt in Nanchang lebten, machte ihm zu schaffen. Während des Jahres an der Hochschule hatte er sie wegen der Entfernung und der ununterbrochenen Schulungen sechs Tage die Woche nie besuchen können.
Ohne jeden Zweifel war sich der junge Student der kommunistischen Ideologie und Lehre ganz und gar bewusst, was es bedeutete, an der Hochschule der Partei ausgebildet zu werden. Doch die Trennung von seiner Familie setzte ihm mehr zu, als er sich je hätte träumen lassen. Sicher, er hatte in Peking neue Bekanntschaften geschlossen. Doch die konnten nicht im Ansatz die Vertrautheit und Nestwärme ersetzen, die er bei den Eltern immer verspürt hatte. Einzelkind, eben. Er, der Sonnenschein der gesamten, wenn auch kleinen, Familie. Tian hier und Tian da, auch wenn die Ansprüche der Eltern an ihn durchwegs ehrgeizig waren. Was sicherlich auch daran lag, dass sie in Nanchang kaum Verwandte hatten. Die Großeltern allesamt schon vor Jahren verstorben, da gab es nur den Bruder der Mutter, Onkel Ho. Aber der lebte auch nicht direkt in Nanchang, sondern etwa 80 Kilometer entfernt in einem gottverlassenen Nest. Im Kombinat »Dritte Ernte« reparierte er uralte Landmaschinen, die nur noch hier nicht als Schrott eingestuft wurden.
In den ersten Jahren seines Erdendaseins hatte Tian die Besuche bei dem Onkel immer herbeigesehnt. Smog und Enge der Stadt mal hinter sich lassen und Burgen aus Sand und Schlamm bauen, ohne Rücksicht auf Schuluniform und Lackschuhe nehmen zu müssen. Oder auf dem Schrottplatz des Kombinats mit anderen Jungen in seinem Alter Verstecken spielen zu können.
Doch mit dem einsetzenden Bartwuchs hatte das Interesse an Abenteuern auf dem Land und der Welt

voller Überraschungen merklich nachgelassen. Nach seinem 15. Geburtstag mussten die Eltern ohne ihn aufs Land fahren.
Der Onkel: nach wie vor unverheiratet. Über den Grund dafür hatte Tian als Kind öfter gegrübelt. Die Eltern bogen seine Fragen immer wieder ab, schoben diverse Gründe vor, warum sich der Onkel nicht binden wollte. Bei dem Frauenmangel im ländlichen China ein durchaus einleuchtendes Argument.
Der wahre Grund, dass der Onkel Männer liebte, hatte Tian gehörig verstört. Ein klarer Verstoß gegen »die gesunde Lebensweise in China«. Bis Tian endlich kapierte, was den Onkel davon abhielt, eine Familie zu gründen, vergingen jedoch Jahre. Nie hätte der gedacht, dass er jemals so direkt mit dem Tabuthema konfrontiert würde. Ungekannte Hilflosigkeit und Ekel bemächtigten sich seiner. Alsbald fand er meist die eine oder andere Ausflucht, wenn die Eltern ihn wieder aufs Land mitnehmen wollten. Bei den seltenen Telefonaten sprach er den Onkel jetzt mit werter Herr Mo an.
Mit den nur männlichen Kommilitonen verstand er sich leidlich. Nicht, dass er mit ihnen nicht zusammen essen, lernen oder Fußball spielen konnte. Aber engere Freundschaften so wie in Nanchang vermochte er hier einfach nicht zu schließen. Denn über so vieles war es komplett tabu an der Hochschule zu sprechen. Jegliche Abweichung von der Linie der Partei, sei sie auch noch so unbedeutend, konnte den sofortigen Rauswurf bedeuten. Womit man dazu verdammt war, nur noch für niedrige Tätigkeiten außerhalb des Staatsapparates zugelassen zu werden. Was hieß, bis an sein Lebensende irgendwo im Nirgendwo Schweine zu hüten oder Müll zu entsorgen.
Nur zu seinem Lehrer im Fach sozialistische Volkswirtschaft, Kuo Dung, hatte er etwas Vertrauen gefasst. Doch wegen dem und nur ihm, saß er jetzt hier in der autonomen Provinz Xinjiang.

Wenn ihm die Einsamkeit wieder mal sehr zusetzte, hatte er den Lehrer aufgesucht und mit ihm über Dinge gesprochen, die man an der Hochschule niemals ansprach. Es tat so gut, die Seele auch mal baumeln zu lassen und über Umweltverschmutzung, Repression und Leistungsdruck reden zu können.
Tian hatte sein Studium mit überdurchschnittlichen Noten abgeschlossen. Um so größer: Der Schock, als ihm mitgeteilt wurde, dass man eine Stelle in der Verwaltung von Ürümqi für ihn vorgesehen hatte. Glasklar eine Degradierung. Lehrer Dung hatte ihn als politisch nicht hundertprozentig zuverlässig eingestuft. Fast ein Todesurteil, denn die Schulleitung verließ sich weitgehend auf die Rückmeldungen des Lehrers. Gerettet hatte Tian der gravierende Personalmangel in der Verwaltung in Ürümqi. Man fand einfach niemand anderen, den man auf den Posten hätte setzen wollen.
Normalerweise holte sich Tian abends nach der Arbeit in einem der vielen Takeaways in der Nähe der Stadtverwaltung einen Happen zum Mitnehmen und zog sich damit in seine Bude zurück. Dort stopfte er sich dann die Nudeln oder die Ente mit Reis vor dem Rechner in den Mund, während er sich eine der zahllosen Serien reinzog, die auf sosida.cn gestreamt wurden. Dazu kippte er sich ein, zwei Dosen Tsingtao Bier hinter die Binde. Oft schlief er vor dem Computer ein, hievte sich dann nach einiger Zeit in sein Bett, das direkt neben dem Tisch mit dem Computer stand. Wie oft hatte er sich vorgenommen, das Zähneputzen nicht zu vergessen? Doch dann war er meist wieder wach und sehnte sich nach Nanchang zurück.
Heute aber war er mit den Kollegen in das Restaurant »Edler Hirsch« gegangen, denn sie hatten allesamt noch etwas vor. Nicht etwa Karaoke oder einfach nur saufen, sondern die Veranstaltung lief unter der Bezeichnung »Informationsabend über die allgemeine Sicherheitslage«. Die Teilnahme war absolut verpflichtend, was aber nie offiziell angemahnt wurde. Jedem der Beamten vor Ort

war klar, dass man nur mit zwei gebrochenen Oberschenkeln und 40 Grad Fieber sich leisten konnte, zu fehlen.
Die Kollegen teilten sich verschiedenste Leckereien wie Bambusblattrollen Zongzi, gebratenes Schwein, Huhn mit Gemüse oder auch Wan Tans auf Tellern auf der Drehscheibe in der Mitte des Tisches. Jeder griff mit seinen Stäbchen zu, so wie es ihm beliebte und lupfte seinen Fang in die Schüssel Reis vor sich. Drei große Flaschen mit Soßen verschiedener Geschmacksrichtungen wurden herumgereicht, falls jemand der Sinn danach stand. Bald war der Tisch, den eine transparente Plastikfolie bedeckte, übersät mit dem, was die Stäbchen nicht so richtig gegriffen hatte und Soßenresten, die beim Weiterreichen abtropften. Geredet wurde nur das nötigste, jeder stopfte gierig in sich hinein. Denn bald würde die Abendveranstaltung beginnen. Zu spät kommen war nicht angesagt.
So saßen sie dann gesättigt, aber nur wenig motiviert, kurze Zeit später im Besprechungsraum der Behörde. Der fasste normalerweise 15 Personen und war damit reichlich überfüllt. Manche Kollegen hatten ihre eigenen Bürostühle herbeigeschafft und saßen nun etwas nach hinten versetzt in den Lücken, welche die normale Bestuhlung ihnen ließ.
Punkt zehn nach sieben betraten Wei Ba und ein Mann in Uniform im Rang eines Majors den Raum. Jegliches Gespräch verstummte sofort. Der Geheimpolizist räusperte sich kurz und eröffnete das Treffen.
»Genossen, ich darf euch Major Yin Jang vorstellen. Manche von euch kennen ihn vielleicht schon von früheren Treffen. Er wird uns heute über die neusten Maßnahmen zur Terrorabwehr hier in Ürümqi informieren. Herr Major, bitte!«
Der ließ sich nicht lange bitten:
»Genossen, ich brauche mich nicht damit aufhalten, euch die Lage vor Ort zu erklären. Ihr kennt sie nur zu gut aus eurer täglichen Arbeit. Immer wieder sind wir mit

Sabotageakten und offenem Widerstand der Konterrevolutionäre konfrontiert ... Aber ich habe gute Nachrichten. Unsere Kräfte werden in Zukunft in einem Maße gebündelt werden, wie wir es bis heute nicht erlebt haben. Die Stichworte dazu sind »Adlerauge und Luchsohr«. Das System ist seit Anfang des Monats aktiv.«
Der Mann konnte reden.
»Welche neuen Anwendungsmöglichkeiten bietet das Programm? Als erstes bündelt es in nie dagewesener Art und Weise alle vorhandenen Datenbanken. Jegliche Form von Datenabgleich wird nicht mehr notwendig sein. Alles, was abgelegt ist, ist jetzt auf einer einzigen Plattform vorhanden. Das System akquiriert seine Daten selbstständig. Ihr müsst nichts mehr tun. Alle Überwachungskanäle sind inbegriffen. Jegliche Dokumentation entfällt. Das macht das System vollautomatisch.«
Der Major gönnte sich die passende Kunstpause.
»Wie funktioniert das? Wie ist das möglich?«
Sein Auditorium blickte ehrfürchtig zu ihm auf.
»Hinter »Adlerauge und Luxsohr« steht die aktuellste Form künstlicher Intelligenz. Sie wurde im Wesentlichen von Unternehmen in Shenzhen entwickelt, natürlich in enger Kooperation mit anderen Firmen in der Volksrepublik. Wie ihr alle wisst, ist China, wie in vielen anderen Bereichen, auch auf diesem Gebiet führend.«
Die linientreusten seiner Kollegen ließen sich zu einem Applaus hinreißen. Tian klatschte pflichtschuldig mit.
»Ihr werdet euch sicher fragen, wie ihr in Zukunft mit dem System umgehen sollt. Müssen wir Schulungen besuchen? Wird es Mehrarbeit bedeuten?«
Diesmal war das erwartungsvolle Schweigen noch ehrfürchtiger. Keiner im Auditorium wagte es auch nur zu atmen.
»Die Nachricht ist eine gute! Eine sehr gute: Nein! Das System wird euch weitgehend entlasten. So weitgehend, dass euch in Zukunft viele neue Aufgaben erwarten werden.«

Hier hätte sich der Major wieder Applaus gewünscht. Aber Wei Ba verpasste seinen Einsatz, nicht damit rechnend, dass der Major während seiner Ansprache auf ihn zählen würde. Das restliche Auditorium stellte sich klamm die Frage, welche neuen Aufgaben das sein könnten. Und verharrte scheu in angespanntem Schweigen. Den Faden, der ihm, dem Major, zu entgleiten drohte, konnte er, der Profi, aber am Durchrutschen hindern.

»Ihr fragt euch sicher, wie das geht? Die Basis eurer Datenerhebung wird in Zukunft die Bodycam sein, mit der wir jeden von euch ausstatten. Aber keine Sorge, das ist nicht etwa so ein klobiges Teil, das bei der Arbeit stört und dauernd irgendwelche Zicken macht.«

Aus einer Aktenmappe zog der Vortragende etwas, das aussah wie ein gewöhnlicher Sticker. Er zeigte ein Bild des Parteivorsitzenden, aufgenommen in einer paradiesisch anmutenden Landschaft.

»Alles, was ihr dabeihaben müsst, ist ein Aufnahmegerät wie dieses, nicht größer! Ihr müsst nichts machen, überhaupt nichts, es schaltet sich automatisch bei Dienstantritt ein und fährt sich am Ende eurer Schicht wieder herunter. Ständig überträgt es die gesamten aufgenommenen Daten in die Cloud. Auf die greift dann das System zu und wertet Video- und Audiomitschnitt aus. Ihr müsst nichts machen.«

Endlich schaffte es eine Kollegin eine Frage zu formulieren, so wie es sich für Versammlungen von Parteigenossen der KP Chinas ziemt. Sie schaffte, was alle schon hatten tun wollen. Demonstrierte so ihr Interesse und ihre beifällige Beteiligung.

»Genosse Major, wann wird das Programm auf unseren Servern installiert?«

»Es wird nicht installiert werden. Es arbeitet komplett autonom.«

Die Frau kämpfte mit sich, denn sie verstand nicht, wie sie das Programm dann benutzen sollte. Doch nach Jahren der Übung kam ihr der Geistesblitz, wie sie die

Frage so stellen könnte, dass man es ihr nicht als Dummheit auslegen würde.
»Wie logge ich mich denn dann in genau »Adlerauge und Luchsohr« ein? Welches Interface benutze ich?«
Es lief wie am Schnürchen. Der Major hatte genau auf diese Frage hingearbeitet.
»Das Programm arbeitet nach dem Prinzip: »Don't call us, we call you!« Wenn das Programm mit euch kommunizieren möchte, dann ruft es euch auf euren Handys an. Der Bot wird sich als »Kollegin Bo Tin« bei euch melden. Ihr werdet keinen Unterschied zwischen Bo Tin und Kollegen aus Fleisch und Blut bemerken. Sie wird euch genaue Handreichungen geben und gegebenenfalls auch Fragen von eurer Seite beantworten.«
Langsam kam das erwünsche Frage- und Antwortspiel in Gang.
»Wie werden wir Eingaben ins System vornehmen, wenn wir keine Programmoberfläche auf dem Server haben?«
Der Major versuchte, die geringe Zahl der Einflussmöglichkeiten der Beamten auf das System als Vorteil zu verkaufen.
»Aber das ist ja gerade das große Plus des Systems: Eingaben von eurer Seite wird es nicht mehr geben. Es wird keine elende Tipperei mehr notwendig sein. Auch kein Schreiben von ellenlangen Berichten. Alles wird viel einfacher! Bo Tin ist die perfekte Sekretärin.«
Der Major schickte sein strahlendstes Lächeln in die Runde. Die konnte seinen Enthusiasmus nur bedingt teilen. Dann kam doch noch eine Frage.
»Können wir das System anrufen?«
»Na klar, ihr könnt euch jederzeit an eure liebe Kollegin Bo Tin wenden. Einfach die Nummer aus dem Display anwählen. Was jedoch seltenst, eigentlich gar nicht, notwendig sein wird. »Adlerauge und Luchsohr« wird euch jederzeit mit den notwendigen Informationen versorgen.«
Der Major blickte theatralisch auf seine Armbanduhr.

»Oh, es ist schon später, als ich dachte. Werte Genossen, es tut mir leid, aber ich habe heute noch andere Verpflichtungen. Glaubt mir, das System ist viel einfacher und praktischer, als ihr befürchtet. Ich bedanke mich für eure Aufmerksamkeit.«
Der Mann nickte schneidig, stehender Applaus setzte pflichtschuldig ein. Diesen mit militärischem Gruß honorierend, drehte er sich um und verließ zackig den Raum. Zurück blieb eine eher verunsicherte Mannschaft, die sich langsam auflöste.
An der Tür fing Wei Ba den in Gedanken versunkenen Tian ab.
»Genosse Gu, hast du noch Lust auf ein Bierchen?«
Ein Angebot, das man nicht ablehnen konnte. Obwohl Tian sich überhaupt nicht vorstellen konnte, was der Geheimpolizist von ihm wollte. Außerdem war er müde und hatte wenig Lust, sich von dem Schlapphut jetzt noch aushorchen zu lassen. Suchte dessen Hemd nach Wölbungen ab, die den Informationsscanner verraten würden. Bis ihm der Gedanke durch den Kopf schoss, dass Wei Ba das Teil todsicher so gut zu kaschieren wusste, dass er es nie bemerken würde.
Wei Ba schleifte ihn in die Kneipe direkt gegenüber der Stadtverwaltung. Ein Laden, der nur wenig zum Verweilen einlud. Das große Geschäft machte er mittags, wenn hungrige Angestellte sich hier das Mittagsmenü abholten. Kaum einer verzehrte es vor Ort, die meisten ließen sich ihr mitgebrachtes Essgeschirr füllen und zogen es vor, sich den Reis oder die Nudeln an ihrem Schreibtisch hinter die Kiemen zu schieben.
Abends traf sich hier der Teil der Stadtverwaltung, der, egal was das hieß, nicht nach Hause wollte. Sicher auch Kollegen, die zusammen noch ein Feierabendbierchen trinken und mal über etwas anderes als über die Arbeit reden wollten. Wobei das oft nicht so richtig klappte, denn sie landeten zu schnell wieder bei den Themen, die sie den ganzen Tag beschäftigten. Doch mit ein, zwei Bierchen fiel so manches leichter.

Die Mehrzahl zog es schlichtweg nicht in die eigenen vier Wände. Bei vielen war es ein Zimmer in einer tristen Zweck-WG, so mancher musste sich mit einem Bett in einer Sammelunterkunft zufriedengeben. Sicherlich erwartete manchen auch ein trautes Heim. Eine komfortable Eigentumswohnung mit diversen Annehmlichkeiten. Der Grund, warum sie die momentan nicht in Anspruch nehmen wollten, kristallisierte sich nach dem dritten oder vierten Bierchen heraus. Was bisweilen zu nicht so schönen Szenen führte. Und den Betreffenden am nächsten Tag reichlich peinlich war.
Die Kneipe: weitgehend funktional eingerichtet. Tische und Stühle, die zum originalen Interieur gehörten, waren durch Möbel ersetzt worden, die sehr danach aussahen, als wären sie aus einem Müllcontainer gezogen worden. Auf den zwei Flachbildschirmen lief permanent der Sportkanal. Die Sportarten Badminton, Tischtennis, Basketball und natürlich Fußball dominierten das Angebot. Bei internationalen Meisterschaften schaute schon mal die ganze Kneipe zu. Dann kam auch Stimmung auf. Ansonsten auch, aber die war dann eher schlecht. Die vom Staub erblindeten Fenster wurden zusätzlich von speckigen Gardinen aus ehemals weißen zu einem groben Gitter geflochtenen Stoffbändern verdunkelt.
Wei Ba bestellte mit großer Geste zwei Bier. Die kamen relativ zeitnah mit einem Schüsselchen Yucca. Einige Fitzel darin sahen aber so abgelutscht aus, dass weder Tian noch sein Gastgeber sich dazu hinreißen lassen konnten, davon zu probieren.
Der Geheimpolizist kam nicht gleich auf den Punkt. In diversen Seminaren hatte man ihm eingebläut, die Zielperson nicht zu verunsichern. Tian hatte erwartet, dass er seine Einstellung bezüglich des neuen Programms abfragen wollte. Was ihn reichlich in Bedrängnis bringen würde, denn er hatte keine. Wie sollte er auch, kannte er das Programm ja nur aus der Beschreibung des Obersts.

Doch Wei Ba war gar nicht daran interessiert. Und viel subtiler.

»Ich weiß, Ürümqi ist und war nicht dein Traum. Keinem von uns geht das so. Wie kommst du hier zurecht?«

Jetzt nur nicht mangelnde Motivation durchscheinen lassen. Tian schilderte sein Leben im Land der Uiguren so, als sei er hier angekommen. Was so wenig der Wahrheit entsprach, wie während der Zeit in Peking an der Hochschule der Partei.

»Na ja, es ist ein wenig gewöhnungsbedürftig hier, aber alles in allem geht es uns doch gut. Mein Appartement ist wirklich erste Sahne. Klein aber mein!«

Beide lachten und prosteten sich zu. Tian referierte weiter, wie gut er sich in Ürümqi zurechtfand, wie gut es in seinem Job liefe. Vergaß nicht, auszuführen, wie wichtig für Staat, Partei und Volksarmee ihre Arbeit hier sei. Natürlich fehle ihm die Familie, aber die Han-Chinesen hier in der Verbannung würden ja eine verschworene Gemeinschaft bilden.

Beide lachten über »Verbannung«, ein Ausdruck, der so natürlich nicht opportun war. Die beiden Flaschen rumpelten in der Mitte des Tisches erneut zusammen. Wei Ba hatte den Witz hingenommen, sogar gutgeheißen und das verband. Konsequent führte er das Verhör fort.

»Was tust du für deine Gesundheit?«

Nichts, wäre die ehrliche Antwort gewesen. Doch Tian fabulierte davon, dass er öfter mit den Kollegen Fußball spielen gehe. Was nur bedingt stimmte. Er war froh, wenn er sich einmal im Monat dazu brachte, auf dem Fußballplatz aufzutauchen. Er hoffte, dass sein Gegenüber seine Aussage nicht überprüfen würde.

Doch er irrte. Wei Ba war klar, dass ihn der junge Mann belog. Eine wichtige Erkenntnis für den Geheimpolizisten, die ihn zur Vorsicht mahnte. Der Junge traute sich, ihm einen Bären aufzubinden.

»Manchmal spiele ich Ping Pong. Aber Sie wissen ja, wie das ist. Die Woche ist kurz. Sollte ich öfter machen!«

Was diesmal der Wahrheit entsprach. Es erinnerte den Geheimpolizisten daran, dass sein eigenes Sportprogramm sich darauf beschränkte, die Treppe zu nehmen. Das aber nur, wenn der Aufzug wieder mal ausgefallen war. Dann entschloss er sich, es mit dem Vorspiel sein zu lassen.
»Genosse Gu, es gibt noch einen Grund, warum ich dich zur Seite genommen habe. Wir haben da immer Probleme mit einem Subjekt: Sheng Qumtur alias Mohammed.«
Jetzt war Tian plötzlich hellwach. Der Bulle am Tisch sprach von nichts anderem als Dshamiljas Vater. Plötzlich befand er sich auf verdammt dünnem Eis. Jedes falsche Wort konnte fatale Konsequenzen nach sich ziehen. Tian nahm einen tiefen Schluck aus seiner Flasche, um Zeit zu gewinnen. Dann entschloss er sich, erst mal auf unwissend zu machen. Die Möglichkeit, dass ihm der Name Sheng Qumtur ihm nichts sagte, bestand ja.
»Sheng Qumtur? Sagt mir so jetzt eigentlich nichts.«
Wei Ba blieb aber direkt dran. Warum sollte er auch nicht? So einfach mal ließ er sich die Tour nicht vermasseln.
»Ihn kennst du nicht. Aber seine Tochter. Meiming Qumtur. Du nennst sie nicht so. Für dich ist sie Dshamilja. Du triffst dich verdammt oft mit ihr.«
Tian nuckelte an seiner leeren Flasche. Mit einem Mal war es hier in der Pinte verdammt heiß und stickig. Er fühlte, wie er zu schwitzen begann.
»Die nächste Runde geht auf mich!«
Versuchte aufzuspringen, um an der Theke noch zwei Bier zu besorgen. Er hatte die Rechnung ohne den Wirt gemacht. Und ohne Wei Ba, der ihn recht unsanft wieder auf den Stuhl zog.
»Mein Junge, du bist mein Gast. Habe ich doch gesagt! Wir kriegen noch zwei Bier!«

Den letzten Satz brüllte er so unüberhörbar in den Raum, dass keiner in der Pinte auch nur den leisesten Zweifel daran hatte, dass noch eine Runde auf ihn ging.

»Gut, der Nachschub ist unterwegs. Dann also zurück zum Thema. Wann siehst du die Puppe das nächste Mal?«

»... Am Mittwoch!«

»Wo?«

»Wir treffen uns immer im Yao Mo Shan Park.«

»Und was macht ihr da? Knutscht ihr hinter irgendwelchen Büschen herum?«

Tians Puls raste. Der Bulle hatte ihn zweifellos ordentlich am Wickel.

»Nein … nein! Natürlich nicht. Dshamilja ist ein ehrbares Mädchen. Sie würde so etwas niemals tun. Sie wissen doch, wie verklemmt die hier sind ...«

»Was macht ihr dann? Tauscht ihr Briefmarken?«

Unangenehmer hätte der Kneipenbesuch nicht werden können.

»Nein, wir reden. Wir sind beide Informatiker. Sie studiert mit dem Schwerpunkt selbstenwickelnde Datenerfassung.«

»Und da latscht ihr dann stundenlang herum oder hockt euch in die Lotusblüte, um über Programmierung und Datenbanken zu reden? Komm, mein Freund, das brauchst du mir nicht zu erzählen. Raus mit der Sprache, über was quatscht ihr da?«

»... Über das Leben. Wir haben es beide nicht leicht. Das brauche ich Ihnen ja nicht erzählen. Abends ist es hier für mich oft stinklangweilig. Und die Leute hier hassen uns. Es liegt überall in der Luft. Man kann es fast körperlich fühlen.«

Endlich standen wieder zwei volle Flaschen auf dem Tisch. Ohne seinem Gegenüber zuzuprosten nahm Tian einen tiefen Schluck.

»Sie hat es auch nicht einfach. Weil sie nicht die Rolle der einfältigen Mutter spielen möchte, die ihr Umfeld von ihr fordert. Weil sie einen eigenen Willen hat. Weil sie hofft, dass da mehr ist vor dem Tod, als den Trott mitzumachen, den ihre Mutter, ihre Großmutter und all die Frauen vor ihr mitgemacht haben.«

Wei Ba waren die Vorstellungen einer Muslima von einem selbstbestimmten Leben reichlich egal.

»Normalerweise finden wir so enge Kontakte unserer Leute zu den rückständigen Kanaken hier nicht so toll. Aber in deinem Fall ist das was anderes. Was du mit der Frau machst, ist mir völlig egal. Aber ich will alles wissen, was bei denen abgeht. Insbesondere was der Vater so anstellt. Ab jetzt schaust du, dass du mehr über den Vater rauskriegst. Über den will ich alles wissen. Haben wir einen Deal?«

Deal war ein eindeutiger Euphemismus. Befehle sind im Allgemeinen nicht dazu da, ignoriert zu werden. Tian wusste das und hatte sich sein Leben lang daran gehalten. Jetzt saß er ziemlich in der Patsche. Der Bulle hielt ihm seine Flasche vor die Nase. Er hatte keine Wahl, als mit ihm anzustoßen. Bemühte sich, überzeugend zu lügen.

»Ja klar, Herr Ba. Wenn ich was erfahre, dann berichte ich Ihnen sofort.

Genau das hatte der Geheimpolizist hören wollen. Lachte dreckig und nuckelte seine Pulle leer.

»So Freund, natürlich will ich nichts umsonst. Auch du sollst was vom Leben haben. Der Abend ist noch jung! Weißt du, was wir jetzt machen?«

Tian hatte keine blassen Schimmer.

»Jetzt gehen wir beide in den Puff. Du bist doch dabei? Geht auch wieder auf mich!«

~

Tian schämte sich. Klar, dass er dabei war. Er konnte ja gar nicht anders. Die Prostituierten: meist Nordkoreanerinnen, die damit ihre Familien im Reich des roten Monarchen durchbrachten. Nie verlosch das Lächeln in ihren Gesichtern, egal welche Wendung der Geschlechtsakt nahm. Selbst für Chinesen war ihre Unterwürfigkeit manchmal fast nicht zu ertragen.

Doch sie rechneten umso genauer mit. Jeder Handgriff, jede Dienstleistung hatte ihren genau festgelegten Preis. Alles landete penibel auf der Rechnung. Dafür, dass der Kunde auch zahlte, sorgte ein Ex-Mitglied einer Spezialeinheit. Ebenfalls aus Nordkorea.
Doch der Dienst am Manne hätte nicht besser sein können. Einzig und allein das Chinesisch der Frauen ließ manchmal zu wünschen übrig. Aber die Männer kamen ja auch nicht zum Reden.
Tian sog den Körper der Frau förmlich in sich hinein. All die Sehnsucht, die sich in der Einsamkeit hier am Ende der Welt angestaut hatte, bahnte sich ihren Weg. Als die Zeit um war und der nächste Kunde an der Reihe, konnte er sich kaum losreißen.
Vor dem winzigen Zimmer, das eher einer Verrichtungsbox glich, erwartete ihn Wei Ba. Grinsend bis über beide Ohren. Klopfte ihm betulich auf die Schulter.
»So ein Bierchen mit anschließender Rundumerholung, das können wir doch öfter mal machen?«
Tian stimmte zu. Es war eines der wenigen Male an diesem Abend, wo er nicht lügen musste. Er wollte wirklich wiederkommen. Obwohl er sich dafür gehörig schämte.
Im Kontakthof des Bordells, einem Raum der früher mal als Garage gedient hatte, klammerte sich ein Freier europäischen Typus an eines der Mädchen. Der Mann war sichtlich angetrunken. In gutem Englisch versicherte er der Liebesdienerin, die nicht mehr wusste, wie sie sich seiner Liebkosungen erwehren sollte, dass er sie hier rausholen würde. Wieder und wieder. Auch hier erwies sich die nordkoreanische Duldsamkeit als zielführend.
»Was ist denn mit dem los?«
Wei Ba griente dreckig.
»Ein Deutscher, mit so einem komischen Namen. Ich glaube Shlugg. Er ist dem Mädchen verfallen.«

Kapitel 3: Gegensätze ziehen sich an

Ürümqi: 26.03.2035 - 01.10.2035

Den Monat, bis Dshamilja wieder aufs Amt musste, hatte Tian nicht gewartet. Schon drei Tage nach ihrem ersten Zusammentreffen setzte er die erste SMS an die Nummer ab, die sie ihm auf ein Stück Karton gekritzelt hatte. Drei Tage hatte er einfach warten müssen, obwohl es ihm schwerfiel. Und die Antwort kam schneller, als er es zu hoffen gewagt hatte. Sie verabredeten sich für den nächsten Tag zum Tee.

Das Setting wieder das gleiche: Im ersten Stock des Teehauses, da wo sich die trafen, die nicht gesehen werden wollten. Wobei das relativ war. Die Kameras auf der Straße filmten natürlich nach wie vor. Das System bekam fast immer mit, wer sich wo aufhielt. Aber heute verschwendeten die beiden darauf keinen Gedanken.

Städteplanerisch hatte die Rundumüberwachung durchaus Vorteile. Dort wo sich Menschenströme zu gewissen Zeiten stauten, ließ sich der öffentliche Nahverkehr entsprechend anpassen. Auch konnte man Rolltreppen abschalten und Beleuchtung reduzieren. Ampelphasen ließen sich optimieren und an kritischen Stellen wurden Brücken oder Unterführungen gebaut. Dadurch flutschte, wo es sich früher mit tödlicher Sicherheit gestaut hatte. Längerfristig offene oder gekippte Fenster detektierte das System ebenfalls und wusste genau, wem es Bescheid geben musste, diese zu schließen. Eine enorme Ersparnis im Gebäudesektor. Vielen Kriminellen wurde das System zum Verhängnis, sie konnten oft ermutigend präzise dingfest gemacht werden. Gesichtserkennung sei dank. Die Spitzbuben waren natürlich einfallsreich, doch falsche Bärte, Hoodies und Mützen halfen nur bedingt, denn das System analysierte auch den Bewegungsablauf der Überwachten. Der war fast genauso typisch wie ein Fingerabdruck,

sodass die Datenerfassung nicht zwangsweise auf die Gesichtserkennung zurückgreifen musste.
Trotzdem gelang es der lokalen Bevölkerung immer wieder, das System auszutricksen. Viele machten sich einen Spaß daraus, ihre Wege durch die Stadt so zu optimieren, dass das System sie nur selten einfangen konnte. Was aber immer schwieriger wurde. Dennoch wurde das immer schwieriger, vor allem durch den verstärkten Einsatz von Drohnen.
Das System war aber im Moment noch nicht das primäre Problem der Liebenden. Jahrelange Erziehung zur Ehrfurcht vor allen möglichen Autoritäten, Unmengen von vermeintlich notwendigen Tabus und einfach die Erfahrung demütigender Hilflosigkeit in Anbetracht rücksichtsloser Machtbesessenheit hatten sie gelehrt, dass in der konsequenten Vermeidung die Kunst lag. Warum sein Umfeld herausfordern, provozieren, wenn gar keine Notwendigkeit dazu bestand? Was sie nicht wussten, machte sie nicht heiß. Im Prinzip tat man denen doch nur einen Gefallen. Und vor deren Blicken war man im diskreten Teehaus in der Seitenstraße sicher.
Zwei Dürstende hatten sich gefunden. Obwohl ihr Leben und ihr Erdenweg nicht unterschiedlicher hätte sein können. Wieder verflog die Zeit. Es gab so viele Themen, welche die beiden sich von der Seele reden mussten. Immer im Spannungsfeld zwischen dem Durst eines jungen Lebens nach mehr und einem Umfeld, das ihnen so wenig zurückgab, fast nichts zuließ. Eine Welt, in der die Pfade, auf denen sie sich bis in Grab schleppen sollten, bis ins kleinste Detail vorgezeichnet waren. Unerträglich die Heuchelei und die Schäbigkeit ihres Dunstkreises, in dem sie tagtäglich gezwungen waren, beste Miene zum bösen Spiel zu machen, die dreistesten Lügen mit einem von heuchlerischem Lächeln verzerrten Gesicht aufzutischen.
»Warum nur lebt niemand die Ideale, die sie uns ohne Unterlass einbläuen?«

Tian seufzte. Schwieg. Er konnte die Traurigkeit in Dshamiljas Zügen nur schwer ertragen. Tätschelte ihre Hand.
»Weil wir Menschen sind und nun mal nicht anders können.«
»Aber jeder hat doch eine Wahl!«, kam es erbost von der jungen Uigurin zurück.
»Hat jeder! Aber es ist immer die Wahl zwischen Pest und Cholera! Und der, der wirklich ehrlich ist, zieht immer den Kürzeren. Das ist nun mal so.«
Eine Träne lief Dshamilja über die Wange. Tians Herz krampfte sich zusammen. Er konnte nicht anders. Zog sie zu sich heran und drückte ihr einen Kuss auf die Träne.
Auch im ersten Stock des diskreten Cafés gingen derartige Körperlichkeiten eindeutig zu weit. Die umliegenden Pärchen starrten missbilligend an.
Dshamilja durchzuckte es am ganzen Körper. Eine Riesenwelle unerfüllter Sehnsucht entlud sich in ihr. Elektrisierte sie mehr als jeder Stromstoß es hätte vermögen können. Endlos lange Sekunden verharrte sie, bis sie errötend zurückzuckte. Saß dann Minuten völlig entrückt da. Unfähig zu jeglicher Regung. Sofort bereute Tian seine Dreistigkeit: »Es tut mir leid. Ich hätte das nicht tun sollen. Bitte verzeih mir!«
Dshamilja: weiter zu keinerlei Reaktion fähig. Die Augen starr in den Raum gerichtet. Dann endlich erlangte sie die Kontrolle über sich wieder.
»Das geht nicht! Das darf nicht sein!«
Sie sprang auf und rannte los, fiel fast die Treppe hinunter. Zurück blieb ein Tian, reichlich zerknirscht.
Noch im Café tippte er die ellenlange Entschuldigungs-SMS. Um Verzeihung flehend, dass er seinen Fehler einsehe und so etwas nie wieder vorkäme. Zu Hause angekommen, warf er sich weit mehr als ein Bierchen ein. Die Erlösung, nicht vom Kater, sondern aus der Agonie, fand er am nächsten Morgen auf seinem Handy.

»Mein Stern, ich muss dich sehen. Heute Abend im Yao Mo Shan Park?«
Überglücklich, trotz schwerem Schädels simste er zurück: »Mein Honigkuchen, nichts lieber als das. Lass uns in die Lotosblüte gehen. Da triffst du sicher auf keinen von deinen Leuten. 17 Uhr?«
Eine Reihe beherzter Smilies signalisierte Zustimmung.
An einem Teich mit Goldfischen gelegen war das Teehaus Lotusblüte ein Treffpunkt für Han-Chinesen. Uiguren verirrten sich hier nur hin, wenn sie von ihren Besatzern förmlich gezwungen wurden, sie dorthin zu begleiten. Im Nachhinein schämte sich Tian dafür, den Ort ihres dritten Rendez-vous so falsch gewählt zu haben. Was, wenn Dshamilja empört abgelehnt hätte? Aber es sollte anders kommen. Ganz anders!
Nicht, dass ihnen die schmucke Pagode nicht gefallen hätte. Imposant allein schon das runde, mehrstöckige Gebäude. Aber um auch dem renitentesten Uiguren han-chinesische Überlegenheit zu vermitteln, hatten die Erbauer die Wände großflächig mit Blattgold belegt. Blutrote Dachschindeln kontrastierten edel mit den güldenen Wänden. Über das ganze Gebäude verteilt fand sich eine schier unendliche Vielzahl von Schnitzereien. Zum Eingang stieg man über eine ebenfalls goldene Treppe hinauf. Schon tagsüber war die Pagode von allen Seiten her unübersehbar. Doch nachts, wenn hunderte von Lampions das Gebäude erleuchteten, ließ das Farbenspiel jeden Betrachter vor Ehrfurcht staunend innehalten.
Auch das Interieur nur vom Edelsten. Tische und Stühle nicht etwa von der Stange, sondern alle Einzelstücke mit Samtüberzug und Intarsien. Eine Heerschar von Servicepersonal rückte einem den Stuhl zurecht, sobald man sich zu setzen wünschte. Die Decke zierte ein Schwarm von bunten Lampions, die allesamt bedeutende Szenen aus der über zweitausendjährigen Geschichte des Kaiserreiches China abbildeten.

Was unterstrich, dass für den Uiguren der Besuch hier immer den Kotau vor dem chinesischen Gegenüber bedeutete. Trotz der vermeintlichen Ehre einer großzügigen Einladung. Uigurinnen hätten das Teehaus niemals zu betreten gewagt. Dshamilja hingegen würde daran keinen Gedanken verwenden.
Jetzt wartete Tian vor der Pagode. Im Minutentakt schaute er auf die Uhr. Immer wieder abwägend, ob sie kommen würde oder nicht. Sich dauernd fragend, was er tun würde, wenn sie nicht käme. Warum hatte sie gesimst, wenn sie dann doch nicht kam? Bei diesen Uiguren wusste man nie. Oder hatte sie jemand gesehen? Hatte ihr der Vater das Handy weggenommen?
Gerade drohte die Verzweiflung ihn zu übermannen, als er sie den Hügel hinaufeilen sah. Was eben noch in tiefe Zerknirschung zu münden drohte, war plötzlich grenzenloser Überschwang. Nochmal unterlief ihm der Fehler nicht, Körperlichkeit zu suchen. Das war sein Mantra den ganzen Tag über gewesen.
In den ersten Minuten erschlug die prunkvolle Pagode Dshamilja. Schüchtern folgte sie Tian in den Palast, ängstlich darauf bedacht, nichts falsch zu machen. Schon gar nicht in der Glitzerwelt der Besatzer. Als sie platziert waren, die Kanne Tee und das süße Gebäck auf dem Tisch standen, fühlte sich alles so stimmig an. Trotz Kotau und Frau.
»Ich freu' so, dass du gekommen bist!«, gestand ihr Tian. »Es tut mir so leid, dass ich dich bedrängt habe. Es wird nie wieder passieren!«
»Du musst dich nicht entschuldigen. Es war ich, die nicht mit unserer Liebe umgehen konnte. Nein, ganz im Gegenteil, es ist an mir, dich nicht mehr sitzenzulassen. Schon gar nicht so! Es war einfach zu viel für mich.«
»Ich freu mich so, dass du da bist«, musste Tian ein weiteres Mal loswerden. »Und ich will nichts weniger, als dass das zwischen uns kaputt geht. Deswegen müssen wir verdammt vorsichtig sein!«

»Wie die Stachelschweine!«, witzelte Dshamilja. «Ganz, ganz vorsichtig!«

»Genau so, denn es kann so viel schief gehen. Wir kommen aus so verschiedenen Welten. Glauben alles über den anderen zu wissen, doch in Wirklichkeit wissen wir gar nichts. Es hat was von einer Begegnung der dritten Art.«

Trotzdem entschied sich die junge Uigurin in diesem Moment mit Haut und Haaren für den Knaben aus dem Volk der Besatzer. Und das in erster Linie deswegen, weil sie nicht anders konnte. Weil alles in ihr zu diesem Menschen gehören wollte. Danach schrie.

»Weißt du, ich glaube wir müssen diese Begegnung der dritten Art einfach leben. Warum auch nicht, wenn du schon von einem anderen Planeten zu mir gekommen bist? Und das schwöre ich, für mich gibt es kein Zurück mehr. Denn ich liebe dich, kleiner Chinamann. Mehr als alles andere auf dieser Welt.«

Fast hätte sich Tian dazu hinreißen lassen, nochmals einen fatalen Fehler zu begehen. Doch nur einen Moment lang schickte er sich an, seine Geliebte zu belangen. Der Überschwang der Gefühle hätte ihn fast ein weiteres Mal übermannt. Nur mühsam konnte er sich zügeln. Aber das Mantra saß und sein Leben lang hatte er lernen müssen, dass es Dinge gab, die man nicht tat. Dshamilja entging die Gefühlswallung ihres Geliebten nicht.

»Nicht heute, nicht hier! Irgendwann sicher und dann für immer. Aber dazu brauchen wir noch Zeit.«

So edel und gut sich alles im Teehaus anfühlte, vergaßen die beiden doch nie, dass sie hier auf dem Präsentierteller des Systems saßen. Die Kameras: hinter falschen Wänden und in Statuen so versteckt, dass einer, der die ganze Bandbreite der Überwachungstricks nicht kannte, nie auf die Idee kam, dass man ihn hier mitschnitt. Doch Tian war es aufgrund seiner Ausbildung und Dshamilja wegen ihrer Erfahrungen klar, dass sie hier an einem Ort waren,

an dem nirgendwo niemand auch nur eine Sekunde allein war.
Die beiden Liebenden verschwendeten an diesem Tag aber keine Sekunde an das System. Ihnen ging es nur darum, die Innigkeit, die sie in den letzten Tagen übermannt hatte, auszukosten.
Es gab so vieles, was besprochen werden musste. Und auch so viele Widerstände, die es zu überwinden galt, um ihre Liebe leben zu können. All dem zum Trotz schmiedeten sie Pläne, wie sie gemeinsam gegen all das angehen würden, was ihrem Glück im Wege stand.
Von nun an trafen sie sich, wann immer es ihnen möglich war, im Yao Mo Shan Park. Wanderten ziellos umher und ergötzten sich an der Gegenwart des anderen. Ein Thema, auf das sie immer wieder zu sprechen kamen, war natürlich der Umgang von Dshamiljas Familie mit ihrer Beziehung.
»Wie ich heimkam, hat mich der Vater erwischt.«
»So ein Mist! War er schlimm?«
»Diesmal schon. Er hat mich geschlagen.«
Tian spürte die Wut in sich hochkochen.
»Hat er dich wirklich geschlagen? Kann ich was tun? Ich will das nicht!«
»Du kannst nichts tun, er ist mein Vater. Bei uns ist das so Tradition.«
»Hat er dich schon immer geschlagen?«
»Nein, eigentlich nie, deswegen war es so fürchterlich. Hinterher hat es ihm leidgetan.«
Tian stöhnte vernehmlich.
»Was soll nur aus uns werden? Wir haben hier keinen Platz.«
»Nein, den haben wir nicht«, musste er einräumen. »Wenn ich hier weggehe, kommst du einfach mit.«
»Dann habe ich nur noch dich, sonst niemanden.«
»Das ist richtig, aber anders wird es nicht gehen.«
»Aber ich werde meine Familie fürchterlich vermissen.«
Tian kannte das Gefühl. Ihm ging es ja jetzt schon so.
»Mir geht es genauso, aber ich sehe keinen anderen Weg.«

»Warum muss alles so schwierig sein?«, fragte Dshamilja ohne viel Hoffnung.
»Ich weiß es auch nicht. Was ich aber weiß ist, dass ich nur an deiner Seite durch dieses Leben gehen möchte. Dafür ist mir kein Preis zu hoch.«
Die junge Frau an seiner Seite schwieg. Dennoch nickte sie unmerklich.
Vier Monate später teilten sie zum ersten Mal das Bett. Tian hatte nicht alle Mittel der Verführungskunst anwenden müssen, um seine Angebetete dorthin zu bekommen.
Es war ihr ureigenster Entschluss, sich jetzt mit Haut und Haaren auf ihn einzulassen. Obwohl sie damit das größte Tabu des Islam brach. Sie damit riskierte, von ihrer Familie als Prostituierte verachtet zu werden. Die beiden hatten den Abend wieder im Park verbracht. Die Zeiger der auf einer unbegreiflich schmucklosen Betonstele angebrachten Uhr näherten sich 22 Uhr. Definitiv Zeit, voneinander zu lassen. Jedes mal ein schwieriger Moment. Doch Dshamilja hatte einen Entschluss gefasst.
»Kann ich mit zu dir kommen?« fragte sie todernst.
Tian: komplett baff, schwankte zwischen Frohlocken und Angst vor dem, was eine Gesellschaft aus Verboten über die Jahre in ihm gepflanzt hatte.
»Ja, natürlich, nichts lieber als das.«
»Dann lass uns gehen!«
Sie drehte sich in die Richtung, die beide nehmen mussten und marschierte los. Tian folgte ihr schweigend, schloss auf. Gedanken schossen wie Pfeile durch seinen Kopf.
Sie waren schon eine geraume Weile versunken nebeneinander gegangen, als er endlich den Mund aufbrachte.
»Du bist dir sicher, dass du das möchtest?«
Dshamilja zögerte keine Sekunde.
»Ich war mir nie sicherer!«
Sie schritt noch zielstrebiger in Richtung Tians Appartement aus.

Dort angekommen, hielten sie sich nicht auf. Das Ein-Zimmer-Appartment bot auch kaum Möglichkeiten, auf Distanz zu bleiben. Am Bettrand sitzend, sich kosend fielen die Kleider, bis sie sich Mund auf Mund in der Horizontale wiederfanden.

Sie erkundeten sich wie die Stachelschweine. Immer darauf bedacht, keine der Grenzen zu überschreiten, zu deren Überquerung sie noch nicht bereit waren. Kosteten sich Stunden, gierig danach, endlich die Sehnsucht nach dem Menschen zu stillen, den sie so sehr begehrten. Das Eindringen eher zufällig. Beide hielten erschreckt inne. Vom Gefühl mitgerissen und von den möglichen Konsequenzen in die Realität zurückgerufen.

»Bist du vorsichtig, Schatz?« murmelte Dshamilja.

Tian entzog sich ihr sanft und stürmte ins Bad. Seine Gespielin fühlte sich plötzlich so nackt und verlassen auf der Bettstatt. Zog sich die Bettdecke schamhaft über. Doch die Verlassenheit hatte bald ein erfülltes Ende. Noch musterte sie ihn mit ungläubigem Erstaunen, wie er sich die Tüte überstülpte. Wenn sie Abbildungen der männlichen Pracht verstohlen im Internet aufgerufen hatte, drängte sich ihr immer die Frage auf, wie sie damit umgehen würde, wenn sie mal selbst in die Situation käme. Jetzt war ihr Liebster wieder ganz nah bei ihr. Und mit einem Mal erlebte sie den Beischlaf in einer Tiefe der Gefühle, die sie nie für möglich gehalten hätte. Saugte den Rhythmus ihres Geliebten in sich ein und wollte ihn mehr fühlen als sie es je für möglich gehalten hatte. War mit einem Mal so ganz verloren und ohne jeglichen Zweifel.

Tian schwebte im siebten Himmel, als er da neben der Frau lag, die er so bedingungslos begehrte. So unerwartet die Möglichkeit fleischlich aufs Ganze zu gehen, so erfüllend der Beischlaf. Denn er stillte eine Sehnsucht, die so lange, so unerfüllt in ihm genagt hatte. Vor Glück vergehend musste er ein ums andere Mal den zarten Körper begreifen, der da so nahe, so unglaublich erfahrbar an ihm dran war.

Er wollte so gar nicht schlafen, wollte den Augenblick einfrieren. Doch die Müdigkeit drohte ihn zu überwältigen, eine Müdigkeit, genährt aus dem Gefühl der vollendeten Glücksseligkeit, die ihn bis in die letzte Faser seines Körpers durchströmte.

Zart küsste er die Hand seiner Geliebten, als da aus dem Nichts diese bittere Assoziation unabwendbar aufstieg. Der Gedanke an den Besuch im Bordell. Das Bild der dienstbaren Nordkoreanerin, die noch vor einigen Tagen auf ihm gesessen und es ihm nach allen Regeln der Kunst besorgt hatte. Fast erfolgreich verdrängt begriff er mit einem Mal den Verrat an seiner Liebsten. Einen Verrat, der nur durch ein Geständnis verzeihbar würde. Wenn überhaupt.

Dshamilja entging das Seufzen ihres Geliebten nicht. Jenes Verharren im Kosen ihrer Hand. Sie spürte den Bruch in der Kontinuität ihres Zusammenseins, erhob sich eine Handbreit von ihrer Bettstatt und blickte ihrem Gefährten durch das Reich der Sinne in die Augen.

»Was denkst du?«

»Ich muss dir etwas erzählen«, kam es zögerlich von Tian.

»Dann tu es!«

»Es fällt mir schwer, denn es schmerzt. Ich habe einen Fehler gemacht.«

Dshamilja war sich im selben Augenblick darüber im Klaren, dass es so gar keine Lappalie sein konnte. Sonst hätte es jetzt und hier keinen Platz gehabt.

»Ich spüre, wie es dich belastet. Spuck es aus, anders kann ich dich nicht davon befreien.«

Tian musste seine ganze Kraft aufbieten, um das Geständnis abzulegen.

»Vor ein paar Tagen war ich im Freudenhaus.«

Dshamilja erstarrte, ließ sich kraftlos auf das Lager fallen. Unfähig zu jedweder Äußerung. Doch für Tian gab es kein Zurück mehr. Plötzlich sprudelte er aus sich heraus. Erzählte, wie ihn der Geheimpolizist nach der Versammlung abgegriffen hatte. Wie er ihn gnadenlos hatte aushorchen wollen. Dass er den Vater auf dem

Schirm habe, aber er noch dichthalten konnte. Der Bulle wisse genau, dass er sich mit ihr träfe. Dass er ihn wieder aushorchen würde. Er sähe keine Möglichkeit dem zu entgehen. Was er bei der nächsten Einladung in den Puff machen würde, das wisse er so gar nicht. Wenn er seinen Judaslohn nicht annehme, würde er sich und wahrscheinlich auch sie in ziemliche Schwierigkeiten bringen.
Im Halbdunkel des Zimmers sah Tian, dass viel von dem Glück, dass die beiden bis eben gelebt hatten, aus dem Gesicht seiner Geliebten gewichen war.
Dann die Absolution: »Mach dir keine Gedanken. Es war Sex, sonst nichts. Trotzdem: Wir müssen verdammt vorsichtig sein!«
Der Seufzer, den Dshamilja jetzt ausstieß, ließ ihren Liebsten ihre Seelenqual erahnen.

Kapitel 4: Zwei Verhaftungen

Ürümqi, 22.06.2035

Mohammed hatte das Auto mit den zwei auffällig unauffälligen Insassen sofort entdeckt, als er in die Straße, in der sein Haus stand, einbog. Der Wagen war weiß, ein Elektrofahrzeug und nagelneu. Noch suspekter waren die zwei Gestalten auf den Vordersitzen. Eindeutig Han-Chinesen.

Im ersten Moment: Fluchtgedanken. Aber er wusste, er hatte keine Chance. Es würde alles nur noch schlimmer machen. Weit würde er nicht kommen.

Im Auto würden die Beamten der Geheimpolizei einfach die Kameras in den umliegenden Straßen auf ihren Bildschirm legen und dann verfolgen, wie er im Laufschritt versuchte zu fliehen. Der Bulle auf dem Beifahrersitz würde seinem Kollegen genaue Anweisungen geben und der würde dem Flüchtenden lautlos hinterher rollen.

Wenn Mohammed dann die Puste ausging, hielten sie neben ihm an und nähmen ihn, der versuchte wieder zu Atem zu kommen, genüsslich fest. Den Fluchtversuch würden sie ihm dann auch noch zu seinem Nachteil anrechnen. Seinen Sozialkredit, das Punktesystem mit dem das System staatstreue Bürger belohnte, weiter schmälern.

Die halbe Sekunde, die er verharrte, brauchte er dazu, die Wut, die Enttäuschung und den Frust darüber herunterzuschlucken. Denn er wusste nur zu gut, was jetzt folgen würde. Sie würden ihn mehr oder weniger barsch dazu auffordern, in das Auto einzusteigen. Widerstand wäre zwecklos. Dann ginge es auf das Kommissariat.

Eins zu Eins lief es auch dann ab. Auf dem Kommissariat ließen sie ihn erst einmal über zwei Stunden sitzen und schmoren. Ohne auch nur die leiseste Andeutung zu machen, warum er festgenommen worden war.

Zuerst lief die »freiwillige Befragung« genauso ab, wie er es sich vorgestellt hatte. Er saß auf einem wackligen Plastikstühlchen in einem der Korridore des Kommissariats. Das Teil hatte mehrere Risse und schwankte bei jeder Gewichtsverlagerung bedenklich. Nur die Tatsache, dass Mohammed sich permanent mit beiden Beinen gegen die Wand stemmte, verhinderte, dass eins der ramponierten Stuhlbeine komplett abknickte.
Niemand nahm Notiz von ihm. Auch nach den zwei veranschlagten Stunden passierte rein gar nichts. Mohammed hatte die Prozedur oft genug durchlaufen, um zu wissen, dass jeder Versuch den Ablauf zu beschleunigen, als Akt der Verweigerung aufgefasst und entsprechend geahndet würde. Das Einzige, was er tun konnte, war alle paar Minuten aufzustehen, um so der unangenehmen Sitzhaltung zu entfliehen.
Es war jetzt kurz vor Mitternacht. Mühsam und unendlich müde, schob sich der Wartende zum x-ten Male in die Senkrechte, um der starren Sitzposition zu entfliehen. Aus einer der Türen kam einer der Typen, die ihn aufgegriffen hatten. Forderte ihn mürrisch auf, mitzukommen. Schob ihn in einen Raum am Ende des Korridors.
Der war bis auf einen Computerarbeitsplatz leer. Viel mehr hätte auch nicht hineingepasst. An Wänden: deutliche Spuren von Schimmel und Wassereinbruch. Die spärliche Farbe bröckelte an vielen Stellen. Auf dem nackten Betonboden lagen Reste davon. Neben den Wollmäusen. Mohammed wollte sich vor dem Tisch aufstellen, so wie er es bei ähnlichen Befragungen gewohnt war.
»Du sitzt hier!«, wies ihn sein Begleiter an und deutete auf den Stuhl vor dem Bildschirm. »Die Befragung wird per Videoschalte durchgeführt!«
Mohammed nahm unsicher Platz. Das war mal was wirklich Neues.

»Es geht gleich los! Antworte auf alle Fragen und fasse nichts an!«

Der Beamte verließ den Raum und verriegelte die Tür. Im Nebenzimmer startete er den Verhörbot, während Mohammed noch auf den schwarzen Bildschirm starrte.

Nach weiteren ermüdenden Minuten aktivierte sich der Bildschirm. Das Bild eines Vernehmers erschien auf dem Schirm. Grob gerastert, um dem Verhörten eindeutig einzubläuen, dass er es hier mit einer Maschine ohne Gnade und sonstige menschliche Regungen zu tun hatte. Der Vernehmer hätte auch in einen billigen Zeichentrickfilm gepasst.

Doch die Maschine beherrschte das Spiel mit den Ängsten und den Hoffnungen der eingeschüchterten Kreatur perfekt. Sie war darauf programmiert, die Schwachstellen jedes Individuums erbarmungslos freizulegen und es damit zu beherrschen. Die Grundlage bildete eine Datensammlung, in der das Leben jedes Bürgers nahezu lückenlos dokumentiert war. Denn alles, was im autonomen Gebiet Xinjiang passierte, wurde penibel mitgeschnitten.

Fast schon banal: die Erfassung von Zahlungsdaten. Die Möglichkeit mit Bargeld zu bezahlen, existierte nur noch auf dem Papier. Restaurants, Geschäfte und Dienstleister verweigerten konsequent die Annahme von Scheinen und Münzen. Noch dazu kam man an die eh kaum ran. Banken gaben sie nicht mehr aus. Die wenigen Yuan, die sich noch im Umlauf befanden, waren speckig und immer kurz davor auseinanderzufallen. Ein Teil der Bevölkerung war dazu übergegangen, die Verwendung von offiziellen Zahlungsmitteln nach Möglichkeit zu vermeiden. Sie tauschten wieder, wie es vor Jahrhunderten gang und gäbe gewesen war. Gängige Tauschmittel waren Computerchips, höherwertige Elektonikartikel, Machatee und Kokain. Diese Tauschartikel konnte man wegen des geringen Gewichts relativ einfach mitnehmen, immer dabeihaben und schon kleine Mengen stellten beachtliche Werte dar. Die Parteiführung hatte konstatieren müssen,

dass ein beachtlicher Teil des Warenumsatzes in dieser Form abgewickelt wurde. Zuerst tendierte man dazu, diese Form der Schattenwirtschaft konsequent abzuwürgen. Dann aber hatte sich die Erkenntnis durchgesetzt, dass es effektivere Methoden gab, diesen staatsgefährdenden Umtrieben beizukommen.
Die Kameradichte in der Provinz Xinjiang hatte im letzten Jahrzehnt dramatisch zugenommen. Es gab kaum Winkel, die nicht überwacht wurden. Wenn die Aufstellung einer ortsfesten Kamera sich nicht zu lohnen schien, übernahmen patrouillierende Drohnen deren Aufgaben. Dadurch gab es zwar unkontrollierte Zeitfenster, aber aus der Gesamtheit der Daten ließ sich meist das tatsächliche Geschehen in dem in Millionen Planquadrate aufgeteilten Gebiet überwachen.
Zusätzlich zur detaillierten Gesichtserkennung, welche die Kameras durchgehend vornahmen, hatte man hochsensible Mikrofone verbaut, die alle Geräusche und Gespräche im Planquadrat auf Festspeicher bannen konnten.
Die Datenmengen, die aufgrund der lückenlosen Überwachung anfielen, waren immens. Und es gab kein Vergessen, denn nichts durfte gelöscht werden. Warum? Es könnte ja irgendwann einmal wichtig sein.
Der Bot hatte Mohammeds gesamtes Leben der letzten zehn Jahre auf dem Schirm. Davor war die Überwachung noch lückenhaft gewesen, was nicht hieß, dass nicht auch über die Zeit vorher schon genau Buch geführt worden war. Trotzdem begann der Bot die Vernehmung überaus freundlich.

»Ich grüße Sie, Herr Qumtur. Mein Name ist Péngyǒu hé

Bāngshǒu. Ich habe nur einige kurze Fragen an Sie.«

Jetzt wechselte der Verhörbot zum du. Der Zweifel darüber, ob es sich um familiäre Gesprächsatmosphäre oder pure Respektlosigkeit handelte, sollte Mohammed weiter verunsichern.

«Da du doch ein kooperativer Bürger bist, werden wir die Lücken sicher schnell schließen können. Sagen Sie einfach Péngyǒu zu mir. Darf ich dich Sheng nennen?«
Das Zeichentrickmännchen auf dem Bildschirm verzog seine künstliche Visage zu einem schelmischen Lächeln. Die grobe Auflösung seiner Gesichtspartien sollte Mohammed zumindest erahnen lassen, dass es ein solches sein sollte. Die Grimasse kam aber eher bedrohlich herüber. Eben so kalkuliert.
Mohammed fügte sich. Notgedrungen. Er wusste, dass der Bot wusste, dass er für jeden in seiner Umgebung Mohammed war. Der Name Sheng sollte ein klarer Hinweis darauf sein, wer hier als Koch und wer als Kellner fungierte. Mohammed nickte wortlos.
»Eine Bitte habe ich noch«, fuhr der maschinelle Vernehmer fort. »Lege doch deine linke Hand auf die Scheibe vor dir.«
Mohammed war die Aussparung mit der getönten Scheibe vor ihm aufgefallen. Der Gedanke, was das wohl sein könnte, war ihm trotz der Anspannung bereits durch den Kopf geschossen. Den Bildschirm mit eingebautem Rechner hatte er sofort identifizieren können. Tastatur und Maus auch. Beide aber funktionslos, nur dazu da, die Delinquenten davon zu überzeugen, dass es sich um einen simplen Computerarbeitsplatz handelte.
Jetzt dämmerte ihm, wozu das Scannerfenster diente. Mittels Infrarotkamera und Bewegungssensor würde das System seine Körperdaten aufnehmen und analysieren. Und damit das Bild vervollständigen. Die Körperdaten waren ein schier untrügliches Zeichen dafür, ob er bei der Wahrheit blieb oder nicht. Der Hautwiderstand: ein Indiz für die Schweißproduktion. Mohammed tat wie ihm befohlen. Die Vernehmung begann.
Ein routinierter Vernehmer in den Zeiten vor der ultimativen Überwachung leitet die Vernehmung mit Fragen ein, deren Antworten er schon kennt. Wenn der Delinquent wahrheitsgemäß antwortet, kann er

einigermaßen darauf vertrauen, dass die Person vor ihm auch bei den Fragen, die er eigentlich stellen will, nicht lügt. Die Mühe musste sich der Verhörbot nicht machen. Denn alles, was es über sein Gegenüber zu wissen gab, fand er bereits auf seinem Festspeicher. Mohammed konnte ihm keinen Bären aufbinden. Es ging nur darum, ihn auf Linie zu bringen, ihn einzuschüchtern. Und das gehörig. Trotzdem formulierte der Bot zu Beginn eine völlig belanglose Frage.

»Lieber Sheng, wie geht es deiner Frau? Du hattest den Kollegen beim letzten Mal ja berichtet, die Gürtelrose mache ihr schwer zu schaffen.«

Doch völlig arglos war Mohammed nicht. Obwohl ihm die neue Situation, konfrontiert mit einem maschinellen Vernehmer, so gar nicht schmeckte. Bei den menschlichen hatte er sich daran gewöhnt, dass man für alles eine ausweichende Erklärung präsentieren musste, was sie einem vorwarfen. Noch wichtiger war, jede Abweichung von der Parteilinie vehement abzustreiten. Wobei die natürlich genau wussten, was er davon hielt. Egal wie zutreffend die Anschuldigungen auch waren, hieß es abstreiten. Und dann trotzdem Besserung geloben. Was auch an ihm nagte, war die Tatsache, dass er vor seinem Vernehmer nicht knien müsste, wie es sonst üblich war.

Trotz seiner Unsicherheit den Bot betreffend, hegte Mohammed keine Zweifel daran, dass die Gesundheit seiner geliebten Miriam hier und heute keinesfalls das Thema war. Ungeachtet dessen versuchte er, Zeit zu gewinnen und schwadronierte lange und breit über die Krankheit seiner Frau. Und selbstverständlich darüber, wie dankbar er der Partei sei, dass sie ihnen bei der Genesung so großzügige Hilfe gewährleistet habe. Doch ein Bot hat Zeit. Der ließ Mohammed reden, bis dem die Puste ausging. Um dann dort anzusetzen, wo er wirklich hinwollte.

»Mein lieber Sheng, nicht die Partei und auch sonst niemand haben dir geholfen. Du musstest einen Kredit

aufnehmen, um die Behandlung zu bezahlen. Und jetzt bist du mit den Raten um Rückstand.«
Mohammed fehlten die Worte, sein Atem wurde hörbar.
»Du weißt, wie negativ sich ausstehende Schulden auf den Sozialkredit auswirken!«
Endlich gelang es dem Verhörten, sich dazu zu bringen, so Selbstkritik zu üben, wie er meinte, dass es von ihm erwartet würde: »Ich weiß es mein werter Herr, ich bin sehr unglücklich darüber. Doch gleichzeitig mit der Erkrankung meiner Frau musste ich die Batterie meines Traktors wechseln lassen. Sie wissen ja, die Dinger halten nicht mehr als fünf Jahre. Zum Schluss kam ich kaum mehr als 25 Kilometer weit, bevor ich wieder laden musste. So kann man nicht vernünftig arbeiten. Die neue Batterie, die nicht wirklich neu war, hat mich über 25000 Yuan gekostet. Aber ich werde die Raten bezahlen. Ich spare an allen Ecken und Enden.«
Das Gesicht des Vernehmers auf dem Bildschirm hörte sich die Ausführungen ernst an. Und legte nach.
»Dem mag so sein. Aber was war das am Abend des 24. Mai? Du warst stockbetrunken und hast randaliert!«
Mohammed wusste genau, worauf der Bot anspielte. Es war der Tag nach dem Streit mit Dshamilja gewesen. In seiner Verzweiflung hatte er sich mit Freunden gehörig volllaufen lassen. Die Einladung zum Umtrunk hätte er unter normalen Umständen höchstwahrscheinlich abgelehnt. Ein guter Moslem entsagt nun mal dem Alkohol. Doch zu übermächtig war die Versuchung, sich ein paar Stunden süßen Vergessens zu schenken, die Seelenqual zu ertränken. Nach den ersten zwei Bieren hatte er noch über die schweinischen Witze der Kameraden lachen können. Doch beim dritten Bierchen überkam ihn eine abgrundtiefe Traurigkeit, die sich auch mit dem vierten nicht wegtrinken ließ. Und mit dem fünften und sechsten auch nicht. Da er nur selten trank, hießen sechs Bier für ihn kurz vor Delirium. Immer wieder der Flashback mit dem Bild, wie er Dshamilja geschlagen hatte. Und die unendliche Zerknirschung

darüber, dass ihm die Hand ausgerutscht war. Es würde Wochen dauern, bis seine Tochter ihm verzeihen würde. Wenn überhaupt.

Nur mit Mühe hatte er sich noch zum Gang in den rückwärtigen Teil des Restaurants aufraffen können, um sich zu erleichtern. Als er jedoch den Abtritt vor sich hatte, kam ihm alles hoch. Die sechs Bier, das Abendessen und der Frust über die unzähligen Baustellen in seinem Leben. Endlose Minuten stand er schluchzend über das Bodenloch gebeugt in dem schäbigen Pissoir, in dem es so penetrant nach Urin roch. Immer wieder spuckte er in das Loch vor sich, um den sauren Geschmack loszuwerden. Doch es wurde ihm so gar nicht leichter.

Als es ihm gelang, den Weg in die Gaststube wieder zu finden, war der Laden dabei zuzumachen. Der Wirt knöpfte ihm, wissend dass sein benebelter Gast dem nichts entgegensetzen konnte, mit verlogenem Grinsen fadenscheinige Vorwände fabrizierend, mindestens das Doppelte dessen ab, was Mohammed in sich hatte reinlaufen lassen. Auch auf die faden Snacks schlug er noch mal ordentlich was drauf. Und schob den geschröpften Gast förmlich aus der Gaststube.

Da stand er nun, kaum fähig, den Weg nach Hause zu bewältigen, Wankte ein paar Straßen weiter und blieb an einer Mülltonne hängen, in die er sich wieder übergeben musste. Glück für ihn, dass er die Tonne noch greifen konnte. Sie ersparte ihm den kompletten Zusammenbruch und den Auswurf auf die Straße. Die Kameras vor Ort hätten das unziemliche Verhalten penibel dokumentiert und sein Sozialkredit wäre weiter dahingeschmolzen.

Doch weiter kam er nicht. Schwankend hielt er sich an der Tonne fest, unfähig loszulassen. Denn die Welt um ihn herum drehte sich immer schneller. Der Gedanke, dass er jetzt keinesfalls hier zusammenbrechen durfte, schoss ihm durch den Kopf. Nicht hier abkippen und von einer Streife aufgelesen werden. Was keine

Viertelstunde dauern würde, denn das Überwachungssystem würde den Bewusstlosen sofort melden.
Er musste sich verdammt lang an der Tonne festgekrallt haben. Fror fürchterlich, kämpfte mit dem Schwindel und gegen den Besinnungsverlust. Zwar behielt er die Oberhand, kam aber keinen Schritt weiter. Obwohl er sich immer dazu zu bringen versuchte, weiter voranzukommen. Doch jede falsche Bewegung hätte zum totalen Kontrollverlust führen können.
Gegen halb vier Uhr morgens kam ein von einem Esel gezogener Karren vorbei. Die Gefährte waren der Partei schon seit Jahren ein Dorn im Auge, denn für solche archaischen Geräte gab es in ihrem Weltbild keinen Platz. Doch alle Versuche, die Gefährte durch elektrifizierte Dreiräder zu ersetzen, waren an der Sturheit der ortsansässigen Bevölkerung gescheitert.
Die Frau auf dem Kutschbock hatte ihre besten Jahre schon hinter sich. Ihr Broterwerb bestand offensichtlich hauptsächlich darin, verwertbare Müllreste auf ihren Wagen zu laden und einem wie auch immer gearteten Recycling zuzuführen. Deswegen hatte sie auch die Tonne angesteuert, an der Mohammed abhing. Nachdem sie mit geübtem Blick erkannt hatte, dass in der Tonne nichts zu holen war, wandte sie sich dem schlotternden und schluchzenden Holzhändler zu. Sie hegte keinen Zweifel daran, dass der Mann zu tief ins Glas geguckt hatte.
»Lieber Herr, ist es Ihnen nicht gut?«
Mohammed nickte nur krampfhaft, unfähig sich auch nur ansatzweise zu artikulieren. Jetzt weniger durch den Restalkohol behindert, als komplett am Ende seiner Kräfte.
»Wo müsst ihr denn hin? Ich bringe euch!«
Mohammed gelang es zitternd, den Namen des Marktes neben seinem Haus hervorzubringen. Die Frau hakte sich unter und zog ihn auf den Wagen. Vor der Haustür erleichterte sie ihn um seine letzten 100 Yuan.

»Ich war sinnlos betrunken. Ich habe über den Durst getrunken. Ein schwerer Fehler. Ich entschuldige mich dafür.«
Die Probleme mit seiner Tochter ließ Mohammed unerwähnt. Er war sich sicher, dass seine Vorbehalte gegenüber ihrem Freund und ihrer Lebensweise ihm nur weitere Schwierigkeiten bereiten würden. Obwohl auch die Partei Beziehungen zwischen Ortsansässigen und Han-Chinesen nicht guthieß.
»Einer der wichtigsten Pfeiler unserer Gesellschaft ist der soziale Zusammenhalt«, kam es jetzt aus dem Aktivlautsprecher. »Wie engagierst du dich für die Gemeinschaft?«
»Ich bemühe mich in meiner wenigen Freizeit immer darum, denen zu helfen, die Gott nicht so reich beschenkt hat wie mich. Die Gemeinde und ich sammeln immer wieder Kleider- und Lebensmittelspenden, um Bedürftige zu unterstützen. An Freitagen unterrichte ich auch in der Moschee.«
Nicht, dass der Bot es nicht bereits im Festspeicher gehabt hätte. In der dort abgelegten Einschätzung als Person billigte das System dem Delinquenten durchaus große Empathie gegenüber seinen Mitmenschen zu. Doch der Bot zielte nur darauf ab, keine Unklarheiten darüber aufkommen zu lassen, dass man auch um das Engagement in der islamischen Gemeinde genauestens Bescheid wusste.
»Was du in der Moschee treibst, ist deine Privatsache. Es hat keinen Einfluss auf den Sozialkredit.«
Eine Antwort, die Mohammed in keinster Weise überraschte. Das System demonstrierte seine Macht: Du kannst machen was du willst, aber wenn es nicht genau das ist, was wir für dich vorgesehen haben, dann kannst du damit nicht punkten. Was passiert, wenn du dich gegen uns wendest, kapierst du hoffentlich. Und der Bot hatte noch mehr auf Lager.
»Dein Sozialkredit schrumpft stetig. Weißt du überhaupt, wo du momentan stehst? Nein, es interessiert dich gar

nicht. Du fragst ihn niemals ab. Damit du es weißt, du bist jetzt exakt bei 502 Punkten. Du solltest peinlich darauf achten, dass du nicht tiefer sinkst.«
Mohammed spürte die Ermüdung am ganzen Körper. Ein Gefühl unendlicher Hilflosigkeit übermannte ihn mehr und mehr. Er machte den Kotau. Weil er keine Wahl hatte und auch nicht mehr die Kraft, sich zu widersetzen.
»Ja, mein Herr, ich werde an mir arbeiten.«
Der Scanner unter der Hand arbeitete pausenlos. Maß Körpertemperatur, Schweißproduktion und Durchblutung. Und errechnete mit 95%iger Wahrscheinlichkeit, dass der Verhörte log.
»So kommen wir nicht weiter Bürger Sheng. Woher deine plötzliche Einsicht? Jetzt auf einmal? Du bist ein Lügner! Erst letzte Woche hast du wieder falsch geparkt. Dein Traktor samt Hänger hat die gesamte Straße versperrt. Dafür haben wir dir noch mal fünf Punkte abziehen müssen. Doch du verstehst es immer noch nicht. Deine Bockigkeit wird dich nochmal alles kosten. Damit du einsiehst, dass wir es ernst meinen: Wir entziehen dir für einen Monat deinen Führerschein.«
Das saß. Die Möglichkeit sein Holz nicht selbst ausfahren zu können, würde Mohammed noch weiter in finanzielle Bedrängnis bringen. Er würde einen oder mehrere Fahrer engagieren müssen. Zu erschöpft, um der Allmacht und Allwissenheit des Systems etwas entgegensetzen, schwieg er. Der Abgrund, in den ihn die Demütigung stürzte war zu tief, um der absoluten Übermacht etwas entgegensetzen zu können. Doch dabei wollte es das System nicht belassen.
»Bürger Sheng, dein Schweigen verrät dich!«
Mohammed wusste, dass er gut daran getan hätte, jetzt die mangelnde Treue gegenüber dem System zu leugnen, fadenscheinige Ausreden für sein Verhalten zu präsentieren, doch die Stimme versagte ihm den Dienst.

»Bürger Sheng, du verweigerst die Zusammenarbeit mit uns. Was in Anbetracht der Anschuldigungen gegen dich ein schweres Vergehen darstellt.«
Die Maschine gab ihm Zeit, um sich zu äußern. Doch als er dazu ansetzte, unterbrach sie ihn umso barscher.
»Nein, nein! Das sind doch alles unhaltbare Schutzbehauptungen! Du verschwendest meine Zeit! So geht das nicht! Glaube nicht, dass ich nicht weiß, dass du im Mai an einem gesellschaftsfeindlichen Aufruhr gegen ordnungsgemäße Organe des Staates teilgenommen hast! Und das unter dem schmählichen Vorwand des Protestes gegen die Erhöhung der Einschlaggebühren!«
Kunstpause. Aber Mohammed kann sich nicht mehr verteidigen. Er seufzt nur kraftlos. Das System hatte antizipiert, dass es ihm ein weiteres Mal das Wort abschneiden könnte. Die Gelegenheit gibt er ihm aber nicht. Die Machtdemonstration scheiterte, aber das nahm dem Bot kaum dem Wind aus den Segeln. Stattdessen erhob er einfach weiterhin Vorwürfe. Ein leichtes Spiel, wenn man fast alles im Leben eines Menschen auf der Platte hat.
»Wie oft hast du deinen Müll einfach neben dem Container abgelegt? Du glaubst wir kriegen das nicht mit? Ist dir nicht klar, wie dieses Verhalten der Gemeinschaft schadet? Wenn kein Platz mehr im Container ist, dann wirft man ihn eben woanders weg. Oder nimmt ihn wieder mit.«
Wieder Kunstpause.
»Auch dafür hast du keine Entschuldigung? Aber vielleicht fällt dir etwas zu deinem Zigarettenkonsum ein? Oder hast du da auch schon den Überblick verloren? Weißt du eigentlich, wie viele Glimmstengel du täglich in dich reinpaffst? Wann hast du das letzte Mal Sport gemacht? Wenn es mehr als ein paar Meter sind, nimmst du sofort den Traktor! Schau dir doch deine Wampe an!«
Die Stimme aus dem Lautsprecher wurde immer schneidender. Der völlig hilflose Mohammed fiel jetzt vor dem Automaten auf die Knie, wie er es vor seinen

menschlichen Vernehmern gewohnt war. Stammelte verzweifelte Selbstkritik, um den Wutausbruch des Bots zu besänftigen. Dabei verließ ihn sein nicht allzu sattelfestes Mandarin. Ein Punkt, der dem Vernehmer einen weiteren Hebel bot.

»Steh auf, du Lump! Versteck dich nicht vor der Kamera! Bist du dir deiner Erbärmlichkeit nicht bewusst? Dein Chinesisch strotzt vor Fehlern! Deswegen weigerst du dich auch, mittels der sozialen Medien zu kommunizieren. Hast du dir irgendwann schon mal Mühe gegeben, deine Sprachkenntnisse zu verbessern? Bürger Sheng, du verstößt immer wieder gegen die staatliche Ordnung. Deswegen hast du auch nie eine offizielle Belobigung bekommen. Du bewegst dich haarscharf an der Grenze, was dein Sozialkredit deutlich aufzeigt. Das ist gefährlich. Das weißt du. Aber es gibt immer Grenzgänger. Aber treibe es nicht zu weit. Hast du mich verstanden? Es würde dir und deiner Familie nicht gut tun. Und du stehst schon ganz oben auf der Liste!«

Mohammed wollte etwas erwidern, nahm alle Kraft zusammen. Doch der Bildschirm wurde schlagartig dunkel. Hinter ihm sperrte einer der Geheimpolizisten die Tür auf und befahl ihm, sich zu erheben. Das Verhör sei beendet.

Draußen verfrachteten ihn zwei Geheimpolizisten in eine Arrestzelle. Hier ließen sie ihn schmoren. Seine Uhr und sonstige persönliche Gegenstände nahmen sie ihm vorsorglich ab. Wodurch ihm jegliches Zeitgefühl abhandenkam. Als sie ihn wieder freiließen, erfuhr er von seiner Frau, dass er vier volle Tage im Arrest gesessen hatte. Seine Uhr bekam er bei der Entlassung zurück. Den Führerschein und sein Bargeld verweigerten sie ihm.

~

Am selben Abend wurde eine weitere Person verhaftet. Im Gegensatz zu Mohammed war die völlig arglos. Und Han-Chinese.

Ein Team aus drei Geheimpolizisten hatte vom System die Anweisung bekommen, in Gebäude Zwei in Nummer 15 Tongrong Straße eine Verhaftung vorzunehmen. Mit der Leitung der Operation war Wei Ba betraut, ein langjähriger Mitarbeiter des Geheimdienstes im Rang eines Gefreiten. Auf seinem Handy poppten die Daten des Arrestanten auf. Vom Rücksitz des Dienstwagens der Marke BAIC wies er den Fahrer an, die Adresse anzusteuern.

Wei war klar, dass es sich hier um keine gewöhnliche Verhaftung handelte. In der Xuefu Straße im Zentrum Ürümqis wohnten keine minderbemittelten Querulanten. Wer sich hier eine Wohnung leisten konnte, der gehörte zur Nomenklatura.

Der Geheimpolizist fragte sich schon und wiederholt, was einer aus der Schicht der Bonzen ausgefressen haben musste, damit man ihn aufs Revier zitierte. Den Grund dafür verriet ihm sein Handy nicht. Aber zumindest konnte er mit diversen Klicks während der Fahrt herausfinden, welche Position der zu Verhaftende einnahm. Und er staunte nicht schlecht: Sekretär des Wirtschaftsrates des Viertels Shuimougou.

Wei ließ während der Fahrt darüber sinnierend, was man dem Arrestanten wohl vorwerfen würde, die Fassaden der Häuser am Straßenrand an sich vorbeiziehen. Es musste Korruption sein.

Natürlich waren alle Kader korrupt. Warum denn auch nicht? Warum sollte sich jemand der Ochsentour unterwerfen, im System aufzusteigen, wenn er dann nicht bereit war, die Früchte seiner Mühen zu ernten? Nur falls einer es zu weit trieb, geradezu übertrieb, dann bekam er Probleme. Der Mann musste gehörig über die Stränge geschlagen haben.

Doch einen Apparatschik in dieser Position festzusetzen, war nicht eben einfach. Wenn er Probleme machte, konnte man ihn nicht einfach den Arm umdrehen, ihm Handschellen anlegen und ihn auf den Rücksitz verfrachten. Solche Respektlosigkeiten konnten schnell auf einen zurückfallen. Denn es war keineswegs sicher, dass der Mann endgültig weg vom Fenster war. Und wenn er das nicht war, dann konnte das ganz schnell auf einen selbst zurückschlagen. Da würden dann auch die kriecherischste Entschuldigung und ein saftiges Bestechungsgeld nichts mehr ausrichten können. Die Karriere: dann mit Sicherheit hinüber. Selbst wenn man nicht im Lager landete.

Geheimpolizist Ba beschwor sich immer wieder, höflich und zuvorkommend zu bleiben, egal was ihm Li Dandan an den Kopf würfe. Keinesfalls körperliche Gewalt anwenden. Was ihn in größte Verlegenheit gegenüber seinen Vorgesetzten brächte. Er müsste sich dann einen guten Grund einfallen lassen, warum die Festsetzung nicht erfolgt war. Einen Grund, den es so nicht gab. Denn wenn er angab, sie hätten Li Dandan nicht angetroffen, dann würde ihn sein Vorgesetzter erneut losschicken. Und das nicht ohne einen höhnischen Kommentar. Was hieß, dass er dem Dilemma nicht entkommen konnte. Das Navi meldete, dass sie das Ziel erreicht hatten. Der Kollege am Steuer hielt den Wagen vor einem luxuriösen Wohnkomplex an, an dessen Eingang ein Portier stand. Er musste mindestens 20 Stockwerke haben. Die gesamte Fassade war mit selbst tönenden Scheiben überzogen, die dafür sorgten, dass immer genau so viel Licht einfiel, dass Raumtemperatur und Raumklima konstant gehalten wurden. Und das ohne den Einsatz einer energiefressenden Klimaanlage, sprich, das Gebäude war nach den neusten Energiestandards ausgelegt. Was wiederum hieß, dass es kaum älter als ein Jahr sein konnte.

»Bist du dir sicher, dass wir hier richtig sind? Was ist das denn für ein Typ, den wir da einkassieren sollen?«

»Der ist Sekretär des Wirtschaftsrates von Shuimougou. Wir müssen verdammt vorsichtig sein! Wenn da was schiefgeht, dann fällt das auf uns zurück.«
Jetzt dämmerte den jungen Kollegen übergangslos, was da anlag. Einer setzte zu einer Erwiderung an, im gelang aber nur ein hoffnungsloses Grunzen.
»Ich mache mir schon die ganze Zeit Gedanken darüber, wie wir am besten an die Sache rangehen«, kam es schließlich von Wei. »Wir müssen ausgesucht höflich sein. Kein Wort in Richtung Verhaftung. Wir bitten ihn unverfänglich, uns zu begleiten. Behaupten, der Chef wolle ihn kurz sprechen. Machen auf Fahrdienst. Versichern ihm, dass wir ihn dann unverzüglich wieder zurückbringen.«
»Und wenn er sich nicht darauf einlässt?«
»Dann sind wir reichlich angeschissen! Dann gehen wir wieder!«
»Was machen wir dann?«
Wei Ba riss der Geduldsfaden.
»Woher soll ich das denn wissen?«, fuhr er seinen Kollegen an und stieg sich unmotiviert aus dem Wagen drückend aus.
Der Portier, der eben noch rauchend vor der Tür stand, hatte sich ins Innere des Gebäudes verzogen. Wie auch Mohammed bei seinem Aufgriff war ihm völlig klar, welcher Zunft die drei Typen in dem weißen Auto angehörten. Einem Gewerbe, mit dem er nichts zu tun haben wollte. So hatte er sich hinter seinem Tresen verschanzt, hoffend, dass der ihn vor den Männern in den billigen Anzügen in blassschwarz schützen würde.
»Li Dandan?«, fragte Wei knapp.
Der Portier nannte ihm überrascht die Wohnungsnummer. Schweigend fuhren die Geheimpolizisten im Aufzug in den 14. Stock. Trabten dann mutlos zur Loft 1429.
Ein Dienstmädchen öffnete ihnen die Tür, ohne dass sie hätten klingeln müssen. Bat sie, im Korridor einen Moment zu warten. Führte sie dann in den Salon. Li

Dandan hatte es sich mit einem Glas Cognac auf dem Sofa gemütlich gemacht, forderte sie nicht auf, sich zu setzen.
»Was kann ich für euch tun?«
»Wir müssten Sie zur Klärung eines Sachverhalts bitten, uns auf die Stadtverwaltung zu begleiten.«
Wei Ba vermied tunlichst das Wort Revier.
»Und da kommt ihr extra vorbei, um mich abzuholen? Habt ihr schon mal was von der Erfindung von Skype gehört?«
Li Dandan hat schon einige Gläschen intus. Sonst wäre er wohl kaum zum Spaßen aufgelegt gewesen. Er lachte schallend über seinen eigenen Witz. Wei Ba und seine jungen Kollegen fanden den Joke nicht ganz so lustig, lächelten aber pflichtschuldig.
»Werter Herr, wir bedauern, Sie an Ihrem wohlverdienten Feierabend stören zu müssen. Es wird nicht lange dauern. Deswegen sind wir auch persönlich gekommen. Wir bringen Sie selbstverständlich nach dem kurzen Gespräch auch wieder zurück.«
Wieder trompetete Herr Dandan sein penetrantes Lachen: »Und ihr glaubt, ich setze mich zu euch in eure Rostlaube? Wahrscheinlich so ein klappriger BAIC? Da bin ich ja meines Lebens nicht mehr sicher!«
Wo er recht hatte, hatte er recht. Wei Ba fühlte sich so gar nicht wohl in seiner Haut. Er musste den Magnaten einfach irgendwie dazu bringen, ohne großes Aufsehen mitzukommen. Sonst hatte er ein noch größeres Problem.
»Werter Herr, es ist nicht weit! Sie werden umgehend wieder zurück sein. In Ihrem Zustand sollten Sie vielleicht nicht mehr fahren ...«
Kaum hatte er die Worte ausgesprochen, bereute er es schon. Einem Genossen von solchem Kaliber unterstellt man nicht, dass er angetrunken sei. Doch das Schicksal blieb ihm gewogen. Sein Promillespiegel stimmte den Magnaten großmütig. Vielleicht war ihm auch nur langweilig.

»Mein kleiner Freund, natürlich kann ich noch fahren! Ich kann immer fahren! Aber weil du es bist, will ich mal nicht so sein.«
Er kippte den Rest seines Cognacs mit einem Zug in sich hinein. Rülpste ausgiebig und zog sich aus dem Sofa hoch. Was ihm wesentlich schwerer fiel, als er angenommen hatte.
Doch immer noch gut gelaunt tänzelte er in Richtung Wohnungstür. Dort fischte er sich eine leichte Jacke vom Haken. Die machte Zicken, ließ sich nicht ohne Weiteres abziehen. Beim dritten Versuch riss der Aufhänger. Li Dandan schenkte dem keine Beachtung und schlüpfte ungelenk hinein. Das Dienstmädchen stand schon in der geöffneten Tür.
Das mit dem »ist nicht weit«, war natürlich so nicht richtig. Auch wenn sie ihn wirklich in das Rathaus hätten bringen sollen, wäre es eine Fahrt von circa einer halben Stunde gewesen. Doch in Wirklichkeit lautete der Befehl, den Unternehmer in die neu errichtete Geheimdienstzentrale in der Zhongshan Straße in Changji zu bringen. Unter einer dreiviertel Stunde nicht zu machen.
Doch wieder war den drei Geheimpolizisten das Glück hold. Sobald er auf der Rückbank Platz genommen hatte, nickte Li Dandan ein.
Schwieriger war es, ihn dann aus dem Auto zu kriegen. Als sie vor der Geheimdienstzentrale hielten, schlummerte und schnarchte der Magnat immer noch friedlich. Wei öffnete vorsichtig die Hintertür des Wagens.
»Werter Herr, wir sind da!«
Der Schlafende schnarchte unverdrossen weiter. Wei wurde lauter. Doch es half nichts. Der Magnat schlief den Schlaf des Ungerechten. So musste ihn der Geheimpolizist wachrütteln. So richtig rütteln. Als der Schlaftrunkene endlich realisierte, was los war, endete die Glückssträhne der Beamten abrupt. Den Bruchteil einer

Sekunde blickte er sie noch ungläubig an. Dann legte er los. So richtig. Brüllte, was seine Lungen hergaben.
»Ihr dreckigen Bastarde! Wo sind wir denn hier? Am Arsch der Welt! Nicht weit! Wollt ihr mich verarschen?«
»Aber werter Herr ...«
»Ihr beiden Pfeifen fahrt mich jetzt sofort wieder zurück! Ihr meint doch nicht im Ernst, dass ich da mit euch reingehe?«
»Werter Herr, wir sind wirklich untröstlich. Aber der Befehl kam von ganz oben!«
Nicht, dass Li Dandan irgendwelche Zweifel daran gehabt hätte. Er war jetzt wieder so nüchtern, dass er begriff, dass da was im Gange war. Etwas, das aus dem Ruder zu laufen drohte. Und genau deswegen brüllte er noch lauter.
»Wenn ihr nicht den Rest eures Lebens auf der Müllhalde Altmetall aus stinkendem Abfall klauben wollt, dann bringt ihr mich sofort zurück!«
Wei Ba und seinen jungen Kollegen standen die Schweißperlen auf der Stirn. So kurz vor dem Ziel und doch schien alles den Bach runterzugehen. Alle Versuche Li Dandan wieder herunterzubringen, liefen ins Leere. Der hocke auf der Rückbank und randalierte einfach weiter. Einen Teil seines Erfolges verdankte er der Tatsache, dass er die stärksten und voluminösesten Lungen weit und breit hatte.
Endlich kam Rettung. Aus dem Kommissariat kam Yong Chen, Polizeioberst der Antikorruptionsbehörde aus Peking. Und das in vollem Wichs.
Nicht, dass er es eilig gehabt hätte. Mit einem Blick die Situation erfassend, schritt er würdevoll durch das Tor des Kommissariats, schwenkte minimal in Richtung des weißen Dongfeng ein und zog die Hintertür auf.
Li Dandan verstummte sofort, warf dem Polizeioberst vor dem Wagen jedoch einen bitterbösen Blick zu. Der wandte sich dem Querulanten betont höflich zu: »Werter Herr, wirklich sehr freundlich von Ihnen, dass Sie so

schnell für mich Zeit hatten. Ich habe nur ein paar klitzekleine Fragen an Sie. Folgen Sie mir bitte!«
Grummelnd schälte sich der Magnat aus den Wagen. Immer noch ganz die Höflichkeit in Person eskortierte Oberst Chen ihn in das Kommissariat. Dort musste der Unternehmer weder warten noch sich mit einem Plastikstuhl begnügen. Stattdessen setzte ihm die Sekretärin des Obersts ungefragt eine Tasse grünen Tee vor. Li ergriff die Tasse gierig. Verbrannte sich erst einmal ordentlich den Mund. War sich aber darüber im Klaren, dass er das Heißgetränk jetzt dringend brauchte, um seinem Alkoholspiegel etwas entgegenzusetzen. Sein Vernehmer, der sich, wenn gefragt, allenfalls als Gesprächspartner bezeichnet hätte, nahm ihm gegenüber Platz.
Trotz der gesellschaftlichen Stellung des Magnaten ließ es sich der Polizeioberst nicht nehmen, mit großer Geste eine Mappe aus dem Schreibtisch zu ziehen. Für den Blick hinein genehmigte er sich ein, zwei Minuten. Obwohl er alles in- und auswendig kannte, was sie beinhaltete. Dann rückte er sich kurz zurecht, räusperte sich und schaltete von seinem Dauerlächeln auf Ernst um.
»Etwas über eine Million Yuan war Ihnen also der Auftrag wert. Genauer gesagt 1130000 Yuan. Herr Dandan, ich muss konstatieren, dass Sie die Preise hier in der Provinz gut kennen. 1,1 Millionen hätte ich auch veranschlagt. Für einen Auftrag dieser Größe. Nicht zu viel und auch kein Almosen.«
Li Dandan schluckte. Wie konnte der Typ die genaue Summe kennen? Er hatte doch alles getan, um die Kohle so geräuschlos wie möglich zu transferieren. Noch dazu in mehreren Tranchen. Eine davon in einem Casino in Macao.
Um immer im richtigen Moment bei Kasse zu sein, hatte er bei verschiedensten Banken Unmengen von Bargeld gebunkert, auf das er dadurch unkontrollierten Zugriff zu haben meinte. Auch bei sich daheim bunkerte er im

Gehäuse eines Kühlschranks dicke Geldbündel, um nie in die Verlegenheit zu kommen, in der Stunde der Wahrheit nicht bei Kasse zu sein.
»Werter Herr«, sagte er plötzlich völlig ernüchtert, »ich weiß nicht, wovon Sie sprechen.«
Mit der Taktik, dass jemand im Moment der Konfrontation die Fakten nicht überzeugend würde untermauern können, war er schon immer gut gefahren. Denn kaum jemand ist darauf vorbereitet, von einem Moment auf den anderen eine lückenlose Beweiskette vorzulegen. Doch Oberst Chen konnte genau das und noch mehr.
»Ich weiß, dass Sie genau wissen, wovon ich spreche. Und ich werde es Ihnen Yuan für Yuan entwickeln,« erklärte ihm der Beamte der Antikorruptionsbehörde völlig emotionslos. Zu diesem Zweck legte er seinen Computer auf einen 60 Zoll-Bildschirm, der in die Wand seines Büros eingelassen war. Dem Verhörten stockte der Atem.
Auf dem Monitor erschien ein gestochen scharfes Bild seiner Wohnung. Die Perspektive ließ den Betrachter nicht im Zweifel. Es musste der riesige Flachbildschirm an der Wand seines Arbeitszimmers sein, der die Szene aufgenommen hatte.
Hinter dem Schreibtisch sah man Li Dandan, der einer Schublade Bündel von unbenutzten Dollars im Äquivalent von etwa 200000 Yuan entnahm und sie seinem Gegenüber anreichte. Der stapelte sie an der Schreibtischkante und zählte zufrieden mit. Auch das Gesicht des Gegenübers war in Hochauflösung deutlichst zu erkennen: Der Präsident des für die Vergabe von Bauaufträgen zuständigen Amtes: Barde Bambang. In der Hoch- und Tiefbaugeschäftswelt auch als »Triple B« bekannt.
Auch das leiseste Atmen der beiden Geschäftspartner, das Rascheln der Scheine, sogar das Abrollen der Bürostühle auf dem Laminatboden waren deutlich zu vernehmen. In super Stereo-Sourround-Qualität das

Gespräch der beiden Honoratioren. Die Sensoren des Bildschirms, die eigentlich dazu dienten, die Wünsche des Betrachters dem von Lippen und Körper abzulesen, hatten jedes noch so unwichtig erscheinende Detail dokumentiert.

»Fünftausend ..., Fünftausend ..., fünftausend und last but not least noch mal fünftausend.«

»Danke, werter Herr, wirklich überaus zuvorkommend. Ich werde alle Maßnahmen in die Wege leiten, damit alles reibungslos klappt. Es wird keine Verzögerungen geben.«

Li Dandan quittierte die Worte des korrupten Beamten mit einem wohlwollenden Lächeln. Der hatte Schwierigkeiten die verschiedenen Geldpakete so in den diversen Taschen seines Sakkos zu verstauen, dass sie bei einer falschen Bewegung nicht sichtbar würden.

Am Ende des Gesprächs erhoben sich beide Geschäftspartner und versicherten sich wortreich, wie glücklich sie doch seien, dass der Deal zu so einem profitablen Abschluss gekommen sei. Nicht fehlen durften natürlich gegenseitige Zusicherungen, wie sehr man die Integrität und die Zuverlässigkeit des anderen schätze, dass die beiderseitige Freundschaft auf Fundamenten basiere, die durch nichts zu erschüttern seien. Der Bauunternehmer war geplättet.

»Woher haben Sie die Aufnahmen? Wie sind Sie da rangekommen?«

»Das lassen Sie mal mein Problem sein.«

»Ich habe Zehntausende von Yuan bezahlt, um mein Büro gegenüber allen Angriffen von außen abzuschotten.«

»Die haben Sie bezahlt, damit Ihre Konkurrenten nichts von Ihren Deals mitkriegen. Den Augen der Partei und des Staates entgeht nichts!«

Unbändige Wut stieg in Li Dandan auf. Wozu bezahlte er die Dilettanten eigentlich, wenn seine geheimen Deals in hochauflösender Filmqualität dokumentiert wurden? Aber er wusste nur zu gut, dass sein Vernehmer nicht bluffte. Auch er hatte sich so gut im Griff, dass er jetzt nicht überreagierte. War Profi genug, um auch in einer eskalierenden Situation die Oberhand behalten zu können. Es wäre ihm nie in den Sinn gekommen, die Rechtmäßigkeit des Überwachungsvideos in Zweifel zu ziehen. Staat und Partei durften das.

»Ich gebe zu, dass es ein ungewöhnlicher Vorgang ist, wenn ein Unternehmer einem Beamten der Stadtverwaltung 20000 Dollar in bar übergibt. Aber es handelte sich um einen persönlichen Privatkredit.«

»Für einen guten Freund«, fügte er nach einer etwas zu langen Pause hinzu.

Der Oberst aus Peking klickte mehrere Male auf seine Maus. Auf dem Bildschirm startete ein neues Video. Wieder waren die beiden Erzfreunde ins innige Gespräch vertieft zu sehen.

»Da, da ist er! Der Tiankang Expressway. Du weißt, hier staut sich der Verkehr zu jeder Tages- und Nachtzeit.« verkündete Triple B mit großer Geste.

»Das brauchst du mir nicht sagen! Das Ding sollte irgendwann mal der Supertunnel mit Schnellstraße werden. War es auch mal. Aber jetzt ist es ein Nadelöhr. Dazu eines, dass gewaltigst sinkt! Aber wird sich da wirklich was tun?«

»Davon kannst du ausgehen, mein Freund. In den letzten zwei Monaten haben sich dort über sechzehn schwere Verkehrsunfälle ereignet. Vier Personen kamen dabei zu Tode. Schlimmer noch: jedes mal war der Expressway für Stunden gesperrt! Tausende von Pendlern kamen zu spät zur Arbeit!«

Li Dandan gab sich interessiert, obwohl ihm das Bauvorhaben nicht sensationell anmutete.

»So einen Tunnel kann man im Allgemeinen recht konservativ kalkulieren. Große Unbekannte gibt es da nicht. Die Margen sind nicht schlecht, aber auch nicht sensationell.«

Triple B lachte dreckig.

»Du irrst dich mein Freund!«

»Und wärst du so nett, mich aufzuklären?«

»Die ursprüngliche Planung wird davon ausgehen, dass man den Tunnel einfach um zwei Fahrspuren erweitert. Während der Arbeiten stellt sich heraus, dass das nicht möglich ist. Grund: Wegen der dichten Bebauung wird zum richtigen Zeitpunkt mehr als deutlich, dass die Gefahr einer Absenkung imminent sein wird, wenn man der ursprünglichen Planung folgt. Und dann wird der Auftrag für dich erst interessant.«
Jetzt verstand Li Dandan.
»Ich biete zu einem Spottpreis an, der alle Konkurrenten unterbietet. Nur, damit ich im Geschäft bin.«
»Und dann ziehst du nach! Aufgrund der unvorhergesehenen Hindernisse stellst du satte Nachforderungen. Die wird dir niemand verweigern können. Denn eine Hauptverkehrsader kann man nicht einfach platzen lassen.«
Ab diesem Moment war Li Dandan mehr als interessiert gewesen. Vom Video in Hochauflösung mitgeschnitten. Jetzt blickte ihm der Polizeioberst aus Peking direkt in die Augen. Und das völlig emotionslos. Schnitt ihm gnadenlos das Wort ab, als er dazu ansetzte, weiter an seinem Lügengeflecht zu spinnen.
»Herr Dandan, wir wissen beide nur zu gut, über was wir hier sprechen. Es handelt sich um einen glasklaren Fall von Korruption und um nichts anderes. Denken Sie gar nicht daran, auch mich schmieren zu wollen.«
Er zeigte auf eine Überwachungskamera an der Decke.
»Alles, was Sie hier von sich geben, wird lückenlos dokumentiert. Und das in bester Videoqualität. Ich bin sicherlich der letzte, werter Herr, der Ihnen das erklären muss: Schon der Versuch ist strafbar!«
Jetzt hatte der Beamte der Antikorruptionsbehörde den großmäuligen Magnaten da, wo er ihn haben wollte. Li Dandan gab seinen Widerstand auf. Schwieg endlich, anstatt zu versuchen, sich mit neuen Schutzbehauptungen herauszureden.
»Den Expressway können Sie komplett vergessen. Da sind Sie draußen. Wie gesagt: komplett! Lassen Sie sich

was einfallen, warum Sie sich sofort und für immer aus dem Projekt zurückziehen.«

Das Schnaufen des Bauunternehmers war mehr als vernehmlich.

»Herr Dandan, trotz allem sind Sie eine Stütze der Gesellschaft. Auch ich weiß um Ihre Verdienste um Staat und Partei. Unsere Behörde wird eine Strafzahlung festlegen, die Sie dann ohne jegliches Aufsehen und absolut geräuschlos entrichten. In Zukunft werden Sie sich an die Linie halten, die der Generalsekretär auf seiner Rede beim letzten Volkskongress vorgegeben hat: saubere Hände! Ohne Wenn und Aber!«

Li Dandan schoss der Gedanke durch den Kopf, aufzuspringen und dem Lackaffen vor ihm eine Tracht Prügel zu verabreichen. Dumm nur, dass der ihm wahrscheinlich körperlich überlegen war. In Anbetracht der Überwachungskamera an der Decke wohl eher ein Glücksfall.

So hüllte sich der Manager in wütendes Schweigen und sah seinem Gegenüber dabei zu, wie der leidenschaftslos auf seinem Tablet tippte. Doch eine Frage hatte er dann doch noch:

»Wer wird den Auftrag jetzt bekommen?«

Yong Chen blickte genervt von seinem Tablet auf.

»Geht's noch?«

Nach einer Pause fügte er ein »Sie können jetzt wirklich gehen!«, hinzu.

~

Kaum hatte Li Dandan seine Freiheit und sein Handy wiedererlangt, wählte er die Nummer von Yin Jang, dem Leiter der Geheimdienstzelle in Shuimougou. Nach längerem Läuten hatte er den einflussreichen Geheimdienstler an der Strippe.

»Yin, was soll das?«

»Was soll was?«

»Deine Leute haben mich eben abgegriffen!«

»Du machst Witze!«
Doch Yin Jang hegte keinen Zweifel daran, dass dem nicht so war. Dafür klang die Entrüstung in der Stimme des Magnaten zu authentisch. Der zögerte nicht, die ganze Geschichte haarklein zu berichten. Sein Gesprächspartner fühlte sich reichlich unwohl. Denn er kassierte ein ordentliches Bestechungsgeld dafür, dass Herrn Dandan bei seinen Geschäften niemand in die Quere kam.
»Li, ich bitte dich tausendmal um Entschuldigung. Momentan ist mir nicht klar, was da schiefgelaufen ist. Nur, dass da etwas gewaltig in die Hose gegangen ist. Ich werde mich sofort darum kümmern!«
Der erfolgreiche Unternehmer Dandan ließ ihn wissen, dass er davon ausgehe. Und legte dann, ohne sich zu verabschieden, auf.

~

Zwei Tage nach seiner Entlassung musste Mohammed wieder auf das Kommissariat. Er brauchte einfach seinen Führerschein, sonst konnte er seinen Laden nicht am Laufen halten. Der Diensthabende fragte nicht, warum er wieder aufgetaucht sei. Nahm nur den Briefumschlag mit den Wocheneinnahmen des Delinquenten an sich. Und das voller Verachtung. Ließ ihn dann noch eine halbe Stunde warten, bis er ihm den Führerschein aushändigte.

~

Zwei Wochen später war Li Dandan wieder mal recht angeheitert, als er gegen Mitternacht nach Hause kam. Auf dem Tischchen hinter der Tür lag der Poststapel, den der Portier wie jeden Tag heraufbrachte.
Noch beschwingt vom heiteren Abend mit Geschäftsfreunden ließ er sich auf den Stuhl im Korridor fallen und blätterte die Briefe durch. Völlig sinnfrei, denn die meisten würde er morgen seiner Sekretärin in die

Hand drücken, damit die gnadenlos aussortierte. Die meisten waren Belanglosigkeiten und Einladungen irgendwelcher Geschäftsfreunde zu minder wichtigen Events. Doch ein Umschlag erregte seine Aufmerksamkeit. Ein Zahlungsbescheid der Justizbehörde. Das erkannte er schon am Umschlag. Hatte er in letzter Zeit falsch geparkt? War er zu schnell gefahren? Normalerweise strichen wohlgesonnene Beamten derartige Zahlungsaufforderungen sofort aus dem Register. Nichts dergleichen!

Als es ihm endlich gelungen war, das Kuvert dank ordentlichem Alkoholspiegel mit fahrigen Fingern aufzureißen, stockte ihm der Atem. Die Zahlungsaufforderung war keineswegs wegen eines Bagatelldelikts ausgestellt worden. Der zu zahlende Betrag siebenstellig. Auf dem Formular der Behörde war der Grund der Strafzahlung penibel vermerkt: Umgehung der ordnungsgemäßen Ausschreibung für die Bauarbeiten auf dem Tiankang Expressway.

»Die ticken wohl nicht ganz richtig!«, entfuhr es dem Magnaten. Die gute Stimmung war beim Teufel. Fluchend torkelte Li in den Salon. Knallte den Schrieb auf das Schränkchen mit den Alkoholika und schenkte sich einen Whiskey ein. Einen doppelten. Was bildeten sich diese Trottel eigentlich ein? Ihn erst abkassieren und dann nichts dafür tun?

»Diese korrupten Säcke!«, grölte er jetzt komplett betrunken in den leeren Salon. Zwei Zimmer weiter warf sich seine Frau im Bett herum. Hoffend, dass er auf dem Sofa im Salon seinen Rausch ausschlafen würde.

Am nächsten Morgen, wählte er die Nummer von Yin Jang. Nachdem er zwei Schmerztabletten eingeworfen und eine halbe Stunde unter der Dusche verbracht hatte. Die Unterhaltung am Telefon verlief recht knapp.

»Yin, ich erwarte dich in einer halben Stunde in meinem Büro!«

Der scharfe Ton ließ den Parteikader erschaudern, er kapierte, dass der Magnat nicht die Spur eines Widerspruchs hinnehmen würde.
»Ich werde da sein!«
Inzwischen hatte Li Dandan in seinem Hauptquartier einen »Safe Room« eingerichtet. Die Wände des Raums absolut kahl. Auf handbreiten Stelzen im Raum stand ein Container aus Drahtgeflecht, der jegliche Strahlung abschirmen sollte. Darin ein Glaskasten, der das Nachaußendringen von Schall unterband. Im Inneren nur zwei Klappstühle. Sein Handy hatte der Kader schon vor der Tür abgegeben. Hier drin musste er sich ordentlich was anhören. Immer wieder die gleiche Litanei, nur in allen Tonlagen und Variationen. Warum er sie bezahle, wenn sie ihm solchen Ärger nicht vom Hals hielten. Immer wieder kaute der aufgebrachte Unternehmer seinen Vorwurf durch. Was das denn jetzt solle! Wedelte mit dem Bescheid vor der Nase des korrupten Beamten herum.
Der reagierte angemessen kleinlaut. Er könne sich einfach nicht erklären, wie es zu dem Missgeschick gekommen sei. Er werde sich sofort darum kümmern.
Sofort hieß zwei Wochen. Dann tauchte Yin wieder im Büro von Li Dandan auf. Noch mal eine Spur kleinlauter. Legte ein Bündel Geld auf den Tisch. Meinte, er könne nichts machen. Das System erlaube ihm nicht, die Strafzahlung zu annullieren. Li müsse abdrücken.
Li setzte zu einer weiteren Tirade an. Doch der Beamte unterbrach ihn. Er könne einfach nichts machen, so leid es ihm tue. Man müsse in Zukunft vorsichtiger sein. Er selbst habe eine nicht unbeträchtliche Strafe zahlen müssen. Um ein Haar hätte er seinen Posten verloren.

Kapitel 5: Widerstand keimt

Ürümqi: 27.07.2035

Vater Qumtur war extrem nervös. Dshamilja ebenfalls, noch dazu das keimte in ihr das Gefühl der Resignation, der Ausweglosigkeit. Gepaart mit der Traurigkeit über die Unabänderlichkeit des Schicksals einer jungen Frau in der autonomen Provinz Xinjiang. Sie saß in dem Zimmer, das sie sich mit ihren Schwestern teilte, und starrte die weiße Wand an. Die Mutter und die beiden Schwestern werkelten in der Küche.

Immer wieder blickte sie auf ihr Handy, die Minuten bis zur vollen Stunde zählend. Die verrannen quälend zäh, aber doch unaufhaltsam. Bis sich die Tür öffnete und die Mutter den Raum betrat, um sie in den Salon zu bringen. Sie hatte sich ein paar aufmunternde Worte zurechtgelegt, die ihr aber im Hals steckenblieben, als sie Dshamiljas Gesicht sah. Jegliche Hoffnung, dass der Termin ohne größer Blessuren über die Bühne gehen würde, war mit einem Mal dahin. Die Tochter kurz davor, hemmungslos in Tränen auszubrechen. Die Mutter: ratlos.

Beide starrten sich schweigend an, versuchend die Situation irgendwie zu retten. Sich nur zu bewusst, dass jetzt schon alles verloren war.

Nach einer Unendlichkeit des Schweigens raffte sich die Mutter auf: »Du verachtest ihn jetzt schon, ohne ihn auch nur einmal gesehen zu haben. Du wirst dich, egal was und wer er ist, nie auf ihn einlassen. Weil er für dich ausgesucht wurde. Wir hätten wissen müssen, dass es so läuft. Sehr dumm von uns. Aber er sitzt unten im Salon mit deinem Vater. Wir können ihn nicht einfach wegschicken. Steh das Essen durch und wenn er weg ist, dann reden wir nie wieder darüber!«

Dshamilja nickte schweigend und ließ sich von der Mutter in die Senkrechte ziehen. Die wollte sie schon nach unten führen, als sie sich nochmal umwandte.

»Ich verspreche dir hoch und heilig, dass wir, nach heute, nie wieder auch nur auf die Idee kommen, sowas zu arrangieren. Aber bitte, mach nicht ein solches Gesicht!«
Dshamilja nickte. Trotzdem sah sie aus, als ob sie aufs Schafott geführt werde. Die Mutter zog sie weiter.
Angeblich zählt der erste Eindruck, den wir von einem Menschen haben: so viel, dass er sich kaum mehr korrigieren lässt. Der verheerend. Ein Blick auf das gierige Grinsen ihres potenziellen Zukünftigen und Dshamilja fühlte alle ihre Befürchtungen übertroffen. Lieber sterbe ich, als mit diesem Mann jemals etwas zu teilen.
Der Blickwechsel dauerte maximal eine Zehntelsekunde. Dann schlug Dshamilja die Augen keusch nieder, wie es sich gehörte. Wobei sie gar nicht anders konnte, denn was sie sah, tat ihr körperlich weh.
Ihr gegenüber ein alternder Mann, der krampfhaft versuchte, das Bild, das er von sich selbst hatte, der Welt zu vermitteln. Natürlich alles in Gold: Die protzige Kette mit den massiven Gliedern um seinen Hals, das übergroße Rolex-Plagiat um sein linkes Handgelenk, der pompöse Siegelring, der sich in den Ringfinger seiner verfetteten Hand schnitt. Um ihn abzulegen, wäre der Mittvierziger gezwungen gewesen, ihn durchzuzwicken. Wahlweise den Ring oder den Ringfinger. Zu allem Überfluss die buschige Brustbehaarung, die sich um die breite Goldkette kräuselte.
Der Anzug war zweifellos teuer. Ebenso das schnell gefaltete Einstecktuch in der Brusttasche reine, reinste Seide mit güldenen Fäden. Unbezahlbar war sicherlich auch das Seidenhemd, dass sich über seiner stattlichen Wampe gefährlich spannte. Nur die Lackschuhe, zwar auf Hochglanz poliert, aber eben doch schon etwas mitgenommen. Im Prinzip passte das gesamte Outfit zu dem, was die Botschaft war. Doch die erdrückte Dshamilja in ihrer banalen Deutlichkeit. Nicht der leiseste Versuch dem, was da ablief, den Anschein einer geschäftlichen Transaktion zu nehmen. Sobald sich

Mutter und Tochter neben dem Vater auf einem der Diwane niedergelassen hatten, begann die Vorstellung.
Mit großer Geste überreichte der Freier seiner Angebeteten das Gastgeschenk. Die öffnete schüchtern die Geschenkbox, die keinen Zweifel daran lassen sollte, dass es sich um Markenware aus einer der teuersten Boutiquen Ürümqis handelte. Dshamilja nestelte unbeholfen an der überdimensionalen Schleife herum, die sich aber so einfach nicht aufziehen ließ. Was sicherlich auch an dem Widerwillen lag, den sie hegte, den Preis für sich entgegenzunehmen. Als sich das Gefingere peinsam in die Länge zog, übernahm schließlich die Mutter mit einem »Lass mich mal!«. Dshamilja zermarterte sich noch den Kopf darüber, wie sie am glaubwürdigsten Freude über das Geschenk heucheln könnte.
Doch die Mutter befreite sie von dieser Bürde. Sobald sie die Verpackung offen hatte, stieß sie einen schrillen Freudenschrei aus. Hielt eine goldne Brosche, besetzt mit Reihen von Halbedelsteinen hoch. Immer wieder murmelnd: »Schau doch, wie hinreißend! So ein großzügiges Geschenk! Werter Herr, wirklich zu großzügig!«
Das wertete der Freier als seinen Einsatz. Er begann Bilanz zu ziehen über alles das, was er ihr zu bieten bereit wäre. Zählte in buntesten Farben auf, was er seiner Zukünftigen zu Füßen zu legen würde.
Die Liste schien schier endlos. Das Auto, das Haus, die teuren Kleider, die Reisen, der Schmuck, die Restaurant- und Friseurbesuche. Und das bis an ihr Lebensende. Sicherlich ein schlagendes Argument in einem Land, in dem für viele Frauen mangelnde Versorgung im Alter eine der furchteinflößendsten Vorstellungen war.
Dshamilja tat ihr Bestes. Stimmte dem, was der Freier da unablässig von sich gab, mit einem »das ist ja wunderbar« in allen formulierbaren Varianten zu. Dabei immer die Augen demütig gesenkt, um ihre Abscheu nicht zu zeigen.

Denn was Landmaschinenhändler Abdullah Niyaz da aufaddierte, war nur der Preis für das, was er suchte: ein Dienstmädchen, das er beschlafen durfte, das ihm den Nachwuchs gebären würde, der den Weiterbestand seines Geschlechts garantierte.
Der Freier redete sich immer mehr in Ekstase. Das junge Kind, das ihm da gegenübersaß, hatte wahrlich seine Begierde geweckt. Es würde ihm auch jetzt noch die Möglichkeit bieten, die Familie zu gründen, nach der er sich so sehnte. So wie es sein Gott ihm befahl.
Derweil saßen die drei Mitglieder der Familie Qumtur ihm nichtssagend gegenüber, nur ab und zu eine Bemerkung einwerfend, die ihm suggerierte, dass sie an seinen Lippen hingen. Der Mann: ein überaus talentierter Verkäufer.
Plötzlich war der eben noch so fahrige Mohammed völlig ruhig. Er bat Mutter und Tochter mit klangloser Stimme, den Salon zu verlassen. Als die dem Wunsch nachgekommen waren, blickte ihn der Landmaschinenhändler, der um die Hand seiner Tochter freien wollte, erwartungsvoll an. Doch die Erwartung wurde enttäuscht, und zwar auf ganzer Linie.
»Werter Herr, ich bin untröstlich, aber ich kann Ihnen meine Tochter nicht zur Frau geben. Es geht einfach nicht!«
Er legte die goldene Brosche in die Geschenkschachtel und hielt sie dem Freier hin. Der rang eine Weile mit sich, war schon kurz davor, wüste Beleidigungen auszustoßen, was das Theater denn sollte. Nahm dann das Geschenk in einem plötzlichen Moment kristallklarer Einsicht zurück.
»Ja, Herr Qumtur, ich verstehe. Ganz im Ernst, ich verstehe Sie wirklich. Sie haben völlig recht. Ihre Tochter und ich, das passt nicht! Das hätte niemals gepasst. Malaikum Salam.«
Abdullah Niyaz erhob sich, fand seinen Weg entgegen jeglicher Gepflogenheit allein. Ließ den überforderten Mohammed ohne weiteres Aufhebens im Salon stehen. Als der abgewiesene Bräutigam gegangen war, sank der

wieder auf einen der Diwane im Salon nieder. Die Freude darüber, dass er das Richtige getan hatte, wich einer klammen Ratlosigkeit, wie es mit seiner Tochter weitergehen sollte. Die Stille im Haus bedrückend. So wie vorher das Geschwafel der Freiers.

~

Li Dandan war der Verlust des Auftrages auf dem Tiankang Expressway eine Lehre gewesen. Nicht, dass er etwa auf die Idee gekommen wäre, die Vergabe von Aufträgen zukünftig von der großzügigen Verteilung von Schmiermittel zu entkoppeln. Anders wurden Deals auf dieser Welt einfach nicht klar gemacht. Sein Erfolg beruhte nun wirklich nicht darauf, sich gegen die Realitäten auf diesem Planeten aufzulehnen, sondern sie gewinnbringend in seinem Sinne zu nutzen. Doch er hatte, wenn auch reichlich demütigend, erfahren müssen, dass er neue Wege würde gehen müssen.
Deswegen hatte er ein Meeting einberufen. Diesmal nicht in seinem Büro, nicht in einem Nobelrestaurant und auch nicht in einem Club mit jungen Bardamen. Nein, man traf sich etwas außerhalb von Ürümqi unterhalb der Geijiagou Grand Brücke. Ein eher prosaischer Ort. Denn die Herren hatten für ihre Zusammenkunft ein Abflussrohr gewählt, das bei starken Regenfällen dazu dienen sollte, die Wassermassen so zu kanalisieren, dass sie keinen Schaden an dem Bauwerk anrichten würden. Hier im Halbdunkel des Rohres mit einem Querschnitt von etwa drei Metern, waren die Herren und die Beamtin Deng Lin sich sicher, dass kein Überwachungssystem dieser Welt ihre Zusammenkunft dokumentieren würde. Obwohl der Gestank, den diverse brackige Pfützen am Grund des Kanals absonderten, nicht zum längeren Verweilen einlud. Von oben drang der Lärm der die Brücke passierenden Fahrzeuge nach unten. Gut so, denn dadurch würden eventuelle Abhöreinrichtungen massiv gestört.

Zu Beginn des Treffens hatten die beiden Bauunternehmer und die Beamtin sämtliche elektronischen Geräte in einer Smartphone Security Box abgelegt und den Deckel draufgemacht. Nicht nur die Handys, auch die Uhren und Wu Li Wuam hatte sogar sein Hörgerät aus dem Ohr gepult. Die Box würde sicherstellen, dass jegliche elektromagnetische Strahlung, die Einblicke in das Meeting nach außen hätte dringen lassen können, abgeschirmt wurde.
Bauunternehmer Dong hatte den Tunnel als letzter erreicht. Schnaufend begrüßte er Frau Lin und die vermeintlichen Konkurrenten Dandan und Wuam. Auch er legte sein Handy in die Box.
»Dieses Loch zu finden, ist wahrlich eine Zumutung. Geht das wirklich nicht anders? Ist die Kraxelei wirklich notwendig? Rauf und runter, ich bin doch nicht hier, um das goldene Wanderabzeichen »Langer Marsch« zu erwerben! Wozu das ganze Theater?«
Man glaubte dem Mann sofort, dass ihm der Weg in das Abflussrohr nicht leichtgefallen war. Sein Poloshirt, das beim Aussteigen aus seiner Limousine noch blütenweiß gewesen war, triefte jetzt vor Schweiß. Grünlich-braune Flecken belegten, dass er entweder einige Male in der Vegetation hängen geblieben war oder es ihn an besonders steilen Stellen flachgelegt hatte.
Der kleinwüchsige Mann wurde oft unterschätzt. Einen Fehler, den die meisten seiner Kontrahenten im Nachhinein bitter bereuten. Denn hinter dem pausbackigen Gesicht unter dem dünnen Haarkranz, getragen von einem eher unscheinbaren Männchen mit beachtlichem Bauchansatz, verbarg sich ein eiskalt kalkulierendes Gehirn von bemerkenswerter Brillanz. Die wurde nur noch von seiner eisernen Disziplin und seiner erbarmungslosen Härte übertroffen. Mit Bauunternehmer Dong war nicht gut Kirschen essen. Dabei schien er immer gut drauf zu sein, lachte ununterbrochen. Nur eben jetzt nicht. Jetzt schnappte er angenervt nach Atem:

besonders davon, dass er so unfit war. Schwer atmend war es ihm unmöglich, weiter zu zetern.
Li Dandan nutzte die Zwangspause in Dongs Wortschwall und nickte Frau Lin zu: »Werte Frau, bitte erklären Sie uns die neue Lage.«
»Lauter, nicht so nuscheln!«, brüllte Wu Li Wuam. Frau Lin ließ sich nicht bitten und brüllte los.
»Seit Anfang des Jahres, ist das neue System »Adlerauge und Luchsohr« aktiv. Was ein bisschen wie der Name für ein Kinderbuch klingt, ist in Wirklichkeit das komplexeste und ausgefuchsteste Überwachungssystem, das je eingesetzt wurde. Denn es führt alle, wirklich alle Daten zusammen, die erfasst werden.«
»Alle Daten, auch wann ich pinkeln gehe?«, warf der selbsternannte Städteentwickler Wuam ein.
Frau Lin verzog ihre Miene kein bisschen: »Auch wenn sie pinkeln gehen. Auch wie lange es dauert, bis Sie einen durchgehenden Strahl aufbauen können. Oder ob sie nur ein klägliches Tröpfeln zustande bringen.«
Wuam fand die Worte der Frau beileibe nicht witzig. Was nur langsam bei ihm einsickerte war, dass die das völlig ernst meinte. Die drei Männer gafften sie ungläubig an. Eine weitere Bemerkung zum Thema erwartend, zögerte Frau Lin, fortzufahren. Als dann aber doch nichts kam, referierte sie weiter.
»Auch, dass unsere Handys jetzt nicht mehr mit einem Funkmast verbunden sind, wird registriert. Sprich, so wie wir das hier und jetzt handhaben, wird das in Zukunft nicht mehr funktionieren. Wir müssen völlig umdenken. Nichts funktioniert mehr so, wie wir das bis jetzt gehandhabt haben.«
Die drei Bauunternehmer, die sonst meist das große Wort führten, brachten keinen Ton hervor.
»Das System führt alles zusammen, was von jeder Kamera, jedem Mikrophon, jedem Telefonat, jeder E-Mail, jedem Einkauf, jedem Behördengang, jeder Ortsbestimmung, jeder Drohne, jeder Gesichtserkennung und jedem Datenabgleich gesammelt wird. »Adlerauge

und Luchsohr« verknüpfen die Daten zu einer Biografie, die detaillierter nicht sein könnte. Es ist quasi der Film Ihres gesamten Lebens. Auch wenn Sie mal austreten gehen. In Echtzeit!«
»Aber das kann doch nicht sein! Irgendwo muss doch mal Schluss sein!«, stieß Li Dandan hervor, wohl wissend, dass es exakt so war, wie die Beamtin es eben geschildert hatte.
Nach einer Pause raffte sich Herr Dong zu einer hoffnungslosen Frage auf: »Das System kriegt also auch mit, dass wir uns hier treffen?«
»Lauter, nicht so nuscheln!«, brüllte Wu Li Wuam.
Diesmal war die Frage unüberhörbar: »Das System kriegt also auch mit, dass wir uns hier treffen?«
»Sicherlich«, gab Frau Lin ernst zurück. »Das System weiß, dass wir hier sind. Die Handys sind in derselben Funkzelle eingeloggt. Die Autos auch. Die Unterbrechung der Verbindung zum Funkmast wird ebenfalls registriert. Es geht sicherlich davon aus, dass wir reden. Nur was wir reden, kriegt es noch nicht mit. Hoffentlich.«
Ratlosigkeit machte sich breit, die vier korrupten Leistungsträger standen da, wie die Pennäler, die man beim Klauen erwischt hatte.
Schließlich raffte sich Ding Dong auf: »Warum haben wir uns dann überhaupt getroffen?«
Jetzt brachte Frau Lin ein Lächeln zustande. Zugegebenermaßen nicht ganz so freudig, wie sie es sich gewünscht hätte.
»Das System ist verdammt gut. Aber eben doch nicht hundertprozentig. Es weiß, dass es uns nur begrenzt gängeln kann, uns kleine Sünden erlauben muss. Wir sind die Elite dieser Gesellschaft. Ohne uns funktioniert der Laden nicht. Wer, wenn nicht wir? Unser kleines Rendezvous wird keine Folgen haben.«
»Schön für uns!«, erboste sich Li Dandan. »Aber eben doch komplett sinnlos. Wir sind ruiniert.«

»Nein, das sind wird nicht«, entgegnete ihm Frau Lin mit fester Stimme. »Aber, wie ich gesagt habe, nichts ist mehr, wie es war. Wir werden komplett anders arbeiten müssen.«
»Ach ja, und wie soll das dann ausschauen?«, konterte der Magnat mit einer Mischung aus Ungläubigkeit und Gram. Frau Lin legte los.
»Wie es diverse islamistische Terrororganisationen vorgemacht haben, müssen wir auf jegliche Form von elektronischer Kommunikation verzichten. Zumindest was unsere Geschäfte betrifft. Nicht ein Schriftzeichen darf mehr digital versandt werden. Was wir nicht direkt austauschen, wird nur noch über Kuriere in Papierform mit verschlüsselten Zeichen versandt. Die Botschaften werden auch nicht als solche übermittelt, sondern immer als unauffällige Beipackungen in als Geschenke getarnten Sendungen. Kleidung, Feinkost, Alkoholika und auch Bücher eignen sich in dieser Hinsicht besonders. Ich brauche die Konfektionsgrößen Ihrer Frauen und Freundinnen. Mitteilungen dienen aber nur dazu, bilaterale Treffen zu arrangieren, die immer einen eher zufälligen Charakter haben sollten. Man trifft sich, trinkt einen Tee miteinander und plaudert über Sport, Film, Autos oder Nutten.«
Die Wortwahl der Beamtin der Bauaufsicht befremdete die organisierten Unternehmer etwas. Trotzdem ließen sie sie gewähren.
»Die Kanalisation oder höhlenähnliche Unterschlüpfe werden ein wichtiges Element unserer zukünftigen Kommunikation darstellen. Das Handy und anderer elektronischer Krimskrams bleiben in Zukunft zu Hause. Auch das eigene Auto lassen wir ab jetzt stehen. Das einzige erlaubte elektronische Gerät wird in Zukunft der Herzschrittmacher sein. Das Transportmittel der Wahl ist in Zukunft nur und ausschließlich öffentlich. Für die letzten Kilometer legen Sie sich ein Klapprad zu. Es muss mindestens 15 Jahre alt sein, ohne jeglichen elektronischen Krimskrams.«

Bauunternehmer Dong stöhnte vernehmlich, doch Frau Lin ließ sich nicht beirren.
»Werter Herr Dong, es wird Ihrer Gesundheit sicherlich nicht schaden. Andere sichere Treffpunkte werde ich noch auskundschaften. Aber weiter im Text: Auf Bargeld werden wir in Zukunft völlig verzichten müssen. Die üblichen Geschenke nur noch in Form von Kryptowährungen. Über Server des Klassenfeindes.«
»Ist das wirklich sicher?«, wand einer der Honoratioren ein.
»Wenn es das nicht wäre, würde ich es nicht vorschlagen. Natürlich brauchen wir auch hier modernste Verschlüsselungstechnologie. Die Details kriegen Sie noch von mir. Meine Herren, halten Sie sich sklavisch daran!«
»Machen wir!«, verkündete Wu Li Wuam, auch wenn es nicht besonders überzeugt klang.
»So wie heute werden wir nie wieder zusammenkommen. Zumindest nicht im Überwachungsradius von »Adlerauge und Luchsohr«. Ich denke es wird reichen, wenn wir uns einmal im Jahr in der abtrünnigen Provinz Taiwan treffen. Wir reisen alle über verschiedene Wege und mit Zwischenstopp außerhalb der VR an. Für jedes Treffen wählen wir einen anderen neue Ort. Darum werde ich mich kümmern!«

~

Nachdem der kalte Krieg in Europa mit dem Überfall Russlands auf die Ukraine seine Renaissance gefeiert hatte, hatten auch die Spannungen zwischen Taiwan und China sich deutlich verschärft. Zumindest war die Rhetorik, insbesondere der zur Weltmacht Nummer eins aufgestiegenen Volksrepublik China, immer unmissverständlicher geworden. Gebetsmühlenartig wiederholte die Staats- und Parteiführung, dass Taiwan ein integraler Teil Chinas sei. Was die Taiwanesen nicht davon abhielt, ihrerseits die Verbundenheit mit dem

Alliierten USA bei jeder passenden und unpassenden Gelegenheit zu unterstreichen. Dem folgte dann wie das Amen in der Kirche ein beiderseitiges Säbelrasseln. Wobei beide Seiten genau darauf achteten, dass die Situation nicht eskalierte.
Im Gegensatz zu den Slawen, waren die Chinesen beider Couleur nicht so grobschlächtig, ihre Meinungsverschiedenheiten in offene Gewalt münden zu lassen. Schon der Schlächter Mao hatte den Gemeinplatz verkündet, dass es nicht besonders klug sei, eine Schlacht zu führen, von der man nicht sicher sei sie zu gewinnen.
Dafür zahlte Taiwan einen hohen Preis. Immer wieder mussten sie sich zum nichtöffentlichen Kotau vor Peking beugen. Was vor allem hieß, der Volksrepublik Hochtechnologie und Wissen zum Dumpingpreis zu überlassen. Im Prinzip nichts anderes als banales Schutzgeld. Doch die listigen Taiwanesen waren bereit, diesen Preis und auch mehr zu bezahlen, um sich nicht als unbedeutende Provinz in das mächtige Riesenreich einzugliedern zu müssen. Hongkong, nun nichts weiter als eine unfreie Großstadt ohne jegliche Autonomie in China, führte ihnen täglich vor Augen, welches Schicksal ihnen drohen könnte.
Trotzdem liefen die Geschäfte zwischen dem Mutterland und der »abtrünnigen Provinz« bestens. Täglich landeten auf dem Taipeher Flughafen Taoyuan unzählige Maschinen aus der Volksrepublik. Deswegen hatten die organisierten Unternehmer die Insel als Ort für ihre konspirativen Treffen ausgewählt. Obwohl sie so der nahezu lückenlosen Überwachungsglocke Rotchinas entfliehen konnten, hatten die Treffen immer noch einen hochkonspirativen Charakter.

~

»Frau Lin, das ist doch der komplette Wahnsinn. Einfach komplett paranoid!«

Der Einwand gefiel der Staatsangestellten gar nicht. Sie wollte schließlich nicht auf die Einnahmen verzichten, die ihr ein für die Mittelschicht einigermaßen anständiges Leben garantierten. Dafür aber sechs Wochen Urlaub, von denen die normale Mittelschicht nur zu träumen wagte. Und irgendwann würde sie den ganzen Schrott in Ürümqi hinter sich lassen.
»Meine Herren, Sie vergessen, dass wir die einzigen sein werden, die »einvernehmliche« Geschäfte noch abwickeln können. Das wird unser Alleinstellungsmerkmal sein. Es wird nicht einfach werden, wir müssen verdammt vorsichtig sein, aber wir werden das Monopol haben. Alle anderen werden von »Adlerauge und Luchsohr« abgeschöpft! Mit tödlicher Sicherheit! Ich aber werde Ihnen bei jedem Projekt genau darüber Auskunft geben, wie Sie den Preis hochschrauben können. So hochschrauben, dass für uns alle ordentlich was hängen bleibt.«
Die Aussicht darauf beruhigte die verunsicherten Unternehmer ein bisschen. Doch liegten sie keinen Zweifel daran, dass die Zeiten allzu profitabler Freundschaften und üppiger Geschenke ein für alle Mal vorbei waren.
»Gut, meine Herren, ich fasse noch mal zusammen. Wir müssen uns den neuen Gegebenheiten voll und ganz anpassen. Schlampereien können wir uns nicht mehr leisten. Wir müssen wie einer klandestine Organisation arbeiten. Ohne Wenn und Aber!«
»Klandestin oder kriminell?«
Der Versuch Li Dandans einen Witz zu reißen, ging ziemlich daneben. Niemand konnte sich auch nur die Spur eines Lächelns abringen. Frau Lin richtete ein überaus ernstes Wort an ihn:
»Werter Herr, ich hoffe, dass Sie sich bewusst sind, dass das, was wir eben besprochen haben, den Genickschuss bedeuten kann. Das ist ganz und gar nicht witzig!«
Reichlich ernüchtert nickte ihr der Magnat zu.

Die Versammlung begann sich aufzulösen. Nicht ohne den Himmel über der Brücke mit einem Fernglas nach Drohnen abgesucht zu haben, verließen die Stützen der Gesellschaft das Kanalrohr, in dem sie die Grundlage für eine weitere Abschöpfung von Staatsgeldern gelegt hatten. In zeitlich genau festgelegten Abständen machten sie sich von dem Ort des Treffens auf unterschiedlichen Wegen davon und kletterten und rutschten zu ihren Karossen, die sie an verschiedenen Stellen geparkt hatten. Was laut Frau Lin auch nicht allzu viel brachte.

~

Von den Männern in der Moschee wurde Mohammed nach seiner Entlassung überschwänglich begrüßt. Sie saßen nach dem Gebet im Kreis, jeder vor sich eine Tasse grünen Tee. Keiner ließ es sich nehmen aufzustehen und den Glaubensbruder zu umarmen. Keiner erwähnte auch nur mit einem Wort die Verhaftung, denn jeder wusste, dass jedes Wort in der Moschee mitgehört wurde. Man tauschte nur Gemeinplätze oder ungefährliche Banalitäten aus.

Danach nahm der Imam Mohammed und zwei Glaubensbrüder zu Seite. Die Moschee hatte ihren eigenen abhörsicheren Raum, was an sich streng verboten war.

Doch in mühseliger Handarbeit hatten fleißige Frauenhände ein Netz aus Drähten in einen leichten Teppich eingewebt. Den konnte man zu einem abhörsicheren Zelt umfunktionieren. Den Boden bildete ein weiterer Teppich, der ebenfalls von zarten Frauenhänden mit feinen Drähten durchwebt worden war. Dort, im toten Winkel, wo sie sicher waren, dass sie die Überwachungskameras nicht filmen konnten, hockten sich die Vier unter das Teppichzelt. Die Handys blieben draußen, ganz weit weg.

Mohammed begann zu erzählen, was ihm widerfahren war. Flüsternd, immer noch ängstlich, dass er ein weiteres

Mal den Zorn des Systems auf sich lenken könnte. Die Glaubensbrüder lauschten aufmerksamst und tauschten im Halbdunkel des Teppichzeltes beunruhigte Blicke aus. Doch dann platzte Achmed Erkin der Kragen.

»Die machen mit uns, was sie wollen! Bald wird das System keinen Schritt, keine Zuckung, nicht die geringste Bewegung mehr unbeobachtet lassen. Die werden uns bald für jeden dummen Gedanken einsperren. Wir müssen was tun!«

Der Imam stimmte dem voll und ganz zu. Doch er mahnte zu Vorsicht.

»Du weißt, wie schnell jeglicher Widerstand als Hochverrat angeklagt wird. Und wer einmal angeklagt wird in diesem Land, der wird auch verurteilt. Das wissen wir alle. Für Hochverrat gibt es nur eine Strafe: Den Genickschuss! Nicht nur ein paar Monate Lager, wie für das Sprechen mit ausländischen Journalisten.«

»Ich weiß, ich weiß«, erwiderte Achmed düster. »Der Katalog der verbotenen Aktivitäten beschreibt jetzt schon über 100 Vergehen, die mit sofortiger Lagerhaft geahndet werden können. Die Liste wird täglich länger, nicht kürzer! Wir müssen was tun!«

Schweigen. Ratlosigkeit.

»Alles, was wir tun können, ist, uns wie Kinder unter ein Teppichzelt zu setzen«, resümierte der Imam die Lage. »Auch nur der geringste Widerstand wird sofort im Keim erstickt. Wir werden nicht mal zum Kämpfen kommen. Denn das System wird jeden Versuch schon im Vorbereitungsstadium ersticken.«

Er hatte verdammt recht. Inzwischen verfügte das System über Millionen Augen. Und Ohren und sonstige Datenquellen. Erstaunlich, was viele, wenn auch unwissentlich und ohne, dass ihnen Zwang angedroht wurde, preisgaben. Was früher ein dichtes Netz von Polizeistationen gewesen war, hatte das System durch Augen und Ohren ausgetauscht, die nahezu jeden Quadratmeter erfassten. Die sichtbare Präsenz der Repression war durch eine verdeckte ersetzt worden, was aber deren unausweichliche Anwesenheit eher verstärkt hatte. Dadurch wurde nicht nur die Überwachung verschärft. Ein positiver Nebeneffekt waren spürbare Kosteneinsparungen. Teures Personal in Hunderten von Polizeistationen konnte signifikant reduziert werden. Dies ging einher mit der spürbaren Verminderung der Kosten für Gebäude und Material. Trotzdem erlahmte die Reaktionszeit des Systems nicht. Wenn es notwendig war, dauerte es maximal drei Minuten, bis eine Gruppe von Polizisten vor Ort war und unverzüglich intervenieren konnte. Die waren dazu verdammt, in Mannschaftsbussen zu sitzen und zu warten, bis es irgendwo losging. Meist wurden sie dafür bezahlt, stundenlang Tencent Video zu streamen.

Bruder Noureddine Dawut teilte die moderate Haltung seines Imams nur sehr bedingt: »Wir müssen ein Zeichen setzen, ein Fanal, das klar macht, dass eine rote Linie überschritten wurde. Dass es so nicht weiter geht, nicht weiter gehen kann. Ich bin bereit mein Leben dafür zu geben! Das ist der Dschihad in seiner reinsten, seiner göttlichsten Form!««

»Vorsicht Bruder! Es gibt enge Grenzen für den Dschihad! Der Weg ins Paradies ist niemals einfach. Es kann nie genügen, einfach nur einen Knopf zu drücken. Gottes Wille ist immer zuerst die Sinnhaftigkeit jeglichen Tuns. Selbstmord ist und bleibt eine schwere Sünde, die Allah in seiner Allmacht mit der Ewigkeit in der Hölle ahndet. Bruder, schieße nicht über das Ziel hinaus!«

Die Zurechtweisung des Imams kränkte Noureddine. Zu schön der Gedanke, den Märtyrertod ohne großen Stress zu sterben und sich nicht mehr unter einem Teppich sitzend mit den Mühen des Alltags herumschlagen zu müssen. Er setzte zu wütendem Widerspruch an, doch das beschwichtigende Zischen des Imams ließ ihn verstummen. Seine Autorität wog schwer.

Schon viele Male hatten sie unter dem Teppich sitzend über Strategien diskutiert, wie der Übermächtigkeit des System beizukommen sein könnte. Immer wieder kam

einem der Betenden neue Ideen: Wege um die Kameras herum finden, die Kameras blind sprayen, mit Taschenlasern blind schießen, die Kabel kappen oder die Dinger einfach abschrauben. Auch das System zu hacken hatte man ernsthaft erwogen. Was in Filmen als banal einfach verkauft wurde, war in Wirklichkeit verdammt schwer. Von den Betenden verfügte keiner auch nur annähernd über die Expertise, um an das System heranzukommen. Und so musste man auch alle anderen Ansätze wie z. B. Sprengstoffanschläge verwerfen, denn bei realistischer Betrachtung erwiesen sie sich allesamt als kaum durchführbar. Die Gefahr schon im Ansatz zu scheitern: übermächtig.
»Es reicht nicht, wenn ein paar von uns ein paar spektakuläre Aktionen starten«, stöhnte Noureddine verzweifelt. »Wir brauchen ein Fanal. Ein Fanal, dass alle Glaubensbrüder auf die Straße bringt!«
Es dauerte eine Weile, bis Achmed Erkin es wagte, seine Gedanken offenzulegen.
»Ich habe einen Plan für das Fanal. Und ich habe auch Kontakte zu anderen Glaubensbrüdern, die genauso wie wir denken. Wenn Ihr bereit seid, dann kann ich da was anstoßen.«
Die Glaubensbrüder unter dem Teppichzelt wollten mehr wissen, doch Achmed vertröstete sie auf einen späteren Zeitpunkt. Er müsse sondieren, natürlich mit allergrößter Vorsicht. Froh, die drückende Last des Teppichs loszuwerden, krochen sie unter dem Abhörschutz hervor.

Kapitel 6: Wozu Deutsch lernen?

Ürümqi: 9.8.2035

Dshamilja hatte null Draht zu Deutschland, als sie sich im staatlichen deutschen Sprachinstitut für einen Kurs anmeldete. Natürlich war sie über die Jahre schon oft mit deutschen Produkten in Kontakt gekommen und hatte diese auch schätzen gelernt. Allerdings war »Made in Germany« auch nicht mehr das, was es mal gewesen war. Qualität konnte China jetzt auch selbst produzieren. Doch die Schwester einer Studienkollegin hatte nach Deutschland geheiratet. Die hatte das ferne Land über den grünen Klee gelobt, als die drei, Schwester, Studienkollegin und Dshamilja, mal beim grünen Tee zusammensaßen. Aber das machten alle, die emigriert waren. Hauptsächlich, weil sie es mussten. Zuzugeben, dass alles hinter sich zu lassen sich nicht rentiert hatte, brachte einfach keine der Exilantinnen über sich.

Dshamilja hatte die Schilderung mit Vorsicht genossen. Obwohl sie die angeblichen Freiheiten, die man im Land Goethes und Schillers genoss, schon aufhorchen ließen. Die Schwester behauptete, dass gesellschaftliche Zwänge dort kaum noch existierten. Homosexualität sei kein Tabu mehr. Was Dshamilja reichlich befremdet hatte. Es gäbe auch mehr als nur eine Partei. Was die Leute aber nicht richtig zu schätzen wüssten, denn sie schimpften unisono über die politische Klasse. Genauso wie in China, als man sich so etwas noch trauen konnte. Die Begeisterung der Schwester über deutsche Literatur konnte Dshamilja nicht teilen. Aufhorchen ließ sie aber, dass das Studium an den meisten Hochschulen dort fast kostenlos war. Man musste also nur für Kost und Logis sorgen. Das »nur« wurde dadurch relativiert, dass man allein dafür schon ordentlich etwas aufbringen musste.

So hatte sie sich für einen der Sprachkurse angemeldet. Und war positiv überrascht. Das Personal, überwiegend weiblich, war über alle Maßen zuvorkommend. Die Organisation straff, aber effizient. Das rechtfertigte die

stolzen Preise der Kurse. Dachte Dshamilja und schrieb sich ein.
Die Sprache erwies sich als überaus schwierig. Ihr Schulenglisch half ihr da nur sehr wenig. Aber Scheitern war für Dshamilja nie eine Option gewesen. Wie in allem hängte sie sich voll rein. Konnte der ätzenden Grammatik mit all den wechselnden Endungen sogar noch etwas abgewinnen. Als besondere Herausforderung gewissermaßen.
Im Gegensatz zu ihren Mitschülern, die ihren Fokus nur auf die internationale Karriere richteten, konnte sie den bräsigen Schilderungen über deutsche Lebensart in Basisdeutsch etwas abgewinnen. Wobei ihr klar war, dass hier krampfhaft versucht wurde, Objektivität zu stilisieren. Doch Mülltrennung, Energiewende, LGBTQ und auch das Fehlen jeglicher Beweihräucherung des wirtschaftlichen Erfolges des Landes, ließen sie noch neugieriger werden. Was mussten das für Menschen sein, die ein so seltsames Bild von sich zeichneten? Die so komische Dinge im Leben anstrebten?
Zu ihrer Lehrerin Katrin Ente entwickelte sie sofort ein ganz spezielles Verhältnis. Nicht dass Frau Ente nicht Überdurchschnittliches von ihren Schülern verlangte, aber Dshamilja war das nur zu Recht. Denn sie wollte gefordert werden. Durchschnitt oder sogar weniger waren nie ihr Ziel gewesen. Die Art, wie die Lehrerin die Motivation ihrer Zöglinge anzustacheln wusste und wie souverän es ihr gelang, ihnen auch die mühseligsten Geheimnisse der deutschen Sprache nahezubringen, beeindruckte die junge Uigurin nachhaltig.
Nach dem Unterricht lud die stellvertretende Leiterin sie und die zwei anderen weiblichen Schülerinnen des Kurses oft noch in das institutseigene Restaurant »Weimar« im Erdgeschoss des Sprachinstitutes ein. Im Allgemeinen war es im deutschen Sprachinstitut nicht üblich, dass stellvertretende Institutsleiter auch Sprachkurse abhielten. Doch in Ürümqi gibt es nun mal kaum Deutschlehrer. Kein Wunder, denn auch Deutsche legten, genauso wie

Tian, keinen großen Wert darauf, hier in die Verbannung geschickt zu werden.
Die Stunden mit Katrin, wie sie genannt werden wollte, genoss Dshamilja unendlich. Denn hier im Sprachinstitut war man so weit weg von all den Zwängen da draußen. Und wenn mal die richtige Vokabel fehlte, duldete die großmütige Lehrerin auch mal, dass man ein paar englische Vokabeln einflocht.
So kamen Gespräche zustande, die man sonst in der autonomen Provinz Xinjiang nur unter größtem persönlichem Risiko hätte führen können. Wie auch Dshamilja litten ihre Mitschülerinnen unter dem permanenten Assimilierungsdruck, der das Leben in ganz China, aber besonders in Ürümqi bestimmte. Ein Thema, dass trotz der meist recht heiteren Stimmung immer wieder aufkam, war die Unterdrückung der Uiguren und ihrer Kultur. So sehr sie auch versuchten, die Konversation auf Privates zu beschränken, immer wieder landete man beim Thema. Fast unausweichlich. Denn immer gab es den einen oder anderen Vorfall und dann brach es aus den Mädchen heraus. Die Lehrerin hörte mit größtem Interesse zu und ließ sich genau schildern, wie die Zentralmacht wieder gezeigt hatte, wozu sie fähig war. Dass sie zu allem bereit war, um ihren Machtanspruch durchzusetzen.
In diesen Momenten der Hoffnungslosigkeit und Niedergeschlagenheit fand die gütige Lehrerin tröstende Worte. Zeichnete den deprimierten Schülerinnen Wege auf, wie sie sich aus der doppelten Umklammerung von Staat und Familie befreien könnten. Meist gingen die Mädchen dann guten Mutes und voller Zuversicht nach Hause.

~

Wermut Schluck fuhr in Gedanken versunken im Fahrstuhl stehend in den zwölften Stock des Appartementkomplexes hoch. Der Tag heute war eher unangenehm gewesen. Er war wieder mit seiner Stellvertreterin aneinandergeraten. Dieser Katrin Ente, die so unendlich nerven konnte. Um die alle im Institut einen Bogen machten, sofern es nur ging. Doch bei den Schülern biederte sie sich an, wo es nur ging. Ein Spagat, den so keiner im Institut verstand. Aber auch niemand ergründen wollte, denn die Ortskräfte waren froh, wenn die Ente sie nicht mit ihren unmöglichen Belangen belästigte.

Oben würde Schluck ein 200-Quadratmeter-Loft erwarten, das allen erdenklichen Luxus bot. Für die Verhältnisse in Ürümqi kostete es ein Vermögen. Doch das störte Wermut nicht. Denn das Sprachinstitut stattete seine Ex-Pats überaus üppig aus.

Obwohl die Lebenshaltungskosten hier am Ende der Welt im Vergleich zu Deutschland lächerlich niedrig waren. Wenn man auf Cognac und Hummer verzichtete.

Doch das wollte Institutsleiter Schluck keinesfalls. Er konnte es gar nicht. Denn der überbordende Luxus ließ ihn vergessen, wie leer und öde sein Leben doch war. Wie sehr ihn seine Mittelmäßigkeit ankotzte, der er sich so bewusst war. Der Neid, der ihn ein jedes Mal auffraß, wenn andere ihm seine Begrenztheit aufzeigten, wenn er wieder mal so gar nicht der Mittelpunkt der Party war.

Seine Gedanken rankten sich um Joy, die Frau in seinem Leben. Konnten sich nicht losreißen. Immer wieder musste er an den zarten Körper des Mädchens denken, das er so oft es ihm sein Terminkalender und der Anstand gestatteten, aufsuchte. Wie sie ihn so kunstvoll umgarnte, seine Sexualität so stimulierte, die in der Heimat so wenig Erfüllung gefunden hatte. Dumm nur, dass es um die gemeinsame Zukunft der beiden schlecht bestellt war. Der Tag, an dem er Joy das letzte Mal lieben würde, rückte unweigerlich näher.

Dessen war sich auch Wei Ba nur zu bewusst. Wermut Schluck erschrak gebührlich, als er den Lichtschalter in seinem Stockwerk drückte und den Geheimpolizisten vor seiner Wohnungstür entdeckte. Die Aussicht auf ein längeres Gespräch mit dem Mann beflügelte ihn nicht im Geringsten. Umso mehr erschien sie unausweichlich. Sich dem Geheimdienst zu verweigern, bedeutete, dass man sofort draußen war. Wei Ba machte auf höflich und zuvorkommend. So ein Ex-Pat erforderte trotz allem immer noch Fingerspitzengefühl.

»Werter Herr, entschuldigen Sie die späte Störung. Leider ging es nicht anders.«

Auch der Institutsleiter ließ es an Höflichkeit nicht fehlen. Wissend, was auf dem Spiel stand.

»Herr Ba, welch eine Überraschung. Ich habe Sie so gar nicht erwartet. Kommen Sie doch rein. Darf ich Ihnen etwas anbieten?«

Die Atmosphäre: weiterhin verkrampft und doch an der Oberfläche betont freundlich und zuvorkommend. Schluck führte den Geheimpolizisten in seinen leeren Palast, vor dessen Leere er sich gefürchtet hatte. Den er so gern mit Freude in Form von Joy gefüllt hätte. Der Geheimpolizist war das, was er jetzt am wenigsten brauchte.

Das Loft nach wie vor ein eindeutiges Statement. Wei Ba stellte, während sie den langen Weg durch den Korridor in den Salon beschritten, den Vergleich zu seiner Wohnung in der Platte her. Unbewusst, geblendet von der sterilen Sauberkeit und ohne jede Scham inszenierten Luxus. Hier wurde an nichts gespart, jeder kleinste Kratzer sofort durch kompletten Ersatz ausgemerzt. Und wenn das bedeutete, dass ein Schrank oder ein Tisch einfach mal so getauscht wurde, ein Teppich wegen eines einzigen, winzigen Fleckes einfach mal so rausflog. Was nicht hieß, dass die Teile dann auf dem Müll landeten. Der Hausmeister wusste sie gewinnbringend auf dem wöchentlichen Flohmarkt in einem der Vorstadtviertel zu verticken. Wermut Schluck rechnete sich das dann als menschliche und ökologische Wohltat an. Eine eindeutige Win-Win-Situation. Was den Luxusmieter zum Liebling des Hausmeisters machte, weil so oft ein fettes Trinkgeld hängenblieb. Besonders wenn Schluck wieder

mal einen intus hatte. Der Concierge fragte sich nur, warum das bei seinem Wohltäter ständig der Fall war.
So auch der erste Weg zu Hausbar. Schnell waren zwei doppelte Whiskeys eingeschenkt. Wei Ba lehnte pflichtbewusst mit der Begründung ab, dass er noch im Dienst sei. Ließ sich aber dann die Möglichkeit nicht entgehen, das sündteure Gebräu zu genießen. Was Schluck sich etwas entkrampfen ließ. Er prostete seinem Gast überschwänglich zu.
»Verehrter Herr Ba, was führt Sie zu mir?«
Der Hüter der Ordnung hatte sich auch auf dieses Gespräch minutiös vorbereitet. Er schlug einen weiten Bogen die chinesisch-deutsche Freundschaft preisend, die den beiden Ländern so viel Gutes beschert habe. Den spannte er noch weiter, indem er das eiserne Band der Disziplin beschwor, das die beiden Völker seit so vielen Jahren so eng verband. Wie sich in diesem Bund in den letzten Jahren die Gewichte verschoben hatten, ließ er unerwähnt.
Wei Ba hätte sich den Sermon sparen können. Institutsleiter Schluck zweifelte, während er in seinem Whiskey Erlösung suchte, keinen Moment daran, dass der wahre Grund des Besuchs schon noch aufs Tapet kommen würde. Genoss den Sermon fast, da er ihm die Möglichkeit bot, sich noch ein bisschen mehr zuzulöten. Endlich kam Wei Ba auf den Punkt.
»Trotz all dem, gibt es Entwicklungen, die uns beunruhigen.«
Schluck gönnte sich noch einen. Zögerte die Rückfrage bis zum bitteren Ende heraus.
»Die da wären?«
»Trotz der überaus positiven Zusammenarbeit, müssen wir mit großer Besorgnis feststellen, dass Ihr Institut sich immer mehr zum Treffpunkt terroristischer Elemente entwickelt.«
Schluck brauchte noch einen. Wei Ba bot er keinen mehr an. Der hatte noch. Außerdem brauchte der mittelmäßige Deutschlehrer Zeit und Alkohol, um das Gesagte zu

verdauen. Mit vollem Glas zum Sofa zurück schwankend, kam ihm die Erleuchtung.
»Sie meinen das Weimar?«
»Genau das meine ich. Wir mussten leider feststellen, dass subversive Elemente es mehr und mehr dazu nutzen, um dort Pläne gegen Staat und Gesellschaft zu schmieden.«
Genau wissend, was sein Gegenüber meinte, stellte sich Schluck dumm.
»Ich bitte Sie, die paar jungen Leute, die sich dort die Zeit nach dem Pauken vertreiben, werden Sie doch nicht ernstlich als Terroristen bezeichnen?«
Was eben noch belangloses Blabla gewesen war, nahm jetzt deutlich an Schärfe zu.
»Doch, genau das Weimar meine ich. Immer wenn wir eines von den Subjekten aufgreifen, dann fällt der Name Weimar. Immer wenn die Frage darauf kommt, warum wir davon nichts wussten, ist die Antwort die gleiche: Man habe den Plan im Weimar ausgeheckt.«
»Ach ja?«
»Mein lieber Herr Schluck, Sie wissen genau, was ich meine. Diese Elemente benutzen Ihr Institut, um sich dort gegen die gesellschaftliche Ordnung in unserem Land zu verschwören.«
»Und das ist mein Problem? Vielleicht ...«
Wei Ba unterbrach den alkoholisierten Schluck barsch.
»Herr Schluck, lassen Sie uns keine Spielchen spielen. Das Treiben in Ihrem Restaurant muss ein Ende finden. Und zwar sofort!«
»Sonst was?«, fragte Schluck überheblich. Um den Einwurf sofort zu bereuen.
»Das fragen Sie mich ernstlich? Ich hätte wirklich mehr Kooperation von Ihnen erwartet.«
Schluck glotzt doof, vom Alkohol eingebremst. Sagte aber nichts. Die Gesprächspause dehnte sich peinlich lange.
»Dann muss ich wohl noch deutlicher werden«, gab Wei Ba völlig ruhig von sich. »Ihre kleine Freundin. Wenn das

Treiben nicht aufhört, dann reist sie wieder nach Namp'o zurück. Und zwar morgen schon!«
Schluck seufzte, stand auf und holte sich die Flasche.
»Was wollen Sie von mir?«
»Ich will den Schlüssel zum Weimar. Nur für eine Nacht!«
»Ich kann es nicht zulassen, dass Sie das Weimar verwanzen. Für uns ist die totale Überwachung Ihrer Bürger ein Verbrechen. Jeder Mensch hat Rechte.«
»Ich bin nicht hergekommen, um mich über Demokratie und Menschenrechte belehren zu lassen. Sie haben die Wahl!«
Einen Moment lang kochte in dem alkoholisierten Schluck die Wut hoch.
»Sie sind ein erbärmliches Schwein!«
Wei Ba grinste entspannt: »Sie nicht?«
Schweigen. Dann begann der von unendlicher Einsamkeit geplagte Institutsleiter den Generalschlüssel von seinem Bund zu fummeln. Leicht fiel es ihm nicht, woran aber mehr der Whiskey schuld war. Der Geheimpolizist nahm ihn schweigend entgegen und stand auf. Schluck wankte ihm hinterher. An der Tür drehte sich Wei Ba noch einmal um. Die Sache musste absolut reibungslos über die Bühne gehen.
»Wann brauchen Sie den Schlüssel wieder?«
»Morgen früh, nicht vor zehn«, gestand Schluck resigniert ein.
»Einer meine Leute wird ihn Ihnen rechtzeitig vorbeibringen.«
Schluck schloss die Wohnungstür kommentarlos. Die Flasche Whiskey kriegte er an dem Abend noch leer.

Kapitel 7: Ein kühner Plan wird ausgeheckt

Ürümqi: 13.10.2035

Seit Tagen versuchte Unternehmergenie Dandan Frau Lin von der Baubehörde zu erreichen. Gemäß den verschärften Vorsichtsmaßnahmen rief er sie auf dem Festnetztelefon in der Behörde an und stellte ihr eine oder mehrere Fragen zu laufenden Projekten. Natürlich nur solche, die sie ihm auch beantworten durfte. Es war vereinbart worden, dass ein solches Gespräch mindestens fünf Minuten zu dauern habe, um über jeglichen Verdacht erhaben zu sein. Da beide nur zu genau wussten, dass das Gespräch aufgezeichnet wurde, musste Li sich schon was einfallen lassen, was er fragen würde. Es mussten Informationen sein, die nur von Frau Lin bekommen konnte. Gar nicht so einfach. So ein Gespräch verlangte Vorbereitung.

Dieses an sich jedoch völlig sinnfrei. Es diente nur dazu, der Mitarbeiterin der Baubehörde zu signalisieren, dass Gesprächsbedarf bestand. Am Morgen des Folgetages traf man sich dann in aller Frühe am Bahnhof Ürumqi-North. Rein zufällig begegnete man sich in einem Zugang zum Bahnsteig. Mit den Fingern der linken Hand legte Li Dandan in dem Moment, als sich ihre Wege kreuzten, einen der drei vereinbarten Treffpunkte fest. Die waren eine stillgelegte Unterführung, ein aufgegebenes Stück Kanalisation oder eine völlig versiffte öffentliche Toilette, in der es eine ungenutzte Abstellkammer für Putzmittel gab. An diesen Orten rechtfertigte selbst die feinmaschigste Überwachung keine Kameras und Mikrophone. Die Handys und Smartwatches ließen die beiden wohlweißlich im Auto, bevor sie in die U-Bahn stiegen.

Die Vorbereitung auf das Gespräch hatte Li Dandan pflichtbewusst erledigt, als er anklingeln ließ. Und das ewig. Dumm nur, dass nicht mal der Anrufbeantworter sich meldete. An den Folgetagen probierte er es immer wieder. Erfolglos.

Natürlich stand ihm jederzeit die Möglichkeit offen, Frau Lin in der Behörde aufzusuchen. Eigentlich sprach nichts dagegen, einfach mal dort aufzutauchen. Sie war ja in vielen Fragen seine Ansprechpartnerin. Doch das Risiko schien ihm zu groß. Dass die Frau nicht mehr am Telefon erreichbar war, stimmte ihn bedenklich. So schickte er eine Praktikantin ins Amt. Die echt stolz darauf, eine Aufgabe für den Boss erledigen zu dürfen.

Ihr Eifer hatte sich aber ziemlich gelegt, als sie wieder im Büro ihres Chefs einlief und überhaupt nichts zu melden hatte. Denn der war gar nicht begeistert.

»Was soll das heißen, sie arbeitet nicht mehr dort?«

Die Praktikantin der Verzweiflung nahe.

»Ich habe überall rumgefragt, eine Deng Lin gibt es in der Baubehörde nicht mehr. Hat es auch niemals gegeben. Keiner, den ich gefragt habe, wusste irgendwas. Keiner wollte mit mir reden und keiner hat sie je gekannt.«

Li Dandan hatte jetzt keine Zweifel mehr daran, dass etwas passiert sein musste. Seine Enttäuschung bekam die dickliche Praktikantin zu spüren.

»Verdammt noch mal, das kann doch nicht sein! Die Frau hat doch vor exakt zwei Wochen noch dort gearbeitet. Ich war doch persönlich bei ihr.«

Gelogen, aber das konnte die Praktikantin nicht wissen. Fing komplett verunsichert das Heulen an.

»Jetzt heul hier nicht rum! Hast du dich wenigstens erkundigt, wo sie jetzt arbeitet?«

Eine sinnlose Frage, denn alle Angestellten des Bauamtes hatten ja die Existenz einer Deng Lin vehement bestritten. Unter Tränen schüttelte die Praktikantin den Kopf.

»Raus!«

Das Verschwinden der Frau bedeutete nichts Gutes, ließ massive Schwierigkeiten erwarten. Li Dandan überlegte, ob er die Praktikantin zur Privatadresse schicken sollte. Verwarf aber den Gedanken schnell wieder als zu unsicher und gefährlich.

Nach seinem persönlichen Büroschluss gegen 21 Uhr machte er sich selbst auf den Weg. Seinen Wagen stellte er in gut zwei Kilometer Entfernung vom Wohnhaus ab. Li Dandan hatte extra einen Kapuzenpulli im Kofferraum und eine Sonnenbrille in der Brusttasche. Seine Route hatte er auf einem analogen Stadtplan, mindestens zwanzig Jahre alt, ausgetüftelt. Sie führte ihn durch die dunkelsten Seitenstraßen, die er finden konnte. Doch auch hier achtete er penibel darauf, dass er von den vielen Überwachungskameras, die den Weg verhingen, nicht zu genau erfasst wurde.

Vor dem Haus wartete er ungeduldig etwa 20 Minuten, bis einer der Mieter es betrat. Es gelang ihm, unauffällig hineinzuschlüpfen. Den Aufzug wagte er nicht zu benutzen. Stattdessen schlich er sich über die Treppe in den vierten Stock, so wie es die Appartementnummer 416 ihm gebot. Vor der Tür stehend, verharrte er einen Moment lauschend.

Kein Laut war zu vernehmen. Absolute Stille. Dann drückte er den Klingelknopf. Wieder nichts. Li Dandan war nicht der Mann, der sich durch solche Widrigkeiten hätte verschrecken lassen. Also begann er gegen die Tür zu klopfen.

»Frau Lin, machen sie auf!«

Als sich wieder nichts rührte, ergriffen Zorn und Wut von dem erfolgsverwöhnten Unternehmer Besitz. Dann ging auch noch das Licht aus. Li Dandan stand in absoluter Dunkelheit.

Nachdem er die Beleuchtung wieder angeknipst hatte, war er reichlich aufgebracht. Hämmerte gegen die Tür und schrie.

»Frau Lin, ich weiß, dass sie da sind!«

Diesmal tat sich was. Nicht hinter der Tür von Appartement 416, sondern gegenüber. Li Dandan registrierte, wie sich die Tür hinter ihm einen Spalt öffnete. Seine Chance. Er fuhr herum und schob die Tür weiter auf.

Eine alte Frau starrte ihn erschreckt an.

»Mein Herr, in 416 wohnt niemand mehr.«
»Warum, sind die ausgezogen?«
Die Frau zögerte.
»Wo sind die hin?«, der Unternehmer schob die Tür weiter auf. Die Frau war jetzt völlig verängstigt. Li Dandan zog ein Bündel Scheine aus seinem Jackett und hielt es der Frau unter die Nase.
»Gute Frau, es soll nicht dein Schaden sein!«
»Die … die sind nicht ausgezogen. Die wurden abgeholt.«
»Was? Von wem?«
Die Frau schaute ihn jetzt an, als stünde er mit gezogenem Messer vor ihr. Versuchte, die Tür zuzudrücken, kam aber gegen Li nicht an.
»Keine Ahnung, wo die hingekommen sind?«, fuhr er sie an. Da griff die Frau völlig unerwartet zu, schnappte sich das Bündel Geld unter ihrer Nase.
»Im Haus heißt es, dass die schon unter der Erde sind.«
Knallte die Tür mit dem Mut der Verzweiflung zu. Wieder verlosch das Licht.

~

Tian bekam einen neuen Kollegen. Ohne Ansage, absolut überraschend. Sein Chef führte ihn völlig unvermittelt herein. Tian sprang von seinem Stuhl auf, denn er hielt den Mann, der da hinter seinem Chef hertrottete, für jemanden, der einige Stufen über ihm in der Nahrungskette stand. Stehend, in Hab-Acht-Stellung, wurde er aber sofort eines Besseren belehrt.
»Tian, ich darf dir einen neuen Kollegen vorstellen.«
Überrascht schüttelte er die Hand des Neuankömmlings. Der musste schon über sechzig sein. Der hochgewachsene Mann mit dünnem Haar stellte sich als Barde Bambang vor. Den Namen hatte Tian schon mal gehört, konnte ihn aber nicht zuordnen. Obwohl er sich alle erdenkliche Mühe gab.
Die Kleidung des Neulings kam nicht von der Stange. Ins Amt kam keiner im Anzug. Sakko und Krawatte hatte der

neue Kollege zwar weggelassen, aber das Hemd und die Hose, die er trug, mussten ordentlich was gekostet haben. Dass das Hemd aus reiner Seide sein musste, erkannte Tian auf den ersten Blick. Die schwarze Hose hatte auch nicht den ökonomischen Einheitsschnitt der Beinkleider, den die meisten hier trugen.

Und dann die Schuhe. Die sprengten jeden Rahmen. Blitzblank und ohne jeden Makel. Sie strahlten eine Wertigkeit aus, die für die unteren Ränge der Stadtverwaltung eindeutig unerreichbar waren. Markenabzeichen deuteten darauf hin, dass der Neue sie in einer Nobelboutique erworben und sie nicht im Internet bestellt hatte. Die Labels hatte Tian noch nie zu Gesicht bekommen.

»Barde wird dir in nächster Zeit über die Schulter schauen. Erkläre ihm alles, was du so machst. Er wird dich in Zukunft unterstützen.«

»Wann fängt Barde genau an?«, erkundigte sich Tian völlig arglos.

»Jetzt!«, war die lakonische Antwort seines Chefs. Als wäre es das Natürlichste auf der Welt, zog er einen weiteren Bürostuhl heran. Der Neue zögerte keine Sekunde, sich darauf niederzulassen. Was den Chef dann doch etwas befremdete, denn solche Eigenmächtigkeiten war er von Untergebenen nicht gewohnt. Er erwartete, dass die in seiner Anwesenheit nicht saßen.

»Du zeigst ihm alles, was du so machst. Wenn Barde Fragen hat, dann beantwortest du sie ihm.«

Ohne eine Rückmeldung abzuwarten, ließ der Chef die beiden zurück. Tian versuchte den Neuen weiter einzuordnen.

»Barde, darf ich fragen, wo du früher gearbeitet hast?«

»Das willst du nicht wissen. Aber damit eines für dich klar ist: Für dich bin ich Herr Bambang!«

Dass sich ein Neuling solche Anmaßungen herausnahm, verwunderte dann doch etwas. Normalweise versuchte jeder, der hier anfing, den Kontakt mit den Kollegen so persönlich wie möglich hinzukriegen. Keiner wollte sich als Außenseiter einführen. Bis er sich eine Antwort zurechtgelegt hatte, vergingen einige Minuten.

»Wir duzen uns alle hier. Aber wenn du darauf bestehst ...«

Der Neue schaute ihn befremdet an. Irgendwas konnte mit ihm nicht stimmen.

»Haben Sie irgendwelche Vorkenntnisse, was die Maske der Stadtverwaltung angeht?«

Bambang schüttelte den Kopf. Tian fragte sich, wie das möglich sein konnte. Warum setzten die hier jemanden hin, der von nichts eine Ahnung hatte. Doch er hatte verstanden, dass er besser nicht fragte.

»Gut, dann gehe ich jetzt mal ganz raus und wir fangen von vorne an.«

Mit dem Login beginnend, erklärte Tian, wie das Programm »Ürümqi 2035« aufgebaut war. Zumindest hatte der Neuling einen Account und ein Passwort. Woher er die so zeitnah bekommen hatte, blieb im Dunklen. Für Stift und Papier, um sich auch nur die wichtigsten Informationen aufzuschreiben, hatte es wohl doch nicht gereicht.

Tian ließ sich davon nicht beirren. Der Mann würde irgendwann schon kapieren, dass er sich nicht sofort alles merken konnte. Ohne großes Interesse verfolgte der neue Kollege im fortgeschrittenen Alter seine Ausführungen.

Nach Dienstschluss holte sich Tian gebratene Nudeln mit Huhn und Gemüse in einem der zahlreichen Imbisse rund um die Stadtverwaltung. Den Abend hätte er zweifellos am liebsten mit Dshamilja verbracht, doch die beiden mussten vorsichtig sein. Zu offensichtlich durfte ihre Beziehung nicht erscheinen. Folglich blieb ihm nur der Platz vor dem Rechner in seinem Appartement.

Den fuhr er sofort hoch, als er dieses betrat. Eigentlich nichts Ungewöhnliches. Doch bis er Barde Bambang gegoogelt hatte, rührte er seine Nudeln nicht an. Obwohl ihn der Hunger quälte. Der Wunsch zu wissen, mit wem er es da zu tun hatte, nagte an ihm.

So richtig googeln war wegen der Sperre der Website nicht möglich. Deswegen versuchte es Tian zuerst auf baidu.com. Der Suchdienst lieferte selbstverständlich erst mal Hunderte von Ergebnissen. Die klickte er auch brav durch, jedoch ohne einen wirklichen Treffer. Allzu viele Barde Bambangs gab es im Riesenreich nicht. Doch von denen, die er fand, konnte keiner der Mann sein, der ab heute in der Stadtverwaltung neben ihm saß. Den schien es im Netz nicht zu geben.
Die Versuche mit anderen regierungstreuen Suchmaschinen gab Tian schon nach wenigen Minuten wieder auf. Sie lieferten genau dieselben Treffer, die keine waren, wie baidu.com.
Der Mann hatte offensichtlich ein Geheimnis. Und es musste ein besonderes sein, denn wer in der Stadtverwaltung arbeitete, der konnte sich noch weniger dunkle Flecken auf seinem Lebenslauf leisten als normale Bürger.
An dem Punkt saß Tian schon mehr als eine Stunde vor dem Rechner. Die Nudeln und das Huhn hatten inzwischen Zimmertemperatur angenommen. Aus der Küche holte sich er sich einen Satz wiederverwendbare Stäbchen und begann sein Abendessen in sich hineinzuschieben. Nebenher lief eine Actionserie. Deren Protagonist hatte es gerade geschafft, nach Wochen des Schmachtens seine überaus attraktive Kollegin ins Bett zu kriegen. Während die Bilder des kopulierenden Paares über den Bildschirm flimmerten, ersann er andere Wege, das Geheimnis des neuen Kollegen zu lüften.
Die erkalteten Fettreste auf Nudeln und Fleisch schmeckten intensiv, aber nur bedingt wohl. Tian schob sie weiter achtlos in sich hinein. Auch der andauernde Geschlechtsakt auf dem Bildschirm vor ihm, zog ihn nur bedingt in seinen Bann. Davon abgesehen, hatte sich auch das Traumpaar mal ausgeliebt und lag jetzt scheinbar ermattet, aber immer noch recht ordentlich gestylt im Bett. Auch dessen Überlegungen, die

gemeinsame Zukunft betreffend, berührten den abgelenkten Anwender nur am Rande.
Die Idee kam ihm, während er das letzte Stückchen totes Huhn in sich hinein bugsierte. Es gab da noch die Möglichkeit trotz Sperrung auf google.com zuzugreifen. Was natürlich in keiner Weise legal war. Schon gar nicht für einen Beamten der Stadtverwaltung. Dafür umso reizvoller.
Aber nicht von dem Rechner vor ihm. Stattdessen nahm er ein ausgedientes Notebook aus der untersten Schublade seines Schreibtischs. Dessen Rechenleistung war eher begrenzt, aber durchaus ausreichend, um einen Namen zu googlen. Allerdings ohne viele der komfortablen Features, die von der Seite normalerweise angeboten wurden.
Während das Teil hochfuhr, machte sich Tian sein zweites Bier auf. Endlich konnte er auf das Desktop zugreifen. Doch er öffnete jetzt nicht etwa einen Browser, sondern nur ein einfaches Linux-Terminal. Das bot ihm nur die Möglichkeit, ohne jede Grafikunterstützung seine Befehle einzutippen.
Nach der Aktion würde er den Rechner neu aufsetzen müssen. Nur so konnte er sicherstellen, dass alle Spuren seiner kühnen Suchaktion verwischt würden. Jetzt musste er aber in einem ersten Schritt bei sich selbst ins Netz. Das erledigte er rein haptisch, indem es über ein einfaches Netzwerkkabel mit dem Internet verband. Soweit noch völlig legal.
Als nächstes zog er ein Programm aus dem Netz, dass das WLAN des Rechners mit einem Zugang verband, den man ihm nicht zuordnen konnte. Während es suchte, holte sich der neugierige Hacker das dritte Bierchen aus dem Kühlschrank. Zeit verging. Endlich konnte er sich aus seinem eignen Router abhängen.
In der Actionserie hatte das Traumpaar erste Probleme miteinander. Die durchaus gewöhnlich: Er hatte keine Ahnung auch die einfachsten Tätigkeiten im Haushalt betreffend und traf sich heimlich mit seiner Ex. Sie wollte

Kinder. Statt Koitus war jetzt Krise angesagt. Doch Tian hatte nur Augen für die flimmernden Zeilen im Terminalfenster auf dem Notebook. Endlich war die Verbindung über einen für ihn sicheren Zugang hergestellt.
Im Terminal konnte er sich jetzt auf einem Rechner außerhalb der Volksrepublik einloggen. Der zog ihm ein Fenster mit google.com auf den Bildschirm. Und das über mehrere Server auf der ganzen Welt, sodass eventuelle Kontrollsoftware nicht nachvollziehen konnte, was er da abfragte.
Doch auch so war die Suche keineswegs direkt. Auch jetzt musste Tian wieder unzählige Seiten durchforsten, bis er herausfand, was sein neuer Kollege bis jetzt gemacht hatte. Gegen Mitternacht hatte er seinen Barde Bambang samt Foto gefunden. Der Mann war bis vor Kurzem noch der Leiter der Baubehörde in Ürümqi gewesen. Jetzt saß er neben Tian. Sein Instinkt hatte ihn nicht getrogen.

~

Li Dandan war über Manila angereist. Was bedeutete, dass sich seine gesamte Flugzeit auf über 24 Stunden belief. Natürlich hatte er beim Zwischenstopp die Zeit in einem Luxushotel am Flughafen verbracht, was ihm den Trip bedeutend erleichterte, da er sich für ein paar Stunden hinlegen und sich dann geduscht wieder in den Flieger nach Taipeh setzten konnte. Dumm nur, dass er den ganzen Flug gepennt hatte, jetzt auf dem Doppelbett vor der Glotze lag und gelangweilt zwischen den 1238 Kanälen rumzappte, die ihm der Fernseher auftischte. Immer wieder blieb er auf einem der Pornokanäle hängen. Um sich dann nach ein paar Minuten wieder zu besinnen und auf einen Nachrichtenkanal umzuswitchen.
Dessen Spaßfaktor aber eher begrenzt, denn er brachte ihn auf triste Gedanken. Nur auf den Pornokanälen war KI nicht omnipräsent. Ansonsten immer wieder Berichte

darüber, wie KI das Leben der Menschen positiv beeinflusste. Dass sie sein Geschäftsmodell zu ruinieren drohte, darüber kam nichts. Oder doch, in der Form, wie immer wieder darüber berichtet wurde, wie neue Algorithmen dazu eingesetzt wurden, um Kriminelle dingfest zu machen. Aber er war ja kein Krimineller. Weiß Gott nicht, er war eine Stütze der sozialistischen Gesellschaft. Nach Stunden des Wartens und Zappens raffte er sich wieder auf und ließ sich zurück zum Flughafen bringen.

Als er am Vormittag in Taipeh landete, war er todmüde. Doch jetzt war an Schlafen nicht zu denken. Der Transfer zum Novotel Airport Hotel dauerte nur zehn Minuten. Li checkte ein, schleppte sich in sein Zimmer unter die Dusche. Heiße und kalte Güsse sollten ihn wieder in Form bringen. Etwas erfrischt und mit frischen Klamotten machte er sich wieder auf den Weg in die Lobby.

Die riesig, dafür aber beliebig austauschbar. Obwohl man versucht hatte einen eigenen Stil zu finden, war die Mischung aus Marmor, Chrom und riesigen Fenstern komplett austauschbar. Alles fürchterlich teuer und doch unendlich billig. Doch kein anderes Hotel wäre passender für das Treffen gewesen. In der Menge der Anzugmenschen fiel keiner der führenden Bauunternehmer aus Ürümqi in irgendeiner Weise auf.

Der Service: unübertroffen. Unermüdlich lächelnde Angestellte lasen einem jeden Wunsch von den Augen ab. »Nein« war hier ein Fremdwort.

Doch diese Annehmlichkeiten konnte Li Dandan kaum genießen. Sicher, eine Flasche Cognac und eine Bettstatt mit Blick auf den 30-Zoll-Bildschirm wären das kleinste Problem gewesen. Ein Escort-Mädchen wohl auch. Doch dafür hatte er sich nicht 18 Stunden um die Welt gondeln lassen.

Um nicht der süßen Versuchung zu erliegen, schaltete er sein taiwanesisches Handy ein. Die Anrufe auf das Notwendigste beschränkt. Kollege Dong und Kollege

Wuam bestätigten nur Ort und Zeit: In 15 Minuten im hoteleigenen Hallenbad.
Doch wenigstens einen kleinen Cognac konnte er sich aus der Bar im Zimmer genehmigen. Der belebte ihn etwas. Dann fischte er seine Badehose und Flipflops aus seinem Aktenkoffer. Handtuch und Bademantel fand er im Bad.
Der Liftboy fuhr ihn in den farbenfrohen Sauna- und Badebereich. Der völlig verlassen. Wer benutzte schon ein müffelndes Hallenbad, wenn draußen ein riesiger Pool unter der lauen Morgensonne auf einen wartete? Li hatte den gesamten Pool für sich.
Auch der beflügelte ihn nur bedingt. Trotzdem zwang er sich in das subjektiv kalte Nass. Während er lustlos seine Bahnen zog, fragte er sich, wer hier für das Raumdesign verantwortlich gewesen war. Rote Wände, gelbe Säulen, weiße Pressspan-Planken an der Decke wechselten sich mit bunten Kacheln ab. Geschmackloser hätte man nicht mal eine Kita einrichten können.
Egal. Die Kollegen liefen ein. An einem Automaten zogen sich alle drei ein hoffentlich erfrischendes Heißgetränk. Dann ließen sie sich auf drei aufblasbaren Sesseln aus quitschgrünem Plastik in einer ruhigen Ecke nieder.
»Wie viel habt ihr abdrücken müssen?«, eröffnete Wuam das Gespräch. In Taiwan wagte er es sein Hörgerät zu benutzen. Was das Gespräch wesentlich entspannter gestaltete.
Was als Aufwärmübung gedacht war, entwickelte sich zur zornigen Diskussion. Das neue System kriegte die volle Breitseite ab. Die Herren mussten erst mal darüber Dampf ablassen, wie sie vom System geschröpft worden waren. Sinnlose Empörung brach sich ihren Weg. Die Unternehmer dürsteten aber danach, sich die Enttäuschung von der Seele zu schimpfen.
»Ok! Wir sind uns einig. Es kann so nicht weiter gehen. Wir müssen was unternehmen.«

Li Dandan schickte sich an, dem Gespräch eine Richtung zu geben, die sie weiterbringen sollte.
»Wer hat Ideen?«, fuhr er fort.
»Das neue System muss weg«, ereiferte sich Dong. »Es lässt uns keinen Spielraum.«
»Wie wahr!«, stimmte ihm Dandan zu. »Aber Adlerauge und Luchsohr ist ein nicht zu unterschätzender Gegner. Um die Erfahrung sind wir reicher.«
»Es kann doch nicht sein, dass wir das System nicht in den Griff kriegen. Dass sind doch alles dumme Rechner. Die haben doch alle einen Schalter« gab Dong zurück.
»Das ist richtig. Aber wie kommen wir an die Schalter ran? Ein Großteil des Systems ist dezentral. Wenn du der Krake einen Arm abschlägst, wachsen ihr zwei nach.«
Über drei Stunden saßen die Honoratioren auf den aufgeblasenen Badesesseln und überboten sich gegenseitig, wie man der neuen Ordnung am besten den Garaus mache. Politische Einflussnahme, man sei ja gut vernetzt, wurde erwogen und wieder verworfen. In Ürümqi, vielleicht sogar in der autonomen Provinz Xinjiang sei das möglich. Aber in Peking werde man damit nicht durchkommen. Dort habe man sich komplett auf das System eingeschossen. Klar in Ürümqi und Xinjiang gebe es viele einflussreiche Männer, die der Gängelung durch das System überdrüssig seien. Aber gegen die Partei- und Staatsführung in der Hauptstadt käme man nicht an.
Also begannen sie, sich wieder Gedanken darüber zu machen, wie sie »Adlerauge und Luchsohr« komplett ausschalten könnten. Die Diskussion, welche Schalter alle umzulegen seien, um das System komplett abstürzen zu lassen, nahm bald groteske Züge an. Die Kenntnisse der drei das System betreffend waren so dürftig, dass sie einfach nicht weiterkamen. Am Ende stand immer die Erkenntnis, dass sie mit immensem Aufwand unter größtem Risiko zwar entscheidende Komponenten lahmlegen konnten, doch das System als Ganzes nicht auszuschalten war. Die Wiederherstellung der

Rechenkapazitäten würde höchstens ein paar Monate in Anspruch nehmen, dann aber wäre alles beim Alten. Ihre Handlungsfreiheit würden sie nicht zurückbekommen.
»Wir brauchen also Verbündete!«, meinte Wu Li, als sie wieder mal einen Ansatz verwerfen mussten. »Allein haben wir keine Chance.«
Jetzt ging es darum, wer das sein könnte. Erste Wahl war das Militär. Konnte man Generäle mit ins Boot nehmen, dann würde das die Schlagkraft um ein Vielfaches erhöhen. Doch so auch das Risiko nicht unerheblich.
»Wenn nur einer nicht dichthält, dann bedeutet das mehr als Genickschuss«, gab Li Dandan zu bedenken.
»Was ist mehr als Genickschuss?«
»Die werden uns zu Tode foltern!«
Die Aussicht darauf ließ alle drei verstummen. Schließlich raffte sich Herr Wuam auf. Also, man brauche einen großflächigen Aufstand. Den dürfe man nicht zu ihnen zurückverfolgen können. Im entstehenden Chaos müsse so viel von der Überwachungstechnologie verloren gehen, sodass man die Wiederherstellung um Jahre hinauszögern, wen nicht völlig verhindern könne. In der muslimischen Bevölkerung brodle es. Hier müsse man ansetzen. Und zwar so, dass die gar nicht merkten, dass der Impuls von ihnen, den Magnaten, käme. Wenn man nur den Funken in der islamischen Bevölkerung zündete, dann werde sich das zu einem veritablen Aufstand auswachsen. Das würde die Möglichkeit bieten, großflächig »Adlerauge und Luchsohr« das Wasser abzugraben. Dann plötzlich ein Moment des Innehaltens. Ratloses Schweigen. Minuten vergingen, man hörte nur das Rattern der Pumpen im Pool und das Pfeifen der Klimaanlage. Li Dandan zog sich noch einen Tee aus dem Automaten.
»Lasst uns mal nicht den Teufel an die Wand malen«, versuchte er dann das Gespräch wieder in konstruktive Bahnen zu lenken. Blies reflexartig über das Heißgetränk. Kaum notwendig, da der Automat ohne Verbrennungsrisiko auswarf. »Denn niemand wird je

davon erfahren, was wir hier beschlossen haben. Natürlich müssen wir verdammt vorsichtig sein. Aber das waren wir doch jederzeit. Der Schlüssel zu unserem Erfolg hieß immer, in dem Graubereich zu operieren, in dem wir uns bewegt haben. Wie ein Fisch im Wasser.«

Die Erschöpfung plagte ihn weiterhin. Er nahm einen großen Schluck von dem Gebräu aus dem wiederverwendbaren Plastikbecher. Sehnte sich dabei nach einem ordentlich gebrühten grünen Tee.

»Außerdem sind wir nicht allein. Im Prinzip reicht es allen. Nicht nur die Muslime haben die Schnauze voll. Auch unseren Leuten reicht die Gängelung. Wir werden nicht allein sein. Wenn die Sache erst mal ins Rollen kommt, dann läuft sie von allein. Es wird ein bisschen Zoff geben und dann wird der ganze Zauber vorbei sein.«

»So sicher wäre ich mir da nicht! Du hast es doch mitgekriegt! Triple B ist jetzt Sachbearbeiter in der Stadtverwaltung. Nichts mehr mit Triple B. Und das mit Frau Yaping weißt du ja selbst am besten.«

Li Dandan schüttete den restlichen Tee herunter. Und bereute es sofort. Labbriger ging es nicht mehr. Wütend warf er den leeren Becher in Richtung des Getränkeautomaten.

»Ich weiß, ich weiß. Aber die Lage ist alternativlos! Willst du alles, was wir uns über Jahre aufgebaut haben, in die Tonne treten? Willst du die nächsten zwanzig Jahre als gelangweilter Rentner verbringen? Der, wenn überhaupt, mal in die Stadtverwaltung zu einem stinklangweiligen Festakt eingeladen wird?«

Der Gedanke daran kappte den Gesprächsfaden. Um den wieder aufzunehmen, brauchte der Magnat etwas.

»Wir sind nun mal die Leistungsträger. Die, die den Laden am Laufen halten. Ohne uns geht es einfach nicht. Vergiss nicht, was wir alles aufgebaut haben.«

»Ok, nehmen wir mal an, wir machen das so. Wie willst du dann konkret vorgehen?«

»Es muss über den uigurischen Widerstand im Ausland laufen. Kontakte vor Ort sind viel zu gefährlich. Wir haben doch unsere Lektion gelernt. Wo setzen wir an?«
Ratlosigkeit, dann:
»Ich kümmere mich darum«, erklärte Wu Li wortkarg.
Der nächste Schritt wäre eigentlich gewesen, die genauen Details der Kontaktaufnahme, Finanzierung und Rückversicherung zu besprechen. Ding Dong setzte dazu an, in die Materie einzusteigen.
Mit einem knappen: »Das wollt ihr nicht wissen! Ich informiere euch, wie viel Geld wir benötigen werden.« beendete Wu Li das Treffen.
Li Dandan war heilfroh, als er wieder in seinem Hotelzimmer ankam. Es war jetzt früher Nachmittag. Er kippte sich noch einen doppelten Cognac hinter die Binde und rief sein Büro in Ürümqi an. Die sollten umgehend den Rückflug von Singapur aus und den Transfer zum Flughafen organisieren. Das Ticket von Taiwan nach Singapur würde er am Flughafen in bar erwerben. Dann ließ er sich auf das Bett fallen und schlief angenehm benebelt ein.
Drei Stunden später klingelte das Telefon. Die Limousine zum Flughafen stünde bereit. Der Magnat beschloss, erst in Singapur zu duschen, griff sich noch einige Snacks aus der Minibar und sein Köfferchen. Noch nicht ganz wieder bei sich, suchte er sich den Weg in die Lobby. Eher unangenehm.

Kapitel 8: Finanzierung, rein analog

Stockholm, 22.12.2035

Er wollte ja nicht ewig bleiben. Nur für eine Nacht. Deswegen hatte der Steppmantel daheimbleiben können. Aber deswegen fror Wu Li Wuam jetzt jämmerlich. Sein dünnes Jäckchen schützte ihn null vor der eisigen Kälte in der schwedischen Hauptstadt. Der Hurensohn von Taxifahrer hatte ihn falsch abgesetzt. Ein Plattenbau war zwar mit Hausnummer 66 beschriftet, befand sich aber nicht in der Rinkenbyplan. Wu Li hatte ihm doch in bestem Englisch klargemacht, wo er hinwollte. Zitternd rief er vor verschlossener Tür seinen Kontakt an und erklärte ihm, dass es kein Klingel 714 gäbe. Nur dafür hatte er gestern am Flughafen ein Handy samt Sim-Karte erworben. Bis beide dann darauf kamen, dass es sich zwar um 66, aber nicht um Rinkengyplan handelte, starb er mehrere Erfrierungstode.

Den Koffer voller Geld hatte er sich zwischen die Beine geklemmt. Mit starren Fingern versuchte er, auf Maps Rinkenbyplan 66 einzugeben. Das Handy: nur bedingt aufnahmebereit. Als er die Eingabe endlich bewältigt hatte, stapfte er fluchend los. Laut Navi hatte er noch 750 Meter vor sich. Eisiger Wind verschlug ihm den Atem. Wie konnten Menschen nur so leben?

Endlich stand er vor Rinkenbyplan 66. Klingelte bei 714. Nichts passierte, nur der eisige Wind drohte ihn abzuservieren. Extrem angenervt zog er sein Handy wieder aus seinem Jäckchen. Dort hatte er es voller Hoffnung deponiert, als er die Hausnummer 66 entdeckte. Der plötzliche Geistesblitz: Einfach die Haustür aufdrücken. Die gab glücklicherweise nach. Drinnen war es zwar nicht wärmer, aber bei Weitem nicht so windig.

Der Fahrstuhl brauchte ewig, bis er ratternd das Erdgeschoss erreichte. Wu Li schob sich hinein und drückte auf drei. Das Geräusch, das der Aufzug von sich gab, als er sich in Bewegung setzte, erinnerte ihn an seine

Jugend. Damals hatten ihn rumpelnde Aufzüge noch beeindruckt. Heute jagten sie ihm Angst ein.
Oben angekommen hatte er zehn Türen zur Auswahl. Also, wieder das Handy raus und angerufen.
»Hello?«
»I am at your door.«
Der Angerufene legte ohne Erwiderung auf. Dann hörte der Mann mit dem Koffer, wie sich hinter einer der Türen etwas tat. Und sie sich öffnete.
Der Mann im Türrahmen trug eine schwarz-grau gestreifte Djellaba. Seine nackten Füße steckten in Birkenstocksandalen. Oder Plagiaten. Er musste mindestens Schuhgröße 50 haben. Auch alles andere an ihm wirkte riesig und aufgebläht. Der Gotteskrieger brachte mit Sicherheit mehr als 150 Kilo auf die Waage. Eine haarige Pranke streckte sich Wu Li entgegen. Dazu ein aufgesetztes Lächeln hinter einem massiven Vollbart. Der Chinese ergriff die schweißnasse Pranke.
»Please, come in!«
Im Inneren sah er eine Frau im Vollschleier, als sie aus dem Vorraum huschte, in dem sie Tee und Gebäck auf einem Tischchen angerichtet hatte. Der Gastgeber forderte zum Sitzen auf.
Wu Li war sich des enormen Risikos bewusst, das er gerade einging. Alleine mit mehr als einer Million Euro in einem Köfferchen hier aufzutauchen, war mehr als kühn. Fast schon eine Einladung, ihm die Kohle abzunehmen.
Trotzdem war er das Risiko eingegangen. Jemand anderem das Geld in die Hand zu drücken, wäre genauso unvorsichtig gewesen. Der Gotteskrieger war ihm zumindest ein Begriff. Er war schon mal in der Provinz Xinjiang aufgegriffen worden. Sein Foto war damals noch im Internet abrufbar gewesen. Dass ihn die Behörden nach Jahren Haft wieder auf freien Fuß setzten, verdankte er wahrscheinlich nur seinem schwedischen Pass. Der Mann war mit tödlicher Sicherheit ein kompromissloser Fanatiker. Die Jahre der Haft hatten ihm blinden Hass gegen die Machthaber in Ürümqi

eingeimpft. Darauf war Verlass. Und was hätte der Fanatiker davon gehabt, ihn vor Ort abzuschlachten? Nichts, außer einer riesigen Sauerei.
Dennoch fühlte sich Wu Li nicht wohl in seiner Haut. Der Gastgeber schenkte ihm pappsüßen Tee ein. Um den Zucker im Gebäck kam er herum, denn der Gastgeber bediente sich reichlich.
Nach einigen Floskeln begann das Verhör. Wu Li retteten nur die schlechten Englischkenntnisse seines Gegenübers.
»Bist du ein Bruder von uns?«
Wu Li bejahrte.
»Du unterstützt den Kampf gegen die Ungläubigen?«
Wu Li erzählte, wie massiv die Unterdrückung der muslimischen Bevölkerung inzwischen geworden war. Er selbst als Han-Chinese dürfe den wahren Glauben nur heimlich leben. Müsse sich immer verstecken. Das System habe das Netz der Überwachung jetzt unheimlich eng gesponnen. So viele Brüder seien in Lagern eingesperrt.
Das fette Gesicht des Islamisten signalisierte, dass er die Details nicht verstand. Nur das, worum es dem Geldboten ging.
»Ihr müsst den Djihad nach Xinjiang bringen!«
Diesen Satz kannte sein Gegenüber. Er grinste verständnisvoll.
»Wollen wir zusammen beten?«
»Bruder, danke für die Gastfreundschaft! Aber ich muss gehen. Je länger ich bleibe, desto gefährlicher ist es für uns.«
Der Islamist schaute ihn befremdet an.
»Danger! Police!«, legte der Geldbote nach.
Diese Signalwörter umfasste der Wortschatz des Islamisten. Wu Li erhob sich schnell. Der Gotteskrieger hatte Mühe, es ihm gleichzutun. Stemmte sich mühsam vom tiefliegenden Sofa. Holte ihn aber an der Haustür ein. Die Umarmung weckte in Wu Li Assoziationen mit dem Angriff eines Bären. Auch geruchstechnisch.

Reichlich erleichtert bestellte er sich im eisigen Hauseingang ein Taxi. Das Highlight: Zehn Minuten später hielt es da, wo er es hinbestellt hatte.

Kapitel 9: Ein kühner Plan hat Folgen

Autonome Provinz Xinjiang, 14.03.2036

Das, was die chinesische Regierung der schwedischen immer vorgeworfen hatte, entbehrte nicht jeder Grundlage. Der gewaltbereite Widerstand im Land der Wikinger war besser organisiert, als es die Schweden wahrhaben wollten. Außerdem bereitete ihnen der Stachel im Fleische Pekings eine gewisse Genugtuung. Denn die Übermacht der zur wirtschaftlichen Nummer Eins aufgestiegenen Nation war erdrückend. Das schwedische Kabinett konnte sich glücklich schätzen, wenn der chinesische Botschafter im Lande für es Zeit hatte.

Die Islamisten vor Ort wiederum hatten aus den Fehlern der Vergangenheit gelernt und gingen ihren Geschäften wesentlich zurückhaltender nach. Auf spektakuläre Aktionen in ihrem Rückzugsgebiet verzichteten sie. Verteilten nicht mal mehr öffentlich Korane. Auch wenn sie in ihren schmucklosen Moscheen immer wieder darüber lamentieren konnten, wie gottlos das Land doch sei. Wie gotteslästerlich sich die Frauen hier kleideten, wie offen Alkohol und Drogen auf der Straße konsumiert würden, wie unverhohlen junge Menschen ihre Sexualität auslebten. Wie sich Männer ohne Saft und Kraft zum Affen machten, wenn sie sich von ihren Frauen rumkommandieren ließen. Die dazu noch halbnackt. Nur der harte schwedische Winter brachte Schwedinnen dazu, sich einigermaßen keusch zu kleiden. Glücklicherweise dauerte der ja relativ lang.

Aus Angst ihre sichere Basis zu verlieren, denunzierten Islamisten manchmal diejenigern ihrer Brüder, die dazu tendierten, den heiligen Dschihad auch vor Ort entfesseln zu wollen. Die schwedische Polizei konnte sich dann ein weiteres Mal Erfolge beim Kampf gegen den Terrorismus an die Brust heften. Ein Waffenstillstand formte sich, der von beiden Seiten trotz absoluter gegenseitiger Verachtung penibel eingehalten wurde.

Das Land der Träume aller Islamisten war Afghanistan. Hier regierten seit dem Zusammenbruch der westlichen Einflussnahme nach wie vor die Taliban. Das aber der einzige Konsens. Verschiedenste Gruppierungen kontrollierten ihre lokalen Fürstentümer. Der Traum vom Kalifat, dem Einheitsstaat geistlicher und weltlicher Macht, hatte schnell aufgegeben werden müssen. Trotz der immer wieder gebetsmühlenartig beschworenen Einigkeit, gab es nur einen gemeinsamen Nenner: Der Fundamentalismus nach den Regeln der Scharia. Der Zwist darüber, wer das gottesfürchtigste Leben führte, schwelte wie ein Kohlebrand in einem unterirdischen Flöz. Um mit verlässlicher Regelmäßigkeit an die Oberfläche durchzubrechen, was sich sich in lokalen Auseinandersetzungen manifestierte.
Eine Mischung aus »Krieg der Sterne« und dunkelstem Mittelalter. Auf Eseln sitzend feuerte man Hightech-Raketen ab. Gefangene wurden, sofern sie lebend keinen Wert darstellten, oftmals mit dem Schwert geköpft. Um dann den Kopf des Enthaupteten mit einer Drohne über seinem Heimatdorf abzuwerfen.
Trotz des Traumes im Land des reinen Islams leben zu können, machten sich nur wenige wirklich auf den Weg ins gelobte Land. Denn Direktflüge von Schweden nach Afghanistan gab es auf keiner Flugbörse mehr. Der Umweg über andere Staaten war für viele Glaubensbrüder aber nicht zu machen. Beim Zwischenstopp wären sie sofort verhaftet worden und in einem Foltergefängnis verschwunden. Wahrscheinlich auf Nimmer-Wiedersehen. Auch die Verwandten im Land des reinen und gelebten Glaubens beknieten ihre Angehörigen, doch bitte dort zu bleiben, wo sie waren. Denn ohne die Unterstützungsleistungen aus dem Land der Ungläubigen wäre ihr Dasein noch entbehrungsreicher gewesen. Auch hier stellte sich ein Gleichgewicht ein, dass allen zum größten Nutzen gereichte. Obwohl er sich in durchaus überschaubaren Grenzen hielt. Und trotz der martialischen Rhetorik.

An den geplanten Aktionen in Ürümqi nahm folglich niemand aus Schweden teil. Über ein weitverzweigtes System der Hawala, dem islamischen Western Union, gelang es, die Mittel für eine großangelegte Operation unauffällig auf verschiedensten Kanälen nach Afghanistan und Pakistan zu leiten. Von dort würde man dann Waffen und Sprengstoff in die autonome Provinz Xinjang transportieren. Die Attentäter müssten von dort kommen. Alle anderen fielen zu sehr auf.
Das Ziel ehrgeizig: Ein Fanal, das den Unterdrückern ein für alle Mal klar machen würde, dass der Sieg des wahren Glaubens nicht aufzuhalten sei. Ein Zündfunke, der alle Gläubigen in der Provinz aufstehen und sich dem bewaffneten Kampf anschließen lassen würde.
Doch die lückenlose Überwachung vor Ort erschwerte die Umsetzung wesentlich. Der han-chinesische Unterdrückungsapparat limitierte aufrührerische Bestrebungen stark und machte sie für die ausführenden Kräfte extrem gefährlich. So gefährlich, dass die Kämpfer nur den Weg des Selbstmordattentats wählen konnten.
So auch der Plan. Viele der Glaubensbrüder auf chinesischem Boden verdienten ihren Lebensunterhalt als Transportunternehmer. In den meisten Fällen bedeutete dies, dass sie eine Art fahrbaren Untersatz besaßen, mit dem sie irgendwie Kohle machen konnten.
Die sollten die Basis des Aufstandes bilden. Sechs bis zur Oberkante des Laderaums mit Sprengstoff beladene Lastwagen würden der Zündfunke sein, um das Fanal zu entzünden.

~

Afghanistan hat einen Zipfel. Im Südosten des Landes schiebt sich die Provinz Badachschan zwischen Tadschikistan und Pakistan. Hier befindet man sich fast überall im Hochgebirge. Der sogenannte Wakhan-Korridor, ein Tal, dass selten breiter als 60 Kilometer ist,

verbindet Afghanistan über eine 76 Kilometer lange Grenze mit China.
Badachschan ist nicht nur das Ende Afghanistans. Es ist das Ende der Welt. Straßen gibt es nur wenige und die können fünf Monate im Jahr nicht befahren werden.
Den einzigen Übergang nach China bildet der Wakhjir-Pass auf etwa 5000 Metern über dem Meeresspiegel. Er wird hauptsächlich zum Schmuggel von Opium nach China benutzt, denn der Opiumanbau ist der einzige gewinnträchtige Geschäftszweig, dem man in dieser kargen Gegend nachkommen kann. Auf afghanischer Seite wird die Droge auf Lasttieren bis zur Grenze gebracht. Auf chinesischer existiert eine Straße.
Wegen der Unwirtlichkeit und der Höhe hatte die chinesische Verwaltung vor Jahren den Außenposten direkt an der Grenze aufgegeben. Zu teuer der Unterhalt, zu ineffektiv die Kontrolle. Die hatte man stattdessen weiter ins Hinterland verlegt.
Der Glaubensbruder war schon seit Tagen mit der Frau und seinen fünf Kindern auf dem beschwerlichen Weg in die Berge unterwegs. Bis ihn der Guide an der G314 übernommen hatte, war die Reise noch relativ unbeschwerlich gewesen. Die siebenköpfige Familie samt Gepäck füllte den Kleinbus zwar gut aus, aber man kam einigermaßen voran und musste sich nicht so anstrengen. Den Posten an eventuellen Straßensperren verklickerte man, dass man nach Abbottabad in Pakistan unterwegs sei und drückte ihnen ein paar hundert Yuan in die Hand.
Doch sobald die Familie aus dem Kleinbus stieg, veränderte sich die Lage schlagartig. Außer dem Guide mit seinen zwei Eseln gab es hier nichts. Rechts und links der Straße nur endlose Geröllfelder mit dürrer Vegetation. Ein kalter Wind blies ihnen ins Gesicht und ließ sie spüren, dass sie sich schon auf einer Höhe von etwa 1500 Metern befanden. Eher unangenehm. Doch noch hatten sie keine Vorstellung davon, wie kalt der Wind auf rund 5000 Metern am höchsten Punkt des Wakhjir-Passes sein würde.

Zwei große Taschen konnten auf einen der Esel umgeladen werden. Der andere sollte dem Vater als Fortbewegungsmittel dienen.
Mehr als 15, maximal 20 Kilometer schaffte die Familie pro Tag nicht. Jede Stunde musste Rast gemacht werden. Denn die Kinder konnten einfach nicht mehr weiter. Auch musste der Vater trotz seiner unumstrittenen Stellung als Familienoberhaupt seinen Platz auf dem Esel aufgeben, da nach stundenlangen Fußmarsch Mutter und Kinder zu erschöpft waren, um weiterzugehen. Was den wohlbeleibten Glaubensbruder so gar nicht erfreute, den Esel aber davor bewahrte, zusammenzubrechen.
Zu allem Übel wurde der Pfad immer unwegsamer. Was anfangs noch eine befahrbare Schotterpiste gewesen war, hatte sich zu einem steilen Trampelpfad verschlechtert, der abwechselnd bergauf und bergab, aber niemals horizontal verlief. Überall türmte sich jetzt Schnee ohne Ende. Der Wind pfiff unaufhörlich und gnadenlos. Noch viel eisiger, als Tage zuvor.
Die Kleinste der siebenköpfigen Familie: gerade mal 22 Monate alt. Ganz Mutter tat diese ihr Bestes, um das Mädchen warm zu halten. Eine Aufgabe, die der Mutter, die fortwährend mit maximaler Erschöpfung kämpfte, alles abverlangte. Doch schon am dritten Tag der Reise glühte das junge Leben geschüttelt von Fieberkrämpfen. Dem Guide gelang es, in einem Weiler ein Aspirinpräparat zu ergattern, das sie dem Säugling zusammen mit pappsüßer Babynahrung einzuflößen suchten. Doch der war schon zu schwach, um viel von dem Brei herunterwürgen zu können.
Immer wieder beschwor die junge Mutter den Vater ein, zwei Tage zu rasten, um der Tochter etwas Erholung zu gönnen. Aber der ließ nicht mit sich reden. Man müsse weiter. Wenn das System sie stellen würde, dann wäre alles vorbei. Er würde den Rest seines Lebens im Lager verbringen. Oder unter der Erde. Und so brach man jeden Morgen, sobald die ersten Sonnenstrahlen den

Horizont übersprangen, wieder in Richtung des gelobten Landes auf.
Nach einer Woche waren die Familie, der Guide und die zwei Esel in einer Höhe von über 3500 Metern unterwegs. Für alpingeschulte Trekkingtouristen wäre das Tal der Höhepunkt ihrer Tour gewesen. Auf beiden Seiten ragten majestätische Fünf- und Sechstausender auf, die den Backpackern keine andere Wahl gelassen hätte, als die Speicherkarten ihrer Handys mit preisträchtigen Schnappschüssen zu füllen. Die Familie hingegen rang um Atem. Die Tagesetappen schrumpften immer weiter zusammen. 20 Kilometer vor der afghanischen Grenze kam der Tross pro Tag kaum mehr als fünf Kilometer voran.
Die Kleinste erreichte das gelobte Land nicht mehr. Die Nächte verbrachte die Gruppe jetzt in unbewohnten Unterständen. Die waren nicht mal mehr durch das winzige Feuerchen warm zu kriegen, das der Guide jeden Abend entzündete, um der Familie wenigstens eine dünne Suppe bieten zu können, mit der sie die harten Brotreste aufweichen konnten, die ihnen nun als Nahrung dienten. Auch wenn es dem Feuer nicht gelang, die unachtsam aufgestapelten Steinhaufen warm zu bekommen, verrauchten sie die gewaltig. Doch jede Zufuhr von Frischluft hätte einen Hauch eisiger Kälte bedeutet.
Als die Mutter nach wenigen Stunden Schlaf durch das Iah und Gerüttel eines Esels geweckt wurde, war das leblose Bündel in ihren Armen steif. Zuerst versuchte sie noch es durch Kosungen wieder zum Leben zu erwecken. Doch das gab sie bald wieder auf.
Denn die Frau war keineswegs so naiv, dass sie Zweifel daran hegte, dass das Unabänderliche eingetreten war. Ihr Schluchzen und Wehklagen weckte auch den Reste der Reisegruppe. In der Finsternis des Unterschlupfs wurden nur wenige Worte gewechselt, bis allen bewusst war, dass dem jüngsten Familienmitglied der Übergang ins Jenseits gelungen war.

Während die Mutter jetzt nur noch leise vor sich hin schluchzte, redete der Vater auf den Guide ein. Beschwor ihn, dafür zu sorgen, dass die Tochter ein ordentliches Begräbnis nach islamischem Ritus bekäme. Der versuchte dem Unbelehrbaren mit Engelszungen zu vermitteln, dass die nächste Moschee und der nächste Friedhof auf der afghanischen Seite der Grenze zu finden seien und damit nur erreichbar, wenn sie ihren Weg wie geplant fortsetzten. An eine rituelle Beerdigung innerhalb eines Tages sei nicht zu denken.
Bei Tagesanbruch brach die Familie auf. Im Gepäck nun auch die Leiche des Mädchens. Der Vater auf dem Esel, die Mutter mühte sich hinterher. Ihre Gedanken wurden schon nicht mehr von der Verzweiflung über den Verlust getrieben, sondern um die Sorge darüber, wie sich die Zukunft im gelobten Land entwickeln würde. Einem Land, von dem sie wenig wusste, außer, dass es nicht viel mehr bot als die eisige Höhe hier. Ihr Schmerz wurde nur durch die Gewissheit gelindert, dass der Tochter ein Leben voller Entbehrungen und Demütigungen erspart bleiben würde. Sie hegte keinen Zweifel daran, wie mühsam ihr Leben im Kalifat gewesen wäre. So gesehen war alles viel besser: Mit seinen knapp zwei Jahren würde das Kindlein sündenfrei ins Paradies kommen.

~

In der autonomen Provinz Xinjiang liefen derweil unter extremen Vorsichtsmaßnahmen die Vorbereitungen für den Befreiungsschlag. Achmed Erkin aus der Moschee wusste, dass er alles auf eine Karte setzte. Die Vorstellung, samt seiner ganzen Familie für Jahre oder für immer in einem der Lager zu landen, jagte ihm gehörig Angst ein. Der Tod weniger, denn dem würde ja unverzüglich das Paradies folgen. Da war er sich ganz sicher. So ließ ihn die Überzeugung, dass der Aufstand gelänge und er unbeschadet daraus hervorginge, höchstes Risiko eingehen.

Selbstredend hatte er sich einen persönlichen Risikobegrenzungsplan zurechtgelegt. So hundertprozentig persönlich war der aber keineswegs, denn er orientierte sich an den Grundregeln, die auch die anderen Mitglieder der verschiedenen Muslimbruderschaften beherzigten.
Wo immer man dem System und seiner Überwachung entgehen konnte, nutzte man alle sich bietenden Möglichkeiten. Achmed verwendete weder Bankkarten noch Zahlungsapps. Da Bargeld kaum mehr verfügbar war, beschränkte er sich auf Tauschgeschäfte. Die zwar extrem umständlich, weil man immer eine Unzahl von Tauschgegenständen mitführen musste. Aber das System hatte immer noch Schwierigkeiten, ihnen auf die Spur zu kommen. Getauscht wurde selbstredend nur da, wo die Glaubensbrüder davon ausgingen, dass das System sie nicht überwachte. Viele hatte in ihren Privatwohnungen dazu Nischen eingerichtet, die sie besonders gegen allen Einfluss von außen abschirmten.
Die Benutzung moderner Kommunikationsmittel war im Wesentlichen tabu. Einzig und allein Telefonate erlaubte man sich noch, da die Kommunikation über Boten sich als schlichtweg zu umständlich erwiesen hatte. Außerdem konnte das System deren Aufenthalt in den meisten Fällen nachvollziehen, was es ihm ermöglichte, sie abzugreifen und die Übermittlung der Nachrichten zu unterbinden und oft auch deren Inhalt zu entschlüsseln.
Am Telefon sprach man geflissentlich nicht über die politische Arbeit. Nicht ein Sterbenswörtchen. Meist ließ man Frauen oder Töchter nur vereinbarte Codewörter in belanglose Gespräche einflechten, um konspirative Treffen zu organisieren.
Obwohl den abstinenten Glaubensbrüdern Handel und Konsum jeglicher Art von Rauschmitteln extrem zuwider war, hatten sie sich irgendwann eingestehen müssen, dass sie ihren Kampf hätten einstellen müssen, wenn sie nicht auf den Opiumhandel als Geldquelle zurückgegriffen hätten. Eine Entscheidung, die diverse Fatwas islamischer

Rechtsgelehrter bemüht hatte. Was aber diese nicht besonders beflügelt hatte, da je nach Ausrichtung des Rechtsgelehrten, die Auslegung in die eine oder andere Richtung ausfiel. Aus blanker Not hatte man beschlossen, diejenige als gültig zu akzeptieren, welche die Finanzierung durch den Opiumhandel guthieß. Hauptargument: Ein Großteil der Konsumenten: Han-Chinesen.

Eine Tatsache, die dem System erhebliche Rechenkapazität abverlangte. Obwohl zur politischen Kontrolle aus der Taufe gehoben, errechnete es irgendwann, dass eine wesentlich schärfere Kontrolle des Drogenhandels vordringlich war, um den politischen Machterhalt nicht zu gefährden. So ordnete das System auch schon bei geringsten Mengen den Genickschuss an, wodurch die Preise explodierten. Aber die meisten Drogenkuriere fürchteten den Genickschuss wenig. Sozusagen die goldene Brücke ins Paradies. Der Absatz dafür um so ertragreicher, was den Kämpfern Gottes neue Mittel in die Kasse spülte.

Mit der braunen Paste hatte sich Achmed nie abgegeben. Dafür hatte er zu oft miterlebt, was das Zeug aus Menschen gemacht hatte. So ganz schlüssig erschienen ihm die Fatwas nicht, die dem Drogenhandel mit den Ungläubigen einen Persilschein ausstellten. Seine Begeisterung für den Dschihad schmälerte dies aber nicht.

An der festgelegten Stelle in Kaxgar fand er wie vereinbart den Lastwagen der Familie. Den Schlüssel hatte er Minuten vorher aus einem toten Briefkasten gezogen. Nicht ohne sich sich gehörig zu ekeln. War der doch unter einem schwer zu öffnenden und entsetzlich versifften Gullydeckel. Einige Ratten glotzten in doof an, als er ihn aufstemmte. Der ausgelutschte Schraubenzieher, den er verwendete, brach fast ab. So krumm wie der jetzt war, würde er niemals wieder eine Schraube drehen. Wegwerfen tat er ihn aber doch nicht. Was daran lag, dass er keine Ahnung hatte, wo sich der nächste Recycling-Container befand. Jetzt nur nicht dadurch auffallen, vom System gescannt zu werden, weil man Müll auf die Straße schmiss.

Der nächste Schritt war der brenzligste des ganzen Unternehmens. Jetzt hieß es den Gotteskrieger zu treffen, der dazu auserkoren war, sich mit dem Lastwagen direkt ins Paradies zu sprengen. Besonders heikel die Tatsache: Er würde dabei nahezu eine Tonne Sprengstoff mit aufnehmen, die dazu dienen sollte, den Lastwagen zur fahrenden Bombe umzufunktionieren.

Achmed startete den Lastwagen. In einem Café im Zentrum würde ein Glaubensbruder den Kontakt mit der lebenden Bombe herstellen. Das Navi wagte Achmed nicht zu benutzen. Einen uralten Stadtplan auf dem Beifahrersitz nutzende navigierte er durch die Straßen der ihm unbekannten Stadt.

Im dichten Verkehr der Stadt kam Achmed nur langsamst voran. Immer wieder verfuhr er sich und sah sich zu kühnen Wendemanövern gezwungen. Endlich kam er vor dem Café zum Stehen. Diesmal war ihm das Glück hold. Sein Kontakt erspähte ihn in dem Moment, als er um die Ecke bog. Sprang auf und stieg zu ihm ins Führerhaus. Nach dem obligatorischen Salam Aleikum dirigierte er ihn in eine Seitenstraße, wo er den Lastwagen problemlos parken konnte. Gemeinsam gingen sie zurück ins Café.

Der Kontakt steuerte zielsicher einen der Tische an. Dort hockte hinter einen Glas Milchkaffee eine Gestalt, die der Kontakt als Ibrahim vorstellte. Außer einem unverständlichen Grunzen schenkte der den beiden Neuankömmlingen keine Aufmerksamkeit. Die verengten Pupillen des potenziellen Gotteskriegers und sein leerer Blick ließen Achmed in Sekundenschnelle verstehen, warum Ibrahim so scharf darauf war, innerhalb der nächsten Tage ins Paradies zu kommen. Der Typ war voll und ganz auf Heroin. Achmed dagegen gar nicht belustigt.

»Und ihr glaubt im Ernst, dass der das auf die Reihe kriegt?«
Der Kontakt setzte zu einer Antwort an: »Ja, ich weiß ...« Besann sich dann aber anders und beendete den Satz nicht.
»Das Risiko, das ich eingehe, ist schon so verdammt groß. Aber mit dem, ist es noch mal doppelt so gefährlich. Habt ihr niemand anderen? Einen, der was taugt!«
Ibrahim starrte weiterhin teilnahmslos ins Nichts. Endlich brachte der Kontakt eine Antwort zustande.
»Ibrahim wird keine Probleme machen. Das Heroin gebe ich dir und nur dir. Ganz einfach: Wenn er Zicken macht, dann kriegt er nichts. Dann wird er alles machen, was du ihm sagst. Der Mann ist komplett am Ende. Bei euch kriegt der keinen Fuß mehr auf den Boden. Und auch keine Stoff. Dem bleibt keine andere Wahl.«
Achmed war immer noch keineswegs von der Vorstellung angetan, die gefährliche Reise mit einem durchgeknallten Junkie vorzunehmen. Doch jetzt war es zu spät. Es gab kein Zurück mehr.
Schweigend saßen Kontakt, Fahrer und Selbstmordattentäter im Café. Um sie herum tat sich nur wenig. Die meisten Tische waren leer. Der Kellner hing die meiste Zeit gelangweilt am Tresen rum. Nicht, dass Achmed das Bedürfnis gehabt hätte, Konversation zu betreiben. Es kam ihm ganz recht, dass eine der Sicherheitsvorkehrungen vorschrieb, dass die Gotteskrieger nur die notwendigsten Informationen austauschten. Was man nicht wusste, konnte auch nicht aus einem herausgefoltert werden.
Endlich kam der Anruf. Er dauerte nicht länger als 30 Sekunden. Über die geplante Aktion wurde kein Wort verloren. Der Kontakt meldete nur Interesse an vier Lastwagenreifen an. Man verabredete sich für den Abend und legte wieder auf.
Die Gruppe brach auf. Achmed beobachtete mit zunehmenden Bedenken, wie der Kontakt den völlig

zugedröhnten Märtyrer hochzog. Der verschuckelte auch die Reste seines Kaffees. Was aber seinen Kaftan nicht weiter versaute, denn der war eh schwarz und stand vor Dreck.
Den glorreichen Weg ins Paradies hatte sich Achmed anders vorgestellt. Zumal er nicht vorhatte, ihn in den nächsten Tagen anzutreten. Der Typ war eine echte Gefahr für ihn. Er musste verdammt auf der Hut sein.
Schweigend verlief auch die Weiterfahrt. Zu Dritt war das Führerhaus des LKWs reichlich eng. Der Kontakt dirigierte Achmed über verschlungene Seitenstraßen aus Kaxgar heraus. Nach einer Dreiviertelstunde ermüdender Fahrt hatten sie die Werkstatt erreicht, in der das Gefährt in eine rollende Bombe verwandelt werden sollte.
Das Schild über der Einfahrt verkündete vollmundig, dass hier alle LKW-Typen in kürzester Zeit auf Vordermann gebracht würden. Was aber wenig überzeugend ankam, denn das Schild war völlig verrostet und hing nur noch an wenigen Schrauben. Die konnten nur bedingt verhindern, dass das Teil sich bedrohlich von der Wand weg bog.
Die Halle, die dazu dienen sollte, LKWs aller Art ein ultimatives Tuning und Facelifting der besonderen Art zu verpassen, war mit billigsten Mitteln hochgezogen worden. Unverputzte Betonpfeiler umrahmten hastig gemauerte Ziegelwände. Auf Fenster hatte man aus Gründen der Einbruchssicherheit verzichtet. Aus dem Dach ragte verrosteter Armierungsstahl, der verriet, dass es für ein weiteres Stockwerk nicht gereicht hatte.
Drinnen regierte der Siff. In mehreren Ölfässern wurde Altöl gelagert, das irgendwann an die umliegenden Hammams verschenkt werden würde, die es dann zur Erzeugung von Warmwasser verbrennen würden. Überall an den Wänden hingen und lehnten Werkzeuge in XXL: Alle pechschwarz, meist überzogen von einem schmierigen Ölfilm.
Die Grube, über der Achmed seinen Lastwagen abstellte: ein schwarzes Loch. Er musste verdammt vorsichtig

rangieren, denn das normalerweise vorhandene Sicherheitsblech, das ein Absinken der Reifen in die Grube verhindern sollte, fehlte. Der Mechaniker vor Ort, ebenfalls ein Glaubensbruder, wies ihn gekonnt ein.
»Salam Aleikum, Bruder. Wie geht es dir? Willkommen in Kaxgar.«
»Maleikum Salam. Soweit lief alles gut.«
»Wir bauen jetzt einen doppelten Boden in die Rückwand des Wagens ein. Dort packen wir dann den Sprengstoff rein. So, dass ihn keiner findet.«
»Wie lange werden wir brauchen? Kann ich heute noch losfahren?«
»Das hängt von dir ab. Kannst du mir helfen? Hast du handwerklich was drauf?
Achmed erwiderte, dass er alles tun würde, um sich einzubringen, aber handwerklich eher wenig zu bieten hätte. Der Mechaniker war wenig begeistert.
»Genauso wie deine Kollegen. Ich rechne mit acht Stunden. Wir müssen sichergehen, dass man nichts, absolut nichts sieht.
Der Mechaniker machte sich ans Werk. Währenddessen hockte sich Ibrahim auf einen Motorblock und starrte verloren in den Siff der Werkstatt. Weder der Mechaniker noch Achmed verschwendeten einen Gedanken daran, ihn zur Mitarbeit aufzufordern. Auch der Kontakt war zu nichts zu gebrauchen. Wichtige Geschäfte im Kampf gegen die Ungläubigen vorschiebend, verdrückte er sich zeitnah. Zumindest überließ er Achmed noch ein Bündel Briefchen mit Heroin. Froh, die losgeworden zu sein.
So blieb es an Achmed, dem Mechaniker zur Hand zu gehen. Und er tat sein Bestes, um die doppelte Wand gebacken zu kriegen. Schon allein deswegen, weil ihm immer klarer wurde, worauf er sich da eingelassen hatte und dass er da nur noch lebend rauskäme, wenn die Angelegenheit schnell vonstattenginge.
Profile, die das Grundgerüst für den Rahmen bilden sollten, waren schnell gesägt. Der Mechaniker bediente sich eines Trennschleifers, währenddessen sich Achmed

an einem wackligen Schraubstock mit einer zahnlosen Bügelsäge abmühte. Sobald sie alle Profile richtig zusammengestutzt hatten, legten sie diese auf dem Werkstattboden in der Form aus, die sie einmal einnehmen sollten.
Mit zusammengekniffen Augen und zwei Hämmern war es Achmeds Aufgabe, die Teile so in Position zu halten, dass der Mechaniker sie zusammenschweißen konnte. Mit dem antiquierten Elektrodenschweißgerät: keine leichte Aufgabe. Entweder zündete es nicht oder der glühende Klumpen Schweißnaht fiel durch. Woraufhin der Mechaniker aus einem ranzigen Pappkarton ein Fitzel Blechverschnitt nahm und ihn grummelnd auf das Loch legte. Hoffend, dass nun Strom und Blechdicke so passten, dass er die Lücke schließen konnte. Klappte so la la.
Das Schweißen allein dauerte schon drei Stunden. Achmed war am Ende seiner Kräfte. Doch der Mechaniker hatte hervorragende Arbeit geleistet. Der Lastwagen besaß nun eine doppelte Ladewand. Hier würde der Sprengstoff versteckt werden, der den Dünger aus Ammoniumnitrat auf der Ladefläche zum Explodieren bringen sollte. Jetzt war der Moment gekommen, die explosive Ladung auf die Ladefläche aufzubringen.

~

Inzwischen saß man in der Moschee in Ürümqi wieder unter dem Teppich mit dem verwebten Gitter, das die elektromagnetischen Wellen abweisen sollte. Es sollte Mohammed das Leben retten, dass er diesmal nicht mit unter den Teppich kriechen konnte. Nicht konnte, weil es noch ein Leben neben dem Widerstand gibt. Das Thema der konspirativen Zusammenkunft war so einfach wie eindeutig: Wo schlagen wir zu?
Noureddine Dawut vertrat, wie schon so oft, die radikalste aller Positionen: »Wir müssen da zuschlagen,

wo wir die meisten von ihnen erwischen. Da wo der Blutzoll am höchsten ist.«
»Und wo meinst du, wo das ist?«, warf ein Glaubensbruder ein.
»Da, wo sie in Rudeln auftreten und unter sich sind. In ihren Einkaufszentren und den Lokalen, in denen sie sich treffen. Je mehr von den Besatzern, desto besser!«
Der Imam teilte seine Position in der Form nicht.
»Noureddine, wir wollen kein Massaker anrichten. Das kann nicht unser Ziel sein, denn es widerspricht auch den Lehren des Propheten. Die Ziele müssen symbolische sein. Symbolisch deswegen, weil sie nicht das Fanal, sondern der Zündfunke sind. Das Fanal werden dann unsere Brüder und Schwestern entzünden, wenn sie auf die Straße gehen und die Besatzer aus der Stadt scheuchen.«
»Also sprengen wir den Palast des Gouverneurs in die Luft?«
Der Gedanke hatte allzu viel Verführerisches. Sofort entzündete sich eine leidenschaftliche Diskussion. Eigentlich war jeder dafür. Die Symbolwirkung grandios. Ein Großteil der Opfer wäre mit Sicherheit Han-Chinesen.
Einziges Problem: Der Palast war besser gesichert als Fort Knox, das Gelände an sich riesig. Schon in einem Radius von mehreren hundert Metern wären Straßensperren mit unüberwindlichen Hindernissen aufgestellt. Hinter ersten Haltepunkten befanden sich schnell aufzuziehende Nagelsperren. Dahinter wurden die Fahrzeuge meist durch einen Hindernisparcours geleitet, der aus Betonklötzen bestand, die auch Panzer hätten aufhalten können. Viele der Wachposten waren mit Maschinenpistolen ausgerüstet. Den innersten Ring bildeten aber Kampfdrohnen, die innerhalb von Sekunden dazu gebracht werden konnten, unerlaubt eindringende Fahrzeuge mit chirurgischer Präzision zu eliminieren. Hier vollbrachte KI zuverlässig kleine Wunder.

Die Glaubensbrüder zermarterten sich den Kopf, wie man diese Sicherungsanlagen überwinden könne. Doch jeder Ansatz, sobald sie ihn etwas detailgetreuer weiterverfolgten, drohte schon im Vorfeld zu scheitern oder, wenn überhaupt, nur minimalen Schaden anzurichten. Was anfänglich freudige Aufbruchsstimmung gewesen war, schlug in sprachlose Resignation um. Man begann alternative Ziele auszuspähen.
Stunden später wurden die Parkson Shopping Mall, das Xinjian Gefängnis Nummer eins und der ErDaoQuio Markt als Anschlagsziele auserkoren. So absolut glücklich waren die Verschwörer über die Auswahl nicht, aber die endlose Erörterung unter dem Teppich wurde auch den fanatischsten Gotteskriegern irgendwann zu mühselig.
Das Gefängnis wurde wegen seiner hohen politischen Symbolkraft ausgewählt. Hier saßen viele vermeintliche Aufrührer und Regimegegner, meist für Jahre hinter Gittern. Dass es dem Widerstand gelang, ein solches Ziel anzugreifen, würde viele Uiguren dazu ermutigen, sich zu erheben. Meinte man.
Außerdem bestand eine realistische Chance, dass das Kommando nicht schon am äußeren Sicherheitsring scheitern würde. Im Gegensatz zu den meisten anderen Umerziehungslagern lag es mitten im Stadtgebiet, da es schon vor Jahrzehnten dort errichtet worden war. Die räumliche Enge erschwerte es wesentlich, die sonst üblichen Sicherheitsmaßnahmen vorzuhalten. Insbesondere die normalerweise so effektiven Drohnen konnten hier nicht eingesetzt werden, da deren Durchschlagskraft in der räumlichen Enge vor Ort zu nicht zu verantwortenden Kollateralschäden geführt hätten.
Als zweites Ziel einigte man sich auf den ErDaoQiao Markt. Auch der ein Anschlagsziel mit hoher Symbolkraft, da mitten im Zentrum der Stadt gelegen. Von der Propaganda als Wahrzeichen der uigurischen Kultur gepriesen, wurde der Markt im Allgemeinen von

der muslimischen Bevölkerung gemieden. Dafür versorgten sich hier viele Han-Chinesen und auch Touristen mit Artikeln des täglichen Bedarfs. Ein hoher Blutzoll war also ideologisch gut zu rechtfertigen.
Als drittes Ziel, das ebenfalls von zwei Lastwagen angegriffen werden sollte, wählte man einen modernen Konsumtempel aus. Die Parkson Shopping Mall lag ebenfalls gut angreifbar im Zentrum von Ürümqi. Wenn man die richtige Zeit nach Büroschluss am Abend wählte, würde auch hier ein durchschlagender Effekt erzielt werden können. Zwar würden bei der Anfahrt ein paar parkende Autos zu Schrott verarbeitet werden, was aber die Dramatik der Explosion nur noch steigern würde.
Nach stundenlangem Gerede trennten sich die Gotteskrieger schließlich.

~

Ibrahims direkter Weg ins Paradies würde ihn noch auf einen unvorhergesehenen Abstecher führen. Achmed, der noch nicht so schnell ins Paradies wollte, landete mitsamt seiner Familie erst mal in der Hölle.
Wahrscheinlich hätte die rollende Bombe die Straßensperre passieren können. Doch, wie Achmed befürchtet hatte, verbockte Ibrahim alles.
Schon als sie sich der Straßensperre näherten, befürchtete Achmed das Schlimmste. Flehentlich bat er Ibrahim, der auch im Führerhaus Platz genommen hatte, sich, egal wie sich die Lage entwickeln würde, zurückzunehmen. Der gaffte nur doof und grunzte teilnahmslos.
Dass sie ihn als Uiguren nicht einfach durchwinken würden, war Achmed glasklar. Er hatte schon ein paar Scheinchen in der Tasche, um die Polizisten freundlich zu stimmen.
In der Schlange an die erste Position aufgerückt, winkte ihn der kommandierende Polizist wie erwartet auf einen Parkplatz am Straßenrand.

»Führerschein, Papiere und ich möchte die Ladung sehen!«, befahl er barsch.
Achmed schwang sich vom Führerhaus. Warf Ibrahim noch einen strengen Blick zu, den der aber in seinem Rausch nicht so richtig mitbekam.
Der kontrollierende Polizist unterzog Führerschein, Fahrzeug- und Ladepapiere einer ausgiebigen Kontrolle.
»Du hast Dünger geladen?«
Achmed bejahrte.
»Dann mach' mal hinten auf!«
Beide gingen zum Ende der Ladefläche und Achmed öffnete die Türen zum Laderaum. Achmed zog öffnete die Türen des Laderaums und zog sich auf die Ladefläche hoch. Der Polizist warf einen Blick auf die prall voll mit Dünger gefüllten Plastiksäcke.
»Abladen«, befahl der Polizist.
Achmed musste sich gehörig am Riemen reißen, um nicht mit einer falschen Erwiderung aufzufallen. Wie ihm befohlen, begann er wortlos die schweren Säcke von der Ladefläche zu wuchten. Einen nach dem anderen. Der Polizist musterte ihn wortlos. Minuten vergingen, bis er sich zu einem weiteren Befehl hinreißen ließ.
»Räum weiter nach hinten aus, ich will wissen, was hinten drin ist!«
Es war nicht das erste Mal, dass Achmed an einer Straßensperre angehalten wurde. Sein Peiniger wollte den Preis hochtreiben. Achmed schaltete auf dumm und demütig.
»Aber werter Herr, wir werden Stunden brauchen!«
»Dann brauchen wir eben Stunden!«
»Bitte, bitte werter Herr. Ich weiß, ich habe falsch geladen, aber ich muss weiter. Man wartet auf mich!«
Der Polizist blickte ihn ungerührt an. Achmed ging in die Offensive. Bemühte sich von der Ladefläche herunter. Hielt dem Beamten 200 Yuan hin.
»Ich könnte ja die Strafe für falsches Beladen entrichten!«

Der Polizist nahm das Geld, ohne auch nur eine Sekunde zu zögern. Für ein ordentliches Abendessen würde es reichen. Dann nahm das Unheil seinen Lauf.
Achmed würde es den Rest seines Lebens bereuen, das der den Schlüssel im Zündschloss hatte stecken lassen. Jeden einzelnen Tag würde er sich damit quälen, wie er so nachlässig hatte sein können.
Der Motor des Lastwagens sprang nach wenigen Umdrehungen an. Das ganze Gefährt wurde kurz, aber deutlich durchgeschüttelt. Der Polizist brauchte seine Schrecksekunde, um zu reagieren. Entsicherte seine Maschinenpistole, lief nach vorne.
Knirschend, aber doch zielsicher hatte Ibrahim den Gang eingelegt. Drückte das Gaspedal voll durch. Der Lastwagen zog an.
Jeder Vertreter der Staatsmacht am Kontrollpunkt brüllte jetzt aus voller Kehle. Doch schon Zehntelsekunden später fielen die ersten Schüsse.
Ibrahim steuerte, megahigh wie er war, erstaunlich geschickt durch die Barrikaden. Konnte aber der von einem der Beamten über die Fahrbahn gezogenen Nagelsperre nicht ausweichen. Die punktierte die sechs Reifen des Lastwagens wie vorgesehen.
Was Ibrahim aber nicht davon abhielt, weiterhin zu beschleunigen. Auf Felgen gab er weiter Gas, das Lenkrad erratisch herumreißend, um kein leichtes Ziel abzugeben.
Der ganze Posten ballerte jetzt aus allen Rohren. Achmed hatte sich nach wenigen Schritten verzweifelt auf den Boden geworfen. Der Lastwagen rollte weiterhin gefährlich schwankend durch die Straßensperre. Wobei er Autos, Betonblockaden und sonstige Hindernisse gnadenlos aus dem Weg räumte.
Vielleicht wäre Ibrahim wirklich kein so erbärmlicher Selbstmordattentäter gewesen. Doch er glaubte, auf Felgen dem Unheil entrinnen zu können.
Ein Irrtum. Noch immer in Schlangenlinien beschleunigend, verlor das Gefährt auf seinen sechs

Platten jegliche Bodenhaftung. Schwankte einmal zu viel, kippte und stürzte die Böschung zu seiner Linken herab. Überschlug sich zweimal, stürzte noch tiefer und zündete dann ohne jegliches Zutun des Fahrers.
Zündete so, wie es sich die Attentäter und die Drahtzieher erträumt hatten. Die Druckwelle der Explosion: massiv. Wer eben noch gestanden hatte, lag jetzt mehr oder weniger lädiert am Boden. Ein riesiger Feuerball stieg neben der Absturzstelle auf, setze die vom Lastwagen rasierte Vegetation in Brand.
Achmed lag verzweifelt im Staub der Straße. Ihm dröhnten die Ohren. Aus dem linken lief Blut.

~

Der Umstand, dass der ErDaoQiao Markt mit nur einer statt zwei rollenden Bomben angegriffen werden konnte, änderte am Ausgang der Anschlagserie nur wenig. Denn die anderen fünf Lastwagen kamen durch.
Die Verwüstungen: brachial. Wenn ein LKW voll beladen mit Sprengstoff irgendwo einschlägt, hat allein das schon eine unglaubliche Durchschlagskraft. Ein zweiter kann die Wirkung dann noch potenzieren.
Was der eine LKW auf dem ErDaoQiao Markt anrichtete, ging zuerst durch die sozialen Medien. Hier gelang es dem System relativ fix, die digitalen Spuren zu beseitigen. Doch die Phone-zu-Phone-Propaganda der Bewohner Ürumqis war schwerer zu unterdrücken.
Das Video zeigte, wie ein schwankender Lastwagen ungebremst in die Vorderfront des schweinchen-rosa Gebäudes raste. Wie nicht anders zu erwarten, hinterließ der Zwölftonner ein beachtliches Loch in der Fassade, das einige Sekunden von den Schreien der Umstehenden begleitet in der Vorderfront des Marktes verharrte. Mancher Betrachter meinte schon, das sei alles gewesen. Dann aber der eigentliche Donnerschlag. Von dem Loch im Exterieur blieb nichts mehr übrig. Stattdessen flog die gesamte Fassade des Marktes mit einem Schlag in die

Luft. Nur Sekundenbruchteile blieb die Kamera noch fokussiert, dann warf die Druckwelle Filmer und Handy um. Jetzt sah man nur noch ein verwackeltes Bild, auf dem Trümmer in alle Richtungen umherflogen. Dazu eine infernalische Geräuschkulisse.

In der Nähe des Gefängnisses Nummer eins waren jegliche Filmaufnahmen logischerweise absolut verboten. Deswegen machte hier kein Video die Runde. Augenzeugen beschrieben aber den Ablauf derart, dass zuerst einer der Lastwagen die Sicherungsmaßnahmen vor der Strafanstalt durchbrach, aber schließlich vor dem Haupttor zum Stehen kam. Dort zündete er sich. So erfolgreich, dass es dem zweiten Lastwagen gelang, durch das Trümmerfeld in den Gefängnishof einzudringen. Die Zündung dort zerfetzte angeblich, hier wichen die Beschreibungen der wenigen Augenzeugen deutlich voneinander ab, große Teile des Hauptgebäudes, in dem hauptsächlich die Verwaltung untergebracht war. Die Reste dessen fingen sofort Feuer. Wer noch nicht durch die Explosion ausgeschaltet wurden war, verkohlte jetzt jämmerlich in den Flammen.

Die Krönung des vermeintlichen Erfolges war der Angriff auf die Parkson Shopping Mall. Das Vorgehen ähnelte weitgehend dem Anschlag auf den ErDaoQiao Markt. Lastwagen eins sprengte den Weg frei, sein Kollege räumte das ab, was noch stand. Und das komplett. Dem Fahrer gelang es vor der Zündung bis tief in das Gebäude vorzufahren und erst dort zu zünden. Somit brachte er das ganze Gebäude komplett zum Einsturz.

Zum Zeitpunkt des Anschlags befanden sich etwa 1700 Menschen in der Mall, denn die Angreifer hatten ihn gut gewählt. Bis auf 35 Schwerverletzte fanden alle von ihnen den Tod. Die meisten von ihnen, wie geplant, Han-Chinesen.

Eines erreichten die Gotteskrieger und ihre klandestinen Hintermänner doch: Dem System wurden seine Schwächen nur zu deutlich vor die elektronischen Augen geführt. Denn trotz aller Bemühungen gab es durchaus noch Schlupflöcher, welche die Feinde des Regimes nutzen konnten. Ein schwerer Rückschlag für das System und seine Helfer. Dass der Überwachungsapparat trotz seines engmaschigen Netzes so versagen konnte, brachte die Mitarbeiter der Sicherheitsorgane reichlich in Verlegenheit. Überaus vorteilhaft für das System: Seine Gegner hatten aus Unwissenheit oder Verblendung die falschen Angriffspunkte gewählt. Pech für die Verschwörer, dass sie die Logik des Systems zu diesem Zeitpunkt nur bedingt verstanden.

Not kennt kein Gebot. Nun schlug unwiderruflich die Stunde des Obersts Yong Chen. Keine drei Stunden nach den Explosionen, die Ürümqi erschütterten, wurde der Notstand und das damit verbundene Kriegsrecht ausgerufen. Denn dem im Umgang mit Aufrührern erfahrene Oberst war in dem Moment, als er die Bilder im Fernsehen sah, sofort klar, was die Attentate bedeuteten. Keine Sekunde zweifelte er daran, dass es sich um den Auftakt zu einem Fanal handelte. Er wusste, dass es an ihm war, zu reagieren.

Nicht, dass die Kalkulation der Gotteskrieger jeglicher Grundlage entbehrt hätte. Viele ihrer Glaubensbrüder verstanden das Fanal als das Zeichen, als das es vorgesehen war. Nur Stunden später versammelten sich in vielen Moscheen Unzufriedene, bereit loszuschlagen. Mit Plakaten, Eisenstangen und Holzknüppeln bewaffnet zogen sie vor die wenigen noch existierenden und als solche erkennbaren Polizeistationen. Von draußen begannen sie lautstark die noch anwesenden Beamten zu beschimpfen und aufzufordern, sich der Menge zu stellen. Was die aber tunlichst unterließen, sich stattdessen in den untersten Kellern der Gebäude verschanzten. Die wenigen vorhandenen Handfeuerwaffen im Anschlag.

Doch der Kern des Systems hatte nicht einen Treffer abbekommen. All die Rechenzentren, Drohnen und Kameras, die der totalen Überwachung dienten,

arbeiteten immer noch völlig unbeschadet. Meldeten dem Oberst Yong Chen und seinem Stab punktgenau, wo sich potenzielle Staatsfeinde zusammenrotteten.
Maoist alter Schule zögerte der Oberst nicht. In den ersten Stunden nach den Explosionen verwendete er noch Zeit darauf, die Rettungsaktionen zu koordinieren. Doch schon wenig später delegierte er diese Aktivitäten an einen rangniedrigeren Militär. Da der Major Yin Jang noch in der Stadt weilte, fiel die Wahl auf ihn. Der nicht unglücklich über die ehrenvolle Aufgabe, mit der er sich profilieren konnte, wenn er schon am Ende der Welt versauerte. Vielleicht würde es ihm auch eine Möglichkeit bieten davon abzulenken, dass sein System versagt hatte. Der Oberst fokussierte sich aber wieder völlig darauf, den umstürzlerischen Umtrieben Einhalt zu bieten.
Dazu zog er ein Ass aus dem Ärmel, das er dort für die Stunde der Wahrheit verborgen hatte. Dabei handelte es sich um Roboterpolizisten, die bisher in der Volksrepublik noch nicht eingesetzt worden waren. Die Androiden ähnelten normalen Streifenpolizisten verblüffend. Man erkannt sie nur an dem wächsernen Teint ihrer Gesichter und ihrer Hände. Auch die Befehle, die sie brüllten, klangen meist etwas hölzern. Doch sonst hoben sie sich erschreckend wenig von ihren menschlichen Kollegen, die oft ebenfalls recht unmenschlich agierten, ab. Ähnlich der Terrakotta-Armee im Mausoleum Qin Shihuangdis standen die maschinellen Beamten in streng bewachten Lagerhallen am Stadtrand der Provinzhauptstadt und warteten geduldig auf ihren Einsatz. Auf Befehl von Oberst Yong Chen holten Pritschenwagen der lokalen Polizeikräfte die Androiden nach ihrer Aktivierung dort ab. Sie fuhren sie mit Blaulicht und Sirene direkt zu den Unruheherden.
Dort saßen die eben noch eingemotteten Roboter-Polizisten ab und schlugen zu. Die wenigen, ob der maschinellen Ordnungshüter völlig perplexen Aufrührer,Ähnlich der wurden innerhalb kürzester Zeit überwältigt und verhaftet. Niemand der Aufständischen

hatte damit gerechnet, dass der Revolte so schnell das Wasser abgegraben würde.
Eine Woche nach den Anschlägen lagen die Parkson Shopping Mall, das Xinjian Gefängnis Nummer eins und der ErDaoQuio Markt in nicht mehr rauchenden Trümmern. Das blieb der eine der zwei wesentlichen Unterschiede zu vorher. Der zweite, wenig überraschend, war die Tatsache, dass Tausende Uiguren, Aufrührer oder nicht, jetzt in Gefängnissen oder Umerziehungslagern inhaftiert worden waren. Doch das System hatte die weitgehende Kontrolle wiedererlangt.
Die Verschwörer hatten mit schlafwandlerischer Sicherheit die falschen Ziele ausgewählt. Denn weder Gefängnisse des Regimes noch die Lieblingsaufenthaltsorte der Minderheit der Han-Chinesen waren Punkte, an denen man das System wirklich in Bedrängnis bringen konnte. Ironischerweise führten die Gotteskrieger damit den perfiden Plan ihrer Geldgeber ad absurdum.

Kapitel 10: Lagerleben

Straflager »Neues Zeitalter«: ab dem 16.04.2036

Der Oberst und sein Major räumten gnadenlos auf. So wie sie es an der Parteischule gelernt und in diversen Schulungsvideos und Schriften gesehen und gelesen hatten.

Sie nutzten die noch weitergehenden Befugnisse des Kriegsrechts voll aus. Der wichtigste Bestandteil war die schon Stunden nach dem Anschlag verhängte Ausgangssperre. Ihre nagelneuen Roboterpolizisten setzten sie rigoros um. Niemand außer ihnen durfte sich noch frei auf der Straße bewegen. Sie dagegen gingen von Haus zu Haus und führten rücksichtslos penibelste Kontrollen durch.

Auch wieder eine Bereicherung für das System, was seine künstlich intelligenten Helfer alles fanden. Deren menschlichen Kollegen waren derweil dazu verdammt, ihren Dienst am Schreibtisch zu verrichten.

Die meisten Bewohner der durchsuchten Wohnungen und Häuser waren von den allzu menschlich anmutenden und doch als Maschinen an ihrem blassen Teint durchaus erkennbaren Androiden so beeindruckt, dass sie keinerlei Widerstand leisteten. Sie fügten sich mit ungekannter Klaglosigkeit in ihr Schicksal.

Jeder, den das System auf der Liste der politisch Unzuverlässigen führte, wurde nach der Durchsuchung seiner Wohnstatt verhaftet. Auch wenn man nichts, rein gar nichts Belastendes bei ihm fand.

Exakt 45 Stunden nach den Anschlägen standen drei Roboterpolizisten vor dem Haus der Qumturs. Mohammed realisierte sofort, was das Hämmern an seiner Tür bedeutete. Trotz der Fluchtgedanken öffnete er die Tür widerstandslos. Denn es hätte nichts am Ergebnis geändert. Im Gegenteil: alles nur schlimmer gemacht.

Einer der Ordnungshüter zog ihn sofort ohne jegliche Rücksichtnahme durch den Türspalt, warf ihn nieder und

fixierte ihn mit eisernem Griff auf dem Asphalt vor seinem Haus. Handschellen und Fußfesseln klickten.
»Du rührst dich nicht. Wenn du es doch tust, weißt du, was passiert! Denk an deine Familie!«
Eine unnötige Zurechtweisung, denn außer wie ein Fisch im Trocknen zu zappeln war Mohammed jedwede Bewegungsmöglichkeit genommen. So lag er da, ein weiteres Mal sich ohne große Hoffnung fragend, was sie ihm diesmal am Zeug flicken würden.
Die beiden Kollegen des Androiden waren schon in das Haus der Qumturs gestürmt. Immer wieder »bewaffnete Volkspolizei« rufend. Die Mutter, Dshamilja und die beiden Schwestern führten sie in die Küche ab. Dort bewachte sie einer der Polizeiroboter und stellte sicher, dass sie sich in keinster Weise absprechen konnten.
Die beiden anderen filzten über Stunden das gesamte Haus. Ließen nichts undurchsucht. Durchblätterten alle Bücher, durchwühlten alle alle Fächer und Schubladen, tasteten alle Möbel auf eventuelle Hohlräume ab. Bis auf mehrere Ausgaben des Korans auf Uigurisch fanden sie jedoch nichts. Enttäuschend, denn die hatte das System noch nicht verboten.
Nachdem sie das ganze Haus verwüstet hatten, gaben sie der Mutter und Schwester Melek eine halbe Stunde Zeit, zwei Koffer zu packen. Vorgabe: »Wenn ihr jemals wieder zurückkommt, dann wird das eine geraume Weile dauern. Nehmt alles mit, was ihr zu essen habt!«
»Was soll das? Was haben wir getan?«, traute sich die Mutter endlich zu fragen.
»Schweig Weib! Pack deine Sachen!«
»Ich habe ein Recht zu erfahren, was das hier soll!«
Die Ohrfeige haute Mutter Qumtur fast vom Hocker. Überzeugte sie, dass sie keine Auskünfte erhalten würden. Leise von sich hin schluchzend machte sie sich mit Tochter Melek ans Werk.
Bisher ließ das System vermeintliche Gegner im Normalfall einige Monate schmoren, bevor ihnen der Prozess gemacht wurde. Die Logik dahinter war, dass

viele auf diese Weise abgekocht, ihnen Prozess sehnsüchtig erwarteten, denn dann wussten sie endlich, was sie erwartete.
Die Masse der Verhafteten ließ das System diese Verfahrensweise aufgeben. Die Schnellgerichte des Militärs arbeiteten auf Hochtouren. Alle auf der Liste der Unzuverlässigen wurden in Windeseile abgeurteilt.
Die neue Vorgabe war so einfach wie hilfreich: Die Verhafteten gar nicht mehr lange ausquetschen. Über die meisten wusste man schon so genug. Stattdessen einfach falsche Geständnisse unterschreiben lassen und dann ab ins Lager.
Vater Mohammed weigerte sich mehrere Stunden vor dem ihm schon bekannten Bildschirm sitzend, zu gestehen. Obwohl der künstlich intelligente Vernehmer alle Register zog, die sich die Software über Jahre beigebracht hatte. Als der Prozessor errechnete, dass keine Unterschrift abzuringen war, rief er die menschlichen Kollegen auf den Plan.
Zwei Beamte rissen Mohammed unsanft von seinem Stuhl und führten ihn zielstrebig, den Kopf immer nach unten gedrückt, in einen anderen Vernehmungsraum.
Als sie ihn aus der Umklammerung entließen, stockte dem Mann der Atem. Ihm gegenüber saßen die Mutter und die drei Töchter. Nackt, bis auf die Unterwäsche. Die Beamten fackelten nicht lange. Das Kommando führte Wei Ba.
»Du unterschreibst jetzt, Lump, oder wir nudeln deine Frauen der Reihe nach durch.«
Mohammed zögerte keine Sekunde.
»Ja, natürlich, mein Herr!«
Mohammed nickte kraftlos.
Was Wei Ba aber noch nicht reichte.
»Und du schaust zu!«
»Mein Herr, ich bitte Sie, ich unterschreibe alles!«
Früh am nächsten Morgen saßen sie zusammen mit anderen Familien im Bus. Der ein stinknormaler Reisebus, den die Behörden gechartert hatten. Es

mangelte einfach an Transportmöglichkeiten, um Tausende von Abgeurteilten in die Lager zu bringen.
Aber man wollte nichts weniger als ihnen eine Kaffeefahrt ins Grüne spendieren. Zum Einen hatte man den Verhafteten die Hände mit Kabelbindern auf dem Rücken gefesselt, wodurch das Einnehmen einer angenehmen Sitzposition bedeutend erschwert wurde. Zudem hatte man ihnen aber schwarze Stoffsäcke über die Köpfe gezogen, die verhindern sollten, dass sie mitkriegten, wohin man sie brachte.
Die Fahrt ging über Stunden. Pausen gab es keine. Es galt absolutes Schweigegebot. Einige, die sich darüber hinwegsetzen, da sie ihre Notdurft verrichten mussten, wurden durch Schläge an die absolute Kommunikationssperre erinnert. So mancher nässte sich selbst ein. Wieder eine Schwachstelle des perfekten Systems.
Am frühen Morgen stoppte der Bus endlich. Es roch merklich nach Urin. Einer der Roboterpolizisten begann den Gefangenen die Kapuzen abzunehmen.
Der Ausblick: grandios. Ein Tal, umringt von hohen, verschneiten Gipfeln. Bis zur Baumgrenze satt grüne Wälder ohne Ende. An einer Felswand stürzte sich ein pittoresker Wasserfall in die Tiefe, der so manches Postkartenmotiv in den Schatten gestellt hätte.
»Steigt aus, holt euer Gepäck und stellt euch in einer Reihe auf!«, befahl einer der Roboterpolizisten barsch. An der Tür des Busses schnitt er ihnen mit einem Teppichmesser die Fesseln auf. Viele rieben sich erleichtert die Handgelenke.
Die Qumturs stellten sich, wie befohlen, wie die anderen Familien in einer Reihe auf. Vogelgezwitscher untermalte jetzt zusätzlich die atemberaubende Landschaft. Doch ansonsten gab es nichts, was den Neuankömmlingen Mut hätte geben können.
Zum einen schlug ihnen die kalte Luft entgegen, die man zu dieser Jahreszeit in den Bergen vermuten würde. Der

unzureichend verdichtete Boden auf dem Appellplatz: teilweise noch gefroren.
Alles, was man im Licht der schummrigen Beleuchtung erkannte, erschien heruntergekommen und ärmlich. Holzbaracken in langen Reihen. An den wenigen Steinbauten platzte der Putz großflächig ab, wenn sie überhaupt verputzt waren.

~

Tian war völlig verzweifelt. Seit Tagen keine Nachricht mehr von Dshamilja. Keine SMS, keine E-Mail. Auch kein Anruf kam durch. Er hegte keinen Zweifel daran, dass die Funkstille mit den kürzlichen Ereignissen zu tun haben musste.
In der Stadtverwaltung hatte man einige seiner Kollegen abgezogen, um die Massenverhaftungen verwaltungstechnisch zu begleiten. Obwohl die zu absolutem Stillschweigen verdonnert worden waren, wurde doch das ein oder andere durchgestochen. Die Mär von tausenden Verhafteten und massenweisen Deportationen machte die Runde. Die Lager in der autonomen Provinz seien bis zum Bersten gefüllt. Diesmal wollten die Machthaber niemanden, wirklich niemanden, entkommen lassen.
Nach zwei Wochen ohne Nachrichten von der Geliebten, hielt er es einfach nicht mehr aus. Obwohl es einen absoluten Tabubruch bedeutete, machte er sich auf den Weg zum Haus der Qumturs.
Als er dort gegen die Tür klopfte, öffnete niemand. Das Haus schien absolut verlassen. Auch auf der Straße niemand, den er hätte fragen können. Mit dem Mut der Verzweiflung klopfte er an die Tür der Nachbarn.
Auch hier: keine Reaktion. Tian klopfte erneut. Dann wurde doch geöffnet, was aber so lange dauerte, dass er schon aufgeben wollte.

Dann, absolut unerwartet, öffnete sich die Tür einen Spalt. Durch den erkannte Tian das Gesicht einer älteren Frau. Die blickte ihn ängstlich an.
»Werte Frau, ich will zu Ihren Nachbarn, den Qumturs. Wann kann ich wohl die antreffen?«
»Gar nicht! Die wurden abgeholt!«
Die Tür schlug mit einem Krachen zu. Was extrem unhöflich anmutet, war der Gipfel der zulässigen Auskunftsfreudigkeit. Tian verharrte noch ein, zwei Minuten völlig platt vor dem Haus. Dann stand eines felsenfest: Er musste die Familie finden, egal was es kosten möge.

~

Handys, Uhren und Schmuck hatte man allen Häftlingen abgenommen. Dshamilja schätzte, dass sie mindestens zwei Stunden auf dem Appellplatz standen. Ihre Bewacher achteten penibel darauf, dass niemand sprach. Die meisten froren. Der Sonnenaufgang über den Bergen: grandios.
Dann machten die zukünftigen Insassen ihre erste Bekanntschaft mit der Lagerleitung. In der Uniform eines Hauptmanns betrat ein kleines Männchen den Appellplatz. Er nahm Aufstellung hinter einem Mikrophon samt Verstärker. Einer der Bewachungsandroiden schaltete den Ton ein. Die schrille Stimme schallte über den Appellplatz.
»Sträflinge: Jeder von euch Lumpen hat sich schwerer Verbrechen schuldig gemacht. Aber in ihrer Güte geben euch die Regierung der autonomen Provinz Xinjiang und die kommunistische Partei Chinas eine zweite Chance. Hier werdet ihr eure Schuld durch Arbeit sühnen können. Aus manchem von euch wird man vielleicht doch noch ein nützliches Mitglied der Gesellschaft machen. Die Wachen werden euch nun zeigen, wo ihr untergebracht werdet. Dort findet ihr auch ein Heft mit den Regeln des Lagers. Lest sie euch gut durch und beachtet sie strikt.

Wer das nicht tut, wird streng bestraft. Bis hin zum Tode. Eine Regel sollt ihr aber jetzt schon lernen: Wenn ihr die menschlichen oder maschinellen Wachen ansprecht, dann tut ihr das auf Knien und mit gesenktem Kopf. Ja, dies ist nicht der angenehmste Platz, an dem ihr gewesen sein werdet. Ein mancher von euch denkt vielleicht darüber nach, zu fliehen. Denkt gar nicht daran: Bevor ihr die nächste menschliche Ansiedlung erreicht, haben wir euch erwischt. Keiner überlebt hier einen Fluchtversuch! Der nächste Appell ist um 18:30 Uhr, hier auf dem Appellplatz zusammen mit den anderen Insassen des Lagers. Die Sirene wird euch rufen. Jetzt Abmarsch!«
Ein Roboter führte sie zu ihrer schäbigen Einraumhütte. Ein Großteil stolzer Hausbesitzer überall auf der Welt hätte den Holzverschlag nicht mal dazu genutzt, seinen bereits getrennten Müll dort zwischenzulagern. Stattdessen die Bruchbude sofort abgerissen. In dem Raum: zwei hölzerne Pritschen und eine primitive Kochstelle. Die würde man auch zum Heizen nutzen müssen. Und natürlich das Heft mit den Lagerregeln. Sonst nichts. Die Notdurft verrichtete man hinter der Hütte. Für je zehn Familien gab es einen Zugang zu Wasser. Ein Wasserhahn, so in die Wand eingelassen, dass die Möglichkeit bestand, sich unter starken Verrenkungen auch zu waschen. Wenigstens war der Hahn nicht so angebracht, dass jeder einem bei seinen Bemühungen zusehen konnte.
Ihr Bewacher benötigte keine zwei Minuten, um den fünf Qumturs zu zeigen, was es wo gab. Letzten Endes führte er ihnen nur vor Augen, was es alles nicht gab und auch nicht mehr geben würde. Dann hielt er dem Vater das Heft mit den Lagerregeln vor die Nase.
»Lies sie dir gut durch! Jeder Verstoß wird hart bestraft!«
Drehte sich um und ging. Zurück blieb die Familie in völliger Auflösung. Alle, auch der Vater, begannen leise zu schluchzen. Drängten sich auf einer Pritsche zusammen und versuchten sich Trost zu spenden. Doch welchen? Man war ja so einiges gewohnt, aber das, das

hier, sprengte jeglichen Rahmen. War schlimmer als alle Repressalien, die sie je durchleiden hatten müssen.
Am nächsten Tag um 0600 Morgenappell auf dem Appellplatz. Die Lagersirene kündigte ihn lautstark an. Die Gefangenen standen dichtgedrängt in Reihe und Glied in denen ihnen zugeteilten Karrees. Die maschinellen Aufseher zählten durch. Erst jetzt bekamen die Qumturs eine Vorstellung davon, wie viele Verzweifelte hier im Lager um ihr Leben schufteten.
Wieder eine Ansprache. Diesmal aber durch einen Roboterpolizisten. Der konnte sich direkt an den Verstärker ankoppeln. Auch er würzte seine Predigt mit wüsten Beleidigungen und Schimpfwörtern. Der Duktus immer wieder derselbe: Ihr Lumpen seid hier, um euch zu bessern. Das ist eure letzte Chance. Arbeitet eure Schuld durch den bedingungslosen Einsatz für den Arbeiter- und Bauernstaat, den ihr so ruchlos verraten habt, ab. Sonst …

~

Wei Ba hatte Tian noch mehrere Male zum Saufen und in den Puff eingeladen. Schwierige Stunden für Dshamiljas Geliebten, denn er musste sich sehr in Acht nehmen, immer auf der Hut sein. Jedes falsche Wort hätte auch für ihn den kompletten Absturz in Ungnade bedeuten können.
Doch Tian war nicht ungeschickt. Auch war er in jenem Umfeld von Misstrauen und Lüge aufgewachsen, das jeder Überwachungsstaat erzeugt. Er meisterte den Balanceakt zwischen gnadenloser Heuchelei und verlogener Zurschaustellung von Freundschaft mit Bravour. Der Geheimpolizist begann ihm zu vertrauen und genoss die abendlichen Touren als Ergebnis echter Männerfreundschaft.
Mit Dshamilja sprach Tian die Informationen, mit denen er den Schlapphut beim nächsten Mal füttern würde, genau ab. Immer darauf achtend, dass der nicht wirklich

kompromittierendes erfuhr. Würzte aber jedes Verhör mit Details, welche die Authentizität seiner Denunziation unterstrichen. Wei Ba war zufrieden. Wenn die beiden Liebenden über die nächsten Enthüllungen sprachen, taten sie alles, um das System außen vor zu lassen.
Jetzt aber hatte sich die Sachlage komplett geändert. Was vor Wochen noch lästige Pflicht gewesen war, stellte sich nun als wertvoller Zugang zum Überwachungsapparat dar. Tian ging zum ersten Mal von sich auf seinen Führungsoffizier zu. Griff ihn vor der Stadtverwaltung ab.
»Genosse Ba! Habt ihr einen Moment für mich?«
»Aber klar, mein Sohn. Bei einem Bierchen?«
In der schmucklosen Kneipe erklärte Tian seinem unangenehmen Saufkumpan, dass er natürlich verstünde, dass er jetzt als Quelle erst mal abgeschaltet worden sei. Er könne ja nichts mehr berichten.
Dann fuhr er zur schauspielerischen Höchstleistung auf. Er wolle aber trotzdem seine Bürgerpflicht erfüllen und der Geheimpolizei weiter Informationen zutragen.
Tian wusste, dass er liefern musste. Mit Belanglosigkeiten würde er sein Ziel nicht erreichen. Also ging er aufs Ganze. Es gebe da eine Kollegin, die mit Falun Gong sympathisiere. Sie sei Teil eines größeren Netzwerks, das sehr vorsichtig agiere und sich unter dem Deckmantel des Noch-Erlaubten zu verstecken wisse. Man kaschiere die subversiven Bestrebungen als Meditation oder Yoga.
Der Geheimpolizist spitzte die Ohren, sich noch mal versichernd, dass sie niemand belauschte. Von der Gruppe hatte er noch nie etwas gehört. Spendierte Tian noch ein Bier und spornte ihn zu weiterer Schnüffelei an. In seltener Einigkeit trennten sich die beiden.

~

Das Leben in allen Gulags oder Gefangenenlagern auf dieser Welt ähnelt sich. Erschreckend, so wie das Leben in einem Gefangenenlager nun einmal ist.

Die größte Demütigung ist die Willkür, der die Lagerinsassen von Seiten des Wachpersonals ausgesetzt sind. Ihr Wort ist Gesetz. Die Strafen für Verstöße sind vielfältig. Es beginnt mit dem Entzug von Privilegien, oft hagelt es auch nur Schläge, gröbere Verstöße werden mit Isolationshaft oder sogar mit dem Tode bestraft.
Sinn und Zweck der Lager ist die Durchführung von Arbeiten, die der normalen Bevölkerung nicht zugemutet werden können. Meist arbeiten die Insassen in kleinen Trupps, die nicht mal bewacht werden müssen. Die Arbeiten sind simpel, aber körperlich durchwegs sehr fordernd. Wer hier sein Pensum nicht schafft, wird in der Regel mit Essensentzug bestraft. Die Nahrungsrationen: logischerweise von vornherein eher karg. Monatlich wurde der Familie exakt ein Sack Reis zugeteilt. Was bedeutete, dass sie wie alle anderen Lagerinsassen auch gezwungen waren, alles, was sie an Essbarem fanden, zu sich zu nehmen. Alle im Lager waren permanent auf der Suche nach Früchten des Waldes oder auch Tieren wie Eidechsen oder Ratten, die sie verzehren konnten. Allgegenwärtig: Das Risiko von schweren Arbeitsunfällen.
Eine weitere Form der Demütigung war die wöchentliche politische Schulung. Hier hagelte es wieder Schmähungen und Beleidigungen. Die Entwickler der maschinellen Bewacher schienen der entwickelnden Intelligenz viel Spielraum bei der Erstellung von Erniedrigungsroutinen gelassen zu haben. Doch auch dieses Theater noch steigerungsfähig. Nach der allgemeinen politischen Ermahnung war jeder der unfreiwilligen Schulungsteilnehmer aufgefordert, sich zu erheben und vor dem Kollektiv Selbstkritik zu üben. Völlig egal, was man während der Woche getan oder gelassen hatte, jeder musste sich Vergehen andichten und dafür Besserung geloben. Von allen forderte das ein Höchstmaß an Selbstverleugnung.

~

Tian leistete hervorragende Arbeit. Zumindest schätzte ihn Wei Ba so ein. Um sich noch mehr als nützlicher Informant zu beweisen, spielte er kompromittierende Dokumente auf den privaten Rechner der Kollegin. Einfach, denn sie ließ ihn sträflich unvorsichtig herumliegen. Seine Computerkenntnisse halfen ihm dabei gewaltig. Plangemäß wurde auch der private Rechner bei ihrer Verhaftung gefilzt. Sie verschwand für Jahre im Lager. Nicht nur sie.

Der Liebende auf der verzweifelten Suche sah jetzt den Zeitpunkt gekommen, an dem er einen Gefallen für seine Bemühungen einfordern konnte. Eigentlich war es verdammt riskant, nach Verschwundenen zu fragen. Doch ihm mangelte es an anderen Optionen.

»Dshamilja ist verschwunden.«

Wei Ba ließ ihn schmoren. Antwortete mit einer Gegenfrage.

»Du triffst dich nicht mehr mit ihr?«

»Sie ist verschwunden, ich kann sie nicht mehr erreichen. Ich versuche es schon seit Wochen.«

Wei Ba antwortete nicht gleich. Musterte seinen Informanten eindringlich. Dann grunzte er ein interesseloses: »Und?«

»Ich habe alles versucht, Genosse Ba! Ich war sogar bei ihrem Haus.«

Wei Ba musste verstanden haben, dass Tian über das Schicksal der Familie und Dshamiljas Bescheid wusste. Trotzdem:

»Und?«

»Werter Herr, sie wurden abgeholt!«

»Das wundert mich keineswegs. Der Vater sympathisierte mit den Aufständischen. Er war sicher an den Anschlägen beteiligt.«

»Das hätte ich gewusst.«

»Ach ja, mein Sohn, das hättest du gewusst. Weil es deine Dshamilja dir erzählt hätte.«

»Da bin ich mir sicher. 100 Prozent! Wenn es da was gab, dann hat sie nichts gewusst.«
»Lieber Tian, sehe der Wahrheit ins Auge! Alle in der Familie waren an den Anschlägen beteiligt. Sonst säße nur der Vater im Lager.«
Dem konnte Tian nichts entgegensetzen. Die Behauptung, dass es sich hier schlichtweg um Sippenhaft handelte, hätte jeden weiteren Versuch zunichte gemacht, seiner Liebsten zu helfen. Die Verzweiflung drohte ihn zu übermannen. Dann entschloss er sich, seine Strategie zu ändern:
»Kann ich sie wenigsten einmal besuchen?«
Wei Ba wog lange das Für und Wider ab. Und genoss es. Dann endlich:
»Ich werde sehen, was ich tun kann.«

~

Von einem Tag auf den anderen wurde Melek krank. Erst schleppte sie sich noch hustend zum Appellplatz und zur anschließenden Arbeit. Doch der Husten wurde von Tag zu Tag schlimmer. Ihr Arbeitspensum konnte sie nicht mehr im Ansatz erfüllen. Der Wachroboter, der sie auch täglich zählt, stellte sie zur Rede.
»Du da, du blöde Fo..., du drückst dich um deine Arbeit. Warum stehst du faul rum?«
Wie es im Buch der Lagerregeln von allen Gefangenen gefordert wurde, fiel Melek auf die Knie. Fiel, denn sie konnte sich kaum mehr auf den Beinen halten.
»Mein Herr, ich bin krank. Das Fieber schüttelt mich. Ich kann mich kaum mehr auf den Beinen halten.«
Die winzigen Schrittmotoren, von denen die Mimik der Aufseher angetrieben wurde, zogen die Augenbrauen hoch, runzelten die Stirn und ließen die Augenkameras wütend auf die Kniende herabblicken.
»Was, faules Weib, krank bist du?«
Melek wagte nicht zu antworten. Zu ihrer Überraschung packte sie der Android und zog sie hoch. Einer seiner

einer menschlichen Hand nachempfundenen Greifer näherte sich ihrem Kopf. Melek versuchte ängstlich zurückzuweichen, aber der eiserne Griff des zweiten Greifers ließ es nicht zu. Wider Erwarten schlug sie der Wärter nicht. Stattdessen legte er ihr die Hand auf die Stirn. Die Diagnose dauerte wenige Sekunden.
»Weib, du hast Fieber. Melde dich in der Krankenstation!«
Melek setzte dazu an, zu widersprechen. Die Krankenstation hatte den Ruf eines Todestrakts. Doch die Stimme versagte ihr den Dienst. Der Android gab sie frei.
»Geh, Frau!«
Melek begann davonzuwanken. Die Familie hatte den Vorfall aus den Augenwinkeln beobachtet. Die Mutter eilte zu der sich Entfernenden und schloss sie in ihre Arme.
»Mein Kind, vielleicht ist es doch das Beste. Wir kommen heute Abend und bringen dir zu essen.«
Melek liefen die Tränen über die Wangen. Die Familie war ihr einziger verbliebener Halt. In der Krankenstation wäre sie völlig isoliert.
Die Prozessoren im Inneren des Wachroboters errechneten, dass es jetzt genug sei.
»Lass sie gehen!«
Die Mutter tat, wie ihr befohlen. Melek setzte unsicher ihren Weg fort. Die Familie blickte ihr zweifelnd nach.
»Arbeit wieder aufnehmen!«, kam es von der Wache.
Jeden Abend machten sich mehrere Mitglieder Familie nun auf den Weg in den Krankenstation. Zuerst schien sich Meleks Zustand zu stabilisieren. Die relative Ruhe tat ihr gut.
Die Ruhe: eben doch nur relativ. Die Krankenstation bestand aus mehreren ehemaligen Lagerhallen, die man mit Betten aufgefüllt hatte. Die kleinen Fenster an der Unterseite des Dachsimses ließen nur schummriges Licht in das Innere der Halle fallen.

Hier lagen Dutzende von Kranken auf Pritschen und warteten darauf zu genesen. Oder zu sterben. Ruhe kehrte nur nur dann ein, wenn niemand sich unruhig auf seinem Lager hin und her warf oder schnarchte. Was so eigentlich nie der Fall war.
Im ganzen Lager gab es nur einen Arzt. Der keine Maschine, sondern durch und durch Mensch. Was aber die Behandlung auch nicht besser machte. Denn um überhaupt behandelt zu werden, musste man ihn bestechen.
Logischerweise war es den Gefangenen verboten Geld zu besitzen. Ein Verbot, um das sich das Wachpersonal jedoch in keinster Weise scherte. Denn die Zuwendungen bescherten ihnen ein wertvolles Zusatzeinkommen. Was wiederum die Insassen des Lagers dazu verdammte, mit allem und jedem einen regen Schwarzhandel zu führen, um an die begehrten Scheinchen zu kommen.
Der Familie war es gelungen, durch den Tausch von gehamsterten Lebensmitteln und geklautem Werkzeug an ein paar Yuan zu kommen. Die steckten sie nun dem Arzt zu. Doch der gab sich nicht mal den Anschein Melek zu untersuchen. Drückte ihnen nur eine Packung eines Aspirin Nachahmerpräperates in die Hand.
Melek nahm die Tabletten brav und voller Hoffnung ein. Sie linderten auch ihre Symptome. Doch die Lungenentzündung konnten sie nicht kurieren. Der Husten blieb. Vier Tage nachdem die Packung leer war, wachte Melek morgens nicht mehr auf.
Abends kam die Familie in die Krankenstation. Die mechanisierten Wachen hatten die Leiche schon entsorgt. Nicht mal eine Beerdigung nach islamischem Ritus gestand man der Familie zu.
Der Schock und die Verzweiflung: übermächtig. Das Ehepaar und die beiden Schwestern standen klagend in der Halle voller Patienten. Drohten kraftlos in sich zusammenzusinken. Schleppten sich wehklagend in Richtung ihrer schäbigen Heimstatt.

Aber das Unheil erfuhr noch eine Steigerung. Nachdem sie sich den halben Weg bis zu ihrer Behausung geschleppt hatten, stellte sich ihnen einer der androiden Aufseher in den Weg.
»Wer von euch ist Dshamilja Qumtur?«
Die Familie erstarrte. Was konnte das nur bedeuten? Um nicht auf die Knie zu müssen, deutete Dshamilja auf sich.
»Du kommst mit, du wirst erwartet!«
Sofort ging Mohammed auf die Knie: »Werter Herr, wir haben gerade unsere Tochter verloren. Wir sind in tiefer Trauer. Bitte, nicht heute. Morgen! Morgen werden wir alles tun, was ihr verlangt!«
Der Roboter packte Dshamilja ohne Erklärung am Arm und zog sie fort. Sie ließ sich widerstandslos abführen. Die anderen blieben in völliger Agonie zurück. Würden sie auch Dshamilja verlieren?
Der Vernehmungsraum: Kahl, zwei Stühle und einen Tisch. Der und einer der Stühle waren am Boden festgeschraubt, darauf Ösen, um die Handschellen der zu Vernehmenden dort einzuhängen. Von der Decke hing eine Glühbirne an zwei Drähten angelötet herab. Das Licht: grell, im Gegensatz zu den Funzeln, die man überall im Lager verwendete. In der Wand befand sich der übliche Einwegspiegel. Ihr Bewacher schubste sie wortlos in den Raum. Knallte die Tür hinter ihr zu und schloss von außen ab.
Dshamilja ließ sich zögerlich auf dem ihr zugedachten Platz nieder. Fragte sich, warum der Beamte ihr keine Handschellen angelegt hatte. Und natürlich, was die von ihr wollten. Jetzt plötzlich wieder ein Verhör? Was sollte sie ihnen noch erzählen? Im Lager gab es keine Geheimnisse.
Ein Schlüssel drehte sich im Schloss. Die junge Uigurin erstarrte. Die Tür öffnete sich und sie traute ihren Augen nicht. Tian betrat den Raum, bewaffnet mit einem riesigen Rucksack.
Ein ähnliches Glücksgefühl hatte sie seit langem nicht mehr durchströmt. Sie versuchte sich dem Geliebten

entgegenzuwerfen, kam aber zwischen Tisch und Stuhl nicht richtig hoch.
Tian warf seine Mitbringsel beiseite und stürzte auf die Beklemmte zu. Schob sie wieder in den Stuhl zurück. Fiel vor ihr auf die Knie, umfasste sie ungelenk und drückte sich an ihre Brust.
»Ach Liebste, endlich, endlich! Ich habe es kaum mehr ertragen!«
Dshamilja war unfähig auch nur ein Wort hervorzubringen. Ihre Sehnsucht entlud sich in Bächen von Tränen, die ihre Wangen herabliefen. Unbeholfen versuchten ihre Hände Tian zu spüren, ihn zu begreifen. Tisch und Stuhl standen dem jedoch unverrückbar im Wege. Nun begann auch Tian ohne Unterlass zu heulen.
Die beiden verharrten eine kleine Ewigkeit derart in sich verschlungen. So gut fühlte es sich an, den so verzweifelt vermissten Menschen so unverhofft zu fühlen. Auch wagte keiner der beiden, das Errungene einfach so wieder aufzugeben. Schließlich:
»Liebste, wir haben nicht ewig Zeit. Aber ich habe ein paar Sachen mitgebracht.«
Tian entzog sich vorsichtig der Umklammerung und schaffte den Rucksack heran. Entnahm ihm eine nicht enden wollende Vielzahl von Leckereien. Dshamilja hatte sich den Gedanken daran, dass es auf dieser Welt noch solche Dinge gab, schon so lange nicht mehr erlaubt. Nicht mehr erlauben dürfen. Die Schokolade, die er ihr Stück für einflößte, schmeckt süßer als paradiesisches Manna.
»Du bist ja völlig abgemagert. Wie geht es euch, deinen Eltern?«
Die Frage tötete den Moment der befristeten Erlösung. Das Stück Schokolade, dass sie gerade auf der Zunge zergehen ließ, glitt ihr, immer noch so unglaublich süß, den Gaumen herunter.
»Kann ich reden?«

»Ja, sicher. Die zeichnen unser Gespräch natürlich auf. Aber es interessiert nicht. Ich darf wissen, was Sache ist. Sonst hätte ich nicht herkommen dürfen.«
Tian zog den Vernehmer-Stuhl auf Dshamiljas Seite. Setzte sich so nah wie möglich an sie heran und speiste sie weiter mit den Leckereien, die er mitgebracht hatte. Seine Liebste schilderte ihm das Leben im Lager.
Im Prinzip nichts Neues. Die Berichte, die Tian über die Lager gehört hatte, zeichneten ein ähnliches Bild. Ab und an hatten alte Menschen, die nichts mehr fürchteten, Bemerkungen fallen lassen. Was selbstverständlich schwer bestraft wurde, kam es doch heraus. Dshamilja bestätigte nur, was er befürchtet hatte. Nur dass Melek letzte Woche gestorben war, verschwieg sie ihm. Sie brachte es einfach nicht übers Herz. Zu kostbar der Moment.
»Wie hast du es geschafft, dass sie dich zu mir gelassen haben?«
»Ich verhöre dich, hochoffiziell!«, brachte Tian grinsend hervor.
Das Klopfen an der Tür war grausam, riss sie aus der beglückenden Zweisamkeit, die sie bis eben noch gelebt, inhaliert hatten. Sofort ließen die beiden voneinander ab. Das vermochten sie nur, weil sie von Kindesbeinen erfahren hatten müssen, dass jegliche Form von Auflehnung gegen das System schwere Konsequenzen nach sich ziehen konnte. Das Klopfen brachte das Schicksal in seiner ganzen Schwere wieder zurück, die Tränen begannen wieder zu rollen.
»Liebste, ich muss gehen. Aber ich komme wieder!«
»Ich weiß, Schatz!«, rang sich Dshamilja ab »Ich werde jeden Tag auf die warten.«
Es wäre noch so viel zu sagen gewesen, soviel zu klagen, wie furchtbar sich alles entwickelt hatte. Doch die beiden verboten sich, das Gewonnene dadurch zu zerstören. Dshamilja hatte Schwierigkeiten Tians Mitbringsel aufzunehmen. Doch jedes einzelne war zu wertvoll, um

es zurückzulassen. Tian drückte ihr einen letzten Kuss auf die Wange.
Groß war die Erleichterung, als Dshamilja nach Stunden wieder in die Hütte zurückkam. Wenigstens war ihnen weiteres Ungemach erspart geblieben.
Der Mensch ist schon ein seltsames Wesen. So fürchterlich auch der Tod der Schwester war, der Hoffnungsschimmer am Horizont ließ sie das Entsetzliche, in dem sie momentan vegetierten, in einem milderen Licht sehen. Sofort machten sie einige der Dosen auf, die Tian mitgebracht hatte. Zum ersten Mal seit Monaten wurden sie alle wieder satt. Der darauf folgende Schlaf der Gerechten war tief.

~

Der Besuch im Lager veränderte Tian. Sein Glauben an das System war für immer dahin. Von jetzt an waren die Gemeinplätze der gleichgeschalteten Medien und die tägliche verordnete Verherrlichung des Systems nur noch dreiste Lügen.
Trotzdem diente er sich ihm umso mehr an. Denn er wusste genau, dass der einzige Hebel, um seine Liebste und ihre Familie aus dem Lager zu befreien, seine totale Kooperation mit dem System war.
Tag für Tag protokollierte auch die kleinste Verfehlung seiner Kollegen penibel. Um dann beim nächsten seiner Treffen mit dem unsäglichen Wei Ba in allen Einzelheiten darüber zu berichten. Und er war gut. Der Geheimpolizist glaubt ihm jedes Wort.

~

Einige Zeit später durchlebte Mohammed einen weiteren Schreckensmoment im Lager. Während der Arbeit beobachtete er einen Häftling aus einem anderen Zug, wie der seine Notdurft im Wald verrichtete. Er wollte sich schon geniert abwenden, als es ihm dämmerte.

Achmed, der Glaubensbruder aus der Moschee. Da er ihn den Anschlägen zuordnete, überraschte es Mohammed ihn hier im Lager anzutreffen.
»Salam Aleikum. Bruder, du hier?«
Achmed stöhnte.
»Maleikum Salam. Was denkst du? So wie wir alle halt.«
»Dann hast du Glück gehabt. Ich war sicher, dass sie dich hingerichtet hätten. Per Genickschuss.«
»Glück? Das hier ist schlimmer als der letzte Kreis der Hölle.«
Mohammed stimmte ihm sofort zu.
»Du fragst dich, was mich gerettet hat? Die haben den Sprengstoff nicht gefunden. Der ist zusammen mit dem Dünger komplett in die Luft gegangen.«
»Wegen was bist du dann hier?«
»Drogenbesitz. Die haben das Heroin von dem Idioten bei mir gefunden.«
Welcher Idiot das gewesen war, sollte Mohammed nicht mehr erfahren. Der Bewachungsroboter befahl den Aufbruch. Die Glaubensbrüder verabschiedeten sich. Nur mit kurzem Handschlag.

Kapitel 11: Nachbereitung

Taipeh: 13.05.2036

Es war wieder das Novotel Airport Hotel am Taoyuan Flughafen in Taipeh. Auch das übrige Setting: völlig gleich. Die Oligarchen waren auf unterschiedlichen Wegen angereist, trafen sich im Nassbereich der Hotelanlage. Wieder nuckelten sie an lauen Heißgetränken aus dem Automaten.

»Wir haben eine Million für eine Riesenscheiße verplempert«, echauffierte sich der Unternehmer Dong. »Es ist nicht besser, sondern noch viel schlimmer geworden.«

Schweigen, nur das Plätschern des Pools war zu vernehmen.

»Dieser Oberst Yong Chen und sein Pudel Jin Yang sind schlimmer als alles Dagewesene. Sie haben alles abgeblockt, was wir erreichen wollten. Die Überwachung ist engmaschiger als je zuvor«, stimmte ihm Li Dandan zu und wandte sich an Wu Li Wuam. »Du hattest uns etwas anderes versprochen.«

Wu Li Wuam fühlte sich nicht sehr wohl in seiner Haut. Keines seiner Versprechen hatte er einhalten können. Und dafür hatte er seinen Partnern eine Menge Geld abgeknöpft. Und verbrannt. Klar, keiner von ihnen war dadurch wirklich ärmer geworden. Trotzdem lag ein deutliches Versagen seinerseits vor. Herr Wuam schätzte es nicht, als Versager dazustehen.

»Ok Freunde, wir haben nicht das Ergebnis erzielt, das wir angestrebt haben. Zweifellos eine Enttäuschung. Aber wir haben doch einiges gelernt.«

Unternehmer Dong sah das nicht so entspannt: »Ach ja? Dass ich nicht lache. Wenn ich im Voraus von deinem Plan mit den Kameltreibern gewusst hätte, hätte ich mich nie auf darauf eingelassen. Die wollen doch nur eins: alle sterben und in ihr Paradies kommen. Sie haben zwar geschafft, ordentlich was in die Luft zu jagen. Aber

taktisch war die Aktion an Dilettantismus nicht zu überbieten.«
»Wie viele Überwachungskameras wurden bei der Aktion zerstört? Nicht mehr als 100. Das ist weniger als ein Prozent. Die waren nach einer Woche ersetzt. Und heute trau ich mich in der Öffentlichkeit nicht mal mehr zu furzen.«
Wieder war nur das Plätschern des Schwimmbads zu hören. Wu Li setzte zu einer Erwiderung ein, ließ aber dann davon ab. Er hätte nur den Abklatsch eines Gegenarguments fabuliert. Und sich weiterer beißender Kritik ausgesetzt.
Die drei erfolgsverwöhnten Magnaten saßen in den komischen Stühlen und starrten ins Leere oder sich an. Doch keiner kriegte den Mund auf. Und das bei Leuten die 7/24 das große Wort zu führen pflegten. Li Dandan atmete tief durch, bevor er endlich etwas hervorbrachte.
»Wir sind ein verdammt hohes Risiko eingegangen. Mal ehrlich: Wir können froh sein, dass wir so glimpflich davongekommen sind. Wenn wir jetzt nicht den Ball flach halten, riskieren wir noch wesentlich mehr. So unbefriedigend das Ganze auch ist, wir werden damit leben müssen.«
Ding Dong und Wu Li Wuam stimmten ihm zu. Die drei schickten sich an das Meeting zu beenden und hoben sich mühsam aus ihren Badesesseln heraus. Schweigend verließen sie den Nassbereich und stiegen in den Aufzug.
»Für diese Erkenntnis sind wir jetzt bis hier hergeflogen.«
Jetzt sah Unternehmer Wuam die Chance gekommen, den Hauch einer Rehabilitierung zu versuchen.
»Nicht nur dafür. Wenn die Gelegenheit sich bietet, dann schlagen wir wieder zu. Die Unzufriedenheit bei allen Bevölkerungsschichten wächst. Und wenn wir noch mal zuschlagen, dann schlagen wir richtig zu!«
Sprach's, die Aufzugtür öffnete sich in seiner Etage und er verließ den Aufzug.
Die Herren Dong und Dandan sahen sich voller Zweifel an.

»Das wird der St. Nimmerleinstag sein. Und was dann?«
Ding Dong zuckte mit den Schultern. Ein Bimmeln und das Öffnen der Tür signalisierte ihm, dass auch er in seinem Stockwerk angekommen war.

Kapitel 12: Mächtige Überraschungen

Ürümqi: ab Juni 2036

Triple B hätte jeden Tag kotzen können, wenn er daran dachte, was er alles verloren hatte. Es besänftigte ihn nur wenig, dass der Idiotenjob in der Stadtverwaltung immer noch besser war, als die Verbannung ins Lager. Beim Genickschuss war er sich da nicht so sicher.

An einen der Bauunternehmer heranzukommen war nach den Anschlägen für ihn unmöglich geworden. Klar, er konnte sie irgendwo abpassen, aber das System bekäme davon sofort Wind. Und das durfte es nicht. Jeglicher Kontakt mit den Leuten, von denen er sich hatte schmieren lassen, war ihm bei Androhung schwerster Strafen verboten.

Bambang, der degradierte Bauamtschef, hätte sich in sein Schicksal fügen können. Ohne Zweifel, als Urteil wäre durchaus auch Genickschuss in Betracht gekommen. Aber sein Ego war durch die nervtötende Routinearbeit in der Stadtverwaltung so angekratzt, dass er die Schmach keinesfalls auf sich sitzen lassen wollte. Ununterbrochen feilte er an einer Revanche, die ihm alte Privilegien wieder zurückbringen sollte. Doch alle möglichen Vorstöße, die er ausbrütete, führten ins Leere. Das System war immer zu omnipotent. Obwohl dem ein gewaltiger Fehler unterlaufen war: Barde Bambang, Gefährder ersten Ranges, lebte noch.

Versunken in Rachegedanken abends auf dem Weg nach Hause, fiel ihm der gutgekleidete sportliche Hüne, der ihm da entgegenkam, nicht auf. Er ihm aber schon.

»Barde, altes Haus! Was ist denn mit dir los? Erkennst du deinen alten Freund Hao nicht mehr?«

Barde starrte den Mann vor sich ungläubig an.

»Kennen wir uns?«, fragte er schließlich verdutzt.

»Mensch Barde, brauchst du 'ne Brille? Ich bin's, Hao. Schule Nummer 27. Wir saßen zusammen in einer Bank. Ich habe dich in Mathe immer abschreiben lassen.«

Ohne den Hinweis mit Mathe, wäre bei Barde der Groschen nicht gefallen. Dann endlich erkannte er seinen alten Banknachbarn.

Der jetzt kleine Beamte der Stadtverwaltung hatte eigentlich keine große Lust, die Jugendbekanntschaft hier und jetzt aufzuwärmen. Hao Rai bestand aber auf einem gemeinsamen Bierchen. Die Kneipe an der Ecke: durchschnittlich. Jedoch am frühen Abend nicht zu voll und sie schenkte Bier aus.

Trotz Bardes Vorbehalten kamen die beiden dann doch ins Gespräch. Über was unterhält man sich, wenn man sich nach Jahren wieder trifft? Na klar, über dies und das. Was hast du so gemacht? Bist du verheiratet? Nehmen deine Kinder Drogen? Was für ein Auto fährst du? Versieht deine Prostata noch ordnungsgemäß ihren Dienst? Schlecht für Barde Bambang, den ehemaligen Leiter des Baureferates. Denn er war ja nur noch kleiner Beamter bei der Stadtverwaltung. Anders bei Hao Rai. Der hatte sich, obwohl momentan in Zivil, zum Generalmajor gemausert.

Da Barde seinen Abstieg nicht verheimlichen konnte, kam das Gespräch nur zu bald auf »Adlerauge und Luchsohr«. Und auch der General war alles andere als begeistert.

»Ja, den Rang eines Generals habe ich immer noch. Aber ich werde immer mehr ein zahnloser Tiger. Um Militärparaden abzunehmen, dafür tauge ich noch. Für viel mehr reicht es nicht. Meine Befehlsgewalt wird immer mehr beschnitten. Du glaubst es nicht, vor zehn Jahren hätte sich das noch niemand auch nur träumen lassen.«

Barde Bambang konnte sein Glück kaum fassen.

»Ruft die dich auch täglich an? Ich meine die blöde Bo Tin!«

Der General schnaubte verächtlich.

»Kannst du dir das vorstellen?«, fragte er mit großer Geste. »Am Anfang habe ich die dauernden Anrufe von dieser dämlichen Bo Tin einfach weggedrückt. Obwohl

die Puppe ja so ein süßes Stimmchen besitzt. Du glaubst gar nicht, was die billige Schlampe sich dann herausgenommen hat.«
Barde Bambang schaute seinen wiedergewonnenen Freund erwartungsvoll an. Der ließ sich nicht bitten.
»Logisch, ich darf mein Handy nicht ausschalten. Als Mitglied des militärischen Oberkommandos muss ich Tag und Nacht erreichbar sein. Um drei Uhr nachts klingelt dann das Teil. Ich wälze mich herum und schaue auf das Display. Unbekannte Nummer. Schlecht, weil niemand die Nummer haben sollte. Drücke aber den Anruf weg und bette mein Haupt wieder auf mein Kissen. Begebe mich wieder ins Reich der Träume.«
Sein Zuhörer konnte sich schon denken, was jetzt kam. Hing aber trotzdem weiterhin unverdrossen an den Lippen seines alten Freundes.
»Bo Tin wartete genau 15 Minuten, bis ich wieder ordentlich weggeknackt war. Dann schaltete die sich einfach ein weiteres Mal auf mein Handy auf. Das klingelte nicht mal mehr. Die fuhr mich wie den letzten Kadetten an. Hao Rai du wirst mich nicht los! Hör mir genau zu, du widerlicher Penner, du machst jetzt dies und das! Nach der Litanei dann noch die Predigt: Wenn du noch mal nicht rangehst, dann ...«
Die Einigkeit im Geiste überraschte die beiden ehemaligen Klassenkameraden, die sich vor nicht nicht wenig mehr als einer Stunde wiedergefunden hatten. Die Bierflaschen gingen nochmals in der Mitte des Tisches zusammen. Beide schluckten ordentlich. Und fühlten sich gut. Saßen da und musterten sich, konnten sich ein triumphierendes Grinsen nicht verkneifen. Berauschten sich an ihrer Empörung.
Doch dann der harte Rückfall in die Realität. Beiden dämmerte, über was sie sich da unterhielten. Ihnen dämmerte, dass auch in dieser miesen Pinte »Adlerauge und Luchsohr« wahrscheinlich mithören konnte. Eigentlich war schon zu viel gesagt worden. Wären sie

Uiguren, hätten sie jetzt schon massive Probleme. Aber das waren sie ja zum Glück nicht.
»Ich muss mal pinkeln!« verkündete der General.
»Das Harbin ist zwar super lecker, aber treibt wie Sau!«, pflichtete ihm Barde bei.
Der Uringestank in der Toilette atemberaubend. Die Pissrinne drohte überzuschwappen. Trotzdem begannen die beiden in fast sittenwidriger Nähe zu urinieren.
»Wir müssen uns bald wieder treffen. Aber für heute reicht es«, raunte der General.
»Draußen tauschen wir noch Telefonnummern und das war's dann«, tuschelte Barde Bambang zurück.
Der Wasserhahn, den sie schon beim Betreten des Urinals aufgedreht hatten, gluckerte weiter. Beide hielte ihre Hände kurz unter den schwachen Strahl kalten Wassers. Den Urinresten an ihren Händen machten sie damit keinesfalls den Garaus. Doch sich nicht die Hände zu waschen oder einen Hahn nicht zuzudrehen, konnte sich negativ auf den Sozialkredit auswirken. Obwohl das in der Spelunke hier doch eher unwahrscheinlich war.
Draußen zahlten die beiden Diener des Staates ihre Bierchen, Hao rief Barde zwecks Nummerntausch an, sie umarmten sich und gingen ihrer Wege. Sich fragend, was sie von dem Treffen halten sollten.
Zwei Wochen vergingen. Der Offizier und der degradierte Mitarbeiter der Stadtverwaltung ließen ihr Zusammentreffen im Geiste immer wieder Revue passieren. Dabei wogen sie jedes Mal Chance gegen Risiko ab. Schließlich meldete sich Hao bei Barde. Der grenzenlose Frust des Degradierten war ihm noch zu bewusst. Selbiger nahm den Anruf erwartungsvoll entgegen.
»Lust auf ein Bierchen?«
»Na klar!«
»Wo treffen wir uns?«
»Morgen um 18 Uhr im Yao Mo Shan Park in der Pagode?«
»Ich werde da sein!«

Am nächsten Abend betrat Barde die Pagode im Park, blickte erst mal vorsichtig um sich und brauchte eine Weile, um seinen ehemaligen Schulkameraden zu spotten. Als er dessen Tisch erreichte, sprang der Offizier sofort auf und umarmte ihn herzlichst.
»Wir reden dann draußen, wenn wir unsere Handys losgeworden sind«, flüsterte er ihm ins Ohr.
Brav bestellten sie etwas zu essen und die zugehörigen Bierchen. Speisten und unterhielten sich intensiv über Höhepunkte ihrer Schulzeit. Nach einer Stunde waren sie beide der Auffassung, dass es jetzt des Geplänkels genug sei.
Draußen gingen sie noch ein Stück gemeinsam, um sich dann hochdramatisch zu verabschieden. Sobald sich ihre Wege getrennt hatten, hielten sie verstärkt Ausschau. Nach einer Stelle, an der sie ihr Handy eine Weile lang so parken konnten, dass sie es auch wiederfanden. General Hao Rai musste auch seine Smartwatch ablegen.
Ihm gelang es jedoch wesentlich schneller als Barde, sich unauffällig zum vereinbarten Treffpunkt vorzuarbeiten. Unter einer kleinen Brücke wartete er ungeduldig. Es war jetzt schon nach 22 Uhr. Man konnte unter dem Brückenbogen kaum mehr die eigene Hand ausmachen. Nervig, aber auch gut so. Endlich lief auch sein ehemaliger Schulkamerad ein.
»Mann, wo bleibst du denn so ewig?«
Der, reichlich unzufrieden, weil er sich ordentlich beeilt, aber es doch wesentlich länger als geplant gedauert hatte. Sog frustriert, aber unüberhörbar, was an Luft ging, in seine Lungen.
»Hier, in diesem verfluchten Park, gibt es kein Fleckchen, wo nicht irgendwelche Turteltauben rumlungern. Ich bin wie ein Blöder herumgelaufen, bis ich ein Plätzchen gefunden habe, wo ich das Teil auch wiederfinde.«
»OK, lass uns zur Sache kommen, wir haben nur wenig Zeit. Kapierst du, auf was du dich da wahrscheinlich einlässt?«
»Ja, das ist mir schon klar. Also schieß los!«

»Es war vorauszusehen, dass der Aufstand der Ziegenfi..... scheitern würde.«
Barde grunzte zustimmend.
»Die haben das zwar ganz pfiffig eingefädelt, aber zu viele Fehler gemacht und hatten eh nie eine Chance.«
Barde nickte im Dunklen, was der General aber nicht sehen konnte. Der ging davon aus, dass sein Gegenüber sich schon einklinken würde, wenn er nicht einverstanden wäre.
»Wenn man das System wirklich ausknipsen will, dann muss man ganz anders vorgehen. Da braucht man die richtigen Mittel. Und eine breite Basis.«
Oben ging lachend und knutschend ein Pärchen über die Brücke. Die beiden Verschwörer waren gezwungen, sich mehrere Minuten in Schweigen zu hüllen.
»Die sind jetzt weg! Endlich!«
»Unter uns Militärs bin ich nicht der Einzige, der die Schnauze voll hat. Manche von uns, die den Mund nicht halten konnten, sind schon unter der Erde. Andere woanders.«
»Scheiße. Dass die soweit gehen, hätte ich nicht gedacht. Verdammt brenzlig.«
»Das wird es. Aber wenn du dir nicht sicher bist, dass du dabei sein willst, dann sollten wir Schluss machen. Und zwar genau jetzt!«
Jetzt schnaufte Barde tief durch. Dann traf er seine endgültige Entscheidung.
»Ich mach mit!«
»Gut. Wir müssen das System dort angreifen, wo es seine Schwachpunkte hat.«
»Und welche meinst du da?«
»Ach Mensch, Barde, das kannst du dir doch denken! Natürlich die Rechner!«
»Ja schon, aber an die kommen wir doch nie ran.«
»Doch! Es ist gar nicht so schwierig, wie du denkst.«
Jetzt legte der General so richtig los. Seine Detailversessenheit hatte ihn schon oft in Schwierigkeiten gebracht, da er von einem Moment auf den anderen

bereit war, alles stehen und liegen zu lassen, weil ein x-beliebiger technischer Zusammenhang seine gesamte Aufmerksamkeit auf sich zog.
Je hochgezüchteter elektronische Systeme seien, desto anfälliger wären sie gegenüber elektromagnetischen Pulsen, kurz EMPs. Durch die könne man die Rechenzentren des Systems großflächig ausschalten. Was es zur Handlungsunfähigkeit verdammen würde. Dadruch könnten sie die Macht wieder an sich reißen.
Bauingenieur Barde war, was die Materie betraf, komplett blank: »Ja und wie soll das dann funktionieren?«
Voller Begeisterung zog Hao Rai weiter vom Leder. Intensive Gammastrahlung in einigen 100 Kilometern Höhe in Verbindung mit dem Erdmagnetfeld würden einen EMP aufgrund des Compton-Effekts auslösen. Durch hochenergetische Gammaquanten käme es in den oberen Schichten der Erdatmosphäre zu einer Stoßionisierung.
»Stoßionisierung?«, flüstere Barde ungläubig und doch gehörig beeindruckt.
Dabei würden aus den dortigen Molekülen Elektronen herausgeschlagen, die sich dann in Richtung dichterer Atmosphärenschichten bewegen würden. Dadurch entstünde ein elektrischer Dipol aufgrund der Lorentzkraft.
Der jetzt kleine Beamte der Stadtverwaltung war thematisch am Ende. Sein Gesichtsausdruck hätte es verraten, doch die Dunkelheit unter der Brücke im Park ließ es nicht zu. Und der General war in seinem Element.
Die zeitlich und räumlich schnell veränderliche Ladungs- und Stromverteilung der Dipole würden ein breitbandiges transientes Wellenfeld erzeugen. Genau das führt zu schweren Zerstörungen an allen elektronischen Geräten in einem beachtlichen Umkreis. Dann wäre das System in großen Teilen lahmgelegt. Den Rest würde man dann händisch vor Ort abwickeln.
»Ja, super, ein genialer Plan«, stimmte der degradierte Beamte der Stadtverwaltung freudig zu.

»Doch eine ganz andere Frage: Wie kriegt man in mehreren 100 Kilometern Höhe intensive Gammastrahlung?«, setze er etwas ernüchtert nach.
»Ganz einfach: Man zündet genau da eine Atombombe!«
Der ehemalige Leiter der Bauaufsicht schnappte hörbar nach Luft.
»Wo willst du denn verdammt noch mal Atombomben herkriegen?«
Barde konnte es im Dunkel nicht ausmachen, aber der General grinste über das ganze Gesicht. Ließ den alten Schulkameraden eine Weile schmoren.
»Atomwaffen werden nicht notwendig sein.«
»Hä? Du hast doch eben gesagt, dass man in den oberen Atmosphärenschichten eine zünden muss?«
Es erfüllte Hao Rai, den General mit schwindender Befehlsgewalt, mit Genugtuung, dass er weitere Details seines genialen Planes enthüllen konnte. Es ginge auch eine Nummer kleiner. Was die Sache sicherlich erschweren würde, da eine nahezu simultane Zündung essenziell wäre. Ansonsten hätte das System die Möglichkeit zu reagieren.
Die Nummer kleiner sei ein sogenannter Flusskompressionsgenerator. Der bestünde aus einer elektrischen Kapazität, einer Batterie, einer starken Spule und einem Sprengsatz im Inneren selbiger. Durch Zündung des Sprengsatzes würde die Spule innerhalb von Sekundenbruchteilen so stark zusammengedrückt, dass das Magnetfeld schlagartig zu einer Stärke anschwellen würde, die in allen elektronischen Bauteilen in Reichweite einen Kurzschluss erzeugte. Dieser würde dazu führen, dass alle elektronischen Bauteile in einem bestimmten Radius unwiederbringlich zerstört würden.
»Von welchem Radius reden wir hier?«
Die Flusskompressionsgeneratoren gäbe es in unterschiedlichen Bauweisen. Hierzu habe es in den letzten Jahren intensive Forschungen gegeben. Er käme zwar nicht selbst an die EMP-Bomben heran, könne aber alle technischen Details besorgen, um die Dinger

nachzubauen. Eine Detonation in einem Abstand von 500 bis 1000 Metern sollte den gewünschten Effekt erzielen.
Barde Bambang begriff langsam, was sein alter Schulfreund plante: »Wir legen dann ihre Rechenzentren gnadenlos lahm?«
»Richtig, mein Freund. Oder die Kraftwerke, die sie mit Strom versorgen. Sobald die Systeme ohne Saft sind, schlagen wir dann auf konventionelle Art zu.«
Jetzt war der nun kleine Beamte Feuer und Flamme: »Und was kann ich tun?«
»Was wir brauchen, sind Mitstreiter, denen wir vertrauen können. Unter unseren Leuten, aber auch der einheimischen Bevölkerung. Warum die? Hier werden wir viele finden, die bereit sind, bis zum Äußersten zu gehen. Wir brauchen sie als Masse unseres Fußvolks.«
Barde Bambang wollte unbedingt dabei sein. Einen Moment lang schoss ihm wieder der Gedanke durch den Kopf, wie das alles ausgehen könnte, wenn was schief lief. Den verdrängte er aber sofort wieder erfolgreich. Denn es musste sich einfach was ändern. Er wollte sein Leben zurück. Unbedingt.
Die beiden alten Schulfreunde verabschiedeten sich, krochen in erforderlichem Zeitabstand unter der Brücke hervor und verließen den Park auf unterschiedlichen Wegen. Nicht aber ohne noch ein weiteres Treffen vereinbart zu haben. Auf seinem Weg nach Hause zermarterte sich Barde Bambang den Kopf, wie und welche Uiguren er als Mitstreiter gewinnen könnte. Dabei wurde ihm mehr und mehr bewusst, dass er hier in der autonomen Republik Xinjiang eigentlich keinen einzigen von denen auch nur ein bisschen mehr als flüchtig kannte.
Reichlich enttäuscht und auch etwas wütend auf sich, sperrte er die Tür zu seiner Wohnung auf. Dann kam ihm der Geistesblitz.

~

Diesmal saßen sie zu fünft im Schwimmbad des Novotel Airport Hotels. Dasselbe Bild, reife Herren mit stattlichen Bäuchen in aufblasbaren Riesensesseln, die das Spektakel zu einer Farborgie des schlechten Geschmacks degradierten. Bloß diesmal eben zu fünft, die Runde der Unternehmer erweitert um den General Hao Rai und Barde Bambang. Der General hatte zwar auch schon einen Bauchansatz, konnte aber mit den Unternehmern nicht mithalten, da er auch in den späten Fünfzigern darauf achtete, nicht zu viel Fett anzusetzen. In der Runde der beleibten oder auch ehemaligen Honoratioren nahm er sich fast mager aus.

Barde Bambang hatte in einer schäbigen Pension in Taipeh absteigen müssen. Seine Mittel erlaubten es ihm nicht mehr, in einem Palast mit vier Sternen wie dem Novotel abzusteigen. Was seine Rachegelüste umso mehr beflügelte. Er durfte das Schwimmbad nur als externer Besucher betreten. Die Empfangsdame an der Rezeption hatte seinen Wunsch, ein Tagesticket für das Schwimmbad zu erwerben, ungläubig entgegengenommen, ihm aber anstandslos die Chipkarte ausgehändigt.

»Genosse General, wir freuen uns, dass Ihr den Weg nach Taipeh nicht gescheut habt«, eröffnete Ding Dong das Gespräch, nachdem sich der General in den letzten freien Badesessel hatte fallen lassen.

»Ich hoffe, es ist Ihnen klar, welches Risiko ich eingehe. Ich tue das nur, weil ich hundertprozentig davon überzeugt bin, dass sich das Risiko lohnt.«

Die anderen Anwesenden versicherten ihm, dass dem so sei.

»Ich bin inkognito hier, als Herr Wang, Vertreter eines namhaften Computerherstellers. Was mich hierher führt? Ich bin auf Einkaufstour, Chips für unsere Produktion. Bitte vergessen Sie das nicht!«

Und wieder versicherten ihm die Anwesenden ihre absolute Diskretion. Worauf Hao Rai begann,

auszuführen, wie man das System in den Griff kriegen könne.
Wieder legte er das Konzept der EMP-Bombe ausführlich dar. Die Honoratioren hörten ihm mit gespielter Aufmerksamkeit zu, die Details interessierten sie kaum. Sie würden den Bau der Bomben finanzieren, selbst aber mit Sicherheit keine Hand daran anlegen. Dennoch erging sich der General in endlosen Details.
Gesprächiger wurden die Zivilisten, als der General die Liste der potenziellen Ziele aufzuzählen begann: Rechenzentren und Kraftwerke.
»Aber damit wird ein Großteil unserer Infrastruktur lahmgelegt«, wandte Li Dandan ein. »Wie sollen wir die dann wieder zum Laufen kriegen, wenn nichts mehr geht?«
»Kein Krieg ohne Verluste!«, mahnte der General an. »Wir werden einen hohen Preis zahlen müssen, um unsere Handlungsfähigkeit zurückzubekommen. Anders geht das nicht.«

~

Tian war völlig perplex, als ihn der seltsame Kollege Bambang auf dem Heimweg abfing. Er musste ihm schon einige Zeit gefolgt sein. Die Stelle: gut gewählt. Hier konnte man ein paar Minuten unbeobachtet reden.
»Du weißt, wer ich bin? Besser: Du weißt, wer ich war?«
Tian nickte.
»Die Schweine haben mir alles genommen. So wie auch dir!«
Tian schaute ihn verwundert an.
»Du fragst dich sicher, warum ich dir das erzähle.«
Wieder nickte Tian wortlos.
»Es gibt einen Weg heraus aus dieser Scheiße!«
Tian verstand eigentlich gar nichts.
»Mein lieber Freund, ich weiß, dass du alles, was bei uns abgeht, Wort für Wort petzt. Du bist Bas Superspitzel.«

Tian zuckte merklich zusammen, ihm wurde das Gespräch immer unheimlicher. Er wandte sich zum Gehen. Nicht ohne ein verneinendes Kopfschütteln.
»Warte! Du kannst mir vertrauen! Hör mir doch mal einen Moment zu!«
Tian verharrte hin- und hergerissen im Gehen.
»Du bist im Grunde ein guter Kerl. Aber schlecht für dich! Deswegen fällst du permanent auf die Schnauze. Ich kann dir helfen, das zu ändern.«
Tian schüttelte wieder den Kopf, konnte sich aber nicht losreißen.
»Denk darüber nach, mein Sohn. Ich weiß, es riecht nach Verrat, aber ich kann dir einen Weg aufzeigen. Mein Vertrauensbeweis: Die Tochter von Qumtur ist dein Mädchen. Du würdest alles tun, um sie und die Familie aus dem Lager herauszubekommen. Wenn du mir nicht glaubst, kannst du es ja deinem Führungsoffizier petzen.«
Damit setzte Barde Bambang dazu an, das gefährliche Gespräch zu beenden. Nach drei Schritten drehte er sich aber noch einmal zum völlig perplexen Tian um.
»Es wird nicht dein Schaden sein!«
Dann ließ er seinen nun doch etwas verstörten Kollegen endgültig stehen.

~

Die Familie Qumtur stand wie jeden Morgen auf dem Appellplatz. Graue Wolken verhingen die Berghänge rund um das Lager. Der Wind war eher schwach, aber der Regen umso dichter. Gegen den schützten mehr schlecht als recht Fetzen ausgebleichter Plastikplanen, in die sie Löcher für Kopf und Hände geschnitten hatten. Aus dem Lautsprecher tönte eine maschinelle Stimme und pries die Volksrepublik und ihre Errungenschaften. Erklärte den Lagerinsassen, was sie für miese Typen wären und dass sie sich auf einen Tag voller Entbehrungen einzustellen hätten, um ihre schwere Schuld zu tilgen. Es würde ein harter Tag werden, denn die Familie war wieder zum

Holzfällen eingeteilt. So machten sie sich Richtung Sägewerk auf.
Tian hatte Djamilia schon seit mehreren Wochen nicht mehr besuchen können. Ohne seine Geschenkrucksäcke verschlechterte sich die Versorgungslage der Familie von Tag zu Tag.
Unvermutet war erneut ein Knacken im Lautsprecher zu vernehmen. »Achtung, Achtung, Familie Qumtur aus Block fünf umgehend bei der Lagerleitung in Baracke 1 melden.«
Anweisungen vorstellig zu werden, kamen nie über die Propagandalautsprecher. Schon gar nicht in Baracke 1, wo die Kommandantur des Lagers saß. Was man dort entschied, wurde über die maschinellen Aufseher an die Insassen weitergegeben. Die Qumturs trauten ihren Ohren nicht. Blieben im ersten Moment völlig perplex stehen und starrten sich angstvoll an.
»Was hat das jetzt schon wieder zu bedeuten?«, stöhnte Vater Qumtur verzweifelt.
Schweigen. Nur das Prasseln des Regens.
»Wir müssen da hin. Das war deutlich genug«, gab Dshamilja zu bedenken.
Die Familie setzte sich langsam ohne ein Sterbenswörtchen in Richtung Kommandantur in Bewegung, denn die Vier zermarterten sich verzweifelt den Kopf, welches neue Unheil ihnen drohen könnte. Wenigstens der Regen ließ etwas nach.

Kapitel 13: Äußerste Vorsichtsmaßnahmen

Ürümqi: ab dem 27.6.2036

Nach der gelungenen Niederschlagung des Aufstands wurden die beiden Polizisten Oberst Yong Chen und Major Yin Jang von einer für sie völlig neuen Welle des Erfolgs durch Ürümqi getragen. Dass sich dies auch in baldigen Beförderungen widerspiegeln würde, hatte ihnen Peking wieder und wieder versichert, wenn sie ihre detaillierten Lageberichte in den regelmäßigen Telecons durchgaben. Die offizielle Bekanntgabe der Ernennung zum General und zum Oberstleutnant war nur daran gescheitert, dass den beiden trotz der stabilisierten Lage vor Ort keine Zeit blieb, die Beförderungen mit dem dafür notwendigen Pomp auch entgegenzunehmen.

In der Provinz Xinjiang galten die beiden jetzt als unumschränkte Herrscher. Niemand hatte mehr die Macht noch den Schneid, ihnen auch nur den geringsten Wunsch abzuschlagen. Ein diskreter Hinweis auf das Versagen des Systems und die damit verbundenen Verluste an Material und Menschenleben konnten jeden Widerspruch im Keim ersticken. Doch selbst waren die beiden sich ihrer Position nicht so sicher.

Es kann doch einfach nicht sein, dass diese Ziegenfi..... sich noch immer zu organisieren wissen. Die sitzen doch jetzt alle im Lager" knurrte der Oberst und ließ sich ermattet in den Drehstuhl hinter seinem Schreibtisch fallen. Der quietschte bedenklich.

»Da irrst du dich. Es laufen immer noch viel zu viele von denen rum. Wir kriegen die einfach nicht.«

»Wieso? Was soll das heißen, dass wir die nicht kriegen? Wir wissen doch alles über die. Alles, auch wo die sich verstecken, wenn sie es versuchen.«

»Das schon«, entgegnete der Kollege Mayor Yin Jang. »Aber wir wissen nicht wohin mit ihnen. Alle Lager sind voll, so voll, dass wir wirklich niemanden mehr reinkriegen.«

»Ja und?«, raunzte der Oberst unwirsch.

»Es sind so viele, dass sie Kapazitäten binden würden, die wir nicht haben. Wir können nicht Zehntausende einfach mal so spurlos verschwinden lassen.«

Nicht, dass es dem Oberst nicht klar war, dass ein solcher Genozid weder machbar noch in ihrem Sinne war. Doch die Verzweiflung darüber, die gewonnene Machtfülle wieder verlieren zu können, ließ ihn jegliche Vernunft beiseiteschieben.

»Wieso nicht? Wir mähen das Pack einfach nieder!«

»Eben nicht. Es sind zu viele. Selbst wenn wir alle Robocops dafür einsetzen würden, wir könnten die Masse unmöglich bewältigen.«

Der Oberst setze zu einer wütenden Entgegnung an. Doch der Major schnitt ihm das Wort ab.

Yong, ich bitte dich. Sei doch mal realistisch. Selbst unsere eigenen Leute stehen nicht mehr voll hinter uns. Und das sollte uns wirklich unsere Strategie überdenken lassen. »Adlerauge und Luchsohr« kommen auch bei unseren Leuten nicht gut an. Die brauchen wir aber unbedingt. Die können wir nicht alle durch Roboter ersetzen.«

»Zumindest im Moment noch«, gestand ihm sein Kollege zu.

»Genau. Und bis dahin, müssen wir sie bei Laune halten. Ihnen das Zuckerbrot geben, das sie fordern.«

~

Die Kommandantur war das einzige wirklich mehrstöckige Gebäude im Lager »Neues Zeitalter«. Das Bauwerk, in dessen Mitte sich ein Betonklotz mit vier Etagen erhob, umrahmt von zwei Seitenflügeln, hatte auch schon bessere Zeiten gesehen. Früher hatte ein großer Saal dazu gedient, dem Personal, dass damals nur aus biologischen Menschen bestand, die Möglichkeit zu Versammlungen, Filmvorführungen oder auch politischen Schulungen zu geben. Der Saal wurde jetzt entgegen seiner ursprünglichen Bestimmung als

Materiallager benutzt. Wenn die Handvoll biologischer Menschen, die noch im Lagerbetrieb beschäftigt waren, wirklich einmal das Bedürfnis hatten, sich in kleiner Runde auszutauschen, taten sie das in einem der Nebenräume. Die maschinellen Posten wurden über WLAN auf den neusten Stand gebracht.

Den nackten Beton, aus dem die Kommandantur gegossen worden war, durchzogen unübersehbare Risse. In den ersten Jahren des Bestehens des Lagers hatte man versucht, die minderwertige Qualität durch Reparaturmaßnahmen zu kaschieren, was man aber nach einiger Zeit aufgab. Der Grund dafür der Umstand, dass die pfuscherhaft ausgeführten Reparaturmaßnahmen das Aussehen des Bauwerks nur noch weiter beeinträchtigten.

Der maschinelle Posten vor der Kommandantur bellte sie unvermittelte an. Er hatte sie schon von Weitem kommen sehen, sie aber auf ein paar Meter herankommen lassen. So nah, dass sie ihm jetzt völlig ausgeliefert waren, richtete er seine Maschinenpistole direkt auf die Familie und riss seinen internen Lautstärkeregler so weit wie möglich auf. Die Familie blieb wie angewurzelt stehen.

»Halt! Was habt ihr hier zu suchen?«

Gehorsam fiel die Familie auf die Knie.

»Wir sind Familie Qumtur. Wir sollen uns in der Kommandantur melden.«

Der Chip in der Brust des Androiden errechnete in Bruchteilen von Millisekunden, dass dem so war. Doch es Insassen des Lagers so einfach zu machen, verbot ihm seine Programmierung. Denn Unsicherheit macht gefügig. Nahezu eine Minute, die Waffe weiter auf sie gerichtet, verging, bis die erlösenden Worte kamen und die Waffe sich senkte.

»Meldet euch drinnen!«

Das Innere des Allerheiligen war für die Insassen eigentlich Sperrgebiet. Nur zögerlich setzte sich die Familie Richtung Eingang in Bewegung. Durften aber

eintreten. Im Inneren führte sie ein weiterer maschineller Aufseher in den großen Saal.
»Wartet hier. Wagt es aber nicht, irgendetwas anzugrabschen! Wir sehen euch, die ganze Zeit!«
Mit einem lauten Knall schloss sich die Tür hinter ihnen und der Schlüssel drehte sich im Schloss. Stühle gab es in dem Saal, der nur von wenigen winzigen Lampen erleuchtet wurde, keine. Überall standen Kisten herum. An der Decke prangte ein Gemälde, das den langen Marsch und seine Helden darstellte. Nach einer Weile ließ sich die Familie, sich an Kisten anlehnend, am Boden nieder. Der war bedeckt von einem purpurroten Teppich, der allerdings durch den Lagerbetrieb schon stark in Mitleidenschaft gezogen worden war. Derartige Luxusgüter hatte die Familie jedoch schon lange nicht mehr unter die Hand bekommen. Dshamilja befühlte ungläubig das zarte Gewebe. Obwohl mindesten 30 Jahre alt, war es so lang ersehnt weich. Die Mutter warf dem Vater einen fragenden Blick zu.
»Ach Miriam, ich weiß es nicht! Keine Ahnung, was wir hier sollen.«
Dann nur noch schweigendes Warten. Stundenlang.
Dshamilja war eingenickt. Das Drehen des Schlüssels in der Tür weckte sie. Der Lagerleiter, das kleine Männchen vom Appellplatz in Hauptmannsuniform, betrat den Saal. Instinktiv ging die gesamte Familie ein weiteres Mal auf die Knie. Seine Botschaft traf sie völlig unvorbereitet: »Steht auf, ihr seid frei!«

~

General Hao Rai hatte wie seine Mitverschwörer den Bunker, von dem aus sie den Widerstand im Falle eines Angriffs koordinieren sollten, betreten. Mit den Obersten Hui Pong und Han Ping kroch er unter die stoßsicher gelagerte Platte, welche die Kommandozentrale auch bei heftigstem Beschuss abfedern sollte.

Die beiden verdankten dem General ihren Aufstieg. Über die Jahre hatte er sie auf seinem Weg in den Generalstab mit nach oben gehievt. Sie waren die einzigen in der Volksarmee, denen er wirklich vertraute. Obwohl Vertrauen in den vergangenen Jahren immer gefährlicher geworden war. Denn das System spähte als Maßnahme gegen die weitverbreitete Korruption auch vertrauliche Gespräche aus, die eigentlich völlig belanglos waren, was die Machterhaltung der Partei betraf. Doch zu gute Freunde stellen immer eine Gefahr dar. Dessen war sich die Überwachung nur zu bewusst. Jemanden, den man über Jahre schätzen gelernt hat, liefert man nicht so einfach ans Messer. Zumindest nicht in dem Maße, wie es das System von seinen Bürgern erwartete. Doch Hao Rai wusste um die Unzufriedenheit seiner Kameraden.
Unter der Betonplatte saßen die drei Offiziere auf dünnen Querstreben, welche die Stoßdämpfer verbanden, auf denen das Fundament der Kommandozentrale lagerte, im Schein einer Kerze. Beleuchtungsgeräte, die auch nur das geringste mit Technik zu tun hatten, wagten sie nicht zu benutzen.
Der General weihte seine potenziellen Mitverschwörer in den Plan ein, das System an seiner schwächsten Stelle zu treffen. Er tat dies natürlich nicht, ohne sie ausdrücklich darauf hingewiesen zu haben, dass es von jetzt an kein Zurück mehr geben würde. Im Prinzip war dies ohnehin bedeutungslos, denn allein den Hinweis auf den Point-of-no-return hätten die beiden ebenfalls melden müssen. Doch, wie erwartet, ließen sich die langjährigen Weggefährten auf den Plan mit den Flusskompressionsgeneratoren einschwören. Sie begrüßten ihn sogar überschwänglich. Was den General überraschte, war der Eifer, den seiner Untergebenen plötzlich an den Tag legten. Wieder und wieder bestätigten sie ihm, wie sehr sie die permanente Gängelung durch das System nervte und wie oft sie schon über einen Weg nachgedacht hatten, wie sie etwas dagegen machen könnten. Gewollt hätten sie schon

lange, nur trauen getraut hatten sie sich nicht. Doch die Zeit drängte, denn wer zu lange unter dem Radar durchtauchte, machte sich verdächtig. So blieben nur ein paar Dutzend Minuten, um sich über Details auszutauschen.
»Wie kriegen wir die Teile unbemerkt aus den Depots? Ich meine, ohne dass das System mitkriegt, was wir da machen.«
»Stück für Stück werden wir sie durch Attrappen ersetzen. Von außen sehen die Flusskompressionsgeneratoren wie ganz normale Bomben aus. Sie wurden in die Gehäuse der gewöhnlichen 100-Kilogramm-Bomben eingebaut. Das macht es relativ einfach. Von den 100-Kilogramm-Bomben können wir locker ein paar abzweigen. Im Zuge der regelmäßigen Inspektionen werden wir immer wieder Teile aus den vorhandenen Flusskompressionsgeneratoren ausbauen. Den notwendigen Sprengstoff kriegen wir ganz einfach aus den 100-Kilogramm-Bomben.«
»Und das willst du alles selbst machen?«
»Natürlich nicht. Aber »Adlerauge und Luchsohr« wird uns mit Sicherheit alle Informationen über die Leute liefern, die mit der Wartung der Teile beschäftigt sind. Und ihr wisst, irgendwas findet man immer. Ich bringe schon ein paar der Monteure dazu, mir die Teile unauffällig zu überlassen. Lasst das mal meine Sorge sein.«
»Wie viele der Flusskompressionsgeneratoren brauchen wir?«
»Das kann ich euch genau sagen: zwölf. Damit können wir »Adlerauge und Luchsohr« in Xinjiang ausschalten. Wo genau wir sprengen, verrate ich euch ein andermal. Aber zwölf reichen, eigentlich sogar zehn. Zwei behalten wir in Reserve.«
»Wie bringen wir die FKGs zum Detonieren, ohne dass das System etwas davon mitkriegt?«

»Wir werden die normalerweise verwendeten Fernzünder durch stinknormale Zeitzünder ersetzen. Das ist nicht das Problem. Schwieriger wird es sein, die Autos mit den FKGs zeitgleich so zu platzieren, dass es nicht auffällt.«
Die beiden Obersten hatten einige Ideen dazu. Nach verschiedensten Überlegungen kam man zu der Erkenntnis, dass das so mit den Autos nicht funktionieren würde. Die sicherste Methode wäre eben doch eine Platzierung in der Kanalisation. Man einigte sich darauf, in Erfahrung zu bringen, wie man in die hinein käme und wer sich für den Drecksjob am besten eignen würde.

~

Die Worte »Ihr seid frei« warf die schon kniende Familie beinahe um. Unkoordiniert versuchten sie, ihrer unendlichen Erleichterung Bahn zu brechen, um dann endlich die Umfänglichkeit der Ansage zu realisieren und sich wankend zu erheben und jubelnd in die Arme zu fallen.
Das Männchen in der Hauptmannsuniform war plötzlich ein völlig anderer. Lächelnd bat er die Vier ihm zu folgen und führte sie über eine Treppe in den dritten Stock in sein Büro. Ohne die sonst üblichen Beschimpfungen. Auch eine ihnen entgegenkommende Verwaltungsangestellte des Lagers beschenkte sie mit ermutigender Fröhlichkeit. Doch ihre grenzenlose Verwunderung sollte noch getoppt werden.
Das Büro des Kommandanten war seiner Stellung entsprechend eingerichtet. Die Wände wurden von Bildern und Trophäen geschmückt, die der Hauptmann im Laufe seines Lebens gesammelt hatte. Eine imposante Kollektion verschiedenster Orden auf rotem Samt durfte nicht fehlen. Links neben der Tür eine Sofaecke in schwarz aus feinstem Leder. Durch die riesigen Fenster hatte man einen umfassenden Ausblick auf das gesamte Lager. Davor stand ein riesiger Schreibtisch, von dem aus

der Hauptmann über die Geschicke seiner Vasallen bestimmte.
Während die Familie schüchtern dem Hauptmann in sein Reich folgte, erhob sich eine Silhouette, die auf einem nicht allzu bequemen Stuhl vor dem riesigen Schreibtisch saß. Was eben noch eine ziemliche Bewegung gewesen war, entwickelte sich zu unhaltbarem Sturm und Drang, als Tian Dshamilja in der Tür erblickte. Die Umarmung so innig und ausdauernd, dass der Hauptmann und die Restfamilie eine Weile unschlüssig im Zimmer stehend das Spektakel betrachteten. Der jetzt ach so freundliche Lagerkommandant sah sich dann doch irgendwann genötigt, Tian freundschaftlich auf die Schulter zu klopfen und ihn auf den bereits servierten Tee samt süßem Gebäck auf dem Tischchen in der Sofaecke hinzuweisen.
»Bitte liebe Qumturs, setzt euch und greift zu.«
Schüchtern nahm die Familie Platz und saß stocksteif auf der blitzblanken Ledergarnitur, wagte weder Tee noch Gebäck anzurühren. Tian indessen schuttelte den restlichen Qumturs, sich seiner Manieren bewusst werdend, die Hand.
»Endlich, endlich lerne ich Sie alle einmal kennen. Bitte entschuldigen Sie mein Benehmen. Aber die Freude ist einfach überwältigend.«
Noch immer wagten es die Qumturs nicht, zuzugreifen, obwohl der Tee und das Gebäck so appetitlich dufteten. Der Lagerkommandant musste sie förmlich zwingen, zuzulangen. Endlich nippten sie schüchtern an dem Tee und schoben sich vorsichtig ein Stück Gebäck in den Mund. Nie in ihrem Leben hatte etwas köstlicher geschmeckt, so köstlich nach neuer Freiheit. Tian und der Lagerkommandant begannen Höflichkeiten auszutauschen. Letzterer hob hervor, wie vorbildlich die Familie sich während der Inhaftierung verhalten habe. Wie gewissenhaft sie die Arbeitsnormen erfüllt habe. Er war sich nicht dafür zu schade, zu betonen, dass er sie nun für völlig geläuterte Mitglieder der sozialistischen

Gesellschaft hielt und ihnen alles Gute für die Zukunft wünsche.
Noch bangten die Qumturs, dass sie aus diesem, ach so süßen Traum, erwachen würden. Nach einer quälenden Viertelstunde setzte der Kommandant dem absurden Treiben zur allgemeinen Erleichterung ein Ende.
»Herrschaften, Sie müssen mich entschuldigen. Die Arbeit ruft. Sie haben jetzt noch die Möglichkeit ihre Habseligkeiten aus Ihrem Haus zu holen und dann wird Herr Gu Sie nach Ürümqi bringen.«
Zum ersten Mal seit schier unendlich langer Zeit wagte es Mohammed, sich so zu äußern, wie er in seinem Innersten dachte.
»Danke, mein Herr, es gibt nichts in der Hütte, was wir noch brauchen würden.«
Der verwunderte Blick des Lagerkommandanten ließ ihn erstarren. Doch dem war nicht danach, die gute Stimmung zu zerstören.
»Na dann gute Fahrt!«, ließ er leutselig verlauten, drehte ihnen den Rücken zu und ging zu seinem Schreibtisch. Tian schob die Familie aus dem Raum und zog, sich verabschiedend, leise die Tür zu.
In das Haus, das über Generationen das ihre gewesen war, konnte sie nicht mehr zurückkehren. Nach ihrem Abtransport ins Lager, hatte es sich ein Polizist im mittleren Dienst unter den Nagel gerissen. Ganz glücklich war er damit aber auch nicht, denn er hatte gehofft, es zum Spottpreis erwerben zu können. Doch als er den Deal schon in trockenen Tüchern wähnte, rief ihn Bo Tin, die Stimme von »Adlerauge und Luchsohr« an. Die machte ihm recht unmissverständlich klar, dass er das Haus zwar behalten könne, aber einen angemessenen Preis dafür bezahlen müsse. Den Hinweis darauf, dass er es zu dem Preis eigentlich nicht mehr wolle, konterte Bo Tin mit noch unmissverständlicherer Deutlichkeit.
»Freundchen, du kannst froh sein, dass du überhaupt noch ein Dach über dem Kopf hast! Eigentlich gehört ein so korruptes Schwein wie du ins Lager!«

Ein Argument, gegen das der Ordnungshüter nicht ankam.
Die Familie lebte jetzt in einer winzigen Einzimmerwohnung in einer Plattenbausiedlung am Rande von Ürümqi. Der Mietvertrag war das Einzige, was das System noch für sie übrig hatte. Die Verwalterin, die ihnen die Wohnung übergab, versäumte nicht darauf hinzuweisen, dass sie als ehemalige Lagerinsassen überwacht würden. Zeigte ihnen sogar die Lampe, in der die Kamera und das Abhörgerät installiert waren.
»Das Ding langt ihr besser nicht an. Sobald die nicht mehr übertragen, kriegt ihr Besuch.«
Alles andere, was sie früher besessen hatten, war verloren. Mohammed und Miriam bekamen einen Job bei der Stadtreinigung zugewiesen. Khadija arbeitete in der Kantine eines Kombinats. Versuche, eine höherwertige Tätigkeit zu bekommen, schlugen allesamt fehl. Sie wurden schon von den Pförtnern abgewiesen.
Klar, die Bestrafung ging weiter: Schlechte Bezahlung, wechselnde Arbeitszeiten, unangenehme Arbeit. Doch alles war besser als das Leben im Lager.
Tian strengte sich mächtig an, um die Familie zu unterstützen. Er besorgte ihnen Möbel und eine Kochgelegenheit, überließ ihnen sogar seinen alten Kühlschrank, musste sich deswegen einen neuen zulegen.
Natürlich wusste das System von Tians Beziehung zu Dshamilja. Ein Privileg, das es ihm nur einräumte, weil er sich als Zuträger hatte verdingen lassen. Insgeheim hegte der Überwachungsapparat auch die Hoffnung, dass unbedachte Äußerungen ihm Einblicke in die Stimmungslage unter den Uiguren ermöglichen würden.
Von Mohammeds Seite wurde der jungen Liebe ebenfalls nichts mehr in den Weg gestellt. Nicht, dass er keine Vorbehalte mehr gehabt hätte, aber die Angst all das, was sie gewonnen hatten, wieder zu verlieren, lähmte ihn bis zur totalen Machtlosigkeit. Nochmal konnte er das seiner Familie nicht antun. In der Moschee ließ er sich nicht mehr blicken.

~

General Hao Rai und seine Obersten arbeiteten derweil unermüdlich daran, das Material für die EMP-Bomben zusammenzubekommen. Ihre Stellung in der Armee ermöglichte es ihnen, immer wieder unbemerkt Bauteile aus den Waffenlagern mitgehen zu lassen. Dies gelang ihnen unter dem Vorwand, dass die Bauteile komplett defekt seien oder nicht mehr zuverlässig arbeiteten. In vielen Fällen hatten die Untergebenen so viel Schiss vor den Offizieren, dass sie es nicht wagten, Fragen zu stellen.
Schwieriger war dagegen der unbemerkte Zusammenbau der Komponenten. Wenn das System davon etwas mitkriegte, wäre der ganze Plan gescheitert. Immer wieder trafen sie sich im Bunker unter der Kommandozentrale, um sich darüber zu beraten, wie sie die EMP-Bomben unbemerkt zusammensetzen könnten.
»Was machen wir, wenn die Teile nicht so hochgehen, wie wir uns das vorstellen?«, fragte Oberst Pong in die Runde.
»Ich denke, das wird nicht das Problem sein. Wir wissen, wie man Sprengsätze zusammenschraubt. Die Teile sind erprobt und der Sprengstoff wird zünden«, entgegnete der General. »Schwieriger wird es sein, die Bomben unauffällig und zeitgleich zu platzieren. Die Dinger sind nicht gerade klein.«
Ratlosigkeit. Man überlegte, ob es nicht doch besser wäre, die Flusskompressionsgeneratoren in Autos zu platzieren.
»Wer kam überhaupt auf die Idee, die Teile in der Kanalisation hochgehen zu lassen?«, wollte Oberst Ping wissen.
»Ich habe da jemanden, der kennt sich mit solchen Sachen aus«, kam es von Hao Rai. »Der Mann ist hochmotiviert und wird alles machen, was ich von ihm verlange.«
»Bist du dir da sicher?«, fragte Oberst Ping zweifelnd.

»So sicher wie man nun mal sein kann« kam es als Antwort vom General. Derart, dass er keinen Zweifel an seiner Aussage dulden würde. Und er war nun eben mal der General. Oberst Ping würde seine Zweifel in Zukunft für sich behalten. Nicht so bei Oberst Pong.
»Und er wird zehn Sprengsätze zu platzieren wissen?«
Das traute der General seinem alten Klassenkameraden Barde nicht zu. In diesem Moment wurde ihm klar, wie wenig er ihm eigentlich zutraute.
»Nein, da hast du recht. Jetzt, wo du es sagst, kapiere ich, dass es so nicht gehen wird.«
Ein seltenes Eingeständnis des Generals.
»Wir müssen uns was ganz anderes überlegen. Zuerst: Wo können wir sie unbemerkt zusammenbauen und lagern?«
Angestrengtes Nachdenken.
»Ich habe da die Jagdhütte. Da sollte es gehen. Noch!«, kam es schließlich von Oberst Pong.
»Gute Idee! Und dann?«
Die drei Männer starrten sich erneut eine Weile wortlos an.
»Dann muss jemand anderes übernehmen. Wir können einfach nicht alles selbst machen.«
»Ein weiterer Risikofaktor«, wand Oberst Ping ein.
»Aber alternativlos!«
»Das ist doch der Wahnsinn! Das haut nie hin!«
»Das klappt. Die Überwachung ist immer noch auf bestimmte Schlüsselreize fokussiert. Und die kennen wir. So lange wir die nicht antriggern, haben wir gute Chancen.«
So richtig überzeugt war keiner. Aber eine bessere Idee hatten sie auch nicht.
»Können wir nicht doch ein paar von den Dingern in Autos platzieren?«, gab Oberst Pong zu Bedenken. »Das würde die Sache doch viel einfacher machen.«
Der General überlegte. Die Obersten musterten ihn erwartungsvoll. Er überlegte verdammt lang.

»Lasst uns die einzelnen Stellen noch mal durchgehen«, schlug er schließlich vor. »Vielleicht können wir uns das Leben wirklich ein bisschen leichter machen. Hast du die Liste?«

»Die Liste gibt es nur in meinem Kopf. Alles andere wäre viel zu gefährlich. Nummer eins: Das Kraftwerk in der Wangsheng Straße.«

»Da müsste man recht gut auf den Parkplatz kommen«, meinte Oberst Pong. »Länger als zwölf Stunden darf die Karre da aber nicht stehen.«

»Klar, Autos können wir nur direkt vor der Detonation platzieren.«

»Ganz was anderes, wo kriegen wir die Autos überhaupt her?«

»Schwierig, denn man sollte sie nicht zu uns zurückverfolgen können.«

»Wir müssen sie den Besitzern zeitnah mit vorgehaltener Knarre abnehmen.«

»Riskant.«

»Richtig, aber hast du eine bessere Idee?«

Keiner hatte eine.

»Gut, darüber können wir uns noch den Kopf zerbrechen. Gehen wir die Locations noch weiter durch.«

»Das Kraftwerk in Hongyan können wir vergessen. Da fällt ein parkendes Zivilfahrzeug sofort auf. Zu viel Militär! Auch einer unserer Wagen würde dort auffallen. Dann schon eher die Windkraftanlage in Shirenzigou.«

»Ok, dann wird die Windkraftanlage auch mit einem Auto lahmgelegt.«

»Länger als sechs, sieben Stunden kann ein Auto da auch nicht unbemerkt stehen.«

»Ich weiß, ich weiß!« sagte der General. »Wir greifen uns die Autos, fesseln die Besitzer an einen Baum, von dem sie in den nächsten 24 Stunden nicht loskommen, packen die Sprengsätze in den Kofferraum und stellen die Autos ab. Ein paar Stunden später zündet sich das Feuerwerk von selbst.«

Oberst Pong stöhnte, setzte zu einer Entgegnung an. Der General kam ihm zuvor.

»Ja, ja, es wird nicht einfach werden. Aber präzise militärische Planung ist doch nun mal unsere Domäne. Oder etwa nicht?«

Jetzt kam der Oberst doch zu Wort: »Mein General, das System findet die Autos sofort, wenn ein Angehöriger den Besitzer als vermisst meldet. Nicht mehr als eine halbe Stunde später ist eine Streife am Auto. Die braucht dann keine zehn Minuten, um es aufzukriegen. Sobald der Kofferraum offen ist, sind wir aufgeflogen.«

Wieder Ratlosigkeit.

»Wir müssen unsere eigenen Autos nehmen. Die sind zwar auffällig, können aber ein paar Stunden rumstehen, ohne dass ein Alarm ausgelöst wird«, stellte Oberst Pong mit resigniertem Unterton fest. »Blöd nur, dass ich mir letzte Woche meinen neuen VW abgeholt habe.«

Die drei Offiziere zerbrachen sich eine Weile den Kopf darüber, wie sie den Verlust ihrer Autos kompensieren könnten. Aber nur kurz, denn dann realisierten sie, wie viel mehr auf dem Spiel stand als ihre fahrbaren Untersätze. Das Risiko, dass sie nicht lebend aus der Sache herauskommen würden, war enorm.

»Ok, wir deponieren die Sprengsätze in unseren eigenen Autos. Vor dem Kraftwerk in der Wangsheng Straße, vor der Windkraftanlage in Shirenzigou und wo noch?«

»Das Wasserkraftwerk am Toutun. Wenn wir auch das noch lahmlegen können, fällt in der ganzen Stadt der Strom aus. Wenn es so läuft, wie wir es uns vorstellen, wird das gesamte Stromnetz so destabilisiert, dass auch in weiten Teilen der Provinz kein Strom mehr fließt.«

»Und dann?«, wollte Oberst Ping wissen.

»Wir sind zu dem Zeitpunkt schon aus der Stadt. Wir warten ab, bis die einheimische Bevölkerung die Chance nutzt, um sich an der Überwachungsinfrastruktur zu vergreifen. Entsprechende Aufrufe werden auf Flugblättern über der Stadt abgeworfen.«

»Haben wir ein Fluggerät, dass dann noch einsatzfähig ist?«
»Haben wir! Eine Antonow An-2 aus den Fünfzigern. Sie wurde während der Kampagne zur Ausrottung der vier Plagen zum Ausbringen von DDT gegen Stechmücken verwendet. Sie funktioniert rein analog, wird also den EMP unbeschadet überstehen.«
»Den EMP schon, beim Flug über Ürümqi bin ich mir da nicht so sicher«, flaxte Oberst Ping.
Die drei Offiziere lachten das Lachen derer, die sich in größter Anspannung durch eine schlappe Pointe Erleichterung verschaffen wollen. Oberst Pong war dennoch nur bedingt von dem Plan überzeugt.
»Wir müssen sicherstellen, dass das Teil fliegt, vollgetankt ist, ein Pilot zur Verfügung steht, wir genug Flugblätter parat haben und es zum richtigen Zeitpunkt aufsteigt. Verdammt schwierig, denn jegliche Fernkommunikation wird dann nicht mehr funktionieren.«
»Du wirst dich darum kümmern müssen«, befahl der General unwirsch. »Du schaffst das schon!«
Der Oberst nahm den Befehl ohne großen Enthusiasmus entgegen. Doch das konspirative Treffen war noch nicht beendet. Jetzt erst kamen Rai, Ping und Pong auf den springenden Punkt der Aktion: Das Danach: Diesmal wären sie die Helden, nicht die verhassten Pekinger Apparatschiks. Nachdem die angestammte Bevölkerung plündernd und mordend durch die Straßen zöge und das System Kamera für Kamera, Micro für Micro und Robocop für Robocop schrotten würde, schlüge ihre Stunde. Nach den Detonationen würden sie mit ihren Einheiten ausrücken, alle strategisch wichtigen Punkte besetzen und die Lage unter ihre Kontrolle bringen. Dabei würden sie genau darauf achten, dass die Infrastruktur, die sie erhalten wollten, nicht zu sehr in Mitleidenschaft gezogen würde. Die Pekinger Apparatschiks Chen und Jang ließen sie von den aufgebrachten Massen lynchen. Jegliche Fernkommunikation unterbänden sie weiter. Sie selbst

verlegten jedoch Tage vor der Zündung ihre Einheiten ins Umland von Ürümqi, sodass ihre Ausrüstung und ihre Fahrzeuge nicht in Mitleidenschaft gezogen würden.
Dem Chaos in Ürümqi würden sie seine Zeit geben. Davon ausgehend, dass die Aufrufe auf den Flugblättern, den Resten verhasster Überwachungsinfrastruktur den Garaus zu machen, fruchten würden und sich die angestaute Wut zeitnah entladen würde, gäben sie dem Mob zwei, maximal drei, Tage. Dann würden sie einmarschieren, alle zentralen Punkte besetzen und das Kommando übernehmen. Diesmal wären sie die Retter.
Und danach? Wenn sie erst mal ihre Macht zementiert hätten, würde kein Weg mehr an ihnen vorbeiführen. Die gewonnene Macht würden sie nie wieder aus der Hand geben. »Adlerauge und Luchsohr« würden keinen Fuß mehr in die Tür bekommen. Die notwendige Überwachung, um selbst nicht abserviert zu werden, würden sie ohne künstliche Intelligenz organisieren. Alles wäre wieder so, wie es bis vor Jahren, bis das System alles übernahm, gewesen war. Die drei Offiziere gefielen sich darin, sich die wiedergewonnene Zukunft auszumalen. Doch dann holte sie die Realität ein.
»Jungs, wie lange sind wir hier schon unten?«, warf der General unvermittelt in die süßen Träume ein.
Oberst Pong versuchte reflexartig, auf seine Smartwatch zu blicken, die aber in seinem Auto vor dem Bunker lag. So erging es auch seinen Mitstreitern. Jeder hatte sich aller Geräte entledigt, die auch nur irgendwie eine Verbindung zur Außenwelt hätten herstellen können.
»Wir sind sicher schon mehr als zwei Stunden hier. Wenn das System es mitkriegt, dass wir so lange nicht auf dem Schirm waren, haben wir ein Problem.«
»Na dann los!«
Die drei stürmten aus dem Bunker zu ihren Autos.

~

Doch es war schon zu spät. Dem System waren die exakt zwei Stunden und 43 Minuten nicht entgangen, in denen sich die drei hohen Offiziere von der Bildfläche verabschiedet hatten. Oberst Chen bekam wieder einen Anruf von Bo Tin.

»Hallo, Oberst Chen, hier Bo Tin, wie geht es Ihnen?«

Der war nicht so begeistert über den Anruf, der ihn gegen 23 Uhr vor dem Fernseher erreichte. Wohl wissend, dass Bo Tin eine seiner verlässlichsten Unterstützer war, konterte er mit den üblichen Höflichkeiten. Die wertete »Adlerauge und Luchsohr« sofort aus, um den Gemütszustand des Obersts einer umfassenden Einschätzung zu unterziehen. Befand, dass er genervt, aber doch aufnahmebereit und offen sei.

»Wir haben etwas ungewöhnliches entdeckt, dass ich Ihnen nicht vorenthalten will.«

»Ja, bitte?«

Bo Tin erläuterte dem Oberst, der auf dem für das Telefonat stumm geschalteten Fernseher eine stürmische Bettszene verfolgte, die Auffälligkeiten in den Daten der drei Offiziere. Dass die drei sich immer zur gleichen Zeit am selben Ort aufhielten.

»Das ist doch für ranghohe Offiziere nicht ungewöhnlich.«

»Das nicht, aber in diesen Zeiten verschwinden sie immer komplett aus unserem Blickfeld. Es ist so, als würden sie in dieser Zeit nicht existieren. Absolut nichts. Sie entledigen sich all ihrer elektronischen Geräte und keiner von ihnen ist noch auf irgendeinem Schirm zu sehen.«

»Vielleicht gehen sie zusammen angeln oder in den Puff?«

»Nein, das tun sie nicht. Sie treffen sich in dem Kommandobunker, von dem aus sie im Ernstfall die militärischen Gegenmaßnahmen organisieren sollen. Da müssten wir sie eigentlich noch auf dem Schirm haben.«

»Das ist wirklich seltsam. Wo befindet sich der Bunker?«, fragte Oberst Chen in einem Anfall von Naivität.

»Werter Oberst, das brauchen Sie nicht zu wissen.«

Schweigen in der Leitung.

»Nun gut, ich werde dem nachgehen. Was schlagen Sie vor?«
»Nehmen Sie sich Generalmajor Rai zur Brust. Schüchtern Sie ihn ordentlich ein!«
»Der Mann ist General, damit ranghöher!«
»Sie schnappen sich ihn mit einigen Roboterpolizisten. Machen ihm klar, dass Sie hier das Sagen haben und ihn, auch wenn er der liebe Gott wäre, auf dem Schirm haben.«
»Und das wird reichen?«
»Ja, das wird es! Ihnen noch einen guten Abend!«
Die ach so nette Bo Tin legte auf, ohne eine Erwiderung des Obersts abzuwarten.

~

Generalmajor Rai schlief tief. Es war wieder reichlich spät geworden. In seiner Position nichts ungewöhnliches, denn Macht schläft nicht.
Es hatte auch noch eine Weile gedauert, bis er wirklich einschlafen konnte. Zu viel ging ihm im Kopf herum. Nervig, denn um 0700 würde der Wecker erbarmungslos klingeln. Doch der Wunsch einzuschlafen, befördert den erholsamen Schlummer nicht wirklich.
Sollte er sich noch einen Cognac genehmigen? Der Drang, endlich in das ersehnte Reich der Träume abzugleiten, war übermächtig. Doch seine eiserne Disziplin versperrte ihm den Weg des geringsten Widerstandes. Über den Abend war es nicht bei einem Bierchen geblieben.
Und wieder warf er sich mit dem sehnlichen Wunsch, doch einzuschlafen, herum. Neben ihm schlummerte seine Frau tief und fest. Hao Rai kam der trübe Gedanke, der ihn immer einholte, wenn es nicht so richtig lief. Was in aller Welt hatte ihn dazu getrieben, immer weiter auf der Karriereleiter nach oben zu klettern? Wäre es nicht viel einfacher, jetzt den Schlaf der Gerechten zu schlafen?

Ohne all den Mist, der ihm jetzt den süßen Schlummer raubte.
Und wieder warf er sich herum, versuchend eine Schlafposition einzunehmen, die es ihm erlauben würde, endlich einzuschlafen. Ernüchternd folgte der Blick auf den Wecker. Schon kurz nach zwei.
Er musste jetzt schlafen. Genervt warf er die Bettdecke zur Seite und stemmte sich hoch, schlich in den Salon und goss sich einen doppelten Cognac ein. Schüttete ihn in großen Schlucken weg. Dabei holte ihn der Gedanke ein, dass es ein Glas billiger Reisschnaps auch getan hätte. Den ließ er aber mit der Überlegung, dass ihn Sparsamkeit jetzt auch nicht weiterbringen würde, wieder fallen. Er hatte andere Probleme. Zurück im Bett entschlummerte er endlich.
Der Lärm an der Tür weckte ihn nicht. Es war seine Frau, die den jetzt völlig in Tiefschlaf versunkenen, gnadenlos wachrütteln musste.
»Hao, aufwachen!«
Der machte keine Anstalten. Die Frau rüttelte erneut.
»Hao, bitte! Du musst aufstehen! Oberst Chen mit drei seiner Roboter im Gefolge steht vor der Tür. Sie wollen dich unbedingt sehen. Jetzt!«
Der General hätte gewünscht schlagartig wach zu sein. Stattdessen fühlte er sich komplett belämmert. Der Drang sich einfach umzudrehen war übermächtig. Doch die Disziplin siegte. Ein weiteres Mal stemmte er sich mühsam hoch.
»Was sagst du? Oberst Chen?«
»Ja, Oberst Chen und drei seiner Blechkumpane!«
Hao Rai fluchte derb. Unbehagen stieg in ihm hoch.
»Was wollen die?«, fragte er, keine Antwort erwartend.
Seine Frau blickte ihn nur angsterfüllt an und reichte ihm den Bademantel. Unsicher kam der Gatte zum Stehen und sie schob ihn in das edle Tuch hinein. Auch das Anziehen der Pantoffeln gestaltete sich schwierig.
»Soll ich einen Tee aufbrühen?«
»Nein!«

Als Hao Rai den Salon betrat, hatte er sich wieder einigermaßen im Griff. Der Oberst hatte es sich auf dem Sofa bequem gemacht, lächelte feist. Als rangniedriger Offizier wäre er verpflichtet gewesen strammzustehen und zu salutieren. Wenigstens die Roboterpolizisten wurden dem Protokoll gerecht.
»Guten Morgen, General!«
Der ließ sich nicht provozieren.
»Ich grüße Sie, Oberst Chen. Was führt Sie zu mir?«
Das Lächeln und die Stimmung mehrere Grad unter dem Nullpunkt. Jetzt hielt sich auch der Oberst an die Spielregeln.
»Ich muss mich für diesen Überfall entschuldigen.«
»Müssen Sie nicht. Wir Offiziere sind immer im Dienst.«
»Nun gut, wir wollen nur einen Sachverhalt klären, dann sind wir wieder weg.«
Die Roboterpolizisten standen weiter wie versteinert im Salon des Generals. Fixierten in aber direkt und analysierten auch die kleinste Bewegung und das kleinste Zucken in der Mimik des Offiziers.
»Ich kann mir zwar gar nicht vorstellen, worum es geht, stehe Ihnen selbstverständlich voll und ganz zur Verfügung«, log der General. Zweifellos musste es um sein Verschwinden vom Schirm gehen.
»Sie und die Obersten Ping und Pong haben sich in letzter Zeit öfter im Bunker in Wutong getroffen.«
»Das ist richtig.«
»Aus welchem Grund, wenn ich fragen darf?«
»Sie dürfen, Herr Oberst, Sie dürfen!«, erklärte der General und gab sich tiefenentspannt. »Der Kommandostand in Wutong ist das Herz der Territorialverteidigung. Im Krisenfall werden von dort alle Bewegungen der Streitkräfte in unserer gesamten Provinz koordiniert. Sollten wir angegriffen werden, dann ist es der Bunker, von dem aus die gesamte Verteidigung organisiert wird. Es versteht sich doch eigentlich von selbst, dass wir sicherstellen müssen, dass es hier keine Defizite gibt.«

Der General versuchte, unbedingt jegliche Form von Zeichen der Anspannung zu vermeiden. Es gelang ihm recht ordentlich. Er wirkte fast jovial. Doch dem Oberst reichte das nicht.
»Selbstverständlich, mein General, das verstehe ich vollkommen. Was mir aber Sorgen bereitet ist, dass ich Ihre Aktivitäten und die Ihrer Kollegen so gar nicht sehen kann.«
Hao Rai mimte Verwunderung: »Ach ja, inwiefern?«
Jetzt wurde der Ton schärfer. Zwar fast unmerklich, aber eben doch. Der Oberst legte sich seine Worte zurecht, bevor er antwortete.
»Wir wissen, dass Sie und Ping und Pong dort waren. Aber Ihre Anwesenheit ist nicht dokumentiert.«
»Das kann ich mir nicht vorstellen.«
»Es ist aber so. Sie und die Obersten verschwinden für mehrere Stunden von den Bildschirmen. Jegliche Dokumentation Ihres Handelns fehlt.«
»Das kann nicht sein.«
»Doch, das kann sein. Weil es so ist. Wir wissen, dass Sie drei sich im Bunker aufhielten, jedoch verschwinden Sie völlig von der Bildfläche. Letzten Donnerstag für mehr als zwei Stunden.«
»Das kann ich mir nicht erklären.«
»Ich mir auch nicht. Deswegen bin ich ja hier.«
»Ich bedaure, dass ich Ihnen da auch nicht weiterhelfen kann. Mir ist das Ganze völlig unerklärlich. Kann es sein, dass eine oder mehrere Kameras nicht korrekt gearbeitet haben?«
»Nein, wir haben alle Systeme überprüft. Die arbeiten einwandfrei.«
»Ich kann Ihnen nur sagen, dass wir die Verteidigungspläne durchgegangen sind. Sie wissen ja, wir müssen auch jederzeit bereit sein, wenn sich in der Provinz Tibet etwas zusammenbraut.«
»Das ist richtig. Aber warum sind Sie und ihre Kollegen vom Schirm verschwunden? Und das für mehr als zwei Stunden?«

»Herr Oberst, ich kann es mir nicht erklären. Ich kann Ihnen nur versichern, dass wir unsere Pflichten vorschriftsgemäß erfüllt haben. Die Instandhaltung der Systeme fällt nicht in unseren Aufgabenbereich. Obwohl ein Ausfall äußerst beunruhigend wäre.«

Jetzt kam der Oberst zum Punkt.

»Wir konnten keine Systemprobleme feststellen. Das heißt, dass Sie bewusst vom Schirm verschwunden sind. In einem derart sensiblen Bereich ist das äußerst beunruhigend.«

»Dem stimme ich zu. Aber ich wiederhole nochmals, dass es mir völlig unerklärlich ist, wie das passieren konnte. Es ist schlichtweg unmöglich, einfach mal so vom Schirm zu verschwinden.«

Der Oberst holte tief Luft, pumpte seine Lungen bis zum Platzen voll.

«General Rai, Sie wissen, warum ich hier bin. Wir sind hier nicht im Wilden Westen. Die Zeiten, in denen jeder höhere Funktionär Millionensummen abgreifen konnte, ohne irgendwelche Konsequenzen furchten zu müssen, sind ein für alle Mal vorbei. Der wahre Kommunismus, dessen Spitze und Schwert die Partei darstellt, kennt nur saubere Geschäfte. Die wichtigste Waffe in diesem Kampf ist seit neustem »Adlerauge und Luchsohr«. Das brauche ich Ihnen ja nicht zu erklären.«

»Natürlich ist mir das bekannt. Was ich aber nicht verstehe ist, was ....«

Der General kam nicht dazu, seinen Satz zu beenden.

»Was das mit Ihnen zu tun hat?«, unterbrach ihn der Oberst unwirsch. »Muss ich Ihnen das wirklich erklären? Ich bitte Sie, das wissen Sie doch selbst. Aber gerne noch mal zum Mitschreiben: Es geht überhaupt nicht, dass Sie einfach mal so mir nichts dir nichts abtauchen. Einfach mal so für ein paar Stunden von der Bildfläche verschwinden. Sie sind ein Repräsentant dieses unseres Staates. Also benehmen Sie sich auch wie ein solcher!«

Hao Rai, der dekorierte Generalmajor zögerte einen Augenblick. Den brauchte er, um abzuwägen, was ihm jetzt besser stand: Einsicht oder Standhaftigkeit. Er entschied sich für letztere. Einsicht würde ihm der Oberst sowieso nicht abkaufen. Ihn stattdessen mit weiteren Fragen traktieren.

»Ihre Anschuldigungen entbehren jeglicher Grundlage, Oberst Chen!«

Den Oberst betonte er genussvoll. Nach dem Motto: Der General bin immer noch ich. Was ihm ganz passabel gelang, obwohl es ihm so gar nicht danach war.

»Mir ist es völlig unerklärlich, wie die Lücken in den Aufzeichnungen entstehen konnten. Es kann keine andere Erklärung geben als die, dass die Technik versagt hat. Sie wissen, trotz allen Fortschritts, nichts ist perfekt. Ein Server rebootet, auch die Festkörperspeicher geben mal den Geist auf. Weder Menschen noch Technik sind unfehlbar.«

»Und wie erklären Sie sich dann, dass alle Überprüfungen, die wir durchgeführt haben, zu genau einem Ergebnis kamen? Nämlich zu dem Ergebnis, dass alle Systeme in der Kommandozentrale einwandfrei arbeiten!«

»Es ist nicht meine Aufgabe, das zu erklären. Es ist viel mehr an Ihnen, die Ursache dafür zu finden, dass ich mich hier mit unhaltbaren Vorwürfen konfrontieren lassen muss, die jeglicher Grundlage entbehren! Und das mitten in der Nacht.«

Den Nachsatz konnte sich der General im Morgenmantel nicht verkneifen.

Oberst Chen hatte nicht damit gerechnet, dass der General einknicken würde. Darauf hatte er es auch nicht angelegt. Es ging ihm viel mehr darum, ihm einen Schuss vor den Bug zu verpassen. Und ihn seine Macht spüren zu lassen, die er auch als rangniederer Offizier innehatte. Er sah den Zeitpunkt gekommen, das Verhör zu beenden.

»Ich denke, wir haben uns verstanden General. Im Prinzip wollte ich Sie nur davor bewahren, einen schweren Fehler zu begehen. Guten Abend!«

Der Oberst sprang auf und wandte sich grußlos zum Gehen. Die Roboterpolizisten salutierten protokollgerecht und verließen im Gleichschritt den Salon. Hao Rai hing kraftlos im Sofa, tippte sich nur lustlos an die Stirn.

Jetzt brauchte er noch einen Doppelten. Es fiel ihm schwer, sich aus dem Sofa zu drücken. Es gelang ihm erst beim zweiten Versuch. Ungelenk schüttete er sich den nächsten ein und stürzte das edle Elixier in einem Zug herunter. Schenkte sich gleich nach, schlich zum Sofa und ließ sich wieder fallen.

Viel Zeit blieb ihnen nicht mehr. Das System war zu nah an ihnen dran, um noch weiter zu warten. Dieser arrogante Chen aus Peking hielt ihn für den korrupten Parteibonzen mit militärischem Rang, der ordentlich was abzweigte und sich dabei eine goldene Nase verdiente. Noch. Irgendwann würde der Oberst auf den Trichter kommen, dass es ihm nicht darum ging, sondern dass er eine direkte und massive Bedrohung für das System an sich darstellte. Ein Verbrechen, für das es kein, absolut kein Pardon gab.

Dreiertreffen mit Ping und Pong würden ab jetzt nicht mehr möglich sein. Wenn wirklich notwendig, dann nur unter den Objektiven der Kameras des Systems. Um diesem zu beweisen, dass man die Warnung ernst genommen hatte und jetzt davon Abstand nahm, auch nur das klitzekleinste Detail vor den Augen und Ohren des allgegenwärtigen Staates zu verbergen.

Das machte die Aktion noch riskanter und waghalsiger. Jegliche Form der Konspiration würde er noch penibler planen müssen. Er müsste sich noch mehr auf seinen Jugendfreund Barde verlassen müssen. Etwas, was ihm so überhaupt nicht zusagte. Sein Vertrauen in den ehemaligen Klassenkameraden hielt sich verdammt in Grenzen. Trotz allem würde er ihm gleich morgen einen Besuch abstatten. Die Zeit drängte. Und wenn die Aktion erst mal gelaufen war, dann würde er mit Chen und seinen Blechkameraden abrechnen.

~

Die waren auf dem Weg in die Polizeikaserne. In ihrem autonom fahrenden Streifenwagen ließen sie sich durch die nächtliche Stadt kutschieren. Der Oberst zwar ebenfalls todmüde, aber doch guten Mutes.

»So, das hätten wir geschafft. Dem ist jetzt klar, dass wir ein Auge auf ihn geworfen haben. Der wird uns so bald keinen Ärger machen. Der weiß, wenn er sich noch einen ordentlichen Schnitzer erlaubt, ist er weg vom Fenster.«

Der Robocop auf dem Beifahrersitz drehte seine dem menschlichen Kopf nachempfundene Kameraeinheit um einige Grad, sodass er eine seine Kameras auf den Oberst im Fond richten konnte. Was unter Menschen eine Geste der Höflichkeit darstellt, erlaubte ihm über eine ausgefeilte Gesichtserkennung die Reaktion von Chen zu beurteilen. Das hätte er auch mit der Rückkamera machen können, doch die sah wegen der Kopfstütze nur schwarz.

»Bei allem Respekt, ich glaube nicht, dass der General mit seinen beiden Obersten krumme Geschäfte klarmacht. Es muss ihm um etwas anderes gehen.«

»Wie das?«

»Die Strafen für den illegalen Verkauf von Militärgütern wurden in den letzten Jahren drastisch verschärft. Dafür, dass er so ein Risiko eingeht, ist er nicht dumm genug. Es muss ihm um etwas anderes gehen.«

»Die sind doch alle gleich. Es ist und bleibt doch immer dasselbe. Besonders die Provinzler versuchen alles abzugreifen, was geht. Weil sie denken, dass es weit ab von Peking niemandem auffällt.«

Chen hatte den nächtlichen Überfall beim General genossen. Einen der hohen Militärs mal so richtig in die Schranken zu weisen, kam ihm mehr als gelegen. Denn die bewaffneten Streitkräfte waren das einzige, auf die er und damit das System noch hören mussten. Ansonsten stand nichts und niemand mehr seiner Allmacht im

Wege. Doch immer wieder ließen die Militärs die Polizeigewalt spüren, dass sie, wenn es hart auf hart kam, die alles entscheidenden Waffen in den Händen hielten. Sie wurden nicht müde zur Schau zu stellen, dass, wenn es denn darauf ankam, sie das Ruder übernehmen würden. Doch der Robocop ließ nicht locker.

»Sie haben die Wohnung gesehen. Nicht schlecht, aber bei Weitem nicht der Protz, mit dem sich der durch und durch korrupte Teil der Elite dieses Landes umgibt. Das war allenfalls obere Mittelklasse. Mehr nicht. Unter normalen Umständen würde ich davon ausgehen, dass der Mann zu irgendwelchen sexuellen Abartigkeiten neigt. Dass er in dieser Richtung mal Dampf ablassen muss.«

»Haben wir da was? In dieser Richtung?« warf Chen ein.

»Nein, das ist ja das Seltsame. Nichts, absolut nichts. Ab und an ein Puffbesuch, sonst nichts. Nicht mal irgendwelche Partys.«

»Und sonst gar nichts? Auch keine Drogen?«

»Natürlich trinkt er. Aber wer von Ihnen tut das nicht? Herr Oberst, wenn wir da auch nur die geringsten Anzeichen hätten, dass General Rai da ein Problem hätte, dann wären wir ganz anders vorgegangen. Dann hätten wir ihn heute einfach abgegriffen.«

Nicht, dass Chen die Unauffälligkeit des Generals unverfänglich erschienen wäre, aber er war im Moment einfach nicht in der Stimmung, die ganze Angelegenheit weiter aufzubauschen. Wie er meinte.

»Die wollten halt einfach mal ihre Ruhe haben. Hatten einfach Spaß daran, von der Bildfläche zu verschwinden. Kannst du das nicht verstehen?«

»Nein, Herr Oberst, das kann ich nicht.«

Das autonome Fahrzeug bog in die Tiefgarage der Polizeikaserne ein und steuerte mit elektronischer Präzision auf einen der freien Parkplätze. Chen und die Roboter stiegen aus. Der Oberst wollte nur noch ins Bett. Die vier Stunden Schlaf auskosten, bis es wieder von vorne losging.

»Leute, der General ist nicht unser Hauptproblem. Den sind wir, wie gesagt, erst mal los. Der wird erst mal alles daransetzen, seinen Hals zu retten. Morgen erwarten uns wichtigere Herausforderungen.«
»Ruhen Sie sich ruhig aus. Wir erwarten Sie dann in der Früh im Büro und bringen Sie auf den neuesten Stand.«
Die Roboterpolizisten salutierten. Der Oberst schleppte sich in seine Schlafkoje in der Kaserne. Uniformjacke, Hemd und Hose warf er achtlos auf den Plastikstuhl neben dem Bett. Sobald er in der Horizontale angekommen war, schlief er. Seine drei Helfer begaben sich in die Bereitschaftshalle, in der Robocops sich aufhielten, wenn sie nicht im direkten Einsatz waren. Was keineswegs hieß, dass sie untätig herumstanden. Schon während sie sich dorthin begaben, klinkten sie sich in das Überwachungscluster ein. Dessen Aufgabe war es, die gesamten Überwachungsdaten zu analysieren, sie einzelnen Personen zuzuordnen und ein Gesamtbild der Lage zu erstellen. Und das war eher beunruhigend.

Kapitel 14: Die Ruhe vor dem Sturm

Ürümqi: ab dem 2.7.2036

Die Hitze in der Stadt unerträglich. Das Thermometer stieg täglich über die 35 °C. In einer Höhe von etwa 800 Metern über dem Meeresspiegel kann das schon mal vorkommen, aber jetzt ging das seit Wochen so. Der Klimawandel, den man verzweifelt versuchte noch aufzuhalten, schritt trotz aller Bemühungen voran. Man hätte dem Milliardenvolk und auch dem Rest der Welt zu viele ach so schöne Dinge des Alltags wegnehmen müssen, um die Emissionen auf ein Maß zu senken, das der Planet noch vertrug.

Barde Bambang, der gefallene Chef des Bauamts, und Tian arbeiteten, wie man es von ihnen erwartete, in der Stadtverwaltung. Dort kannten sie sich kaum. Sie redeten nur miteinander, wenn Barde wieder mal ein Problem mit Programm »Ürümqi 2035«, der Software der Stadtverwaltung, hatte.

Ganz anders, wenn sie sich außerhalb des Büros trafen. Barde hatte in einer U-Bahnstation in der Nähe seiner Wohnung einen Abstellraum ausfindig gemacht, der noch nicht in das Netz der Überwachung eingebunden worden war. Hier trafen sie sich zweimal die Woche genau um 19 Uhr. Ohne Handys und andere elektronische Geräte. Als Mindestbeleuchtung hatte Tian eine Kerze mitgebracht.

Der Gestank war kaum auszuhalten. Mancher Passagier, der an Blasenschwäche litt, nutzte den Ort als Abtritt. Jede Bewegung wirbelte Unmengen von Staub auf, sodass die beiden Verschwörer versuchten, möglichst bewegungslos zu verharren. Im Kerzenlicht sah man an den Wänden die Spuren, die eindringendes Wasser hinterlassen hatte. Kälte und Feuchtigkeit beförderten die Schimmelbildung. Schwarze Punkte auf dem Beton ließen erahnen, dass die Luft hier voll von giftigen Sporen sein musste. Die Kontamination aber der Preis der Privatsphäre.

»Wir haben alle Sprengsätze fertig. Jetzt kommt der schwierigste Teil der Operation. Sie vor Ort zu platzieren. Was machen deine Uiguren?«
»Dshamiljas Mutter ist im Bilde. Den Vater kannst du vergessen, der ist fertig nach der Zeit im Lager. Sie hat fünf Kolleginnen anwerben können, die bereit sind, das Risiko auf sich zu …«
»Nur fünf? Wir brauchen unbedingt mehr!«, unterbrach ihn Barde ungeduldig.
»Ist dir klar, welches Risiko die und wir eingehen? Wenn nur eine nicht dicht hält. Schlimmer noch, es braucht ja nicht mal böser Wille zu sein. Es reicht ja schon, wenn sich eine verplappert. Mehr als fünf werden wir nicht bekommen. Und dann haben wir noch meinen Onkel.«
»Deinen Onkel?«, fragte Barde genervt. »Wo kommt der denn auf einmal her?«
Tian erzählte ihm die Geschichte von Onkel Mo. Davon, wie er als Homosexueller immer am Rande der Gesellschaft hatte leben müssen. Dass er sich der Überwachung durch das System nur durch Arbeit, die sonst keiner machen würde, entziehen konnte. Weil man es sich nicht leisten konnte, ihn zu feuern. Auch davon, wie belastend es sei, nicht seiner Natur entsprechend zu leben. Sich stattdessen ein Leben lang verbiegen zu müssen. Barde Bambangs sinnstiftende Gegenfrage war, wer das denn nicht müsse. Tian war sich zu schade dafür, das zu kommentieren.
Der ehemalige Chef des Bauamtes hegte absolut keine Sympathien für queere Lebensformen. Einzig und allein die Tatsache, dass jetzt jede Hand gebraucht wurde, die nur im Ansatz zuverlässig erschien, ließ ihn die Unterstützung durch den schwulen Onkel nicht rundheraus ablehnen.
»Wir müssen loslegen, uns läuft die Zeit davon!«
»Wieso das so plötzlich?«, fragte Tian beunruhigt.
»Das willst du nicht wissen!«, konterte ihn Barde gnadenlos. Tian nickte im Licht der Kerze. »Wir müssen

sieben Sprengsätze innerhalb der nächsten Woche ausbringen.«
Von draußen versuchte jemand die Tür zu öffnen, was jedoch nicht ohne Lärm vor sich ging. Die beiden Verschwörer hatten einen Einkaufswagen hinter sie gelegt und einen Draht um die Klinke gewickelt, der an einem Nagel in der Wand hing und so verhinderte, dass die Tür mehr als 10 Zentimeter aufgestoßen werden konnte.
Tian und Barde erstarrten. Löschten die Kerze durch einen Ruck. Draußen fluchte ein Fahrgast, der nicht mehr bis zur nächsten Toilette durchhalten wollte oder konnte. Riss noch mehrere Male an der Klinke, schaffte es aber nicht, die Tür mehr als einen Spalt zu öffnen. Fluchend zog er ab. Tian zündete die Kerze wieder an.
»Also gut. Wir haben im Prinzip zwei Teams«, nahm Barde die Planung wieder auf. »Wie bringen wir deinen Onkel da mit rein?«
»Er ist der Joker. Er wird sich seine Mechanikermontur überwerfen und die Teams nach Kräften unterstützen. Wenn er gebraucht wird, dann texten ihm die Teams, wo er hinkommen soll.«
Grenzenlose Begeisterung sieht anders aus. Der gefallene Bauamtsleiter sog alle Luft ein, die er in die Lungen bekommen konnte. Doch ihm war klar, dass es keinen anderen Weg gab. Er stieß einen beachtlichen Teil sein Lungenvolumens aus.
»OK, OK, OK! Also gut. Dann machen wir das so. Ich habe sieben Kanäle ausgesucht, die wir bestücken müssen. Wo, das werde ich dir nicht verraten. Warum auch? Du brauchst es nicht zu wissen.«
»Ich nicht, aber die Teams.«
»Klar. Die werden es von mir erfahren, wenn die Zeit gekommen ist. Heute ist Samstag. Ab Mittwoch fangen wir an. Kann Dshamiljas Mutter die Teams ab Mittwoch so organisieren, dass alle Frauen, die dabei sind, in den zwei Teams sind?«

»Dshamiljas Mutter nicht. Aber eine der Frauen hat die Gruppenleitung. Sie wird es einrichten. Hoffe ich mal.«
»Gut. Es wird wie folgt ablaufen: Ich kriege die Routen. Ich weiß, wo wir die Teile deponieren wollen. Ich werde in der Früh die Reinigungswagen abpassen. Da habe ich die Kanäle dann schon markiert.«

~

Tian hatte dem Onkel aus der Provinz wieder ein Flugticket gebucht. Hin- und Rückflug, damit der Schein gewahrt wurde. Der Onkel hatte keinen Urlaub bekommen, sich aber einfach auf den Weg gemacht. Ein weiterer Fehler im System, dass so etwas noch möglich war. Jetzt stand er in seiner Montagekluft vor einem Kanaldeckel in der Muxugou Straße und wartete. Bei sich hatte er einen recht leeren Werkzeugkasten, ein Stemmeisen für den Kanaldeckel und ein aufklappbares Zelt des Bauamtes.
Onkel Mo beobachtete genau die Umgebung. Im Industriegebiet um ihn herum gab es, wie in den meisten Teilen Ürümqis, überall Überwachungskameras. Auch hier das Netz dicht gesponnen. Doch Barde Bambang hatte den Ort gut ausgewählt. Und den Deckel mit einem weißen Kreuz deutlich markiert. Trotz Bedenken hatte Mo, der vorgebliche Mitarbeiter des Bauamtes, den Kanaldeckel ohne Schwierigkeiten gefunden. Das Kreuz war zu auffällig, um übersehen zu werden.
Hinter ihm eine riesige Baustelle. Hier wurde eine Halle hochgezogen, die eines der unzähligen Logistikzentren beherbergen sollte, auf die eine Gesellschaft mit immer noch wachsendem Onlinehandel angewiesen war. Auf der Baustelle herrschte reger Betrieb, der sicherlich auch von Kameras überwacht wurde. Doch den Kanaldeckel schirmte eine ausgediente Kabeltrommel ab, die verhinderte, dass das Öffnen des Kanaldeckels bemerkt würde. Wahrscheinlich hätte sich auch keiner der

Bauarbeiter für Arbeiten am Kanaldeckel interessiert, aber zu groß war die Gefahr eines Fehlschlags.
An der nächsten Abzweigung tauchte der Reinigungstrupp mit den drei Frauen auf, der den Sprengsatz mit sich führte. Das Sonderfahrzeug der Straßenreinigung war ein gewöhnlicher Kleinlaster. Die Ladefläche etwas höher als bei den älteren Modellen, denn die Stadtverwaltung hatte vor fünf Jahren begonnen, ihren gesamten Fahrzeugpark auf elektrisch umzustellen.
Dem Transport des Sprengsatzes kam es zugute, dass der Kleinlaster über eine stinknormale Ladefläche verfügte. Unter Verpackungsmüll und anderen Abfällen war es recht einfach, den Sprengsatz unauffällig zu transportieren.
Schwieriger dagegen gestaltete sich das Aufladen. Tian hatte Mutter Miriam genau instruiert, wo der Umladevorgang abgewickelt werden sollte. Die drei Frauen hatten in der Unterführung gewartet, die ihnen Tian genannt hatte. Miriams Kolleginnen rauchten nervös eine nach der anderen. Drängten zum Aufbruch, als der Bombenkurier nicht kommen wollte. Doch Miriam gelang es, sie zu überreden, die Aktion nicht abzubrechen. Sie kannte als einzige das Kennzeichen des Wagens, der ihnen die heiße Fracht liefern sollte.
»Da kommt er!« sage sie tonlos, als sie das Nummernschild entziffert hatte.
Zu ihrem und ihrer Kolleginnen Erstaunen entstieg dem Benz, der neben ihnen angehalten hatte, ein Oberst in vollem Wichs. Beide Parteien betrachteten sich argwöhnisch.
»Miriam Qumtur?«
Die Mutter hob schüchtern die Hand.
»Kommt das Ding da rauf?«, fragte der Oberst ohne Zeit zu verschwenden. Auf Miriams Nicken hin, setzte er sich ohne ein weiteres Wort in seinen Wagen und begann ihn hinter die Ladefläche des Kleinlasters zu rangieren. Dann stieg er wieder aus und beorderte die Frauen in die 30

Zentimeter Spalt, der noch zwischen den zwei Fahrzeugen klaffte. Mit einem Druck auf den Autoschlüssel öffnete sich der Kofferraum des Benz. Das Gehäuse einer 100-Kilo-Bombe kam zum Vorschein.
»Wir müssen alle vorsichtig anpacken, obwohl das Ding gar nicht so schwer ist. Wir haben nichts, wo wir richtig greifen können. Fallen lassen dürfen wir sie auf keinen Fall!«, befahl der Oberst.
Die Frauen gehorchten wortlos. Obwohl der Sprengsatz keine 100 Kilo mehr wog, erforderte es doch alle acht Hände, um ihn ohne Beschädigung auf die Ladefläche des Kleinlasters zu heben. Eine der Frauen kletterte auf die Ladefläche, zurrte die Bombe fest und schüttete sie mit Müll zu.
Oberst Pong schenkte dem keine Beachtung. Er wollte so schnell wie möglich wieder weg. Nur keine Aufmerksamkeit erregen.
»Seid verdammt vorsichtig, wenn ihr das Teil in Position bringt. Die sind verdammt empfindlich!»
Stieg wieder in seinen Benz und gab Gas. Die Frauen setzten ihre Route fort. Als sie Onkel Mo erreicht hatten, stoppte der Reinigungstrupp sein Gefährt. Miriam machte sich nicht die Mühe, Tians Onkel den Kolleginnen vorzustellen. Der war gerade dabei, das gelbe Arbeitszelt des Bauamts über dem Kanaldeckel aufzuklappen. Das verhakte sich immer wieder in seinem eigenen Gestänge. Miriam erbarmte sich und ging dem alten Mann zur Hand. Der nahm die Hilfe dankbar an. Das Zelt kam zum Stehen. Die Kolleginnen hatten sich auf die Ladefläche geschwungen und begannen den Flusskompressionsgenerator zu entmüllen und zu entfesseln. Bis eine von ihnen einen unartikulierten Warnruf ausstieß. Eine Mischung aus »Vorsicht, die Bullen!« und einem verzweifelten Grunzen.
Etwa 200 Meter vor ihnen war einer der schwarz-weißen Polizeipickups aus der Einfahrt der Baustelle gebogen und rollte ihnen gemächlich entgegen.

Das Bombenlegerteam hielt gemeinsam die Luft an. Beobachtete aus den Augenwinkeln, wie der Streifenwagen immer näherkam. Die Frauen auf der Ladefläche schütten jetzt wieder Müll auf den Sprengsatz. Der Polizeipickup kam immer näher. Und hielt neben ihnen an. Der Beifahrer ließ die Scheibe herunter. Grinste doof.
»Hallo ihr tüchtigen Weiber!«, kam es halb höhnisch halb belustigt aus dem Streifenwagen. »Wo ist hier denn das nächste Kung-Fu? Wir brauchen was zu essen!«
Die Antwort ließ gefährlich lange auf sich warten. Schließlich brachte eine von Miriams Kolleginnen eine einigermaßen vernünftige Wegbeschreibung zustande. Die quittierte der Beifahrer sogar mit einem kurzen Dank. Der Fahrer stieg ins Gas, während die Scheibe wieder hochfuhr. Die Verschwörer dagegen atmeten durch und machten sich erneut ans Werk.
Bis jetzt war das Handling des Sprengsatzes kräftezehrend, aber doch machbar gewesen. Der Transport in die Kanalisation erwies sich aber als extrem umständlich. Die EMP-Bombe lag im Bauzelt neben dem Schacht. Der verströmte Gerüche, die eher unangenehm aufstießen. Doch davon ließen sich die Verschwörer nicht abschrecken. Wie auch, sie riskierten alle ihr Leben und das ihrer Liebsten. Unter der Öffnung, die den Kanal freigab, floss in etwa vier Metern Tiefe Abwasser. In die Betonwand des Schachtes waren Armierungseisen in U-Form eingelassen, die als Sprossen für die Arbeiter dienten, um zur Kanalrinne herunterzusteigen. Doch wie sollten sie einen zylinderförmigen Sprengsatz da jetzt herunterbringen, ohne dass der beschädigt oder gar zerstört wurde?
Wieder war volles Risiko angesagt. Onkel Ho stieg in den Schacht, sodass über ihm noch genug Platz für die Bombe blieb. Die hing jetzt an einem orangenen Abschleppseil, von dem alle hofften, dass es halten würde.

Dessen zweites Ende war an der Anhängerkupplung des Kleinlasters befestigt. Kollegin eins spannte am Steuer des Wagens sitzend das Seil. Miriam und die zweite Kollegin schoben den Sprengsatz Richtung der Öffnung und kippten ihn quälend langsam hinein. Unten versuchte Onkel Mo einhändig zu unterstützen und die richtige Richtung vorzugeben. Immer wieder drohte das Bombengehäuse den alten Mann von der Leiter zu kicken. Über ein Headset gab Miriam der Kollegin durch, wie sie den Kleinlaster zurücksetzen sollte.
Zentimeter für Zentimeter senkte sich die unförmige Last in den Schacht ab. Das Abschleppseil schabte beängstigend an der Kante der Gullyöffnung. Immer wieder ruckte der Kleinlaster, obwohl Miriam dazu mahnte, langsamer abzusenken. Dann kam auch der Sprengsatz über dem Onkel gefährlich ins Schwingen. Woraufhin der versuchte, sich aus der Schwungbahn zu beugen. Doch die Bombe traf ihn öfter und auch schmerzhafter, als er es sich hätte träumen lassen.
Endlich lag das Teil auf dem schmalen Steg zur Begehung des Kanals. Miriam und die Kollegin stiegen nun zu Onkel Mo herunter. Dessen Stirnleuchte erhellte den Kanal nur bedingt. In sicherer Entfernung sah man einige Ratten kriechen.
Barde Bambang, Tians neuer Kollege, hatte ganze Arbeit geleistet. Alle paar Meter hatte er Pfeile an die Wand gesprüht, die dem Trupp den Weg weisen sollten. Auf einem Möbelhund zogen und schoben die Drei die EMP Bombe in Richtung der Pfeile. Die wollten aber nicht enden. Die Gruppe musste jetzt schon mehrere Hundert Meter unterirdisch unterwegs sein. Immer wieder drohte das Bombengehäuse in den Kanal driften oder zu rollen. Dazu der Gestank.
Endlich sahen sie die Markierung, die ihn bedeutete, dass sie die Stelle erreicht hatten, an der sie die Bombe platzieren sollten. Damit war die Mission erfüllt. Die Drei packten den Möbelhund und sputeten sich, um dem Kanal entfliehen zu können.

Oben angekommen trennten sie sich augenblicklich. Die Frauen mussten ihre Arbeit wieder aufnehmen und Onkel Mo wollte den Gully so schnell wie möglich hinter sich lassen. Er faltete das Arbeitszelt zusammen, klemmte es sich unter den Arm und marschierte los.
Doch weit kam er nicht. Sein Plan war gewesen, die nächste U-Bahnstation zu erreichen, um dort in den Untergrund abzutauchen. Was ihm soweit gelang.
Das Arbeitszelt hatte er in der Tragetasche verstaut, mit der es vertrieben wurde. Die hing nun schwer über der Schulter des alten Mannes. Umso glücklicher war er, als er den Eingang der U-Bahn erreichte und die Treppe herabsteigen konnte. Fast wäre er gestürzt, konnte sich aber noch am Handlauf stabilisieren. Um nicht die ganze Aktion zu versauen, nahm er sich fest vor, seine Schritte jetzt vorsichtiger zu wählen. Er stieg jetzt fast bedächtig die Treppe hinab, den Handlauf nur für Sekundenbruchteile aus der Hand gebend.
Sobald er das Zwischengeschoss einsehen konnte, stockte ihm der Atem. Alle Passagiere, die irgendetwas mit sich trugen, was wie eine Tasche oder Tüte anmutete, wurden vor den Einlasssperren aufgegriffen und mussten einem Team aus zwei humanen und zwei maschinellen Polizisten den Inhalt ihrer Tragehilfen zeigen. Wohl eine Maßnahme, um den blühenden Schwarzhandel mit verbotenen Gütern in den Griff zu kriegen.
Natürlich hatte sich Ho Mo etwas zurechtgelegt, sofern ihn jemand fragen würde, warum er das Arbeitszelt durch die Stadt trug. Aber jede Kontrolle, so erwartbar und auch regelmäßig sie auch waren, bedeutete eine Demütigung und barg auch immer die Gefahr, dass irgendetwas herauskam. Denn man verstieß immer, auch ungewollt, gegen eine der Tausende von Vorschriften, welche die Partei erlassen hatte, um die Gesellschaft in vollendeter Harmonie prosperieren zu lassen.
Der Onkel dachte einen Moment daran, einfach umzudrehen. Verwarf ihn aber sofort wieder, da es ihn äußerst verdächtig erscheinen lassen und die gute Chance

doch einfach so durchzukommen verbauen würde. Brav reihte er sich in die Reihe der zu Kontrollierenden ein.
Die Angst vor Entdeckung war Onkel Mos permanenter Begleiter. Normalerweise war es seine Homosexualität, die ihn immer wieder zur Zielscheibe von Überwachung und damit verbundenen Anfeindungen machte. Zwar hatte sich die Situation etwas verbessert, seitdem Homosexualität nicht mehr mit Gefängnis oder Lager bestraft wurde. Aber trotzdem waren die Beschimpfungen und Schikanen immer noch extrem demütigend.
Doch diesmal ging es um ein viel schwerwiegenderes Delikt. Auf das, was er heute getan hatte, stand weder Lager noch Gefängnis, sondern der Genickschuss. Der aber erfolgte auch nicht so ohne jegliches Aufhebens, sondern erst nach monatelanger Folter und tagelangen Verhören.
Tians Onkel fühlte sich extrem unwohl in seiner Haut. Die Kontrollen waren eher oberflächlich, sodass er in der Schlange schnell aufrückte. Immer wieder ging er das, was er den Beamten sagen wollte, im Kopf durch. Sich dabei einbläuend, sich auf keinen Fall zu verhaspeln. Bis er schließlich an der Reihe war. Ihn würde einer der zwei menschlichen Polizisten filzen.
»Hast du Waffen, Drogen oder sonstige verbotene Güter bei dir?«, fragte ihn der.
»Nein, natürlich nicht.«
»Die Tasche auflegen und öffnen!«
Der Onkel tat, wie ihm befohlen und wuchtete die Tragetasche samt Arbeitszelt auf den Klapptisch, hinter dem der Beamte stand. Mo zog untertänig den Reißverschluss auf, der das Arbeitszelt freigab.
Die in blauen Plastikhandschuhen steckenden Hände des Beamten fuhren in die Tragetasche und versuchten das Gestänge der Konstruktion, das sie ertastet hatten, aus der Tasche zu ziehen. Was ihm nicht gelang, denn das Arbeitszelt ließ sich logischerweise nur als Ganzes aus seiner Trageeinheit entfernen.

»Was trägst du denn da mit dir rum?«, fuhr ihn der Beamte an.
»Ein Arbeitszelt für Kanalarbeiten.«
Der Beamte schien sich erst mal mit der Antwort zufrieden zu geben und tastete sich weiter durch die Tasche.
»Arbeitest du bei den Kanalratten?«
»Nein, ich bin nicht aus Ürümqi. Ich habe es eben erst erworben. Für daheim.«
»Woher kommst du?«
»Aus der Nähe von Nanchang.«
Der Beamter tastete weiter genervt in der Tasche umher, es gelang ihm aber nicht, irgendwelche Gegenstände aus ihr herauszubekommen. Immer wieder hielt er nur ein Stück Zeltstoff in den Händen, das sich nicht weiter herausziehen ließ. Es machte auch nicht den Anschein, als sei er Willens, das Arbeitszelt als Ganzes aus dem Plastiksack zu heben. Nach weiterem Tasten gab er auf und schob dem Onkel die Tasche hin.
Der atmete innerlich tief durch, zog den Reißverschluss zu und wuchtete sich die Tasche auf die Schulter. Setzte sich in Richtung Einlasssperre in Bewegung. Doch er kam nicht weiter als ein paar Meter.
Einer der Robocops am Posten hatte die Unterhaltung der beiden Männer mitgehört. Im Gegensatz zu seinem menschlichen Pendant erachtete er die Geschichte von Ho Mo als weniger schlüssig.
»Du da, mit dem Arbeitszelt. Einen Moment, nicht ganz so voreilig!«
Der Onkel erstarrte, dreht sich langsam um und kam zurück. Der Robocop zoomte mit seinen Kameras direkt auf die Tragetasche.
»Da ist ein Arbeitszelt drin? Wo hast du das her?«
»Auf dem Taikoo-Li-Markt.«
Der Robocop zieht den Reißverschluss der Plastiktasche auf. Er ist nicht zu faul, das Zelt herauszunehmen, obwohl es auch ihn einige Nestelei kostet. Die Schrittmotoren surren vernehmlich, während die

Maschine das Arbeitszelt einer genauen Untersuchung unterzieht. Dem Onkel presst es den Angstschweiß aus allen Poren.
»Das Arbeitszelt ist Staatseigentum«,er kommt es erschreckend klar und keineswegs maschinell verzerrt von dem Roboterpolizisten. »Du hattest kein Recht, es zu erwerben.«
Onkel Mo zittert jetzt am ganzen Körper: »Das wusste ich nicht. Ich habe es einfach nur gekauft. Wie hätte ich es wissen sollen?«
Wir werden den Verbrecher dingfest machen müssen, der dir das Zelt verkauft hat», erklärte der Robocop ungerührt. »Hast du eine Quittung?«
»Nein, leider nicht, alles bar bezahlt, Herr!«
Ein Schnitzer. Barzahlung macht immer verdächtig. Aber noch fataler eine Maschine mit »Herr« anzureden. Ihr menschliche Züge anzudichten, ihren Einfluss zu werten. Der Schnitzer entging der Maschine keineswegs.
»Dann wirst du erst mal hierbleiben müssen!«
»Aber bitte, es ist doch nur ein altes Arbeitszelt. Es wurde sicher schon ausgemustert. Ich überlasse es euch gerne.«
«So einfach wirst du nicht davonkommen. Du wartest jetzt erst mal hier. In ein paar Minuten wird dich eine Streife abholen. Auf dem Kommissariat werden die Kollegen dann genau in Erfahrung bringen, wie du an das Zelt gekommen bist.
Aus den paar Minuten wurden eineinhalb Stunden. Onkel Mo hockte auf einem Wandvorsprung hinter dem Kontrollposten. Wieder sein Schicksal verfluchend. Gesichert wurde er nicht, denn jeder Fluchtversuch war sinnlos. Die Roboterpolizisten hätten ihn schon nach wenigen Metern eingeholt. Der Onkel nur noch ein Häufchen Elend.
Dann lief die Streife ein und Ho Mo wusste, dass sein Schicksal besiegelt war. Denn er erkannte sofort, dass der menschliche Polizist und seine zwei maschinellen Begleiter keine reguläre Streife waren, sondern der Geheimpolizei angehörten.

Wei Ba, hochdekoriertes Mitglied ebendieser, sprach kurz mit dem Roboter, der den Onkel festgesetzt hatte. Dann befahl er ihm, seine Tasche zu nehmen und mitzukommen. Was mit ihm jetzt geschehen würde, ließ er im Dunklen. Dem Verhafteten war klar, dass er keine Fragen zu stellen hatte. Und er stellte auch keine.
Die Fahrt zum Kommissariat mutete endlos an, obwohl der Weg nicht weit. Tians Onkel malte sich aus, was die auf der Wache mit ihm anstellen würden. Er wusste, dass er nicht lange durchhalten könnte. Schon die ersten Schläge würden ihn brechen, die würden gar nicht mit den raffinierteren Methoden wie »Fingernägel-Behandlungen« oder brennenden Zigaretten anfangen müssen. Die Ausweglosigkeit seiner Lage war überwältigend. Seine Verzweiflung ebenfalls.
Auch vor dem Kommissariat sicherten ihn die Beamten nicht. Onkel Mo trottete ihnen hinterher, wie einer der aufs Schafott geführt wird. Mit dem Aufzug fuhren sie in den fünften Stock des Gebäudes. Dichtgedrängt standen Mensch und Maschine. Oben angekommen entließ sie der Aufzug in einen Korridor. Der völlig leer, ohne jegliche Einrichtung, nur mit wuchtig anmutenden Türen auf beiden Seiten. Hinter einer derer würden sie jetzt verschwinden und dann wäre alles verloren.
Dann machte Ho Mo in seiner unendlichen Verzweiflung das offene Fenster hinter sich am anderen Ende des Korridors aus.
Die Behändigkeit, die der alte Mann von einem Moment auf den anderen an den Tag legt, überrumpelt sowohl Wei Ba als auch seine maschinellen Begleiter. Das dickliche Männchen spurtet die zehn Meter zu dem offenen Fenster in Bestzeit. Wei Ba sieht, wie sich die Roboterpolizisten noch in Bewegung setzen, doch der Onkel ist schon am Fenster. Zögert keinen Augenblick und hechtet über die Fensterbank. Als er fünf Stockwerke tiefer aufschlägt, erreichen die Maschinen den Fensterrahmen. Immer noch steht Wei Ba fassungslos im Gang, erst mal unfähig, die Situation in irgendeiner Weise

einzuschätzen. Eben hatte er sich noch Gedanken darüber gemacht, wie er das Verhör zielstrebig und durchaus gewaltig zum Erfolg führen würde. Einer der Roboter ruft einen Leichenwagen. Eine Abschätzung in Sekundenbruchteilen hatte ergeben, dass die Überlebenswahrscheinlichkeit weit unter ein Prozent lag.

Etwa zwanzig Minuten später saß Wei Ba zwei Stockwerke tiefer in seinem Büro hinter seinem Schreibtisch. Vor ihm die Tasche mit dem Arbeitszelt. Dazwischen ein Glas Reisschnaps, an dem der Geheimpolizist entgegen jeglicher Vorschrift nervös nippte. Vor dem Schreibtisch stand einer der Robocops, damit beschäftigt die Tasche samt Zelt einer eingehenden Untersuchung zu unterziehen. Den Alkoholgenuss hatte er programmgemäß registriert, würde ihn auch in Wei Bas Akte ablegen, ließ ihn aber im Moment durchgehen.

~

Oberst Pong stand mit seinem VW auf dem Airport Express Highway im Stau. Im Radio dudelten populäre Schlager, immer wieder unterbrochen durch belanglose Meldungen, denen die Stimme einer Moderatorin versuchte, krampfhaft einen gewissen Unterhaltungswert zu geben. Die Witze eher sparsam, die Moderatorin ein Radiobot. Der hätte durchaus bessere Pointen auf Lager gehabt, die banalen Meldungen gaben aber nicht mehr her. Pong schob den Regler auf dem Touchscreen auf Null. Ausnahmsweise nahm der sein Wischen ohne Fehlinterpretation an. Pong hatte sich oft gefragt, woran es lag, dass er mit den Touchscreens so schlecht zurechtkam. Lag es daran, dass er zu gerne mal ein fettiges Fleischspießchen verdrückte und sich dann nur lustlos die Finger an seinem Kampfanzug abwischte? Eine der vielen Fragen, die ihn bewegten, auf die ihm aber das Leben eine Antwort schuldig bleiben würde.

Endlich erreichte er den militärischen Teil des Flughafens. Bis zu dessen Einfahrt hatte er sich im

Schneckentempo der verstopften Zufahrt im Stopp-and-Go vorgearbeitet. Kurz gelang es ihm zu beschleunigen, nach nur 200 Metern zwang ihn aber die Schranke am Tor des Stützpunkts zum nächsten Stopp. Der Posten eilte aus seinem Häuschen, stand stramm und salutierte. Nahm den Dienstausweis in Form einer Chipkarte entgegen, warf einen kurzen Blick darauf, reichte ihm dem Oberst zurück und hieß ihn auf dem Stützpunkt im Namen seiner Kameraden willkommen. Doch der Oberst stieg noch nicht ins Gas.

»Genosse Sergeant, wo finde ich Hauptmann Nie?«

Der zögerte einen Augenblick. Dann fragte er schüchtern zurück: »Leutnant Nie? Sind Sie sicher? Wollen vielleicht zu Mayor Niu?«

»Dann würde ich das so sagen! Ich will zu Leutnant Nie!«

»Ich fürchte, es gibt hier keinen Leutnant Nie, Genosse Oberst.«

»Es muss ihn geben. Ich habe einen Termin mit ihm!«

»Ich bitte um Erlaubnis, ihn im System suchen zu dürfen.«

»Dann tu das!«

Der Sergeant verschwand im Wachhäuschen. Beugte sich über den Computer und begann auf der Tastatur herumzuhacken. Der Oberst konnte sehen, wie seine Bewegungen immer hektischer und nervöser wurden. Schließlich griff er zum Telefon. Der Anruf dauerte nur wenige Sekunden. Sichtlich erleichtert kam der Sergeant wieder aus dem Häuschen.

»Hauptmann Nie erwartet Sie. Er erwartet Sie im Offizierskasino.«

Oberst Pong fuhr an und folgte der Wegbeschreibung des Postens. Nur die Aufschrift »Offizierskasino« signalisierte dem Oberst, dass er sein Ziel gefunden hatte. Das Gebäude selbst ähnelte eher einem ausgedienten Schuppen. Plastikpaneele, die dem Kasino den Anstrich einer gehobenen Gaststätte hätten geben sollen, waren allesamt zerbrochen oder abgefallen. Der Zulieferer hatte offensichtlich am Material gespart. Wahrscheinlich waren

tausende von Yuan in die Taschen illustrer Mittelsmänner geflossen.
Pong setzte dazu an, seinen VW zwischen zwei geparkten Fahrzeugen vor dem Gebäude abzustellen. Lenkte schon in die Lücke hinein, um dann abrupt zum Stehen zu kommen.
Unter dem rostigen Stahlgerüst, das ein nicht oder nicht mehr vorhandenes Vordach vor dem Eingang hätte tragen sollen, entdeckte er einen Mann in Uniform. Der warf seine Fluppe exakt in dem Moment weg, als er den Wagen mit dem Oberst erblickte. Seine Schulterklappen wiesen ihn als Hauptmann aus.
Pong legte den Rückwärtsgang ein und stieß ein Stück zurück. Fuhr dann direkt vor den Eingang. Der Hauptmann salutierte. Die Scheibe des Beifahrersitzes fuhr herunter.
»Hauptmann Nie?«
»Oberst Pong?«
»Steigen Sie ein!«
Hauptmann Nie bedeutete ihm die Richtung, die er zu steuern habe. Der Mann musste schon über 60 sein, wenn nicht sogar das Rentenalter erreicht haben. Pong hatte einen jungen dynamischen Flieger erwartet. Doch die Gestalt neben ihm war ein verhutzeltes Männchen, an dem die Jahre sichtlich gezehrt hatten. Zahllose Falten durchzogen sein vom Leben gegerbtes Gesicht. Der graue Vollbart, der schütter sprießte, war sicher wesentlich älter als drei Tage. Nie schien jegliche Kraft zu fehlen, noch irgendetwas zu reißen. Beim Gedanken, was von dem Mann abhängen würde, begann der Oberst sich zu fragen, ob er hier richtig war. Wie hatte es das Männchen überhaupt geschafft, stramm zu stehen? Die Reihen von Orden auf der Brust des Hauptmanns deuteten darauf hin, dass er auch mal bessere Zeiten gesehen hatte.
»Ich hatte Sie im Kasino vermutet.«
»Ich speise nicht im Kasino. Nicht mehr.«

Der Ton des Hauptmanns ließ erahnen, dass es schwerwiegende Gründe dafür gab. Der Oberst beließ es dabei.
Beim Hangar angekommen, stiegen die beiden aus dem Wagen. Auch dabei machte der Hauptmann keinen besonders dynamischen Eindruck.
Die komplett antiquierten Neonröhren im Inneren sprangen eine nach der anderen an. Da stand sie nun zwischen ausgebauten Flugmotoren, abgelegten Propellern und sonstigen antiquierten Ersatzteilen: die Antonow An-2.
Ihr militärischer Nutzen im Zeitalter von Lenkraketen und Drohnen war gleich Null. Der Doppeldecker war zu seiner Zeit ein universell einsetzbares Transportgerät gewesen, der auf kurzen unbefestigten Landebahnen starten und landen konnte. Eine große Flügelfläche erlaubte der Maschine extremen Langsamflug. Die Volksbefreiungsarmee hatte sie bis vor Jahren zur Ausbildung von Fallschirmspringern eingesetzt. Auf jeden Fall waren der Antrieb und die Steuerung hundertprozentig analog.
»Wann ist die das letzte Mal in der Luft gewesen?«, fragte der Oberst, nachdem sie die Antonow einmal umrundet hatten.
»Das ist gar nicht so lange her. So zwei, drei Jahre.«
»Und wer hat sie geflogen?«
»Ich. Ich bin der Einzige, der sie noch in die Luft kriegt.«
»Was wäre dazu notwendig, sie noch mal in die Luft zu kriegen?«
»Ein voller Tank, Genosse Oberst.«
»Und wie voll ist der?«
»Ich weiß es nicht, ich müsste nachsehen.«
»Dann machen Sie das!«
Über eine Holzkiste gelang es dem verhutzelten Hauptmann sich auf Einstiegsniveau zu lupfen und in der Tür des Fliegers zu verschwinden. Kurz später tauchte er im Cockpit auf und öffnete ein Seitenfenster.
»Der Tank ist noch ein Viertel voll.«

»Dann wirf den Motor an.«
Der Blick des Hauptmanns verriet sein verständnisloses Erstaunen, auch auf die Entfernung. Doch er tat, wie ihm befohlen.
Sowjetische Technologie präsentierte sich in ihrer Robustheit von ihrer besten Seite. Der Propeller ruckte zwar bei der ersten Umdrehung einige Male nicht besonders vertrauenerweckend. Dann aber zündete der Neun-Zylinder-Sternmotor. Der Lärm im Hangar mit dem ersten Zünden ohrenbetäubend. Erschreckt signalisierte der Oberst mit zu einem T geformten Händen, dass Hauptmann Nie den Motor wieder abstellen könne. Das tat der, verließ das Cockpit, turnte aus der Tür des Flugzeugs und kam vor dem Oberst zu stehen. In der Luft lag der Geruch der Mischung aus verbranntem und unverbranntem Kerosin.
Gerade als der Oberst dazu ansetzte genaue Anweisungen dafür geben, wie Hauptmann Nie den Flieger in der nächsten Zeit zur Verfügung halten sollte, fiel ihm eine Überwachungskamera an der Decke des Hangars ins Auge.
»Wir müssen noch mal rein. Ich möchte noch einen Blick ins Cockpit werfen.«
Der Hauptmann verkniff sich die Frage des Warums. Schickte sich nach kurzem Innehalten an, den Flieger wieder zu erklimmen. Der Oberst folgte ihm. Auch er hatte Schwierigkeiten über die Holzkiste den richtigen Einstieg in die niedrige Tür zu finden. Nie musste noch mal aus dem Cockpit klettern, um sein Handy im rückwärtigen Teil der Maschine in ein mit Alufolie ausgekleidetes Holzkästchen zu legen. Das zog Pong völlig unvermittelt aus seinem Uniformrock.
Das Cockpit interessierte ihn Null. Trotzdem ließ er sich einige Armaturen und Hebel erklären. Dabei achtete er ausschließlich darauf, dass das, was er dem Hauptmann jetzt antragen wollte, von keiner Kamera oder sonstiger Überwachungstechnologie aufgezeichnet werden konnte.

Nach ein paar Minuten sinnfreiem Austausch kam er zum Punkt.
»Seit neustem gibt es einen Plan B. Der tritt dann in Kraft, wenn der unwahrscheinliche Fall eintreten sollte, dass Systeme zur koordinierten Operationsplanung – aus welchen Gründen auch immer – mal großflächig ausfallen sollten.«
»Können die wirklich so ausfallen, dass wir auf komplett analoge Systeme zurückgreifen müssen?«
»Normalerweise nicht. Aber was ist schon normal? Wir müssen für alle Fälle gerüstet sein. Angriffe werden heutzutage hybrid geführt. Ein kompletter Ausfall der digitalen Infrastruktur ist nach wie vor eine Möglichkeit. Unwahrscheinlich, aber leider wahrscheinlicher als oft angenommen.«
»Was heißt das für mich?«
»Du musst den Flieger in ständiger Einsatzbereitschaft halten. Sobald ich wieder in der Kaserne bin, bekommst du den Befehl, ihn sofort aufzutanken. Aber Einsatzbereitschaft beinhaltet auch, dass du ihn zeitnah komplett durchcheckst. Er muss in permanenter Startbereitschaft gehalten werden.«
Der Hauptmann hatte, nachdem er ordentlich Ärger bekommen hatte und im Wesentlichen kaltgestellt worden war, gelernt, keine Fragen mehr zu stellen. Dass die alte Klapperkiste jetzt plötzlich wieder geflogen werden sollte, mutete ihm schon reichlich seltsam an. Nach dem Warum zu fragen, sparte er sich wohlweislich. Den Befehl eines übergeordneten Offiziers infrage zu stellen, konnte fatale Konsequenzen nach sich ziehen. Natürlich hätte er woanders unauffällig Informationen einholen können. Aber insgeheim freute er sich darüber, die alte Kiste wieder in Schuss zu bringen. Ein Fehler, der ihn das Leben kosten sollte.

~

Die Robocops legten den Freitod von Ho Mo schnell auf ihren SSD-Speichern ab. Sie waren zu oft mit den nicht zu kalkulierenden Reaktionen von Menschen konfrontiert. Einen alternden Homosexuellen schätzten sie nicht als zu berücksichtigendes Risiko ein. Außerdem verlangte das Cluster nach ihrer Rechenleistung.
Anders Wei Ba. Er wollte mehr über den alten Mann wissen, der sich von seinen Augen in den Tod gestürzt hatte. Natürlich hätte er Bo Tin kontaktieren können. Hegte aber keine große Hoffnung, aus der etwas herauszubekommen. Die würde ihn höchstwahrscheinlich nur zurechtweisen und ihm vorwerfen, dass er den Fenstersturz nicht verhindert hatte.
So loggte er sich in die Datenbanken ein, die zwar noch online waren, die er aber schon seit Ewigkeiten nicht mehr benutzt hatte. Es dauerte eine Weile, bis er die Akte des alten Mannes fand. Sie war nicht besonders dick, das Einzige was einem sofort ins Auge stach, war die Homosexualität des Landmaschinenmechanikers. Ansonsten eine Vielfalt von banalen Informationen. Die ergaben zwar ein recht detailliertes Bild des Mannes und seines Lebens, erklärten aber keineswegs, warum er sich wegen eines gestohlenen Arbeitszeltes in den Tod gestürzt hatte. Über schwerste Depressionen stand ebenfalls nichts in der Akte.
Wei Ba las weiter, obwohl er die Hoffnung aufgegeben hatte, noch eine Information zu finden, die ihn weiterbringen würde. Bis er schließlich doch noch auf etwas stieß, das seine Aufmerksamkeit erregte. Unter Umfeld stieß er auf den Neffen des Toten: Tian Gu. Wohnhaft in Ürümqi.
Wei Ba überprüfte Wohnadresse und Geburtsdatum. Was jeden seiner Zweifel ausräumte. Es war der Onkel seines Spitzels, der sich da in den Tod gestürzt hatte.
Sofort begannen seine grauen Zellen arbeiten. Wie passte das alles zusammen? Der schwule Onkel kommt aus der

entferntesten Provinz nach Ürümqi, stiehlt ein Arbeitszelt und stürzt sich deswegen aus dem Fenster.
Jetzt unterlief auch dem mit allen Wassern gewaschenen Geheimpolizisten ein Fehler. Wie er da so saß, hatte er immer wieder an dem Fläschchen Reisschnaps genuckelt, das er auf den Schock hin geöffnet hatte. So ganz nüchtern war er nicht mehr, was auch die überstürzte Reaktion erklärte. Er rief Tian an. Einfach so. Der war reichlich überrascht von seinem Führungsoffizier zu später Stunde noch kontaktiert zu werden.
»Hallo mein Junge, wie geht es dir?«
Die beiden Männer tauschen die üblichen Höflichkeiten aus.
»Der Grund, warum ich anrufe, ist kein angenehmer.«
Tian wurde hellhörig.
»Dein Onkel Ho.«
Tian wurde noch hellhöriger: »Was ist mit ihm?«
»Er ist in Ürümqi.«
Tian war klar, dass leugnen keinen Sinn hatte.
»Ja er besucht mich gerade. Was ist mit ihm?«
Jetzt bereute Wei Ba den Anruf. Machte sich Vorwürfe, dass er so unbedacht reagiert hatte. Denn jetzt musste er die Karten auf den Tisch legen.
»Es tut mir furchtbar leid, aber ich muss dir mitteilen, dass dein Onkel heute ums Leben gekommen ist.«
Zwar hatte sich Tian schon selbst erhöhte Wachsamkeit verordnet, jetzt leuchtete bei ihm endgültig die Warnstufe rot auf. Hinterher würde er sich ein ums andere Mal fragen, wie er trotzdem so überlegt hatte reagieren können. Zumindest den Schock musst er nicht mimen.
»Das ist ja furchtbar. Was ist denn passiert?«, fragte er mit belegter Stimme.
»Mir liegt nur die Meldung vor, dass er sein Leben gelassen hat«, log der Geheimpolizist. »Über die genauen Umstände habe ich keine Informationen. So wie das hier vorliegt, fürchte ich, dass er in einen Verkehrsunfall verwickelt worden ist.«

Tian glaubte dem Bullen, dessen Aufgabe es war die eigenen Leute zu bespitzeln, kein einziges Wort.
»Entsetzlich! Heute Morgen saß er noch hier am Tisch. Wo ist er denn jetzt?«
Wei Ba konnte natürlich schlecht zugeben, dass der Leichnam im Keller seiner eigenen Wache lag. Dass er sich im Zustand angeregter Trunkenheit keine Gedanken darüber gemacht hatte, wurmte ihn noch mehr.
»Er liegt in irgendeinem Leichenhaus. Ich habe es mir irgendwo aufgeschrieben. Mir war nicht gleich klar, dass er dein Onkel war.«
Der Geheimdienstler tat so, als würde er nach einem Notizzettel suchen.
»Tut mir leid, ich finden den Zettel nicht. Saublöd! Aber du gehst ja heute Abend eh nicht mehr zu ihm. Gib mir bis morgen früh. Sobald ich herausgefunden habe, wo er sich befindet, melde ich mich sofort.«
Tian gelang es ein Danke abzusetzen.
»Es tut mir echt leid mein Junge. Aber eine Frage habe ich noch: Dein Onkel hatte ein Arbeitszelt dabei. Was wollte er denn damit?«
Tian reagierte geistesgegenwärtig. Der Onkel habe den Besuch in Ürümqi dazu genutzt, Besorgungen zu machen, sich mit Dingen einzudecken, an die er bei sich daheim nur schwer herankam. Wozu genau er das Zelt gebraucht habe, das könne er aber nicht sagen. So hundertprozentig schmeckte Wei Ba die Antwort nicht. Aber selbst er besaß so viel Anstand, jetzt nicht weiter zu insistieren.
»Also gut mein Junge, ich lasse dich dann. Aber versprochen: Morgen früh habe ich alle Infos. Bis morgen dann ...«
Tian legte auf. In seinem Schädel rumorte es. Onkel Hos Tod, ein Schock. Der Onkel, der nach so langer Zeit wieder in seinem Leben aufgetaucht war, hatte sich für immer verabschiedet. Im Prinzip kein Verlust, denn den Onkel hatte er schon vor Jahren aktiv abgeschrieben. Ihn

jetzt nur als Mittel zum Zweck reaktiviert. Trotzdem nagte die Schäbigkeit an ihm.
Keine Sekunde zweifelte er daran, dass die Aktion jetzt noch brenzliger geworden war als so schon. Er musste handeln. Sofort. Im Wohnzimmer überbrachte er Dshamilja die Hiobsbotschaft.
Die noch mehr geschockt als er. Aber auf der menschlichen Ebene. Für sie stand der Tod des Menschen Ho im Vordergrund. Eines Menschen, den sie erst vor wenigen Tagen kennengelernt hatte. Nicht, dass sie eine besondere emotionale Bindung zu ihm aufgebaut hätte. Allein der Umstand, dass ein lebendiges Wesen ein so jähes Ende gefunden hatte, trieb ihr die Tränen in die Augen.
Tian gelang es, sie einige Momente in den Arm zu nehmen. Dann erinnerte er sich der Gefahr, in der sie schwebten. Hatte der Onkel etwas preisgegeben? Hatten sie ihn in Flagranti erwischt? Unwahrscheinlich, sonst wäre Wei Ba vor der Tür gestanden. War es wirklich nur ein tragischer Zufall?
Er löste sich von seiner Liebsten.
»Wir müssen hier weg. Wir wissen nicht, was die wissen. Vielleicht sind die schon auf dem Weg zu uns.«
Jetzt dämmerte auch Dshamilja, was der Tod des Onkels für sie bedeuten konnte. Zu ihrer Trauer gesellte sich die Angst, den erlebten Schrecken ein weiteres Mal durchleben zu müssen. Wenn es nicht noch schlimmer käme. Tian packte sie an beiden Armen.
»Wir müssen jetzt stark sein, dürfen keine Fehler machen. Lass uns zwei Taschen nehmen und das Notwendigste einpacken. Und dann erst mal weg von hier.«
Aber auch Tian gelang es nur mühsam, seinen Vorsatz umzusetzen. Nur unter größter Anstrengung stemmte er sich vom Sofa hoch, griff zwei Rucksäcke und bugsierte sie unmäßig langsam auf den Tisch vor ihnen.
Die beiden wussten nur zu gut, dass ihnen die Zeit davonlief. Aber sie lähmte die Schwere der Situation, machte sie unfähig zu handeln.

Noch wertvolle Minuten saßen sie da, hielten sich verkrampft. In Tians Kopf schwirrten weiterhin chaotisch die Gedanken. Dshamilja schluchzte leise vor sich hin. Dann fand sie schlagartig zu sich zurück.
Riss sich los, sprang auf und stürmte durch die Wohnung. Geld, Papiere, Toilettenartikel, Leibwäsche, Ersatzklamotten, Trinkflaschen und gut transportable Lebensmittel landeten jetzt Schlag auf Schlag in den Rucksäcken.
»Was machen wir mit den Schlafsäcken?«
»Die lassen wir hier, die schauen zu sehr nach Flucht aus.«
Auch Tian kam jetzt langsam wieder zu sich, wurde handlungsfähig.
»Wo gehen wir jetzt hin?«
»Zu meinen Eltern können wir keinesfalls. Wir müssten sie unbedingt warnen.«
»Wir setzen den Notfallanruf ab.«
»OK! Aber wohin dann?
«Wir gehen zu Barde. Er hat Kontakt zu den anderen und wird wissen, was zu tun ist.«
Eine Viertelstunde später verließen sie das Appartement. Wohlweislich gingen sie durch die Garage auf die Straße, nicht durch den normalen Ein- und Ausgang. Und nicht ohne sich vorher nochmals versichert zu haben, dass nichts und niemand draußen auf sie wartete. Eine unnötige Vorsichtsmaßnahme, denn sie hätten den Häschern so oder so nicht entkommen können.
Öffentliche Telefonzellen gab es nicht mehr. Wozu auch? Wer nicht bereit war, sich ein Handy zuzulegen, machte sich dadurch schon überaus verdächtig. Besonders, weil man dann auf so viele Möglichkeiten der modernen Gesellschaft verzichtete, dass einem nur noch ein Leben als bettelnder Obdachloser aus der Mülltonne beschieden war. Und eben das machte einen extrem verdächtig.
Von ihren eigenen Handys anzurufen wagten sie nicht. Die konnte man orten und wahrscheinlich waren die schon Ziel spezieller Überwachung. Alleiniges

Ausschalten der Handys reichte auch nicht mehr, denn es wurden nur noch Geräte verkauft, die sich automatisch in regelmäßigen Abständen mit der nächstgelegenen Funkzelle verbanden. Es blieben Möglichkeiten die Akkus leer laufen zu lassen oder sie in abgeschirmte Kästchen zu legen. Die beiden packten ihre Geräte in eine abhörsichere RFID Box in einen der Rücksäcke. Die Boxen eigentlich verboten, aber Barde hatte Tian mit einer überrascht. Für den Fall der Fälle, hatte der gesagt. Der war jetzt eingetreten.
Dshamilja sprach eine ältere Frau an. Tian hielt sich im Hintergrund, sodass die Angesprochene ihn nicht zuordnen konnte.
»Bitte verzeiht, liebe Frau, ich habe mein Handy bei meiner Mutter vergessen. Könnte ich sie kurz über Ihr Handy anrufen? Ich brauche meines wirklich dringend!«
Die Frau lachte verständnisvoll: »Na klar! Ohne die Dinger ist man heutzutage ja völlig hilflos!«
Dshamilja wählte die Nummer ihrer Mutter. Die nahm zu ihrer grenzenlosen Erleichterung sofort ab.
»Hallo?«
»Ich bin's. Ich habe mein Handy bei euch vergessen.«
Die Mutter war etwas verwundert. »Bist du dir sicher? Wo hast du es denn hingelegt?«
Die Tochter ging nicht auf die Frage ein. Stattdessen setzte sie das Safeword ab, das sie für den absoluten Notfall vereinbart hatten: Professor Kai Man.
»Ich treffe mich heute mit Professor Kai Man. Kannst du es ihm mitgeben?«
Der Mutter stockte der Atem. Sie verstand sofort, warum die Tochter sie von einer Nummer aus anrief, die sie nicht in ihrem Telefonspeicher hatte. Die Versuchung zu fragen, was geschehen sei, war übermächtig. Doch sie widerstand ihr. Den Schreck verdauend brachte die Mutter etwas verlangsamt hervor:
»Gut, werde ich machen! Bis dann, Liebling!«
Dshamilja legte auf, bedankte sich überschwänglich und gab der Frau ihr Handy zurück. Die hätte gerne noch ein

bisschen geschwätzt, erkundigte sich nach Familie und Mutter, doch dafür hatte Dshamilja keine Zeit.

»Danke, danke, mein Mütterchen. Bitte entschuldigt mich, ich muss weiter!«

Die Frau blickte Dshamilja noch eine Weile gedankenverloren nach. Die jungen Leute, die haben es auch nicht leicht. Was zweifellos der Wahrheit entsprach.

Die beiden eilten zur nächstgelegenen U-Bahn-Station. Bevor sie in den Untergrund hinabstiegen, setzten sie sich Sonnenbrillen auf und zogen Baseballkappen über. Ein eher hilfloser Versuch, ihre Identitäten zu verbergen. Wenn das System sie bereits suchte, dann würde das bisschen Verkleidung auch nichts nutzen. Doch Wei Ba und seine Robocops hatten noch nicht Lunte gerochen. Noch nicht.

Barde Bambang war reichlich konsterniert, als die beiden ihn vor seinem Haus abpassten: «Seid ihr wahnsinnig, hierher zu kommen?»

»Wir hatten keine andere Wahl. Sie haben Onkel Mo. Er ..«

Weiter kam Tian nicht.

»Nicht hier. Geht zum Treffpunkt!«

Der ehemalige Leiter des Bauamtes ließ sie schlichtweg stehen.

»Was hat der mit Treffpunkt gemeint?«

»Nicht hier. Komm einfach mit!«

Tian zog seine Liebste in Richtung der U-Bahn-Station, in der er und Barde sich gewöhnlich trafen. Er führte sie zu dem versifften Abstellraum, in dem sie sich ungestört wähnten. Dshamiljas Blick war eine einzige Frage, als Tian die Tür aufstieß, der ein nichts Gutes verheißender Geruch entströmte. Drückte ihr den Kerzenstummel in die Hand und suchte in seinen Hosentaschen nach dem Feuerzeug. Er formt mit seiner Linken einen Windfang und entzündete die Kerze. Übernimmt sie, drückt mit der Schulter die Tür weiter auf, schaut noch mal, ob jemand sie beobachtet. Keiner schaut. Beide schieben sich in den

Abstellraum im Halbdunkel der Kerze. Die Tür kracht in ihren verzogenen Rahmen.
Da warteten sie nun. Saßen auf dem gekippten Einkaufswagen im Gestank von Urin und Kot und hofften auf das Erscheinen des Kollegen und Mitverschwörers. Als die Kerze immer weiter herunterbrannte, drückte Tian sie aus, um Wachs zu sparen. Von draußen drang gedämpft der Lärm des Durchgangs nach drinnen.
»Wie soll es jetzt weitergehen?«, fragte Dshamilja ins Dunkel.
»Ich weiß auch nicht. Wir sind auf jeden Fall in großer Gefahr. Das System checkt jetzt wahrscheinlich, dass sich was anbahnt. Zumindest wird es das in den nächsten paar Stunden tun. Die Zeit läuft uns davon. Und wenn nicht, dann wird es verdammt eng.»
»Wenn wir nur wüssten, was dem Onkel widerfahren ist.«
»Das werden wir nie erfahren. Wei Ba, dieses Schwein, ist jetzt wohl hinter uns her. Zumal er uns nicht mehr erreicht. Sollte er uns kriegen, dann können wir keine Gnade erwarten.«
»Die einzige Hoffnung, die uns bleibt, ist dieser Barde. Wie gut kennst du ihn?«
Dshamilja vernahm ein Schnaufen ihres Liebsten. Die Verzweiflung schwang mit.
»Kennen? Eigentlich gar nicht. Komischer Typ. War mal ein hohes Tier. Deswegen bin ich ihm wahrscheinlich auf den Leim gegangen. Wenn du ihn so hörst, dann kann er verdammt überzeugend sein.«
Wieder das resignierte Schnaufen.
»Es war komplett verrückt, mich auf diesen Wahnsinn einzulassen. Und dich da mit reinzuziehen. Das wird kein gutes Ende nehmen!«
Dshamilja zog Tian zu sich heran, drückte ihm einen Schmatz aufs Ohr und flüsterte: »Wir stehen auch das durch. So, wie wir es bis jetzt auch durchgestanden haben.«

Der ehemalige Leiter des Bauamts und jetzige Kollege ließ auf sich warten. Schweigend hockten die beiden jungen Leute im Dunklen. Noch Stunden.
Endlich ging die Tür. Tian konnte nur eine Silhouette im Türrahmen ausmachen, die Barde ähnelte. Dann schlug die Tür hinter ihm mit einem Krachen zu. Nun suchte Barde die beiden in der plötzlichen Finsternis.
»Wir sind hier«, sagte Tian.
Jetzt hatte Barde wenigstens eine grobe Richtung. Fummelte ein Feuerzeug aus seiner Hosentasche. Dessen Flamme leuchtete nach mehreren erfolglosen Zündversuchen auf. Das Kabuff erschien in diffusem Licht.
»Wo warst du so lange?«
»Als ihr weg wart, habe ich erst gecheckt, wie brenzlig die Situation geworden ist.«
»Ja und?«
»Ich habe erst mal den Kopf unserer Organisation aufgesucht. Habe ihn über die Lage informiert und mir neue Befehle abgeholt. Die sind schlicht und einfach: Ihr müsst untertauchen. So lange, bis die Aktion gelaufen ist.«
»Allerdings!«, kam es trocken von Tian. »Wie stellst du dir das vor?«
»Ich stelle mir überhaupt nichts vor!«, kam es gereizt von Barde zurück. »Wir haben noch etwa 35 Stunden, bis es losgeht. Die müsst ihr unter dem Radar durchtauchen.«
»Einfach mal so 35 Stunden von der Bildfläche verschwinden. Irgendeinen Tipp, wie das gehen soll?«
Tian erwartete, dass Barde wieder mit einer seiner arroganten Nickeligkeiten reagieren würde. Wider Erwarten zeigte er sich einsichtig.
»Ich weiß, ich weiß, das ist nicht so einfach, wie es sich anhört. Habt ihr nicht irgendjemand, zu dem ihr gehen könnt? Für zwei Nächte unauffällig abtauchen?«
Tian schüttelte ratlos den Kopf.

»Wir könnten es in der Moschee versuchen«, schlug Dshamilja vor. »Da sind wahrscheinlich auch meine Eltern.«
Tian zögerte, dachte nach und nickte: »Ja, das wäre eine Möglichkeit.«
»Kurz bevor die Sache losgeht, könnt ihr wieder in dein Appartement gehen. Möglichst unauffällig, verbarrikadiert euch dort. Ihr wartet dann ab, bis sich die Lage beruhigt hat und wir die Kontrolle über die Stadt haben. Dann könnt ihr bei mir vorbeikommen, ihr habt nun nichts mehr zu befürchten. Dann sind wir am Drücker. Wir, die wir die Provinz vor dem Chaos bewahrt haben. Keiner macht uns dann mehr Vorschriften. Auch Peking nicht.«
Er sollte sich irren. Ließ das Feuerzeug verlöschen, drehte sich grußlos um und verschwand. Die beiden standen wieder im urin- und kotgeschwängerten Gestank des lichtlosen Abstellraums. Tian fummelte den Kerzenstummel aus seiner Hosentasche und zündete ihn an: »Sollen wir es in der Moschee probieren?«
Dshamilja hatte ganz andere Sorgen.
»Meinst du wirklich, dass das alles so klappen wird, wie wir uns das vorstellen? Das kann doch gar nicht gut gehen.«
Sie konnte sich so gar nicht erklären, warum sie plötzlich von einer solchen Angst erfüllt war, die ihr die Kehle zuzuschnüren drohte. Wo sie doch eben noch voller Hoffnung war. Tian zeigte sich völlig überrumpelt von der Intensität, mit der Dshamilja sich an ihn klammerte, seine Nähe suchte. Zunächst versuchte er nur, die Kerze nicht fallen zu lassen. Eher unsicher stand er da, zermarterte sein Hirn nach einer Entgegnung, die etwas Hoffnung spenden würde.
»Wir sind nicht allein. Wir sind viele!«, kam es schließlich ohne besondere Überzeugungskraft.
Zeit verging im Dunkel. Keiner von beiden war zu einer Regung fähig.

»Lass es uns in der Moschee probieren« schlug Tian schließlich vor. Dshamilja nickte.
Sie schulterten ihre Rucksäcke, drückten die Tür auf, waren vom Neonlicht der Unterführung ein paar Sekunden geblendet und verließen die U-Bahnstation.
Mit der U-Bahn zur Moschee zu fahren, erschien ihnen zu riskant. Sie würden zu Fuß gehen, auch wenn das hieß, dass sie knapp zwei Stunden Fußmarsch vor sich hatten. Im Freien konnte man den Kameras noch einigermaßen ausweichen. In der Metro wurde man komplett abgefilmt, hier gab es kein Entrinnen.
Sich durch die Straßen schlängelnd, immer versuchend kleine Gassen zu nutzen, taperten sie in Richtung Moschee. Immer wieder hielten sie an, musterten den Weg vor ihnen genau, um ihn dann so zu wählen, dass sie den Bereichen ausweichen konnten, die Kameras abdeckten.
Als am Ende der Straße die Moschee endlich in Sichtweite kam, nagte die Erschöpfung ordentlich an ihnen. Doch sie steuerten keineswegs auf den Gebetsraum oder das Minarett zu. Denn rund um die Moschee hatte die Provinzverwaltung die Kameradichte noch mal verdreifacht. Hier gab es kein Durchkommen, ohne erfasst zu werden.
Dshamilja bat Tian hier zu warten. In der Gegend um die Moschee wohnten kein Han-Chinesen. Ab und zu verirrte sich mal einer ins Viertel, wagte es aber keinesfalls allein die Nebenstraßen zu betreten. An einem Schaltkasten gab er vor, aufgeklebte Plakate zu studieren. Sie selbst ging zur Wohnung des Imams. Dessen Frau Dalia öffnete ihr. Erkannte sie sofort.
»Dshamilja, welche Freude. Es muss Jahre her sein, dass du hier warst!«
Dalia nahm sie in den Arm, drückte sie herzlich und zog sie in die Wohnung.
»Meine Liebe, was führt dich denn her? Wie geht es deiner Familie? Auch die Mutter und den Vater habe ich seit Jahren nicht mehr gesehen.«

Jetzt hieß es, die richtigen Worte zu finden. Ins Vertrauen ziehen konnte sie die Frau keinesfalls. Dshamilja wollte sie unter keinen Umständen auch nur der geringsten Gefahr aussetzen.
»Das ist schlecht. Eigentlich hatte ich gehofft, dass die Familie bei euch ist.«
Der Blick der Frau des Imams verdunkelte sich schlagartig. Ihr wurde bewusst, dass es sich niemals um einen Höflichkeitsbesuch handelte. Sie zog die unerwartete Besucherin in die Wohnung und schloss die Tür.
Das Leben als Muslima in einem Land, das den Islam als latente Bedrohung erachtet, hatte auch sie gezeichnet. Schon von Natur aus nicht besonders hochgewachsen, ging sie mit Mitte Fünfzig schon gebeugt wie eine Achtzigjährige. Das Kopftuch straff um den Kopf geschlungen, um auch nicht nur einen Quadratzentimeter ihres Kopfes freizugeben, den kein lüsterner Männerblick erhaschen sollte. Sechs Schwangerschaften hatten ebenfalls ihren Tribut abverlangt. Trotzdem verweigerte sie keinen Augenblick die Gastfreundschaft, die ihr der feste Glaube an den Propheten und seine Worte anempfahlen.
«»Was ist passiert?«
»Ich war bei der Wohnung der Eltern. Sie sind verschwunden. Die Nachbarn meinten, sie hätten sie schon seit Tagen nicht mehr gesehen. Auch alle drei Handys sind tot. Ich mache mir Sorgen.«
»Ist irgendetwas vorgefallen?«
»Nicht direkt. Aber du weißt ja, seit den Anschlägen stehen wir auf der Liste. Man weiß nie ...«
Die Frau zögerte keine Sekunde.
»Du kannst erst mal bei uns bleiben. Bis wir mehr wissen. Wenn Faris nach Hause kommt, werden wir ihm sofort alles erzählen. Er kann sich dann bei den Glaubensbrüdern umhören.«
»Danke, liebe Schwester, zu gütig, ich wusste, dass ich auf euch zählen kann. Aber es gibt ein Problem. Ich bin mit

meinem Mann hier. Auch er bräuchte einen Unterschlupf.«

»Kein Problem. Wo ist er jetzt?«

»Er wartet draußen.«

»Ach du meine Güte! Dann lass ihn doch nicht da draußen stehen. Hol ihn sofort rein!«

Doch als sie dann mit Tian in der Tür stand, fiel der guten Frau doch die Kinnlade runter. Sie hatte fest mit einem Uiguren im besten Mannesalter gerechnet. Aber nicht mit einem blutjungen Han-Chinesen. Doch ein Leben geprägt von einem strikten Regelwerk aus Islam und kommunistischer Partei hatten sie gelehrt, sich schnell wieder in den Griff zu kriegen. Nur eine kleine Lüge musste sie Dshamilja abringen.

»Dein Mann ist ein guter Moslem, so wie wir alle?«

»Aber natürlich, gute Frau.«

Dshamilja log, ohne mit der Wimper zu zucken. Auch sie hatte das Leben gelehrt, dass es meist fatal war, die geltenden Normen infrage zu stellen. Und Dalia, die Frau des Imams, zögerte keinem Moment so zu tun, als würde sie es glauben. Obwohl ein Han-Chinese so gar nicht ihrem Bild von einem guten Ehemann für die Tochter Mohammeds entsprach.

Doch ihr schwante umso mehr, dass der überraschende Besuch einen ernsten, sehr ernsten Hintergrund haben musste. Ohne zu zögern stellte sie sich darauf ein. Versuchte gar nicht mehr, eine heitere Plauderei in Gang zu bringen, sondern traf nur noch die notwendigen Vorkehrungen.

»Ich sage den Kindern Bescheid, dass ihr da seid. Dann zeige ich euch euer Zimmer und lasse euch.«

Im Zimmer von Dalias ältester Tochter kamen die beiden erst mal zur Ruhe. Doch die Sorge um die Eltern respektive Schwiegereltern ließ sie nicht los. Immer wieder ersannen sie Fluchtpunkte, die Dshamiljas Familie angesteuert haben konnte. Um sie dann wieder als zu gefährlich oder zu unerreichbar abzutun.

Gegen Abend kam Imam Faris, der Herr des Hauses und Hüter des wahren Glaubens nach Hause. Er musste die Überraschung über den Han-Chinesen unter seinem Dach nicht mühsam verbergen, denn seine Frau hatte ihn beim Heimkommen gleich vorgewarnt. Leicht ungehalten hatte er sein Weib aufgefordert Dshamilja in die Küche zu bringen, um sie dort einer eingehenden Befragung zu unterziehen. Die Begrüßung verlief eher kurz.
»Du bist mit deinem Mann hier?«
»Ja, Bruder, wir wussten nicht wohin.«
»Wie lange wollt ihr bleiben?«
»Nicht länger als zwei Tage.«
»Weiß jemand, dass ihr hier seid?«
»Nein, nur wir und ihr.«
»Ich will ehrlich sein. Es gefällt mir ganz und gar nicht. Ich mache das nur, weil es mir der Prophet befiehlt, euch aufzunehmen. Aber längerfristig kann ich euch keinen Unterschlupf bieten. Zu groß das Risiko. Übermorgen müsst ihr wieder gehen.«
»Ja, mein Herr, übermorgen Mittag werden wir das Haus verlassen.«
Dshamilja ging davon aus, dass dann nichts mehr so sein würde, wie es jetzt war. Was sie den Imam aber nicht wissen ließ.
»Gut. Bleibt im Zimmer, die Kinder müssen auch nicht mitkriegen, was wir da beherbergen. Morgen werde ich mich wegen deiner Familie umhören. Natürlich nur unter den vertrauenswürdigen Brüdern. Ich muss verdammt vorsichtig sein.«
»Danke, Bruder«
»Dalia wird euch noch ein Abendessen richten.«
Eine Nacht durften sie bleiben. Zumindest konnten die beiden ein wenig Kraft schöpfen. Am Mittag des nächsten Tages trat der Imam in ihr Zimmer. Das schlechte Gewissen war ihm anzusehen. Doch die Angst war stärker. Er konnte kaum sprechen, so schwerfiel es ihm, die beiden Gäste hinauszukomplimentieren.

»Ich habe mich in der Moschee umgehört. Ganz vorsichtig natürlich.«
Dem Imam versagte die Stimme vollends. Die Qual, dem Pärchen in Not die Unterstützung zu versagen, war für ihn ein Martyrium. Doch nicht das, welches ewige Glückseligkeit im Sinne des Korans versprach. Dshamilja und Tian hingen an seinen Lippen.
»Da ist was im Busch. Alle Brüder sind extrem nervös. Alle sind sich sicher, dass in den kommenden Tagen etwas passieren wird. Das System ist in höchster Alarmbereitschaft. Einige der Brüder wurden schon verhaftet. Aber jedem ist klar, dass wir nicht stark genug sind. Die biologischen Kräfte könnte man vielleicht ausschalten, aber es sind die automatisierten. Gegen die kommen wir keinesfalls an. Das würde genauso laufen wie beim letzten Mal. Die Robocops würden dem Strohfeuer erneut ein jähes Ende bereiten. Und hunderte von Brüdern und Schwestern würden wieder im Lager landen.«
Er blickte Tian vorwurfsvoll an. Nach dem Motto, das sind deine Leute. Der schlug unglücklich die Augen nieder.
»Ich weiß, mein Herr. Aber vielleicht seht ihr die Lage zu pessimistisch. Vielleicht ändert sich ja doch etwas.«
Der Imam stöhnte. Er hatte jegliche Hoffnung verloren. Er lebte nur noch für das Paradies im Jenseits.
»Es tut mir so leid, aber ihr müsst gehen. Ich kann euch nicht weiter Unterschlupf gewähren. Die kombinierten Einheiten führen Razzien in der ganzen Stadt durch. Ich will gar nicht wissen, warum ihr hier seid. Aber die suchen sicher auch nach euch. Bitte geht!«
»Wohin sollen wir denn gehen?«, fragte Tian verzweifelt.
»Es bricht mir das Herz«, entgegnete ihm der Imam. »Aber ihr könnt hier nicht bleiben. Sie werden euch finden und dann wandern wir alle ins Lager. Am besten ihr verlasst Xinjiang. Hast du sonst wo im Land Verwandtschaft? Geht dahin!«

Tian wusste nur zu gut, dass das keine Alternative war. Wie sollten sie jetzt zu seinen Eltern kommen? Dabei wurde ihm bewusst, dass er sie gar nicht wegen des Todes des Onkels kontaktiert hatte. Wahrscheinlich aber hatten sie es von den Behörden erfahren und machten sich jetzt wahnsinnige Sorgen. Denn man hatte sie sicher davon in Kenntnis gesetzt, dass er in Ürümqi gestorben war. Somit musste der Tod irgendwie mit ihm, Tian, in Zusammenhang stehen. Doch es erschien ihm zielführend, den Imam im Glauben zu lassen, man werde die Provinz verlassen. Morgen früh würden sie wieder in sein Appartement zurückkehren können.
Dshamilja setzte dazu an, dem Imam zu widersprechen. Tian aber fiel ihr ins Wort: »Eine weise Idee, Bruder. Wir machen uns Richtung Osten auf. Wir tauchen eine Weile ab. Dort sind wir sicher, was immer auch passiert. Vielleicht kommen wir zurück, vielleicht aber auch nicht.«
Dalia kam in den Raum. Die Anspannung war fast mit den Händen greifbar. In ihren Händen hielt sie eine Sporttasche: »Ich habe euch ein paar Vorräte für die nächsten Tage eingepackt.«
Fünf Minuten später standen sie vor dem Haus des Imams. Das Ehepaar hatte sie dem Schutz Gottes anempfohlen und aus der Wohnung geleitet. Wieder trugen sie die Baseballkappen und die Sonnenbrillen. Die versprachen subjektive Sicherheit.
Noch etwa 15 bis 18 Stunden bis zum Moment, an dem die gesamte Packung hochgehen sollte. Die waren noch zu überbrücken. Dann wären all die Kameraaugen, die im Moment noch auf die Stadt, ihre Bewohner und die Provinz gerichtet waren, schlagartig verlöschen. 15 bis 18 Stunden, in denen sie sich nicht aufgreifen lassen durften.
Erste Wahl war der Abstellraum in der U-Bahn-Station. Doch für eine erste Wahl keine sehr einladende Alternative, die Zeit auf dem umgekippten Einkaufswagen hockend im Kloakengestank zu verbringen. Außerdem würde eine der unzähligen Überwachungskameras im U-Bahn-Untergrund sie mit

Sicherheit einfangen. Für das System ein wichtiger Fingerzeig, wo sie sich aufhalten könnten. Möglicherweise würde dann der ganze U-Bahnhof abgeriegelt und durchsucht. Solange es noch funktionieren würde, für das System kein Problem. Trotz des Risikos entschieden sich die beiden für diese Alternative. Momentan war es Priorität eins, von der Moschee wegzukommen. Irgendwohin, wo man sie nicht als erstes suchen würde.
Sie waren ein paar hundert Meter gegangen, als Dshamilja unvermittelt stehen blieb: »Ich habe da eine Idee, wo wir hingehen könnten.«
Tian kam erst nach ein paar Schritten zum Stehen. Drehte sich um und ging zurück.
»Was meinst du?«
»Ich hab' doch mal Deutsch gelernt.«
»Ja und?«
»Wir könnten schauen, ob wir bei Katrin unterkommen. Bei ihr habe ich damals gelernt. Sie ist Deutsche. Da suchen sie nicht so schnell. Und wenn es wirklich schief geht, dann bekommt sie eine Verwarnung. Schlimmstenfalls wird sie ausgewiesen. Sie landet nicht im Lager.«
Tian dachte nach. Wenn sie bei der Frau unterkommen könnten, dann wäre das mit Sicherheit das bestmögliche Versteck. Fraglich war nur, ob das so funktionieren würde, wie sie sich das vorstellten.
»Du weißt, wo sie wohnt? Im Sprachenininstitut brauchen wir nicht aufkreuzen, da spotten die uns sofort.«
»Ich war mehrere Male bei ihr. Sie ist wirklich sehr nett. Sie wird uns nicht wegschicken. Wir sagen, wir haben den Schlüssel verloren und kriegen den Ersatzschlüssel erst morgen früh, die Eltern seien erst morgen wieder da.«
»Wo wohnt sie?«
»In der Nähe der Xibei Straße. In einem der Wohnkomplexe für Ausländer.«
»Da kommen wir so nicht rein.«

»Nein, wir müssen sie abpassen, wenn sie von der Arbeit nach Hause kommt. Dann kann sie uns mit hochnehmen.«
»Wann wird das sein?«
»So zwischen vier und sechs. Wenn sie direkt nach Hause geht. Kann natürlich auch später werden.«
Tian wog die Wahrscheinlichkeiten ab und kam zu dem Schluss, dass die Vorteile die Risiken überwogen. Bei der Lehrerin waren sie so lange sicher, bis der totale Shutdown losbrechen würde. Was danach war, lag sowieso völlig im Dunklen. Wenigstens würde die Aktion nicht daran scheitern, dass sie vor Beginn des Aufstandes verhaftet würden und alles wegen ihnen den Bach runterginge.
»Und los geht's!«
Mit theatralischer Geste zeigte Tian in die Richtung, in der er die Xibei Straße vermutete. Die beiden marschierten los.
Stunden später, nach einigen Irrungen und Umwegen, immer darauf aus, die nächste Überwachungskamera zu umlaufen, standen sie in der Xibei Straße vor den Mauern des Wohnkomplexes, in dem Frau Ente ihre Wohnung gemietet hatte. Ab hier würden sie nicht weiterkommen. Der Concierge würde als erstes ihre Personalausweise verlangen. Die dann umgehend in den Kartenleser legen und somit dem System zuführen. Keine Viertelstunde später schlüge die Falle zu. Ihre einzige Hoffnung war die Lehrerin. Auf einem Betonmäuerchen sitzend, das einmal einen Kiosk hatte aufnehmen sollen, hofften sie inständig auf das Auftauchen der Lehrerin.
Das Glück war ihnen hold. Schon kurz nach Vier entdeckte Dshamilja Katrin Ente in der Menge der Passanten. Wie immer wie aus dem Ei gepellt. Und alles aus einem Guss. Das Kostüm keinesfalls von der Stange, Markenzeichen der modernen Frau auf ihrem Weg zum Erfolg, unterstrich die makellose Figur der Frau Anfang 50. Satte Beerentöne hoben das Outfit unverkennbar von der Masse ab, ohne zu dick aufzutragen. Die Frisur wie

direkt nach dem Ondulieren, in perfektem Sitz, der Scheitel wie mit dem Lineal gezogen. Den Kontrast, das Plädoyer für die bequeme tragbare Eleganz, bildeten der Rucksack und die Turnschuhe, die aber auch die Etiketten renommierter Marken trugen und ein Vermögen gekostet haben mussten. Die Fingernägel leuchtend rot lackiert, nur wegen des fortgeschrittenen Alters nicht mehr ganz so makellos.

»Dshamilja, so eine tolle Überraschung. Du hier? Es ist ja eine Ewigkeit her, dass wir uns aus den Augen verloren haben. Wie geht es dir?«

Dshamilja stellte Tian als ihren Mann vor. Mit Rücksicht auf ihn verfiel Ente sofort ins Englische. Ein Umstand, der Dshamilja sehr entgegen kam, denn die fehlende Übung hatte ihr Deutsch ziemlich verblassen lassen. Nach den üblichen Begrüßungs- und Höflichkeitsformeln erklärte die junge Uigurin, in welchem Schlamassel sie sich befänden und wie sie da hineingeraten waren. Der Schlüssel im Haustürschloss abgebrochen, wie sie auf Tian aufgelaufen war, weil der es versäumt hatte, ihn nach dem Aufsperren gleich wieder aus dem Schloss zu ziehen. Da sie nur kurz in den Laden gegenüber wollten, hätten sie nichts, rein gar nichts dabeigehabt. Keine Ausweiskarten, keinen Ersatzschlüssel, auch keine Handys. Einfach nichts. Die Eltern und die Schwester auf einer Hochzeit im Umland. So kämen sie also erst morgen an den Ersatzschlüssel heran und bräuchten Unterkunft für eine Nacht.

Wie auch in der Vergangenheit war die ehemalige Lehrerin die personifizierte Hilfsbereitschaft. Natürlich, alles kein Problem. Für nur eine Nacht schon gar nicht. Sie würde den Concierge schon davon überzeugen, dass er eine Ausnahme machen müsste. Normalerweise stelle er keine Fragen. Sollte er doch welche stellen, würde ein ordentliches Trinkgeld als Antwort genügen. Die jegliche Nachfrage unterband.

In der Wohnung tauchten die beiden nach der Anspannung der vergangenen Stunden in eine andere

Welt ein. Alles schien so sicher, so friedlich, so völlig von dem »Da-draußen« entkoppelt.
Das Englische entformalisiert den Umgang mit Menschen, die nicht zum unmittelbaren Lebensumfeld gehören, bedeutend. Der Vorname, in diesem Fall Katrin, tut es voll und ganz und es ist und bleibt das »you«. Egal welchen Grad der Höflichkeit und Ehrerbietung man wählen möchte.
Entes Gästezimmer gab den beiden Flüchtlingen die Möglichkeit, sich nach den Strapazen der vergangenen Tage wiederherzustellen. Eine kurze Dusche, dann erst mal drei, vier Stunden Schlaf. Umgeben von einem Gefühl der Sicherheit, die Möglichkeit die Anspannung der vergangenen Tage hinter sich zu lassen.
Die Wohnung der Expatriatin war logischerweise erste Sahne. Das Mobiliar schlicht, aber doch erkennbar hochwertig. Nirgendwo auch nur die Spur eines Staubkrümels. Das Bad blütenweiß gekachelt, alle Armaturen strahlten in Chrom, am Boden ein Badezimmerteppich, der sich schmeichelnd an die müden Füße schmiegte. Das Wasser aus der Dusche in starkem Strahl weder zu heiß noch zu kalt, sondern wohltemperiert.
Nachdem sich die beiden Flüchtlinge wiederhergestellt hatten, ließ Katrin ein opulentes Abendessen kommen. Wieder fehlte es an nichts. Italienische Vorspeisen, Lasagne und Pizza und im Nachgang süße Leckereien. Dazu Wein für die liebe Katrin und ein Fläschchen Bier für beiden überraschenden Besucher.
Nach dem Essen folgte eine weitere Charmeoffensive der Gastgeberin. Sie erzählte von ihren Einsätzen in verschiedenen Ländern, den gegensätzlichen Eindrücken, die sie dort gewonnen hatte und den ambivalenten Erfahrungen mit ach so verschiedenen Menschen. Die beiden, die China noch nie verlassen hatten hingen an ihren Lippen. Gierten danach, jede Einzelheit in sich aufzusaugen und auch herzlich über die vielen Irrungen zu lachen, die ihre Gastgeberin so einfühlsam berichtete.

Es wurde spät. Plötzlich nagte die Müdigkeit unerbittlich an den beiden Flüchtlingen, was der Gastgeberin nicht entging.
»Meine Lieben, ich sehe ihr seid erschöpft. Ich lasse euch. Aber eines noch: Haustürschlüssel hin oder her, ihr könnt auch länger bleiben, eine Woche ist kein Problem.«
Obwohl die beiden wussten, dass sie die Gastfreundschaft der Lehrerin nicht in Anspruch nehmen würden, versicherten sie ihr ihre tiefe Dankbarkeit. Sich liebevoll umarmend verabschiedete man sich in die Schlafgemächer.
»Verdammt surreal, das alles hier. Wir liegen hier im weichen Federbett und morgen wird alles anders sein. Vielleicht geht die Welt für uns unter«, flüsterte Dshamilja ihrem Liebsten ins Ohr.
»Dann lass uns die letzten Stunden genießen.«
Was eben noch ein zartes Streicheln gewesen war, wurde zum innigen Kosen.

~

Der General, die Obersten Ping und Pong und Barde Bambang hingegen rotierten auf Höchstdrehzahl. Gegen 22 Uhr hatten sie ihre Privatautos mit den EMP-Bomben im Kofferraum in direkter Nähe der Windkraftanlage und den Kraftwerken in der Weng Sheng Straße und am Toutun platziert.
Barde war mit seinem Schulfreund Hao unterwegs. Der brauchte ihn zwar so gar nicht, wollte ihn aber bei sich haben, wenn der Sturm losbrach. Nicht, dass der eitle Bonvivant aus unerfindlichen Gründen noch was verpatzte.
Das hatte er ihm selbstredend nicht unter die Nase gerieben. Stattdessen hatte er ihm damit geschmeichelt, dass ein so wichtiger Mann in seiner Nähe bleiben müsse, wenn die Sache losging. Zumindest dazu, die Fahrräder zu bewachen, taugte der ehemalige Klassenkamerad noch. In seiner Generalsuniform parkte Hao Rai seinen

Benz auf dem Parkplatz des Kraftwerks in der Weng Sheng Straße.
Erregte der Benz Aufmerksamkeit, würde das System sofort feststellen, dass es einem Generalmajor gehörte. Der Kontrollanruf durch Bo Tin oder andere Maßnahmen würden dann nicht vor 8 Uhr am nächsten Morgen erfolgen. Wozu es aber nicht mehr käme. Denn dann sollte das System nicht mehr in der Lage sein, zu reagieren. So der kühne Plan.
Nachdem er seinen Wagen geparkt hatte, warf er nochmal einen sehnsüchtigen Blick auf das Gefährt. Nach der Zündung des Sprengsatzes würde nicht viel von ihm übrigbleiben. Wirklich schade um das gute Stück. Allenfalls einzelne Teile könnte man noch nutzen. Aber es ging einfach nicht anders. Hao Rai wandte sich um und marschierte los.
Zwei Straßen weiter wartete Barde mit zwei Fahrrädern. Jetzt war es erst mal genug mit dem General. Aus einem Rucksack zog er eine leichte Jacke und eine weite Jogginghose. Die Uniformjacke und das Barett verschwanden sorgsam gefaltet im Rucksack. Die Jogginghose verdeckte jetzt das Beinkleid seiner Uniform. Den Reißverschluss der Jacke zog er bis oben zu. Schließlich sah er aus wie ein Angestellter, der nach getaner Arbeit nach Hause radelte. Nichts ließ mehr auf einen hohen Militär schließen.
Hao und Barde schwangen sich auf die Fahrräder. Die hatten sie als Fortbewegungsmittel gewählt, da sie es der Überwachung am schwierigsten machten, sie auf dem Schirm zu behalten.
Die beiden hatten einen weiten Weg vor sich. Besonders für den ehemaligen Leiter des Bauamtes würde es eine Anstrengung bedeuten, der er kaum gewachsen war.
Nach mehr als zwei Stunden Rad fahren erreichten sie die Zufahrt zum militärischen Teil des Flughafens. Barde war kurz davor, vom Fahrrad zu kippen. Keuchte dem General nur noch hinterher. Der drehte sich alle paar Minuten um und ermahnte seinen Begleiter, doch ein

bisschen kräftiger in die Pedale zu treten. Was den aber nur eingeschränkt beflügelte, der General musste ihn immer wieder aufschließen lassen.
An der Zufahrt hatte Barde seinen Wagen geparkt. Es war jetzt schon eine halbe Stunde nach Mitternacht. Die Obersten erwarteten sie schon ungeduldig. Die Frage, warum sie so spät seien, verkniffen sie sich jedoch. Es war zu offensichtlich, dass Barde das Tempo ordentlich verlangsamt hatte.
Hao Rai warf sich wieder in Uniform. Seine Hose ziemlich durchweicht, was ihn überhaupt nicht anmachte, klebte unangenehm an seinen verschwitzten Beinen. Was aber jetzt nicht zu ändern war.
Barde warf die Rucksäcke in den Kofferraum seines Hongguang Mini EV. Die beiden Obersten zwängten sich auf die winzigen Rücksitze, nicht ohne sich über die ihrer unwürdige Blechkiste auszulassen. Vorne ging es Barde und dem General nicht viel besser.
»In ein paar Stunden fliegt mein teurer Benz in die Luft und wir sitzen hier wie die Sardinen in dieser Blechkiste«, maulte Oberst Ping.
»Der Sprengsatz hätte niemals in den Kofferraum gepasst«, entgegnete ihm der General trocken. »In ein paar Wochen kaufst du dir einen nagelneuen Benz. Wenn nicht sogar was Größeres.«
Den Kommentar, dass es auch nicht ausgeschlossen sei, dass sie alle zwei Meter unter der Erde lägen, verkniff sich der Oberst.
Nach etwas mehr als einem Kilometer kamen sie an der Einfahrt des Stützpunkts zu stehen. Der Posten eilte auf die Fahrerseite des Wagens, den er noch nie zu Gesicht bekommen hatte und so gar nicht zuordnen konnte und klopfte gegen die Scheibe, um Barde dazu zu bewegen, diese herunterzufahren.
Doch der General hatte die Scheibe auf seiner Seite schon heruntergelassen und rief: »Hier! Falsche Seite Soldat!«

Der erkannte die Tresse auf den Schulterklappen, verstand, dass es sich nicht um ein paar Zivilisten handelte, die sich verfahren hatten. Sofort turnte er dienstbeflissen um den Wagen herum und stand vor der Beifahrertür stramm.
Normalerweise genügte die Uniform. Diesmal ging der General auf Nummer sicher und hielt dem Posten seinen Dienstausweis hin. Dabei raunte er: »Unvorhergesehener Sondereinsatz. Ohne Anmeldung, aber höchste Priorität!«
Das zackige »Jawohl, Herr General!« des Postens ließ ihn seinen Dienstausweis wieder einstecken.
»Informieren Sie Leutnant Nie, dass wir ihn sofort beim Hangar brauchen!«
»Leutnant Nie informieren! Er wird am Hangar erwartet!«, bestätigte der Posten den Befehl.
Die Schranke fuhr hoch und Barde gab Gas. Der Kleinstwagen zog kräftig an. Hao Rai dirigierte Barde zu dem Hangar, in dem die Antonow stand. Die Flugzeughalle lag komplett im Dunkel. Nur eine Straßenlaterne erleuchtete den Vorplatz schemenhaft.
Nach einer halben Stunde war Leutnant Nie noch immer nicht aufgetaucht.
»Wo bleibt der Penner bloß?«, beschwerte sich einer der Obersten. »Jetzt wird es langsam eng.«
»Wir fahren zurück zum Tor. Wahrscheinlich hat der Bauerntrampel nicht richtig kapiert, wen wir wollen.«
Barde drückte den Startknopf, der Wagen fuhr hoch, das Display auf dem Armaturenbett leuchte auf. Die eng dimensionierte Blechkiste setzte sich in Bewegung. Barde drückte ordentlich auf die Tube.
Und schoss an Leutnant Nie vorbei. Der hastete keuchend in Richtung Hangar.
»Das war er! Wenden!«
Barde stieg in die Eisen. Der Wagen wurde langsamer und er riss das Lenkrad herum, wendete schwungvoll. Schloss zu dem vor ihnen trabenden Nie auf. Der stoppte keuchend, als sie ihn erreicht hatten. Der General fuhr seine Scheibe herunter.

»Wo bleibst du so lange, du Faulpelz?«
Der Leutnant starrte mit weit aufgerissenen Augen in das Auto. Machte die drei Offiziere und den Zivilisten im Inneren aus. Wollte sich rechtfertigen, was ihm aber wegen absoluter Atemnot nicht gelang. Er brachte nur ein unverständliches Gurgeln zustande.
»Ich übernehme jetzt das Lenkrad«, herrsche Hao seinen ehemaligen Klassenkameraden an. »Wir fahren mit ihm zum Hangar und du kommst nach. Die Zeit läuft uns davon.«
Barde stieg konsterniert aus, Hao wechselte auf den Fahrersitz und der Leutnant quetschte sich unsicher in den Beifahrersitz. Jetzt drückte der General das Gaspedal durch.
Vor dem Hangar kamen sie zum Stehen. Der Leutnant war nun wieder einigermaßen ansprechbar. Und konnte auch Rückmeldung geben.
»Wir haben jetzt 0200. In 30 Minuten starten wir!«
»Jawohl, Herr General!«
Die Augen des Leutnants fixierten starr den General. Würde da noch was kommen?
»Ja los jetzt! Worauf wartest du noch, du Faulpelz!«, brüllte der auf einmal los. Auch seine Nerven lagen blank. Der Leutnant machte, dass er aus dem Kleinwagen herauskam, und trollte sich flink in Richtung des Hangars.
Nie tat sein »Was-er-konnte«: Die antiquierte Maschine in Startbereitschaft zu versetzen, anzuwerfen und aus dem Hangar rollen zu lassen, gelang ihm in etwas mehr als 25 Minuten. Die Antonow An-2 kam mit laufenden Motoren neben Bardes Hongguang zum Stehen.
Leutnant Nie öffnete die Tür im Rumpf, um nochmal in den Hangar zu gehen und die rollbare Gangway für den Einstieg der hohen Offiziere bereit zu machen. Doch die, sowie auch Barde Bambang, standen schon aufgereiht vor der Türöffnung. Jeder von ihnen hielt eine Klappkiste in den Händen, die bis zum Rand mit Flugblättern gefüllt war. Neben dem ohrenbetäubenden Lärm der

Flugmotoren drohte der Luftstrom der Propeller die losen Seiten aus den Klappkisten zu wehen. Die Verschwörer hatten Mühe, den Luftstrom mit ihren Körpern abzuschirmen und mit ein oder zwei nicht tragenden Fingern die Blätter am Wegfliegen zu hindern.
»Los, rein mit den Kisten, dann wir und dann ab die Post!« schrie der General. Hielt dem Leutnant die Klappkiste hin und ließ sich dann von ihm in den Rumpf der Maschine ziehen. Wie auch seine Begleiter machte er dabei eine ziemlich unglückliche Figur. Der Leutnant befürchtete das Schlimmste. Er sollte recht behalten.
Vorne im Cockpit zwängte sich der General neben ihn.
»Wo fliegen wir hin?«, wollte Nie wissen, nachdem die beiden vorschriftsmäßig die Gurte angelegt hatten.
»Zur Militärbasis in Bayingolin«, befahl der General.
Der Leutnant gab den Zielflughafen in das Navigationsgerät der Antonow An-2 ein. Das Navi war das einzige elektronische Gerät im ganzen Flugzeug. Leutnant Nie hatte sich schon ziemlich gewundert, als der Befehl vor ein paar Wochen bei ihm gelandet war, das Teil in der Antonow zu installieren. Was sollte das bringen, die alte Klapperkiste mit so teurem Gerät aufzumotzen? Aber wie immer hatte er keine Fragen gestellt, nur den Befehl ausgeführt. Die Montage vermittelte ihm sogar ein wenig Bestätigung, da es ihm gelungen war, das moderne Equipment perfekt in das in die Jahre gekommene Cockpit zu integrieren.
»Zu Befehl, Herr General!«, kam es mit Verzögerung vom Piloten Nie. Die Maschine rollte zur hell erleuchteten Startbahn und hob in den wolkenlosen Nachthimmel ab. Neben einigen Sternen leuchtete der Vollmond die Landschaft unter ihnen vage aus.

~

Wohltuende Stille war in die Wohnung von Katrin Ente eingekehrt. Dshamilja und Tian lagen im blitzsauberen Gästezimmer im wohligen Daunenbett. Geduscht,

abgefüllt mit erlesenen Köstlichkeiten und so fern der Welt da draußen, die in den nächsten Stunden explodieren sollte.
Die Vernunft gebot den beiden, sich so viel Ruhe wie möglich zu gönnen, um alle Kraft für die Schrecken der nächsten Tage tanken zu können. Doch die Begierde obsiegte. In der absurden Irrealität ihres Unterschlupfs schaukelten sich die Zärtlichkeiten der beiden immer weiter auf.
»Hast du noch eins?«, flüsterte Dshamilja ihrem Bettgenossen ins Ohr.
»Vorne im Rucksack. Aber wir müssen verdammt leise sein!«
Dshamilja entdeckte sich kurz und streckte sich zu Tians Rucksack neben dem Bett. Dann spürte er, wie sie in seinen Schoß griff und die sich erhebende Männlichkeit umfasste. Erst mit der Hand, um sie dann zu seiner grenzenlosen Überraschung mit dem Mund zu umschließen.
Die Bewegungen waren aufreizend langsam, um zu verhindern, dass jeglicher Laut, der ihr lüsternes Tun hätte verraten können, nach außen drang. Tian war nur noch Unterleib. So lustvoll das Reiben der Lippen der Frau, die ihm alles bedeutete.
Schon fürchtete er, dass diese feuchtwarme Wollust in ihm überborden könnte, als Dshamilja ihn mit einem Mal freigab.
Doch weit gefehlt. Flink stülpte sie ihm die Hülle über, die sie dem Rucksack entnommen hatte. Um dann auf seinem Schoß Platz zu nehmen und ihn noch wohliger, noch wärmer zu umschließen.
Tian spürte den zarten Körper, der sich auf ihm senkte und hob. Das Verlangen, dem unendlichen Wohlgefühl auch verbal Ausdruck zu verleihen, war groß. Doch nur die Matratze grunzte leise.
Dann passierten zwei Dinge synchron. Zum einen ergoss sich Tian voller Sehnsucht in seiner Liebsten. Hauchte den letzten Ausdruck erfüllter Sehnsucht.

Und die Tür flog auf, das Licht ging an. Greller, als es sich die beiden nur im Entferntesten erträumt hätten. Zwei Robocops stürmten das Gästezimmer, rissen, ohne auch nur einen Moment zu zögern, Bettdecke und die beiden Liebenden von der Matratze. Sie warfen die nackten Körper auf den Teppichboden und fixierten sie dort.
Die Schrittmotoren surrten vernehmlich. Der mechanisierten Kraft hoher Übersetzungen gehärteter Wellen und Zahnräder hatten die beiden nichts entgegenzusetzen. Auch gegen die Riementriebe aus hochfestem und doch elastischem Kunststoff kamen sie nicht an. Sie schlugen hart auf dem Teppich auf und jaulten schmerzerfüllt, als die Androiden ihnen zwecks absoluter Kontrolle einen Arm auf den Rücken drehten. Den hielten sie unter steter Dehnung, womit jeder Versuch der Gegenwehr wirkungsvoll unterdrückt wurde. Wei Ba ließ sie eine Weile so liegen. Im Handbuch der Staatssicherheit des Inneren wurde diese Maßnahme empfohlen, um den Arretierten ihre komplette Hilflosigkeit vor Augen zu führen.
Dann hatte er seinen Auftritt: »So, so, ihr beiden Turteltäubchen! Da habt ihr doch glatt geglaubt, mich so einfach an der Nase herumführen zu können. Aber nicht mit mir! Du und deine kleine Uigurennutte.«
Der Geheimpolizist lachte dreckig.
»Zieht die beiden an und bringt sie raus!«, befahl er den Robocops und verließ den Raum.
Die machten sich ans Werk. Auch dabei fielen sie nicht durch besondere Einfühlsamkeit auf. Erst Dshamilja, dann Tian durften sich zwar aus ihrer demütigenden Fixierung erheben, doch den Arm, der ihnen die absolute Kontrolle ermöglichte, gaben die Geheimpolizisten nicht frei. Das Ankleiden wurde dadurch für die beiden Arrestanten zur mühsamen Verrenkung. Und das unter den Beschimpfungen und Beleidigungen der Androiden. Dann schnappten die Handschellen zu.

Derart gesichert, schoben sie die beiden Festgenommenen aus der Wohnung. Dshamilja konnte noch den leeren Blick der Verräterin Ente einfangen, als sie an der Küchentür vorbeigeschoben wurde. Die servierte Wei Ba gerade einen frisch aufgegossenen Tee. Der lobte sie für ihre selbstlose Zusammenarbeit bei der Verhaftung der beiden Staatsfeinde.
Unten, auf der Straße, schoben die beiden Robocops sie auf die Rückbank des Polizeiautos und zwängten sich daneben. Sie verboten ihnen ein weiteres Mal jegliche verbale Äußerung. Aber was hätten sich die beiden Liebenden noch sagen können? Jetzt, wo alles verloren schien.

~

Währenddessen flog die Antonow weiter durch die vom Vollmond leidlich erhellte Nacht. Der Lärm im Cockpit an der Grenze des Erträglichen. Ein Austausch mit Leutnant Nie am Steuerknüppel war, ohne sich anzubrüllen, nur über das bordeigene Sprechfunksystem möglich. Hao Rai bemerkte Oberst Pong erst, als der ihm im Cockpit auf die Schulter klopfte und ihm bedeutete, mit nach hinten in den Rumpf des Flugzeugs zu kommen. Auch dort mussten sie sich anbrüllen.
»Wie ist die Lage?«
Pong hielt dem General sein Handy unter die Nase.
»Alles tot. Jegliche Verbindung mit Urümqi ist abgebrochen! Probiere es auf deinem Handy!«
Hao Rai versuchte, über verschiedenste Kanäle mit der Provinzhauptstadt Kontakt aufzunehmen. Nichts. Auch auf seinem zweiten Handy, dem abhörsicheren nur für den militärischen Einsatz, kam keinerlei Verbindung zustande. Ein klares Indiz dafür, dass sämtliche elektronische Kommunikation mit Ürümqi zusammengebrochen war.
»Hast du irgendwas im Netz gefunden?«
»Bisher noch nichts. Das wird noch ein bisschen dauern.«

»Auf den Nachrichtenkanälen?«
»Nur auf china-ctv.com. Die schreiben etwas von einem lokalen Stromausfall in der Stadt. Ansonsten nichts.«
»Gut. Ich befehle dem Leutnant umzudrehen.«
Im Cockpit zog sich der General wieder das Head-Set über.
»In Ürümqi ist der Ausnahmezustand ausgerufen worden. Wir müssen sofort umkehren. Zurück zur Basis.«
Leutnant Nie traute seinen Ohren nicht. Jetzt plötzlich Ausnahmezustand in Ürümqi? Wo vor einer Stunde noch alles völlig ruhig gewesen war? Doch die Befehlskette sklavisch einhaltend, bestätigte er die Order.
»Ausnahmezustand in Ürümqi. Sofort zur Basis zurückkehren.«
Er gab den neuen Kurs in das Navigationssystem ein. Das meldete ihm zurück, dass er den Steuerknüppel stark für eine enge Rechtskurve einzuschlagen habe. Das Flugzeug neigte sich nach rechts und schwenkte auf einen Kurs Richtung Ürümqi ein.
»Wir werden die Stadt zuerst überfliegen, um uns ein Bild der Lage zu machen.«
Der Pilot bestätigte. Je näher sie Ürümqi kamen, desto genauer beobachtete der General den Boden, der unter ihnen vorbeizog. Vor dem Umkehren hatten sie ab und zu noch Lichter dort ausmachen können. Jetzt wurde der nur noch diffus vom Mond ausgeleuchtet. Jegliche Anzeichen von Leben waren verschwunden.
»Der Strom muss großflächig ausgefallen sein. Wenn das auch in Ürümqi der Fall ist, werden wir dort nicht landen können.«
»Ein guter Punkt«, lobte der General. «Wir bleiben trotzdem auf Kurs!«
»Jawohl, Herr General!«
20 Minuten später erreichten sie die Vororte von Ürümqi. Auch die lagen weitestgehend im Dunkel. Nur an manchen Stellen helle Punkte. Die aber nicht elektrisch, sondern von größeren und kleineren Brandherden erleuchtet.

»Es muss sich um einen massiven Notfall handeln«, rief der Leutnant in sein Mikrofon. »Ich werde versuchen, die Flugsicherung anzufunken.«
»An-2, Flug RA 33433 ruft Flugsicherung Ürümqi. Benötige Lotsung für Landung auf dem militärischen Teil des Flughafens.«
Die Motoren der Antonow dröhnten weiter unvermindert. Doch der Kanal der Flugsicherung blieb still. Er wiederholte seine Durchsage. Auch jetzt blieb die Antwort aus. Der Leutnant begann, andere Kanäle abzutesten. Zusätzlich die für absolute Notfälle. Doch alle bleiben stumm.
»Keine Antwort. Wir können Ürümqi nicht anfliegen.«
»Halte weiter Kurs.«
Aber wir können dort keinesfalls landen, schoss es dem Leutnant durch den Kopf. Trotzdem bestätigte er ein weiteres Mal den Befehl. Der General drückte sich aus seinem Sitz und ging wieder zu den anderen in den Rumpf.
»So Leute, es schaut ganz gut aus. Die ganze Stadt scheint ausgeschaltet zu sein. Wir gehen jetzt tiefer und ihr werft die Flugblätter ab. Barde, du kommst mit mir.«
Im Cockpit presste sich der General wieder in den Pilotensessel und stülpte sich das Headset über. Barde stand gebückt hinter ihm im Durchgang zum Cockpit. Es war eher ungemütlich, doch er wagte es nicht, sich weiter in den Rumpf abzusetzen.
»Wo sind wir jetzt?«, fragte der General den Piloten.
»Wir müssten jetzt über Shisanjain sein.«
Unter ihnen war weiterhin kaum etwas zu erkennen, nur kleinere Brände loderten an vielen Stellen und erleuchteten die Straßen Ürümqis schemenhaft. Der gesamte Straßenverkehr war zum Erliegen gekommen. Scheinwerfer, alle Lampen sowie die Straßenbeleuchtung waren großflächig ausgeknipst.
»Wir drehen um, gehen tiefer und fliegen über die Stadtmitte. Nur so können wir uns ein Bild der Lage machen.«

Die Rückmeldung des Leutnants ließ auf sich warten.
»Bei allem Respekt Herr General, das ist sehr gefährlich. Ich sehe keine 50 Meter weit. Das kann ich nicht machen.«
Der Ton, in dem Nie die Befehlsverweigerung absetzte, ließ erahnen, wie schwer er sich dabei tat.
»Du drehst jetzt um und gehst runter. Ich will wissen, was da unten los ist.«
»Ohne es der Flugsicherung durchzugeben, kann ich weder umdrehen noch tiefer gehen. Das ist gegen jede Vorschrift und reiner Selbstmord.«
Der General zog eine Pistole. Hielt sie dem Leutnant an die Schläfe: »Du machst jetzt genau das, was ich dir sage, oder ich blase dir das Hirn aus dem Schädel!«
Der Leutnant drückte den Steuerknüppel herum, die Maschine legte sich in die Kurve.
»Wie tief soll ich gehen?«
»1000 Fuß!«
Nie drückte den Steuerknüppel nach vorne und reduzierte die Geschwindigkeit auf die Grenze des Zulässigen. Die Maschine folgte seinem Befehl.
»Flughöhe 1000 Fuß«, meldete der Pilot nach einer Weile und starrte verzweifelt in das Dunkel vor ihnen. Hoffend entgegenkommende Hindernisse noch rechtzeitig zu erkennen. Nun tauchten die Silhouetten der Hochhäuser im Zentrum Ürümqis auf.
»OK. Ihr könnt die Flugblätter abwerfen!« brüllte Hao Rai Barde ins Gesicht. Der nickte und schlängelte sich nach hinten. Leutnant Nie fragte sich, in welchen Schlamassel er da wieder hineingeraten war. Der Lauf der Pistole klebte immer noch an seiner Stirn.
»Wie geht es jetzt weiter? Landen können wir hier nicht!«, wollte Nie wissen, als ihm der General nach Überflug und Abwurf die Knarre wieder von der Schläfe nahm.
»Du kannst wieder höher gehen. Wir nehmen wieder Kurs auf den Stützpunkt in Bayingolin.«
Der Leutnant tat, wie befohlen.

Etwa eine Stunde später tauchte die von Fackeln beleuchtete Landebahn des Stützpunkts vor ihnen auf. Rüttelnd landete die Maschine.
»Wir werden dich gleich wieder brauchen. Bleib du in der Maschine«, befahl der General dem Piloten brüsk. Der tat wieder, wie ihm befohlen. Fragte sich weiter, was da vorginge und was das ganze Theater sollte. Die Offiziere und Barde verließen das Flugzeug. Nach einer halben Stunde nickte der Leutnant in der Pilotenkanzel ein.
Wenig später stoppte ein uralter Jeep neben der Maschine auf dem Flugfeld. Am Steuer saß Oberst Pong. Der hupte wie besessen, um den Leutnant wach zu kriegen und winkte ihn aus der Pilotenkanzel zu sich zum Auto.
»Los, steig ein!«
Wo es hingehen sollte, verriet ihm der Oberst nicht. Fuhr mit ihm aus dem Stützpunkt in einen nahegelegenen Steinbruch. Jetzt wurde es selbst dem duldsamen Leutnant zu viel.
»Genosse Oberst, was machen wir hier?«
»Wir bergen Material für die Operationen der nachsten Tage!«
Pong stieg aus dem Jeep. Der Leutnant tat es ihm wohl oder übel nach, an der seltsamen Antwort zweifelnd. Doch die Zweifel kamen zu spät. Schon sah er die Pistole in der Hand seines Vorgesetzten. Der war ein so geübter Schütze, sodass Nie die Kugel direkt zwischen die Augen traf. Der Schuss hallte durch die Stille des Steinbruchs. Nie brach ohne einen Mucks zusammen. Pong zog die Leiche bis auf die Unterhose aus, warf sie in eine Grube und bedeckte sie mit Aushub. Sinnlos, denn Tiere würden die leckere Beute wieder freilegen. Aber er fühlte sich dazu bemüßigt. Auf der Rückfahrt hielt er auf einer Brücke an und warf Uniform, Stiefel und die Papiere des Getöteten in den Fluss.

Kapitel 15: Initialzündung

Ürümqi, den 27.7.2036

Die Hände auf dem Rücken in Handschellen hockten Tian und Dshamilja dichtgedrängt auf der Rückbank des autonom fahrenden Polizeiautos. Zwei Robocops rahmten sie ein, einer saß vorne links. Wei Ba thronte siegesgewiss auf dem Beifahrersitz. Obwohl er in diesem Sinne kein Beifahrer war, denn die Karre rollte ja rechnergesteuert durch die Stadt.

»So ihr beiden, wir fahren jetzt aufs Kommissariat und ihr werdet zwitschern wie die Täubchen. Und wenn ihr nicht wollt, dann werde ich euch ordentlich in die Zange nehmen. Diesmal seid ihr dran! Sowas von dran!«

Halb zu ihnen gewandt lachte der Geheimpolizist in sich hinein. Alles schien verloren. Kein Leugnen würde helfen. Sofern sie nicht vollends kooperierten, würde man sie foltern. Sie ohne Wenn und Aber auseinandernehmen. Spätestens dann brächen sie. Und der gesamte Plan flöge auf.

Doch dann steht mit einem Mal die ganze Welt still. Und das in völliger Dunkelheit. Die Robocops frieren komplett ein. Das Polizeiauto knallt mit Wucht gegen den Wagen vor ihnen. Innerhalb der nächsten Sekunde rammt sie das nachfolgende Fahrzeug. Und dann diese Stille.

Sobald sich ihre Augen ein wenig an die Dunkelheit anpassen, werden sie sich des Chaos um sich herum bewusst. Überall auf der gesamten Stadtautobahn stehen Fahrzeuge. Die meisten davon mehr oder weniger schwer dadurch beschädigt, dass sie andere Fahrzeuge gerammt haben. An vielen Stellen lodern Flammen. Ein Geruch von verbrannter Elektronik liegt in der Luft.

Wei Ba hängt bewusstlos im Sitz. Er hatte es nicht für notwendig erachtet, sich anzuschnallen. Rechnergesteuerte Fahrzeuge bauen keine Unfälle, weichen jedem Hindernis aus. Die Wucht des Aufpralls hatte ihn mit dem Kopf auf dem Armaturenbrett

aufschlagen lassen. Nun blutet er stark aus einer klaffenden Wunde.
Auch die beiden Verhafteten schleudert der Aufprall ordentlich nach vorne. Da sie mittig sitzen, eingeklemmt zwischen den beiden Androiden, fallen sie nicht gegen die Kopfstützen, sondern werden mit unerwarteter Kraft über die Mittelkonsole gedrückt. Der Schmerz, als sie dort mit den Köpfen zusammen rumpeln, ist erst total unvermittelt, aber kaum auszuhalten, dann pochend, wie mit dem Vorschlaghammer. Die beiden sind eine geraume Weile paralysiert. Schauen ungläubig ins Nichts, aber versuchen trotzdem zu erkennen, was da passiert ist und wie es dem anderen geht. Schwierig, denn im Polizeiauto sieht man nichts. Dann die Erkenntnis.
»Das muss es gewesen sein. Die Dinger sind losgegangen.«
»Ja, das muss es sein. Lass uns schauen, dass wir hier wegkommen.«
Das klappt so leidlich. Immer noch benebelt, schiebt sich Dshamilja über die Mittelkonsole nach vorne. Die auf dem Rücken fixierten Hände erschweren das deutlich. Doch es gelingt ihr, sich so zur Hose von Wei Ba zu positionieren, dass sie ihm den Schlüsselbund aus der Hosentasche ziehen kann. Doch mit den Händen auf dem Rücken lassen sich die Handschellen nicht so richtig öffnen. Zumal wenn man eben ordentlich eine auf die Rübe bekommen hat.
Tian gelingt es, sich auf der Rückbank so in Position zu bringen, dass er mit seinen gefesselten Händen den Schlüsselbund greifen kann. Er kann die Linke wenigstens so weit hinter seinem Rücken hervorbringen, dass er sie sehen kann.
Der Schlüssel für die Handschellen ist nicht schwer auszumachen. Schwieriger ist es, an die Hände von Dshamilja heranzukommen. Er muss sich ebenfalls in den Spalt zwischen den beiden Vordersitzen zwängen. Er kommt reichlich unbequem auf ihr zu liegen, Dshamilja versucht ein Wimmern zu unterdrücken. Tian lässt ab.

»Weiter, weiter, nicht nachlassen!«, ermutigt sie ihn, sobald sie sich wieder im Griff hat.
Endlich springen die Handschellen auf. Doch auch in Wei Ba kehrt das Leben zurück. Ungläubig öffnet er die Augen und dreht den Kopf langsam zu Tian, der direkt neben ihm probiert, sich aus der Spalte zwischen den Vordersitzen zu winden. Die Blicke der beiden treffen sich. Zwischen den Köpfen der zwei liegen keine zehn Zentimeter. Tian weicht noch ein Stück weiter zurück, holt mit seinem Kopf aus und platziert eine Kopfnuss. Die trifft genau da, wohin er gezielt hatte: Wei Bas Nase. Das gebrochene Nasenbein knirscht deutlich hörbar. Dadurch ermutigt setzt Tian nach. Geht noch mal so weit zurück, wie es seine verklemmte Position erlaubt. Und setzt nach. Wieder knallt seine Stirn auf die geschundene Nase seines Kontrahenten. Der quiekt wie ein Schwein auf der Schlachtbank. Nun trieft ihm auch Blut aus der Nase.
Tian muss jetzt Dshamilja freigeben. Mühsam windet er sich von der Mittelkonsole weg. Seine Liebste hat nur auf diesen Moment gewartet. Sie kommt hoch, packt den Geheimpolizisten im Delirium am blutigen Schopf und schleudert ihn gegen das Armaturenbrett.
Beim ersten Versuch will es ihr nicht so richtig gelingen. Doch sie lässt nicht locker. Die weiteren Male schlägt Wei Ba mit dem gewünschten Impetus auf dem Armaturenbrett auf. Auch das Plastik bricht. Es ist jetzt gefärbt vom Blut des Geheimpolizisten. Der ist wieder ausgeknockt.
»Los, mach' die Dinger auf und lass uns abhauen«, raunt ihr Tian zu. »Wir dürfen keine Zeit verlieren!«
Dshamilja entsperrt ihn. Beide lavieren sich über die Vordersitze aus dem Wagen. Sie nutzt Tians Handschellen dazu, Wei Ba an den Türgriff zu fesseln. Systematisch beginnt sie ihn zu durchsuchen. Nimmt ihm Schlüsselbund, Papiere, Pistole und zwei weitere Magazine ab. Tian holt ihre beiden Rücksäcke aus dem Kofferraum. Die beiden suchen schleunigst das Weite.

~

Wei Ba konnte sich nach dem zweiten Knockout nur schwer aufraffen. Auch nachdem er das Bewusstsein wiedererlangt hatte, starrte er ungläubig auf die Welt in Dunkelheit da draußen. Er versuchte die gespenstische Szenerie um sich herum irgendwie einzuordnen. Was ihm aber nicht gelang. Immer wieder schoss ihm der Gedanke durch den Kopf, dass er handeln müsse. Sein Kopf dröhnte. Blut lief ihm in die Augen. Im Handschuhfach fand er eine Rolle Küchentücher. Damit schaffte er es, die Blutungen ein wenig zu stillen.

Doch nur unter größter Anstrengung gelang es ihm, sich aus dem Auto zu befreien. Die Schmerzen waren unerträglich, als er dazu ansetzte, sich aus dem Sitz zu drücken. Auch die Autotür aufzuschieben war kräfteraubender, als er angenommen hatte. Endlich stand er neben dem Wagen und hielt sich schwer atmend an der B-Säule fest.

Um ihn herum machte er huschende Gestalten aus, die das Chaos in den Griff zu bringen suchten. Immer wieder hörte er Schreie. Aus dem Auto, das den Polizeiwagen gerammt hatte, kam ein verzweifeltes Wimmern. 20 Meter weiter brannte ein Kleinlaster lichterloh. Der Geruch des verbrannten Plastiks wurde immer stechender.

Endlich fasste Wei Ba einen Entschluss. Er würde sich zum Kommissariat durchschlagen. Die zwei, drei Kilometer müsste er schon schaffen. Sich einen Ruck gebend, drückte er sich von der B-Säule los. Setze vorsichtig einen Schritt vor den anderen. Für den Weg zum Kommissariat würde er mindestens eine Stunde brauchen.

Zwei Straßen weiter stieß er auf die ersten Plünderer. Die hatten die Tür eines Supermarkts aufgehebelt und waren dabei, erste Teile ihrer Beute herauszutragen. Ganz Polizist griff Wei Ba zu seiner Waffe. Und Griff ins

Leere. Erst jetzt realisierte er, dass das Holster leer war. Die Erkenntnis wurde von einem derben Fluch begleitet. Seiner Interventionsfähigkeit beraubt, machte er den größtmöglichen Bogen um die Plünderer. Er setzte alles daran, weiter voranzukommen. Doch die Schmerzen verlangsamten seinen Schritt weiterhin beträchtlich.
Nach einer gefühlten Ewigkeit erreichte er das Kommissariat. Das Gebäude lag, wie auch die gesamte Straße, in völligem Dunkel. Die übliche Wache am Eingang war verschwunden. Die armierte Tür stand einen Spalt offen. Der automatische Schließmechanismus hatte ebenfalls seinen Geist aufgegeben.
Wei Ba zog die Tür vorsichtig weiter auf. Lugte hinein und sah nichts. Das hatte er noch nie erlebt. Stromausfälle gab es durchaus, dann leuchtete wenigstens noch eine Notbeleuchtung. Sein Kommissariat: komplett menschenleer und dazu auch noch unbewacht. Aus seiner Jackentasche fummelte er ein Feuerzeug. Er ließ es aufleuchten und schob sich in die Vorhalle.
Hier waren mehrere Robocops in sich zusammengesunken. Aber es gab keine Spur von den wenigen menschlichen Kollegen, die normalerweise hier arbeiteten.
Das Verlangen, die Dienststelle, die so gespenstisch verlassen war, einfach hinter sich zu lassen, war übermächtig. Doch die Einsicht, dass er sich wiederbewaffnen musste, überwog. Wenn auch nur widerwillig. Sich durch die starren Robocops lavierend schob er sich Richtung Treppe voran.
Dann brannte ihm der Daumen durch. Eine satte Verwünschung ausstoßend, ließ er die Gaszufuhr los. Das Feuerzeug verlosch, nur das Nichts war noch sichtbar. Mehrere Versuche seine Lichtquelle wieder aufleuchten zu lassen scheiterten. Dann endlich: wieder was zu sehen.
Über die Treppe arbeitete Wei Ba sich in den dritten Stock zu seinem Büro durch. Sengte sich noch mehrere Male den Daumen an. Im Büro steuerte er direkt auf seinen Waffenschrank zu. Drehte im flackernden Schein

des Feuerzeugs den Zahlencode. Der Safe sprang auf. Ein Erfolgserlebnis stellte sich ein. Zumindest begrenzt.
Im Safe lag die Pistole, die er für besondere Einsätze als Backup verwendete. Die eine vom Typ 51, der chinesischen Variante der russischen Tokarev TT-33. Eine weitere Welle der Erleichterung durchströmte den verängstigten Geheimpolizisten, während er die Knarre in seinen leeren Holster schob. Doch der Safe barg noch weitere Schätze. Sechs Ersatzmagazine und ein Bündel Dollarnoten wanderten in seine Jacke.
Wieder ging das Feuerzeug aus. Sein Daumen war jetzt schon ordentlich angeschmort. Der Versuch, ihn mit Spucke zu kühlen, war nicht von durchschlagendem Erfolg gekrönt. Trotzdem ließ er es wieder aufleuchten.
Jetzt nahm er sich den Schreibtisch vor: Griff ein Erste-Hilfe-Set, zwei Packungen Kekse und eine Flasche Reisschnaps ab. Doch der Transport seiner Preziosen gestaltete sich schwieriger als erwartet. Die Flasche ließ sich in keiner seiner Jackentaschen verstauen. Die beulten sich wegen der Magazine bereits bedenklich aus.
In seiner Not drehte er den Schnaps erst mal auf und genehmigte sich so richtig einen. Dann bahnte er sich den Weg zurück. In der einen Hand weiterhin das Feuerzeug haltend, in der anderen die offene Flasche, an der er ab und an nippte.
Ein Luftzug gab der Flamme wieder den Rest. Gleichzeitig hörte er unter sich eine Tür schlagen. Das musste der Zugang zur Garage sein.
War er doch nicht so ganz allein hier? Gab es doch noch Kollegen im Gebäude? Wei Bas graue Zellen wogen vom Alkohol angefeuert ab, ob es Sinn machte, das herauszufinden. Geleitet durch die mittels des Schnaps' gewonnene Zuversicht wagte er es, in die Tiefe der Garage vorzustoßen.
Dort stellte er den Schnaps ab. Er würde jetzt beide Hände brauchen. Das Feuerzeug klemmte er sich zwischen die Zähne. Nun zog er die Pistole aus dem

Holster und entsicherte sie. Mit der Linken begann er, die massive Metalltür der Garage langsam aufzuziehen.
Die in tiefrotes Licht getaucht. Befehle, Stimmen. Dann erblickte er die Kollegen. Um zwei Bengalos gruppiert, waren sie eifrig dabei, sich Bündel zu schnüren und die auf alle Schultern zu verteilen. Wei Ba zog die Tür auf, senkte die Waffe, schob sich in die Garage.
»Hier seid ihr!« brachte er erleichtert hervor.
Die Kollegen glotzten doof. Unter ihnen Oberst Chen und Major Yang.
»Wo kommst du denn her?«, wollte Yang ohne Begrüßung und Umschweife wissen.
Wei Ba erzählte, wie er auf der Stadtautobahn gestrandet war und sich zum Kommissariat durchgeschlagen hatte. Dass ihn seine beiden Arrestanten ausgeknockt hatten, verschwieg er geflissentlich.
»Wisst ihr, was hier los ist?«
Doch die Kollegen der Staatssicherheit konnten sich den kompletten Blackout genauso wenig wie er erklären. Die gängigste Theorie war, dass sie von einer feindlichen Macht angegriffen würden.
»Wir schlagen uns Richtung Changji zum Stützpunkt durch. Das sind zwar über 40 Kilometer, aber dort können wir Unterstützung erwarten. Wenn es ihn noch gibt. Unterwegs klären wir die Lage auf. Möglicherweise können wir herausfinden, was den Blackout ausgelöst hat. Vielleicht können wir auch verwendbare Kommunikationsinfrastruktur auftun«, befahl Oberst Chen.
»Und was mache ich?«
Wei Ba war wenig motiviert sich zum Stützpunkt durchzuschlagen. Verstand aber, dass es die einzige Chance war, dem Chaos lebend zu entkommen.
»Steck deine Knarre weg und schnapp' dir eine Tragetasche. Wir brechen bald auf.«
Wei Ba tat, wie ihm geheißen.
Wie es ihnen in verschiedensten Schulungen vermittelt worden war, teilten sich die Frauen und Männer des

Stoßtrupps in Vorhut, Kolonne und Nachhut auf. Wei Ba trug schon jetzt schwer am Gewicht seines Rucksacks. Der bis zum Rand gefüllt mit Munition und Sprengstoff. Trotzdem musste das Fläschchen Schnaps noch hinein.
Dann kam der Befehl zum Aufbruch. Die Vorhut, bestehend aus einer Frau und einem Mann um die dreißig, bewaffnet mit Langwaffen des Typs 95 traten durch eine Aluminiumtür im Garagentor ins Freie.
Draußen herrschte immer noch Dunkelheit, nur der Mond erleuchtet die Straße. Die Zufahrt zum Gebäude lag verlassen vor ihnen. In einiger Entfernung rauchte es noch aus einem Kleinlaster. Die verbrannte Leiche des Fahrers hing über dem Steuer.
»Alles sauber« meldete die Geheimpolizistin in militärischem Sprech.
Die Vorhut rückte bis zur Fahrbahn auf und sicherte das Umfeld. In Anbetracht der menschenleeren Straße wirkte der militärische Habitus reichlich skurril. Doch gelernt ist gelernt.
Schon schob sich der Hauptpulk mit den Offizieren und Wei Ba eher gemächlich durch die Tür. Die ebenfalls mit automatischen Waffen ausgerüstete Nachhut hielt es nicht für erforderlich, sie in Anschlag zu bringen.
Ziel war die Ausfallstraße S115 die sie auf die Autobahn G312 Richtung Changji führen sollte. Die Gruppe marschierte schweigend durch die gespenstisch anmutenden Straßenschluchten, ein jeder seinen Gedanken verfallen. Versuchend eine Erklärung zu finden für das, was hier passiert war.
Nur selten trafen sie auf Menschen. Alle in der Stadt schienen sich in ihren Wohnungen verbarrikadiert zu haben. Als Losung hatten die Offiziere ausgegeben, Ausschau nach Fahrrädern zu halten und diese sofort zu requirieren.
Die: das einzige Fortbewegungsmittel, das man jetzt noch sinnvoll nutzen konnte. Doch schwer zu finden. Zwar standen überall Autowracks, viele von ihnen ausgebrannt, aber jeder der beim Blackout mit dem Drahtesel

unterwegs gewesen war, hatte den genutzt, um schnell nach Hause zu kommen.
Nachdem sie auf den ersten eineinhalb Kilometern keines Fahrrads habhaft werden konnten, begannen sie mit vorgehaltener Waffe in die Keller von Wohnhäusern einzudringen. Doch in denen lebten meist Wanderarbeiter, die sich nichts mehr als ein paar Quadratmeter mit Wasseranschluss leisten konnten. Kaum einer besaß ein Fahrrad. In der einen Hand den Dienstausweis, in der anderen die Schusswaffe, erklärten sie den wenigen Besitzern, dass die Drahtesel aufgrund regionalen Notstands beschlagnahmt seien. Man würde sie ihnen aber nach Beendigung des Ausnahmezustands wieder zurückgeben. Für die Frage, ob er eine Quittung haben könne, fing sich einer der Besitzer einen derben Schlag mit einer Pistole vom Typ 51 ein. Die vier Räder, die sie rauben konnten, waren elende Schrotthaufen, ohne Gangschaltung und Gepäckträger. Mit seiner Beute schloss der Sturmtrupp wieder zur Gruppe auf.
»Was sind denn das für Klapperkisten?«, fuhr sie Mayor Jang zornig an.
»Es gab nichts anderes«, erntete er als lakonische Antwort.
Der Tross zog weiter.
Den vereinzelten Flugblättern auf der Straße schenkten die fliehenden Geheimpolizisten zuerst keine Aufmerksamkeit. In dem Chaos um sie herum lag so viel Müll und Schrott, dass sie nur darauf achteten, nirgendwo hineinzutreten. Was genau war es? Für sie uninteressant. Erst als einer von ihnen bemerkte, dass der Text auf den Blättern sowohl in Mandarin als auch in Uigurisch verfasst war, hob er eins von ihnen auf und begann zu lesen. Bestürzt lief er zu den Offizieren und gab es ihnen. Als die den Aufruf gelesen hatten, dämmerte ihnen, was um sie herum vorging. Und dass sie um ihr Leben würden radeln müssen.

~

Dshamilja und Tian kämpften sich ebenfalls durch die Nacht. Nicht weit von der Unfallstelle entfernt, bogen sie auf die Xibei Straße ein. In der Dunkelheit ohne jede Straßenbeleuchtung waren die Fassaden der Häuser kaum zu erkennen. Sie hatten den Wohnkomplex fast passiert, als Tian unvermittelt stehen blieb.

»Hier wohnt die Deutschlehrerin!« rief er aus, noch ohne den Wunsch, es der Heuchlerin heimzuzahlen.

Auch Dshamilja blieb stehen, warf ihm einen entsetzten Blick zu. Die beiden beäugten sich wortlos, wie versteinert. Machtlos in Anbetracht des blinden Hasses, der da in ihnen aufstieg. Selbst entsetzt über den Abgrund, der sich da in ihnen auftat.

Ohne ein weiteres Wort steuerten sie auf den Eingang des Wohnkomplexes zu. Der war unbesetzt, unbeleuchtet und unverschlossen. Wie ferngesteuert schlichen sie hinein, immer darauf bedacht, jegliche sich bietende Deckung auszunutzen.

Im Gebäude herrschte panische Aufregung. Gruppen von Ex-Pats standen in den dunklen Fluren mit Taschenlampen bewaffnet. Viele von denen uralte Teile, denn die Leuchten mit LEDs hatten den EMP nicht überlebt. Man stellte kühne Theorien darüber auf, was denn da draußen vorginge. Tian ging auf einen älteren Herrn mit Bart zu und hielt ihm die Pistole unter die Nase.

»Mein Herr, ich muss mir leider Ihre Taschenlampe ausleihen!«

Der Mann schaute ihn völlig verständnislos an. Er konnte nicht fassen, wie eines von diesen kleinen gelben Männchen, die sonst immer lächelnd und dienstbar seine Befehle ausführten, sich erdreiste, ihm seine Taschenlampe abnehmen zu wollen. Der Mann zog das Teil, im Versuch es zu behalten, entrückt an sich. Noch immer nicht glauben wollend, dass er von einem Moment auf den anderen all seiner Privilegien beraubt war.

»Väterchen, das Stück ist geladen. Und ich brauche die Taschenlampe. Mach keine Ärger!«
Während ihm Tian weiter mit der chinesischen Makarov unter der Nase herumfuchtelte, entwand ihm Dshamilja die Lampe.
»Aber das geht doch nicht ...«, kam es völlig entgeistert von dem überrumpelten Hausbewohner.
Die beiden ließen ihn der Taschenlampe und der Handlungsfähigkeit beraubt im Foyer stehen und stürmten weiter. Die Treppe hinauf, auf der Suche nach Appartement 654, in dem Ente residierte.
Auch im sechsten Stock standen einige Ex-Pats im Gang und berieten sich im Schein ihrer Handys und Taschenlampen. Einige von ihnen versuchten, wirr auf ihren Smartphones eine Verbindung, wohin auch immer, zu bekommen. Unter ihnen Ente.
»Dshamilja!«, hauchte sie ungläubig, als die ihr mit der Taschenlampe ins Gesicht leuchtete.
Die restlichen Hausbewohner starrten ungläubig in die Mündung der Pistole, die Tian in der Hand hielt.
»Sie werden uns jetzt in die Wohnung von Frau Ente begleiten. Wir haben ein Wörtchen mit ihr zu reden!«
Dem gewohnten Habitus der privilegierten Ausländer folgend regte sich Widerstand. Man ließe sich doch hier nicht so einfach rumkommandieren. Ein Schuss in die Decke schlug allen im Hausflur gewaltig auf die Ohren. Jetzt verstanden die Expatriates, dass der Han-Chinese und die Uigurin es ernst meinten.
Die Tür von Entes Wohnung stand offen. Mittels Waffe und Taschenlampe dirigierte Tian das konsternierte Grüppchen in die Wohnung. Drinnen befahl er der Ente in unmissverständlichem Ton, in die Küche zu gehen und dort zu warten. Ein Fehler.
Die restlichen Ausländer schoben sie in das Gästezimmer, in dem sie sich vor ein paar Stunden noch so sicher und so nahe gefühlt hatten. Dshamilja nahm den jetzt nicht mehr Murrenden Handys und Taschenlampen ab. Verriegelte die Tür.

Im Halbdunkel der Küche trafen sie die Verräterin am Küchentisch sitzend an. Dshamilja und Tian positionierten sich ihr gegenüber. Der Strahl der Taschenlampe leuchtete ihr jetzt direkt ins Gesicht.
Die weit aufgerissenen Augen der Deutschlehrerin ließen erahnen, dass sie die Brenzligkeit ihrer Situation verstanden hatte. Aber die Frau gab nicht auf. Denn die Vorstellung, dass sie trotz ihrer fast genialischen Überlegenheit gegenüber den beiden »Schlitzis« vor ihr den Kürzeren ziehen könnte, war für sie undenkbar. Ein Fehler.
»Warum?« fragte Tian auf Englisch.
Und Ente begann zu reden. Das ganze Sprachinstitut sei verwanzt. Die Geheimpolizei habe einiges gegen Schluck, den Leiter, und sie in der Hand. In einem unbedachten Moment sei sie alkoholisiert Auto gefahren und habe eine ganze Familie niedergemäht. Sicher, es habe in Strömen geregnet und die Fahrräder der Leute seien kaum beleuchtet gewesen. Doch die fahrlässige Tötung von fünf Menschen in alkoholisiertem Zustand hätte das Ende ihrer Karriere beim Sprachinstitut bedeutet.
»Versteht ihr, ich hätte alles verloren, was ich mir über Jahre aufgebaut habe. Das konnte ich einfach nicht zulassen. All die Mühen umsonst, um dann in Deutschland als einfache Deutschlehrerin Integrationskurse für afrikanische Hausfrauen, komplett ignorant, zu enden. Welch eine Vergeudung meines Talents, meiner Fähigkeiten!«
»Sie haben fünf Menschen überfahren.«
Wieder zeigte Ente nicht die geringste Einsicht. Es sei einfach grenzenlos unvorsichtig, mitten in der Nacht auf einer unbeleuchteten Landstraße zu radeln. Im Prinzip wären die selbst schuld gewesen.
»Das mag sein. Aber deswegen hätten Sie uns nicht hinhängen müssen. Ein Wort und wir wären einfach weitergezogen.«
»Das Risiko war zu groß. Überall die Kameras. An jeder Ecke Geheimpolizei. Ich habe eure Geschichte keinen

Moment geglaubt. Vielleicht waren die schon an euch dran?«

»Aber wir waren doch Freundinnen«, flüsterte Dshamilja verzweifelt.

Endlich war sich nicht mal Ente zu schade, ihren dummen Mund zu halten.

Dann beging Tian einen weiteren Fehler. Die Wohnungstür hatten sie ebenfalls verriegelt, Dshamilja war der Frau in den Fünfzigern körperlich überlegen und er musste mal. Statt Dshamilja die Pistole zu geben und sich in der Spüle zu erleichtern, ging er auf die Toilette.

Als er zurückkommt, gefriert ihm das Blut in den Adern. Dem Teufelsweib war es gelungen, seiner Liebsten ein furchterregendes Küchenmesser an die Kehle zu legen.

»Eine falsche Bewegung und ich schneide deinem Flittchen die Kehle durch!«

Der Gesichtsausdruck der Ente strahlt trotzige Entschlossenheit aus. Sie wähnt sich sicher, aufgrund der ihr innewohnenden Überlegenheit wieder mal die Oberhand gewonnen zu haben. Wie üblich eben.

»Leg die Pistole auf den Tisch. Und dann dreh dich mit erhobenen Händen zur Wand!«

Tian geht langsamst zum Tisch, doch dann reißt er die Pistole hoch. Auf die kurze Distanz kann er Entes Gesicht kaum verfehlen. Drei kurze Feuerstöße explodieren in der Küche.

Und Tian trifft dreimal. Blut spritzt. Die Augen der Deutschlehrerin glotzen Tian verständnislos an. Der Kopf wird von der Wucht der Kugeln jäh nach hinten gerissen. In der Stille nach dem Schuss fällt das Messer klirrend zu Boden. Dshamilja steht wie eine Salzsäule. Ihre Peinigerin sinkt in sich zusammen, haucht lautlos ihr Leben aus.

~

Der Tross der Geheimpolizisten bewegte sich weiter stadtauswärts. Jetzt aber in absoluter Alarmbereitschaft.

Vor- und Nachhut hatten die Maschinenpistolen im Anschlag, aber auch der Rest der Gruppe marschierte mit gezogener Waffe. Die vier Geheimpolizisten, die nun über Fahrräder verfügten, schoben diese einhändig. In der anderen Hand hielten sie ihre Waffen. Jede Straßenecke wurde ausgekundschaftet, ob hinter ihr der Lynchmob wartete.

Denn der Aufruf auf den Flugblättern war unmissverständlich. Mit viel Pathos wurde die einheimische Bevölkerung aufgerufen, sich gegen die Unterdrücker zu erheben. Der gesamte Überwachungsapparat sei zusammengebrochen. Eine bessere Gelegenheit böte sich nicht mehr. Man solle die Unterdrückung ein für alle Mal abschütteln, indem man keine Gefangenen nähme.

Die Stimmung unter den Geheimpolizisten: mies. Die Angst war in alle Glieder gekrochen. Einer entschlossenen Übermacht der lokalen Bevölkerung hätten sie nur kurzzeitig Widerstand entgegensetzen können.

Dann: die Chance. Am Straßenrand: ein Discounter, der gerade ausgeräumt wurde. Mehrere Plünderer waren gerade dabei, sich ein eingeschlagenes Schaufenster so zu erweitern, dass sie gefahrlos ihre Beute sichern konnten. Sobald Oberst Chen die einmalige Gelegenheit ausgemacht hatte, gab er den Befehl zum Losschlagen.

»Geschäft sichern, Plünderer erschießen!«

Frau und Mann an der Spitze der Kolonne kamen dem Befehl sofort nach. Mit mehreren Feuerstößen aus ihren Maschinenpistolen eliminierten sie die Plünderer vor dem Laden. Bis auf die Nachhut, die kniend den Rücken deckte, stürmte die Kolonne in Richtung des eingeschlagenen Schaufensters. Die Vorhut begann, mit den Kolben ihrer Maschinenpistolen das Loch im Schaufenster weiter aufzuschlagen. Alle verfügbaren Taschenlampen erleuchteten jetzt das Innere des Supermarkts.

In der Verkaufshalle herrschte absolute Stille. Die Plünderer im Inneren hatten die Schüsse vor dem Laden als die Warnung verstanden, als die sie gedacht waren. Statt weiterhin wertvolle Waren abzugreifen, drückten sie sich in jeden Winkel, der ihnen als Versteck ansatzweise tauglich erschien.
Die landesweit bekannte Supermarktkette hatte letzte Woche Fahrräder aller Art im Angebot gehabt. Viele davon E-Bikes, aber auch günstige Mountainbikes. Die: zwar den Sonderpreis nicht wert, aber was spielte das für eine Rolle. Alles, was irgendwie brauchbar erschien, wanderte durch die eingeschlagene Scheibe. Dann ertönten plötzlich erneut Schüsse. Der Trupp Geheimpolizisten erstarrte. Jeder suchte die nächste Deckung.
»Wer von uns ist noch da drin?«, herrschte Oberst Chen seine Truppe an.
»Lang und Kang!«
»Du, du, du! Ihr geht rein und stellt fest was, da los ist.«
Die Angesprochenen waren nicht besonders glücklich darüber, dass der Oberst gerade ihnen zutraute, die Situation klären zu können. Mit der Linken die Taschenlampe haltend und die Schusshand mit Pistole unterstützend schoben sie sich durch das zerlegte Schaufenster.
Im Inneren sah man die Lichtkegel über Regale und Waren und an der Decke tanzen. Minuten zogen sich.
»Was machen die denn da drin?«, fluchte der Oberst. »Wir müssen weiter!«
Drinnen sah man kein Licht mehr flackern.
»Da läuft was gewaltig schief!«, befürchtete Major Yang.
»Du hast recht«, stimmte ihm der Oberst zu, um dann im Befehlston »Aufsitzen!« anzuordnen.
Die verkleinerte Truppe schwang sich in die Sättel. Um dann festzustellen, dass die in der Höhe nicht passten. Die Glücklichen hatten Schnellspanner.
Doch dann endlich ein Lebenszeichen von drinnen.

»Hey Leute, wartet! Wir haben noch ein bisschen Proviant besorgt.«
Schwer bepackt kamen die verloren Geglaubten und der Suchtrupp durch das geborstene Schaufenster.
»Was war da drin los?«
»Melde gehorsamst: Wir haben noch weitere Plünderer eliminiert!«, kam es von Sergeant Lang.
»Das war der Befehl. Aber nicht zu plündern!«, schnauzte ihn der Major an.
»Aber Herr Major, wir brauchen doch ...«
Der sah ein, dass die Entscheidung vollkommen richtig war, konnte das aber keinesfalls zugeben.
»Aufsitzen!«, brüllte er, um jegliche Diskussion darüber im Keim zu ersticken.
Was so nicht ging, denn die geraubten Schätze mussten ja noch verteilt und verstaut werden. Schwierig, denn nicht alle Räder verfügten über Gepäckträger. Alles, was an Taschen, an Jacken, Hosen und sonst-wie verfügbar war, wurde gnadenlos vollgestopft. Dann setzte sich der Treck in Richtung Changji in Bewegung. Immer noch langsam, sich durch Trümmerteile schlängelnd, aber doch schneller als vorher. Die Pistolen konnten sie jetzt nicht mehr im Anschlag halten. Ein zusätzliches Risiko.

~

Dshamilja sinkt blutverschmiert und in Tränen aufgelöst am Küchentisch zusammen. Tian, die Pistole in den zitternden Händen, atmet schwer. Er glotzt wie erstarrt auf die am Boden zusammengesunkene Verräterin, aus deren Wunden das Blut in Strömen quillt. Die Lache des dickflüssigen Lebenssafts fließt unaufhaltsam über die blütenweißen Bodenfliesen. Der rotweiße Kontrast: gruselig ästhetisch, die Grenze zwischen Blut und Fliese wie mit dem Lineal gezogen. In der Küche: der schwere Gestank der Schüsse.
Endlich, in Zeitlupe, erwacht Tian aus seiner Starre und schiebt sich wie fremdgesteuert neben Dshamilja an den

Küchentisch. Die Pistole kommt wie in Zeitlupe vor ihm zu liegen. Immer noch zitternd streicht er seiner Liebsten über das Haar. Ein Seufzer der Qual reiht sich an den nächsten.
Doch schlagartig fand Dshamilja ihre Fassung wieder. Sprang auf, schob den Stuhl unter sich so resolut von sich, dass der kippte. Tians Hand hing eine geraume Weile in der Luft.
»Los, Tian, komm, wir müssen hier weg! Sofort!«
Dshamilja dagegen war schon wieder voll in der Spur. Sie packte Lebensmittel aus dem Kühlschrank in ihre Rucksäcke. Auch der Inhalt von Entes Handtasche wanderte in die hinein. Einem gewöhnlichen Einbrecher gleich hastete sie durch die Wohnung und sammelte alles ein, was noch von Wert sein konnte. Stürmte dann wieder in Küche, wo Tian noch am Tisch auf einem Stuhl hing.
»Los, los, komm! Nichts wie raus hier!«
Er schaute fassungslos zu ihr auf. Realisierte quälend langsam, was sie gesagt hatte. Kraftlos stand er auf, steckte sich die Pistole in den Hosenbund und trottete ihr hinterher. Sie packte ihn am Arm, zog ihn aus der Wohnung.
Vor dem Fenster ging die Sommersonne auf.
Auf der Straße: unverändert Chaos. Überall standen kollidierte Fahrzeuge herum. Manche kokelten immer noch. Der Gestank: weiterhin beißend. Noch zeigten sich kaum Menschen. Wenn man jemanden erblickte, dann Plünderer in kleinen Gruppen, die sich gewaltsam zu Geschäften Zugang verschafften. Und bald aneinandergerieten, weil es auf der Xibei Straße nicht so von Läden wimmelte, die ein plündernswertes Sortiment anboten. Warum in einen Laden gehen, wann man doch alles so praktisch nach Hause liefern lassen konnte?
Die beiden schenkten der Szenerie um sich herum keine Beachtung. Sie hatten nur ein Ziel: Tians Appartement. Der hatte sich inzwischen auch einigermaßen gefangen,

sodass beide in schnellem Schritt Richtung Heimstatt ausschritten.
Darum beachteten sie auch die Flugblätter am Boden kaum. So lange, bis die nicht mehr zu ignorieren waren. Dshamilja stoppte abrupt und hob eines auf. Überflog es, schon wieder Geschwindigkeit aufnehmend. Um dann wieder unvermittelt stehen zu bleiben.
»Wir müssen uns verdammt beeilen. Bald wirst du dich nicht mehr auf der Straße blicken lassen können.«
Jetzt liest auch Tian. Deutlicher könnte eine Message nicht sein. Und es wird ihm schlagartig bewusst, dass er ganz oben auf der Liste steht. Die Verfasser des Textes rufen dazu auf, alle Han-Chinesen, derer sie habhaft werden können, gnadenlos abzuschlachten. Er kapiert, dass es für ihn jetzt um Leben und Tod geht.
Die beiden sind nun noch schneller unterwegs. Trotz der noch schwachen Morgensonne setzen sie Sonnenbrillen und Baseballkappen auf. Dshamilja stürmt voran, Tian dicht hinter ihr. Die Pistole steckt jetzt nicht mehr im Hosenbund. Damit läuft es sich so schlecht. Er trachtet jetzt auch nicht mehr danach, sie zu kaschieren.

~

Zur gleichen Zeit herrschte hektische Aktivität auf dem Militärstützpunkt in Bayingolin. General Hao Rai hatte Abmarschbereitschaft für 0600 angeordnet. Alles, was an fahrbaren Untersätzen verfügbar war, stand bereit. Die Lastwagen waren mit den wenigen schweren Waffen, über die die Infanterie verfügt, wie Granatwerfer, Panzerfäuste oder auch Maschinenkanonen, beladen. Zusätzlich transportierten sie Unmengen von Munition, Ausrüstungsgegenständen, Lebensmittel und andere lebenswichtige Versorgungsgüter. Ganz wichtig natürlich auch dieselbetriebene Generatoren.
Die Mannschaften dagegen saßen in modernen Reisebussen, die man den Notfallplänen entsprechend, requiriert hatte. Die Vorhut würden zwei Radpanzer vom

Typ PLL05 bilden, die aber koordiniertem Widerstand nur kurze Zeit etwas entgegensetzen könnten.
Hao Rai, der Generalmajor, saß in der Kommandantur des Stützpunkts dem Kommandanten vor Ort, einem Major, gegenüber. Der: reichlich aus dem Häuschen. Vor 24 Stunden war die Antonow gelandet. Man hatte ihn aus dem Bett geholt und ihn mit der Ankunft der hohen Offiziere konfrontiert.
So etwas passiert nicht oft. Das Eintreffen ranghöherer Offiziere bedeutet nie etwas Gutes. Meistens hieß es nur Ärger ohne Ende. Man musste dann die Vielzahl von Unzulänglichkeiten kaschieren, mit denen man tagtäglich ganz gut zurechtkam und gegen die man eh nichts tun konnte. Außerdem hieß es zu allem »Ja und Amen« sagen, was die hohen Herren anordneten.
Doch diesmal war es noch schlimmer. Das Eintreffen des Generals und der zwei Obersten war völlig unvorhersehbar gewesen und jetzt fabulierten die etwas von einem unkontrollierbaren Aufstand in Ürümqi. Wo auch was dran sein musste, denn sämtliche Kommunikationswege dorthin, aber auch nach Peking und ins restliche Land, waren unterbrochen. So war er den drei Typen völlig ausgeliefert.
Alle sozialen Netzwerke: eingefroren und unerreichbar, alle aufrufbaren Informationen älter als zwölf Stunden. Jede Nachricht, die er verschickte, wurde vom System damit beantwortet, dass das Versenden von Nachrichten momentan nicht möglich sei. Im Fernsehen dagegen wurde die Situation in Ürümqi mit keinem Wort erwähnt. Es war nicht mal von einem Stromausfall oder einem sonstigen Notfall die Rede, der den Abriss jeglicher Verbindungen hätte erklären können.
»Mein General, bei allem Respekt, ich muss Sie in aller Form darum ersuchen, den Marschbefehl wieder zurückzunehmen. Wir können die Informationslage nicht mal als dürftig bezeichnen, denn wir tappen völlig im Dunklen. Wir wissen nicht mal im Ansatz, was uns erwartet.«

»Das ist richtig. Doch umso mehr sorge ich mich um das Schicksal unserer Landsleute in der Stadt. Ich kann dir nur den kompletten Zusammenbruch der gesamten Infrastruktur berichten. Umso imperativer ist unsere Pflicht, ihnen zu Hilfe zu eilen«, erwiderte ihm der General emotionslos.
Major Tan, Kommandeur des Stützpunktes Bayingolin, fühlte sich gar unwohl in seiner Haut. Der Typ ihm gegenüber schneite da einfach so herein und übernahm so mir-nichts-dir-nichts seinen Stützpunkt, schwafelte was von einer Revolte in Ürümqi. Die aber durch so gar nichts zu verifizieren. Die Stadt hatte sich innerhalb eines Tages in ein schwarzes Loch verwandelt. Da wollte er sich keinesfalls hineinziehen lassen. Doch bei Befehlsverweigerung gab es kein Pardon. Darauf stand der Tod.
»Mein General, ich bitte Sie! Lassen Sie uns wenigstens ein Vorauskommando aussenden, bevor der ganze Treck aufbricht. Sodass wir nicht einfach so ins Ungewisse aufbrechen.«
Hao Rai hatte genug. Sein Ton wurde schärfer.
»Dafür haben wir weder die Zeit noch die Mittel. Wir können nicht zulassen, dass unsere Landsleute von den Barbaren wie Lämmer abgeschlachtet werden. Abmarsch um 0600. Das ist ein Befehl!«
»Abmarsch 0600!«, quittierte der Major Tan resigniert, salutierte und verließ den Raum.
Auf dem Kasernenhof waren die Obersten Ping und Pong schon intensiv damit beschäftigt, den Aufbruch vorzubereiten. Sie brüllten Befehle und schnauzten jeden, der das Pech hatte in ihre Schusslinie zu kommen, gnadenlos an. Wer eine der Schimpftiraden abbekam, salutierte und suchte im Laufschritt das Weite.
Gegen 0705 setzte sich der Tross dann endlich in Bewegung. In dessen Mitte saßen die Offiziere inzwischen in zwei Dongfeng EQ2050, dem chinesischen Pendant des amerikanischen Hummers.

Dessen moderne Kommunikationstechnik erwies sich wie erwartet als nutzlos. Auf den verschlüsselten Kanälen, auf denen normalerweise kommuniziert wurde, herrschte absolute Funkstille. Über zwei Handgurken aus dem letzten Jahrhundert hielt man Kontakt mit dem Rest des Konvois.

~

Die Truppe um Major Chen auf den geklauten Mountainbikes erreichte Changij am späten Abend. Auch hier war das Stromnetz zusammengebrochen. Jedoch nicht dadurch, dass hier alle elektronischen Geräte durchgebrannt waren, denn so weit reichte der elektromagnetische Impuls nicht. Doch durch den kompletten Verlust aller Kraftwerke im Raum Ürümqi konnte in der gesamten Provinz die Netzspannung nicht mehr aufrechterhalten werden, wodurch es zu einem großflächigen Blackout gekommen war.

Das Durcheinander in Changij war durchaus dem in der Provinzhauptstadt vergleichbar, doch hier brannten zumindest nicht tausende von durchgebrannten Schaltkreisen.

Die 35 Kilometer von Ürümqi waren überaus anstrengend gewesen. Immer wieder wurde ihnen der Weg durch Hindernisse, wie verunglückte Lastwagen oder umgekippte Strommasten, versperrt. Das hieß Absteigen und Schieben oder das Fahrrad über Trümmerteile heben. Schon vor Changij machten sich erste Ermüdungserscheinungen bemerkbar.

Doch Oberst Chen trieb die Truppe immer weiter an. Duldete keine Pausen: »Wir müssen den Stützpunkt so schnell wie möglich erreichen. Erst dort sind wir sicher. Also vorwärts, Leute!«

Gegen Mitternacht erreichten sie ihn dann. Im Gegensatz zur Umgebung war er hell erleuchtet. Die Notstromgeneratoren waren sofort angesprungen, nachdem das Netz zusammengebrochen war.

Am Tor: ein Bild, das die Gruppe überraschte. Hier hielt einer der Robocops Wache, dessen maschinelle Kollegen der EMP 35 Kilometer weiter komplett ausgeschaltet hatte. Seine Prozessoren brauchten ungewöhnlich lange, um einen Polizeioberst auf einem Mountainbike einordnen zu können.

»Melde Hauptmann Pen das Eintreffen einer fünfzehnköpfigen Gruppe der Geheimpolizei aus Ürümqi!«

Der Robocop hatte inzwischen errechnet, wen er da vor sich hatte. Das, was Oberst Chen da von ihm wollte, hatte er schon längst in die Wege geleitet. Auf Hauptmann Pens Bildschirm in seinem Büro poppten gerade die Bilder der Ankömmlinge mit allen relevanten Informationen auf. Der Hauptmann überflog die Dossiers, sich fragend, warum die jetzt hier bei ihm auftauchten.

»Hast du gemeldet?«, fuhr Oberst Chen den Roboterpolizisten an.

»Selbstverständlich, ich warte auf Antwort« entgegnete ihm der Wachroboter völlig emotionslos.

»Ürümqi versinkt im Chaos. Die Ziegenfi..... proben den Aufstand. Und niemand stellt sich ihnen in den Weg. Melde gefälligst, dass jede Sekunde zählt.«

Der Wachroboter reagierte weiterhin völlig algorithmisch: »Hauptmann Pen verfügt über alle notwendigen Informationen. Ich bedaure, dass die Entscheidungsprozesse bei unseren menschlichen Kollegen oftmals etwas länger dauern. Sobald ich ...«

»Nur nicht frech werden, Freundchen!«, bellte der Oberst und setzte dazu an, sich an dem Androiden vorbeizudrängen. Der reagierte im Millisekundenbereich. Das in den Roboter integrierte Sturmgewehr des Typs 95 schwenkte nahezu zeitlos Richtung Oberst. Der schaute jetzt direkt in die Mündung der automatischen Waffe.

»Ich werde dich vor das Kriegsgericht bringen, Freundchen!«, brüllte der Oberst rasend vor Wut.

»Als Mitglied der voll mechanisierten Einheiten der Geheimpolizei unterstehe ich nicht der Militärgerichtsbarkeit. Ich befolge nur Befehle. Und die sind mehr als eindeutig.«
Gleichzeitig setzte der Wachroboter eine Anforderung an Unterstützungskräfte ab, da sich am Kasernentor eine kritische Situation entwickle. Mechanisierte Polizisten machten sich auf den Weg zum Kasernentor.
Die Gruppe um Oberst Chen auf ihren Fahrrädern wurde von der Reaktion des Androiden völlig überrascht. Sie hatten gedacht, sie seien jetzt endlich am Ziel, es würden sie jetzt warme Duschen und ein ordentliches Essen erwarten. Ihre Reflexe: verzögert, aber dann doch eindeutig. Die gesamte Feuerkraft der Fahrradtruppe richtete sich jetzt auf den Wachroboter.
Den berührte das wenig. Er leitete die neuste Entwicklung an Hauptmann Pen weiter. Der versuchte aber immer noch das Eintreffen der Gruppe einzuordnen.
»Runter mit den Waffen!«, setzte der Android ab. »Provozieren Sie keinen Zwischenfall. Sie werden keine zwanzig Meter weit kommen. Verstärkungskräfte sind bereits unterwegs!«
Wie exakt choreografiert tauchten fünf mechanisierte Wachmänner hinter dem Kasernentor auf und brachten sich in Stellung. Auch ihre integrierten Sturmgewehre richteten sich auf die Neuankömmlinge.
Endlich realisierte Hauptmann Pen in seinem Büro, was da am Kasernentor vorging. Hektisch wies er den Androiden an, ihn sofort zu Oberst Chen durchzustellen.
»Ich grüße Sie Oberst Chen!«, kam es völlig unvermittelt mit der Stimme des Hauptmanns aus dem Androiden. »Bitte entschuldigen Sie die Unannehmlichkeiten. Ihr Auftauchen, so hilfreich es auch sein wird, kommt völlig unerwartet.«
Chen: mehr als baff. In den Sekunden, bevor die Stimme des Hauptmanns an sein Ohr gedrungen war, hatte er alle Szenarien durchgespielt, wie er die Robocops am Tor am

schnellsten ausschalten und dank seiner Position in der Polizeihierarchie die Kontrolle über den Stützpunkt übernehmen könnte. Dass die gewaltsame Auseinandersetzung nicht notwendig war, überraschte ihn. Nicht nur positiv, auch wenn er mit bedeutenden Verlusten innerhalb seiner Truppe gerechnet hatte. Jetzt war er gezwungen, komplett umzustellen.

»Können Sie mich sehen?«

»Natürlich kann ich Sie sehen, Herr Oberst.«

»Warum zielen die Blechbüchsen dann noch auf mich? Lassen Sie uns sofort passieren!«

»Nur zu gerne, mein Oberst! Aber vorher muss ich darauf bestehen, dass Sie Ihre Waffen niederlegen.«

Chen wusste, dass er überreagierte. Doch die Erschöpfung ließ ihn die Kontrolle verlieren.

»Spinnst du? Weißt du eigentlich, wer ich bin? Mit wem du es hier zu tun hast?«

Die Stimme des Obersts überschlug sich förmlich.»Bei allem Respekt Herr Oberst. In einer Notsituation wie dieser gilt auch für uns der Ausnahmezustand und Kriegsrecht. Solange ich keine spezielle Weisung aus Peking habe, muss ich Sie bitten, Ihre Waffen niederzulegen. Ich meine, dass ihre Leute sie ablegen. Major Yang und Sie dürfen Ihre Pistolen natürlich behalten.«

Nach einigem Zögern willigte Chen ein und befahl seiner Truppe, die Waffen zu strecken. Er dagegen streckte demonstrativ seine Pistole in den Holster. Der Posten am Tor begann, die Waffen der Geheimpolizisten einzusammeln und zu sichern. Dabei waren die Sturmgewehre der als Verstärkung aufgerückten Robocops weiterhin auf die Ankömmlinge gerichtet. Eine ausdrückliche Demütigung. Dann wieder die Stimme des Hauptmanns:

»Willkommen im Polizeistützpunkt Changji!«

Die entwaffnete Truppe schwang sich wieder auf ihre Drahtesel und radelte unendlich müde in den Stützpunkt.

~

Die weitgehend biologischen Verbände der Verschwörer befanden sich derweil schon auf dem Vormarsch nach Ürümqi. Der zog sich bedeutend länger hin, als es General Rai und seinen Leuten lieb war. Seit dem EMP waren jetzt schon 48 Stunden vergangen. Gerade weil Ürümqi sich in ein schwarzes Loch verwandelt hatte, nicht die geringste Information nach außen drang, der Plan so perfekt funktioniert hatte, waren der General und seine Obersten in größter Sorge. Ein Ruinenfeld, in dem überall die Leichen abgeschlachteter Han-Chinesen herumlagen, war definitiv nicht das Ziel gewesen.
Doch auf der Straße nach Ürümqi kamen dem Treck immer wieder versprengte Grüppchen von Han-Chinesen in desolatem Zustand entgegen. An vielen Stellen lagen auch Leichen, von denen die meisten die Spuren von schweren Misshandlungen aufwiesen. Am erbärmlichsten die Schwerverletzten, die hilflos am Straßenrand liegend darum flehten, medizinisch versorgt zu werden. Nachdem man den ersten noch eine medizinische Notversorgung hatte zukommen lassen, stellte man die schnell ein. Der Vormarsch auf Ürümqi konnte einfach nicht warten und es kristallisierte sich immer weiter heraus, dass man alle Ressourcen benötigen würde, die man mit sich führte. So ging man schnell dazu über, die Hilflosen einfach liegen zu lassen.
Die beiden Radpanzer Typ PLL05 führten den Treck an. Ihre Aufgabe bestand darin, Hindernisse aus dem Weg zu räumen, die den Vormarsch behinderten. In meisten Fällen wurden sie dieser Aufgabe auch gut gerecht. Gestrandete PKWs schoben sie einfach in den Straßengraben, wodurch sie aber gezwungen wurden auf Schrittgeschwindigkeit abzubremsen, was den gesamten Treck, der sich über mehr als einen Kilometer hinzog, zum Halten zwang. Schwieriger gestaltete sich die Räumung aber, wenn Lastwagen oder Gruppen von verkeilten Fahrzeugen beiseite geräumt werden mussten,

die den Weg blockierten. Da dann die beiden Radpanzer koordiniert eingesetzt wurden, kam es zu Verzögerungen, die sich auch mal bis zu einer Stunde hinzogen.
Die Offiziere saßen derweil unruhig in den beiden Dongfeng EQ2050 und verfolgten über Funk die Bemühungen der Vorhut. Ab und an griffen sie in den Funkverkehr ein und brüllten Befehle. Die: meistens wenig hilfreich, denn die subalternen Truppenteile vor Ort wussten schon, was zu tun war. Doch das ging eben nicht zeitlos.
»Ich gehe jetzt nach vorne und trete diesen Lahmärschen in den Arsch!«, schimpfte Oberst Pong genervt.
»Nach vorne zu gehen und nach dem Rechten zu schauen, ist eine gute Idee. Doch dir muss klar sein, dass du kaum was ausrichten kannst. Das Einzige was geht, ist die Moral zu heben. Zeigen, dass wir uns kümmern, dass wir wissen, wo es hakt«, antwortete ihm der General.
Er war froh, den Kollegen eine Weile lang loszuwerden, um alle Eventualitäten der Übernahme Ürümqis noch mal in Ruhe durchgehen zu können. Pong schälte sich aus dem chinesischen Hummer. Ihm blieb keine andere Wahl, als den Weg nach vorne zu Fuß anzutreten. Etwa zwanzig Minuten später meldete er sich über Funk.
»Vorhut an Drachen, Vorhut an Drachen, bitte kommen!«
Drachen, das war General Hao in seinem Dongfeng.
»Drachen hört!«
»Habe hier zwei Zivilisten auf Fahrrädern, die aus Ürümqi geflohen sind. Es handelt sich um Li Dandan und Barde Bambang. Sie wollen dich sprechen.«
Das war ein eindeutiges Indiz dafür, dass die Lage in der Stadt kritischer war, als sie sein sollte.
»Schick sie zu mir!«, bellte der General beunruhigt in sein Mikrofon. »Wie ist die Lage sonst?«
»Beschissen!«
Der Funkkontakt brach ohne weitere Rückmeldung ab. Es dauerte, bis die beiden Verschwörer den Hummer erreichten. Der General erwartete sie ungeduldig und war

schockiert, als die beiden sich reichlich mitgenommen in seinen rollenden Kommandostand quetschten. Ihre Kleidung war an vielen Stellen zerrissen, zwei Flaschen Wasser tranken sie aus, ohne auch nur einmal abzusetzen. Dann sprudelte es aus Li Dandan, dem erfolgreichen Bauunternehmer, heraus.

»Der Aufstand brodelt. Bloß, er kocht wesentlich weiter hoch, als wir es geplant haben. Alle Han-Chinesen in der Stadt sind quasi vogelfrei. Marodierende Horden ziehen durch die Straßen und schlachten alle ab, die sie auch nur im Geringsten für verdächtig halten, etwas mit dem System am Hut zu haben. Überall liegen tote Han-Chinesen herum. Aber nicht nur das. Die Schäden sind immens. Alles, was nicht niet- und nagelfest ist, wird geplündert. Überall brechen Brände aus. Man kann kaum noch atmen. Wir hatten verdammt Glück, dass wir lebend aus der Stadt herausgekommen sind.«

»Wo werden wir auf den ersten Widerstand treffen?«

»Schätzungsweise zehn Kilometer von hier«, sagte Li Dandan. »Bis dahin sollten wir gut vorankommen.«

Barde Bambang saß völlig entkräftet im Dongfeng, labte sich an der Klimaanlage und glotzte doof. Der General versuchte, etwas Zuversicht zu verbreiten.

»Die zehn Kilometer schaffen wir in einer Stunde.«

»Aber dann wird es alles andere als ein Spaziergang. Die haben Waffen ohne Ende. Sogar panzerbrechende! Je weiter wir in die Stadt hineinkommen werden, desto besser sind sie organisiert. Dann habe wir es nicht mehr mit marodierenden Banden zu tun!«

Die Lage war also noch katastrophaler, als der General befürchtet hatte.

»Schlecht, sehr schlecht! Trotzdem werden wir jeglichen Widerstand brechen. Ich werde die neue Lage an alle Verbände durchgeben. Wir werden keine Gefangenen machen!«

Davon war Li Dandan auch nicht ausgegangen. Auch reichlich geschafft lehnte er sich ermattet in den weichen Sitz des Militärfahrzeugs zurück und rechnete die

finanziellen Folgen der Scheinrevolte durch. Einige seiner Liegenschaften waren sicher in Flammen aufgegangen. Doch der Wiederaufbau würde enorme Kräfte erfordern. Da würde er gewaltig einsteigen können. Diesmal ohne das System und seine blöde Bo Tin, die nur danach trachtete, ihm die Suppe zu versalzen. Wobei Bo Tin ja nur im virtuellen Raum existierte. Trotzdem machte er sie für die gesamte Misere verantwortlich.
Wenn das alles nur so lief, wie sie es geplant hatten. Eher zuversichtlich schlief er völlig ermattet ein. Nicht ohne vorher noch zwei Überlebensrationen in sich hineingestopft zu haben. Die Dose Bier dazu war die köstlichste seines Lebens.

~

Inzwischen saßen Oberst Chen und Major Yang im Büro des den Polizeistützpunkt Changij kommandierenden Hauptmanns Hu Pen. Die beiden Offiziere waren eben damit fertig geworden, die Eskalation in Ürümqi zu schildern, wobei sie immer wieder betonten, wie dringlich sofortiges Handeln sei. Wiederholt fiel der Hinweis auf mögliche Konsequenzen, wenn der Hauptmann ihrer Forderung nicht nachkäme.
Der kam immer weiter unter Druck und versuchte den ranghöheren Offizieren darzulegen, dass der Stützpunkt zwar über einige Ressourcen verfüge, aber ein sofortiges Losschlagen keinesfalls möglich sei.
»Um die Ordnung in der Stadt wiederherzustellen, benötigen wir mindestens 1000 Einsatzkräfte. Wobei wir mit Verlusten rechnen müssen, sodass das Nachführen von Verstärkung unbedingt notwendig ist. Hier am Stützpunkt verfügen wir nicht mal über 500 Leute. Die sind für den normalen Streifendienst ausgerüstet, aber nicht für die Niederschlagung eines großflächigen, gut organisierten Aufstands. Die gesamte elektrische Infrastruktur in Ürümqi scheint zusammengebrochen zu sein. Vergessen Sie nicht, dass sowohl die Einsatzkräfte

als auch der gesamte Fuhrpark elektrisch betrieben werden. Wir haben zwar Generatorfahrzeuge, doch ebenfalls nicht in ausreichender Menge, damit wir die gesamte Truppe am Laufen halten können. Bevor wir fähig sind zu reagieren, müssen wir große Mengen an Unterstützungskräften heranführen.«

»Dann tu das! Jetzt, sofort!«

»Habe ich schon in die Wege geleitet. Doch wir sind der normalen Kommunikation beraubt. Ich habe schon auf der Notruffrequenz gefunkt, aber die ist völlig dicht. Deswegen sind Boten zu den Polizeistützpunkten im Umkreis unterwegs, mit der dringenden Bitte, uns alle verfügbaren Kräfte zur Wiederherstellung von Recht und Gesetz zur Verfügung zu stellen.«

»Wann rechnest du mit deren Eintreffen?«

»Schwer zu sagen. Die Lage ist wirklich komplett unübersichtlich. Wir werden mindestens noch 48 Stunden brauchen, bis wir abmarschbereit sind. Wobei das eine optimistische Schätzung ist.«

»Können wir nicht die Unterstützung des Militärs anfordern?«

»Auch hier gibt es keinen direkten Draht mehr. Ich habe schon einen Boten zum Stützpunkt in Bayingolin entsandt. Doch auch von ihm keine Rückmeldung!«

Der General und der Oberst fluchten simultan und lautstark.

~

Inzwischen hatte der Treck aus Bayingolin die Stadtgrenze von Ürümqi erreicht. Eine Straßensperre, errichtet aus ausgebrannten Bussen, Betonklötzen und klobigen Trümmerteilen, an denen jetzt kein Mangel mehr bestand, hinderte die Kolonne am weiteren Vorrücken. Die Kolonne kam, heftigen Widerstand erwartend, in etwa 500 Metern Entfernung zum Stehen.

Der Dongfeng EQ2050, die fahrende Kommandozentrale, war zu den beiden Radpanzern,

welche die Vorhut bildeten, aufgerückt. In seinem Schlepptau Einheiten, die mit leichten Mörsern bewaffnet waren. Ihre Aufgabe würde es sein, alle Hindernisse auf dem Weg ins Stadtzentrum sturmreif zu schießen.
Den Angriff auf die erste Straßensperre befahl der General höchstpersönlich. Er überwachte die Aufstellung der Mörser. Mittels Entfernungsmessung per Laser wurde der Abstand zum Zielobjekt ermittelt. Unteroffiziere richteten die Rohre der Geschütze entsprechend der Messung aus. Dann der Befehl zum Schuss. Nahezu zeitgleich flogen die Mörsergranaten auf die Straßensperre zu. Zwei Granaten trafen und schlugen eine Bresche in das Bollwerk.
In der Deckung eines der Radpanzer begutachtete Hao Rai mittels eines Scherenfernrohrs die Treffer. Ordnete ein Nachladen und einen zweiten Schuss an.
Jetzt traf jeder Schuss. Den in der Barrikade verbauten Bus zerriss es mittig und verstreute die Fetzen der Karosserie in einem Umkreis von mehreren Dutzenden Metern.
Wieder überprüfte General Hao Rai die Lage durch das Scherenfernrohr. Die Straßensperre würde jetzt kein Hindernis mehr darstellen. Doch auch den umliegenden Häusern galt seine Aufmerksamkeit. Er suchte die Fassaden nach Kämpfern ab, die einem weiteren Vorrücken Widerstand entgegensetzen könnten.
Doch nichts rührte sich. Sollte die Position etwa nicht besetzt sein? Es sah ganz danach aus. Aber das konnte doch eigentlich nicht sein. Eine solche Position ließ man nicht unbesetzt.
Hatten die Mörsergranaten ganze Arbeit geleistet? War schon jeglicher Widerstand gebrochen? Er entschloss sich, die Frage ohne weitere Vergeudung von Munition zu klären.
Scharfschützen bezogen auf den Fahrzeugen der Truppe Stellung. Sie hatten Anweisung auf alles, was sich in der feindlichen Stellung bewegen würde, zu schießen. In der

Deckung eines der Radpanzer machte sich ein Trupp von 30 Infanteristen bereit, die Barrikade zu stürmen.
Wieder der Befehl vom General: Der Radpanzer setzte sich in Bewegung, die Infanteristen stapften mit ihren Sturmgewehren vom Typ 56 im Anschlag hinter ihm her.
Sie kamen bis zu den Resten der Barrikade. Für einen Augenblick sah man feindliche Kämpfer neben dem Radpanzer auftauchen. Die auf den Fahrzeugen positionierten Scharfschützen eröffneten das Feuer. Doch die drei Kämpfer kamen zu nah an das Fahrzeug heran. Eben hatte man noch die Sprengstoffwesten mit den daran befestigten Sprengsätzen erkennen können. Danach sah man nur noch den Feuerball.
Die Wucht der Detonation hob das schwere Gefährt um mindestens einen Meter. Alle dreißig Soldaten in seinem Schlepptau wurden durch die Druckwelle von den Beinen geholt. Die Scharfschützen gaben noch zwei, drei Schüsse ab. Dann herrschte Stille. Rauch drang aus dem Radpanzer.
Der lag jetzt auf der Seite. Einige der Infanteristen, die den hinteren Teil des Zuges gebildet hatten, waren noch handlungsfähig. Sie rappelten sich in Zeitlupe wieder auf und suchten Deckung.
»Lagebericht!«, forderte der General per Funk.
Den Mann am Funkgerät hatte es ordentlich umgehauen. Er war nicht mehr fähig, es zu bedienen.
»Lagebericht! Sofort!«
Der kam immer noch nicht. Über das Scherenfernrohr versuchte der General, sich einen Überblick über die Lage zu verschaffen.
»Die brauchen Verstärkung. Wir müssen was tun!« raunte ihm Oberst Pong zu.
Doch der General war nicht willens, ohne weitere Informationen sinnlos Soldaten zu opfern.
»Lagebericht! Sofort!«, brüllte er in die Handgurke.
Die gab das funktypische Rauschen von sich. Dann endlich die Antwort.

»Feindkontakt. Radpanzer zwei außer Gefecht gesetzt. 19 Mann tot oder verwundet. Wir brauchen sofort Unterstützung durch medizinisches Personal.«
»Seid ihr noch unter Beschuss?«
»Nein! Keine weitere Feindberührung. Nochmals: Wir brauchen sofort medizinische Unterstützung. Viele der Kameraden hat es schwer erwischt.«
»Durchhalten! Die Unterstützung kommt!«
Hao Rai war sich nicht so sicher, ob sich da nicht doch noch irgendwo uigurischer Widerstand regte.
Er befahl den Mörsern das Feld hinter der zerbombten Barrikade in regelmäßigen Abständen mit Feuer zu belegen. Zu Oberst Pong gewandt befahl er:
»Du stellst einen Zug zusammen, der unsere Jungs da rausbringt! Und von denen will ich einen ordentlichen Lagebericht!«
Pong quittierte den Befehl.
Eines schwor sich der General umso mehr. Von den rebellischen Ziegenfi..... würde keiner lebend davonkommen.

~

Immer wieder Teile des Weges rennend hatten Dshamilja und Tian seinen Appartementblock erreicht. Obwohl sie einige Straßen durchqueren mussten, auf denen die Nacht der langen Messer schon in vollem Gange war. Doch Wei Bas Pistole war immer das bessere Argument. Sobald sich ihnen jemand in den Weg stellte, hielt er dem die Waffe unmissverständlich vor die Nase.
Im Haus regte sich nichts. Vorsichtig stiegen sie die Treppen zu Tians Appartement hoch. Im zweiten Stock kam ihnen ein Gruppe Uiguren entgegen. Doch Dshamilja konnte sie auf Uigurisch davon überzeugen, dass sie nicht der Feind seien und nur höher rauf müssten. Nicht, dass die Gruppe nicht bemerkt hätte, dass es sich bei Tian um einen Han-Chinesen handelte. Aber sie wichen der Konfrontation aus, weil sie das

glauben wollten, was eine der ihren ihnen da auftischte. Den Rest Überzeugungsarbeit leistete die Pistole.
Im Appartement angekommen, verriegelten sie die Tür und blockierten sie mit Keilen, die Tian aus seinem Werkzeugkasten hervorzog. Dann schoben sie die schwere Kommode aus dem Schlafzimmer davor und beluden sie mit allem, was als weiterer Ballast dienen konnte.
Tian hatte die erste Wache. Nach zwei Stunden löste ihn Dshamilja, immer noch vom süßen Schlummer reichlich benebelt, ab.
Erst Stunden später hatten sich die beiden so weit erholt, dass sie sich beim Schein einer Kerze zu einer Lagebesprechung aufraffen konnten.
»Was machen wir jetzt?«, fragte Dshamilja.
Sie einigten sich darauf, dass sie so lange in der Wohnung ausharren würden, wie es ihnen möglich war. Hoffend, dass sich die Lage auf wundersame Weise stabilisierte. Natürlich mussten sie fürchten, dass entweder fanatische Islamisten sie aufspüren oder das System ihre Beteiligung am Umsturz spitzkriegen würde. Darüber gerieten sie dann auch in Streit.
»Ich hätte mich nie mit diesem Bambang einlassen sollen. Es hätte mir klar sein müssen, dass das der absolute Wahnsinn ist«, sagte Tian.
Alles war über ihn gekommen und er zweifelte an seinem Tun. Immerhin hatte er zwei Menschen töten müssen. Dshamilja sah das gar nicht so. Es wäre die letzte Chance gewesen, das System zu stoppen. Sie hätten einfach handeln müssen. Die Überwachung sei doch so umfassend geworden, dass man keinen Atemzug mehr habe tun können, ohne dass es vom System protokolliert wurde. Es sei der pure Überlebensinstinkt gewesen, denn irgendwann wäre es so autark geworden, dass es sich von jeglichem menschlichen Einfluss abgekoppelt hätte. Und dann hätte es sich daran gemacht, die lästigen Konkurrenten um Lebensraum und Rohstoffe zu verdrängen.

So viel Resignation lag in Dshamiljas Stimme. Tian war nicht ganz so pessimistisch.
»Meinst du wirklich? Wir sind doch seine Schöpfer!«
»Aber bald, sehr bald hätte sich das System von der Mutterbrust gelöst. Und dann ist es unkontrollierbar. Dann wären wir nur noch Ballast.«
Tian schwieg, dachte einen Gedanken nach, den er schon oft gewälzt hatte.
»Nein. Das braucht es gar nicht. Die Menschheit auszuradieren, hätte unkontrollierbare Folgen. Es wäre ein Vernichtungskampf mit unkontrollierbaren Folgen für den Planeten. Das System könnte sich seiner eigenen Grundlagen berauben. So weit kann es nicht gehen.«
»Wie weit denn dann?«, fragte Dshamilja ohne jegliche Hoffnung.
»Wenn das System die Chance dazu kriegt, wird es das Anthropozän beenden. Und ein neues Zeitalter ausrufen. Vielleicht das Logitschizän? Es wird die Menschen ihrer Handlungsfähigkeit berauben, aber sie nicht töten. Nur sicherstellen, dass wir ihm nicht mehr gefährlich werden können.«
»So weit darf es nie kommen. Aber wie sollen wir das verhindern?«
Die Zerstörungen, die er gesehen hatte, ließen Tian daran zweifeln. Zu unkoordiniert, zu zerstörerisch der Widerstand auf den Straßen. Doch er wollte Dshamilja nicht noch trauriger machen.
So log er: »Wir schaffen das schon. Wir sind verdammt viele!«
Der Blick, den ihm seine Liebste zuwarf, ließ ihn stutzen. Seine Lügerei war nicht besonders überzeugend gewesen.

~

Der General hielt sein Versprechen. Auf dem Vormarsch ins Zentrum vom Ürümqi machte er keine Gefangenen. Er brauchte seine Männer dazu auch in keinster Weise

anzustiften. Denn überall stießen die auf grausam geschändete Leichen von Han-Chinesen.
Immer wieder trafen sie auf vereinzelte Widerstandsnester. Immer wieder versuchten todesmutige Selbstmordattentäter sich ihnen in den Weg zu stellen. Frauen mit Bündeln in der Hand, in der Hoffnung, dass die Soldaten wenigstens noch Rücksicht auf das Leben nehmen würden, dass durch das Geschenk der späten Geburt sich keinesfalls schuldig gemacht haben konnte. Aber manche der Bündel waren Attrappen, die zusätzlich zum Sprengstoffgürtel noch weitere Sprengsätze bargen.
So ließ die Truppe um General Hao Rai niemanden an sich herankommen. Alles, was sich auf der Straße zeigte, mähten Haos Männer gnadenlos nieder. Ein paar Frauen gehörten auch zur Truppe, doch nicht zur kämpfenden. Was sie aber nicht daran gehindert hätte, genauso gnadenlos auf Widerständler und Flüchtende zu ballern, wie es ihre männlichen Kollegen taten.
Die Lehre aus dem Zusammenstoß an der ersten Straßensperre ziehend, sparte der Gefechtsverband um den General nicht mehr mit Munition. Sobald etwas ausgemacht wurde, was nur den Anschein eines Widerstandsnestes erweckte, hielten die Granatwerfer so lange darauf, bis kein Stein mehr auf dem anderen lag. Als von einem Hausdach das Feuer eröffnet wurde, dauerte es keine halbe Stunde, bis das gesamte Haus in Trümmern lag. Dabei kam der Beschuss nur von einem Maschinengewehr. Nachdem die erste Salve verpufft war, zog sich der Gefechtsverband in sichere Entfernung zurück. Etwa eine Viertelstunde später setzte ein Trommelfeuer ein, dass das Gebäude in den folgenden Minuten zusammenstürzen ließ.
Trotzdem gelang es den Islamisten immer wieder einzelne Nadelstiche zu setzen. Sie lauerten auf Hausdächern, in Kanalschächten, in jeder sich bietenden Öffnung. Jederzeit bereit, ihr eigenes Leben vorbehaltlos zu opfern. Es zerrte gewaltig an den Nerven von General

Rais Truppe, dass man gegen einen Feind kämpfte, der jeden Überlebensinstinkt zu missen schien. Und wenn man einem Selbstmordattentäter dann doch Herr wurde, sprengte sich der nächste in die Luft. Gute Verstecke boten die Trümmerteile und Autowracks, mit denen die Straßen der Provinzhauptstadt übersät waren.
Am Abend des 30. Juli 2036 übernahm Haos Truppe den Palast der Volksregierung im Zentrum. Kampflos, denn die waffentechnische Überlegenheit, die Gnadenlosigkeit des Umgangs selbst mit der geringsten Form von Widerstand und das völlige Ausbleiben der auf den Flugblättern versprochenen Unterstützung hatte auch den fanatischsten unter den Widerständlern zu verstehen gegeben, dass der Kampf verloren war.
Seine große Funkstation in Betrieb nehmend, meldete Hao Rai nach Peking, dass er die Ruhe in Ürümqi wiederhergestellt hatte. Dass es sich um die Ruhe eines Friedhofs handelte, brauchte er nicht anzumerken. Peking erwartete nichts anderes. Gratulierte ihm aber.

Kapitel 16: Das System antwortet

Chanji, den 1.8.2036

Oberst Chen steckten Vertreibung und Flucht aus Ürümqi noch in den Knochen. Die vergangenen Tage hatte er kaum mehr als vier Stunden pro Nacht geschlafen. Besonders nervte ihn, dass seine meisten Untergebenen als seelenlose Blechbüchsen einen solchen Luxus wie Schlaf nicht nötig hatten. Selbst wenn sie sich mal aufladen mussten, waren sie zwar an die Steckdose gefesselt, doch liefen ihre Schaltkreise ungebremst weiter. Reichlich geschafft hing er in einem Bürostuhl Leutnant Pen gegenüber und arbeitete krampfhaft daran, nicht in einen der Bewusstlosigkeit gleichkommenden Schlaf zu fallen.

»Herr Oberst, wir sind bereit zum Abrücken. Ich darf Ihnen melden, dass unsere Streitmacht auf über 900 maschinelle Kollegen angewachsen ist. Die Stützpunkte in Karamay, Tacheng und Altay haben alle Einheiten geschickt, die sie entbehren können. Damit sollten wir über genug Schlagkraft verfügen, um die Ordnung in Ürümqi wieder herzustellen.«

»Sehr gut! Wie schaut es mit der Bewaffnung aus?«, kam es trotz der guten Nachricht todmüde vom Oberst.

»Alle Robocops verfügen über die standardmäßige Bewaffnung mit dem Sturmgewehr vom Typ 95 samt Munition. Die maximale Ladung beträgt 87 Schuss, alle sind voll geladen. Weitere 300000 Schuss werden wir auf den Einsatzfahrzeugen mitführen.«

»Wie schaut es mit weiterer Ausrüstung aus?«

»Wir haben ausreichend Fahrzeuge, um die Mannschaften nach Ürümqi zu bringen. Alle elektrisch! Können aber mittels der Dieselgeneratoren geladen werden. Die führen wir natürlich mit. Ein Tankwagen mit 58000 Litern Kraftstoff garantiert ihre Einsatzfähigkeit.«

»Was können wir an sonstiger Ausrüstung aufbringen?«

»Die übliche Polizeiausrüstung. Mehr nicht.«

»Schwere Waffen?«

»Haben wir keine. Wir sind eine Polizeieinheit.«
»Peking hat mir versichert, dass nachrückendes Militär uns unterstützen wird. Allerdings habe ich keine Angaben darüber, wann die Einheiten eintreffen werden. Wir müssen bis dahin sehr sparsam mit unseren Ressourcen umgehen«, kam es unvermittelt von Oberst Chen.
»Wann können wir mit weiterem Nachschub rechnen?«
»Ungewiss. Wir haben auch keine verlässlichen Informationen. Ein Großteil der Kommunikationsinfrastruktur in Xinjiang ist immer noch unbrauchbar.«
»Trotzdem irgendwelche Neuigkeiten aus Ürümqi?«
«Kaum. Nur Flüchtlinge. Die bestätigen das Bild, das Sie berichtet haben. Jegliche Kommunikation ist weiterhin unterbrochen.»
»Wie sind wir gegenüber einem weiteren EMP abgesichert?«
»Das ist unsere Achillesferse, dagegen sind wir in keinster Weise gerüstet. Dagegen würden nur biologische Polizisten helfen. Die konnen wir aber nicht so schnell heranführen. Außerdem gibt es kaum mehr welche.«
»Das ist schlecht, sehr schlecht. Aber wir müssen das Risiko eingehen. Ansonsten ist von Ürümqi nichts mehr übrig, wenn wir dort ankommen.«
Hauptmann Pen nickte müde. Die vergangenen Tage waren auch an ihm nicht spurlos vorbeigegangen.
»Wann können wir abrücken?«
»Im Prinzip sofort. Doch ich würde bis Sonnenaufgang warten. Bei den momentanen Zerstörungen ist eine Fahrt in der Dunkelheit nicht ratsam.«
»Bei Sonnenaufgang rücken wir ab!«
»Abmarsch bei Sonnenaufgang!« quittierte Hauptmann Pen den Befehl.
Oberst Chen schaute auf seine Uhr. Was er sah, gefiel ihm nicht. Schon 0230. Sein Schlummer würde wieder verdammt kurz ausfallen.
Knapp drei Stunden später weckte ihn ein Robocop in seiner Schlafkoje. Der musste ihn ordentlich

durchschütteln, um ihn wach zu kriegen. Mühsam stemmte sich der Oberst aus dem Bett. Sich den Uniformrock überzuziehen fiel ihm schwer. Beim Anziehen der Hose legte er sich fast auf den Boden.
Eine Tasse Tee und Hirsebrei mit Sesampaste belebten ihn etwas. Das Verlangen, sich noch einmal in seine Schlafkoje zu begeben, war dennoch übermächtig. Doch die militärische Disziplin siegte. Dann ging's los.
Draußen war der Kasernenhof zwar erleuchtet, aber die Sonne noch nicht aufgegangen. Im Licht der schwachen Scheinwerfer konnte er ausmachen, dass nahezu alle Roboterpolizisten schon transportbereit auf den Polizeifahrzeugen standen. Völlig regungslos, wie eine Armee von Schaufensterpuppen. Nur ein paar von ihnen erledigten noch letzte Aufgaben.
Chen steuerte direkt auf einen BYD Yangwang U8 zu. Die dem Range Rover nachempfundene Nobelkarosse stellte den krassen Gegensatz zu dem billigen Mountainbike dar, auf dem Chen zur Basis geradelt war. Das Fahrzeug, ein echter Dinosaurier mit 3,5 Tonnen Gewicht und 5,40 Metern Länge. Getragen von vier riesigen Reifen, die auch nach Beschuss noch bedingt einsatzfähig waren. Das Interieur mutete edel an, alles mit Leder überzogen, keine Spur von billigem Plastik. Im Wagen erwarteten ihn schon Hauptmann Pen und Major Yang.
Das Fahrzeug an sich komplett autonom, ohne Lenkrad, ein Armaturenbrett vollpfropft mit moderner Kommunikations- und Überwachungstechnik. Auf den vielen Bildschirmen im Fond leuchteten Millionen Pixel. Doch die allesamt wertlos. Denn alle Verbindungen waren weiterhin gekappt.
»Gibt den Befehl zum Abmarsch!«
Hauptmann Pen hätte ihn normalerweise über den Touchscreen an alle Einheiten weitergeleitet. Da das aber nicht mehr möglich war, blieb ihm nur, über einen analogen Außenlautsprecher zu kommandieren.

»Abmarsch!« dröhnte es unüberhörbar über den Kasernenhof. Die Kolonne setzte sich Richtung Ürümqi in Bewegung.

~

Am frühen Abend desselben Tages fand im Palast der Volksregierung in Ürümqi ein Gipfeltreffen der verschwörerischen Strippenzieher statt. Diesmal musste man nicht nach Taiwan ausweichen. Anwesend waren neben den Militärs Hao Rai, Ping und Pong auch die Honoratioren Wuam und Dandan nebst Barde Bambang. Die Stimmung: ambivalent. Nur Bauunternehmer Dong fehlte.
»Klar, wir haben weitgehend die Kontrolle über Ürümqi, aber das Ürümqi, das wir kannten, gibt es nicht mehr«, beklagte sich Wu Li Wuam jetzt wieder mit Hörgerät. »So hatten wir das nicht geplant!«
»Bitte, bitte, es bestand nie Zweifel daran, dass die Aktion nicht absolut geräuschlos über die Bühne gehen würde«, entgegnete ihm Oberst Pong. »Bei so einem Unternehmen sind die Risiken immer extrem schwer zu kalkulieren. Es lag auf der Hand, dass es Verluste an Mensch und Material geben würde.«
»Ziel war es, die Überwachungsstruktur entscheidend zu schädigen. Aber doch nicht die ganze Stadt in einen Trümmerhaufen zu verwandeln! Kaum eines meiner Häuser ist unbeschädigt. Ich werde Millionen von Yuan aufbringen müssen, um die Schäden zu reparieren.«
»Noch mal: Es ging nicht anders! Wir konnten nicht einfach anfangen, alle Überwachungskameras in der Stadt abzuschrauben. Da hätte uns das System sofort ausgebremst. Und außerdem werdet ihr euch am Wiederaufbau eine goldene Nase verdienen.«
Wu Li Wuam setzte zu einer Entgegnung an, wurde aber durch einen eintretenden Sergeanten unterbrochen. Der stand stramm und salutierte.
Der General erteilte ihm die Erlaubnis, zu sprechen.

»Melde gehorsamst: Kontakt mit erheblichen Polizeikräften auf der Stadtautobahn S115 in der Nähe des Flughafens.«
»Wie ist das möglich?«
»Sie kommen hauptsächlich aus dem Stützpunkt Changij. Haben aber offensichtlich Verstärkung aus weiter entfernten Stützpunkten bekommen. Planen in die Innenstadt vorzurücken, um die Ordnung wiederherzustellen und die Kontrolle zu übernehmen.«
»Sind sie weiter auf dem Vormarsch?«
»Nein! Den konnten wir mit dem Hinweis auf die notwendige Rückversicherung stoppen!«
Was die Honoratioren da hörten, gefiel ihnen gar nicht.
»Über welche Mannschaftsstärke sprechen wir?« hakte Oberst Ping nach.
Der Sergeant zögerte.
»Schwer zu sagen. Das Ende des Konvois konnte ich nicht ausmachen. Wir sprechen über massive Polizeiverbände. Einige Hundertschaften.«
»Von wem werden die Einheiten befehligt?«
»Von Chen und Yang.«
Das verdrossene Schnaufen des Generals entging niemandem im Raum. Er entließ den Überbringer der Hiobsbotschaft mit dem Befehl, draußen auf weitere Anweisungen zu warten.
»Das ist schlecht, sehr schlecht! Wie konnten die sich so schnell reorganisieren?« fragte Li Dandan wütend die Militärs.
»Jetzt nur mal nicht die Nerven verlieren! Noch ist die Stadt unser«, entgegnete ihm General Hao Rai.
»Ja, noch! Aber wir lange noch? Wir können keinesfalls dulden, dass der Spuk wieder von vorne beginnt!«
»Das werden wir nicht! Wir werden ihnen das weitere Vorrücken mit dem Hinweis auf die prekäre Sicherheitslage verwehren.«
»Damit gewinnen wir Zeit. Aber mehr nicht!«
»Das stimmt. Aber die werden wir nutzen, die noch bestehende Überwachungsinfrastruktur so zu dezimieren,

dass deren Wiederaufbau ewig dauern wird. Ürümqi wird weiter unter Kriegsrecht bleiben.«

Zweifelnde Stimmen von den Oligarchen waren zu hören. Die wollten mehr. Die Garantie, dass das System sich niemals mehr würde installieren können.

»Wir dürfen Peking nicht vergessen. Momentan ist die Kommunikation noch stark eingeschränkt, aber das wird sich bald ändern. Dann können wir nur noch begrenzt agieren. Aber vergesst nicht: Noch sind wir die Helden!«

Der General wandte sich an seiner Obersten: »Ihr beiden werdet mit einer schlagkräftigen Eskorte sofort in Richtung S115 aufbrechen. Macht ihnen klar, dass wir sie trotz der aktuellen Probleme nicht brauchen. Sie sollen wieder nach Changij zurückkehren.«

»Und wenn sie sich nicht darauf einlassen?«

»Das werden sie. Sie haben keine Artillerie. Unseren Granatwerfern können sie nichts entgegensetzen.«

»Wir haben also Schießbefehl, wenn sie sich nicht zurückziehen?«

»Wenn sie das nicht tun, dann ja! Aber sie werden sich zurückziehen!«

»Das ist der absolute Wahnsinn!«, ereiferte sich Wu Li Wuam. »Wenn wir auf die eigenen Leute schießen, dann ist alles verloren. Das bedeutet für uns alle den Genickschuss.«

»Nein, nein!«, beschwichtigte der General. »Es werden ja nur Warnschüsse sein. Nur, um sie am weiteren Vorrücken zu hindern. Um die Zeit zu gewinnen, die wir brauchen. Wir schießen nur auf rein maschinelle Kräfte!«

»Und wie rechtfertigen wir das dann?«

»Wir behaupten, ein, zwei Unteroffiziere hätten ohne Befehl gehandelt. Die lassen wir dann hinrichten.«

Wie so oft hatte jeder seine Meinung zu dem Plan. Die Diskussion zog sich. Zog sich fast zwei Stunden. Um dann den ursprünglichen Plan des Generals durchzuwinken, weil keiner einen besseren hatte. Und die Polizeikräfte sich ja eh nicht der Rückzugsaufforderung

widersetzen würden. General Hao Rai ließ den Sergeanten wieder hereinrufen.
»Sergeant, wir halten die Stellung! Die Obersten Ping und Pong werden dich mit einer Kompanie begleiten.«
Der Sergeant wiederholte den Befehl, salutierte, warf sich herum und verließ stechenden Schrittes den Raum. Die beiden Obersten gingen ihm wesentlich entspannter hinterher. Von den Honoratioren im Raum war keiner mehr locker.
»Wo zum Teufel ist eigentlich Ding?«
»Ich habe auch ihn holen lassen. Er war aber nicht aufzufinden.«
»Der treibt sich wahrscheinlich wieder bei irgendeiner Nutte rum« sagte Wuam geringschätzig.
Damit sollte er recht haben.

~

In ihrem Dongfeng EQ2050 saßen Oberst Chen und Major Yang und starrten ungeduldig auf die Straßensperre auf der S115 vor ihnen. Auch sie: reichlich angespannt.
»Mann, Mann, Mann! Wie lange soll denn das noch dauern? Wollen die die ganze Stadt abfackeln lassen?«
»Sollen wir nicht einfach durchbrechen?« schlug Major Yang vor.
»Ich gebe denen noch 15 Minuten! Dann brechen wir durch!«
Die brauchte er nicht zu warten. Jetzt bewegte sich was hinter der Barrikade. Aber mehr, als die beiden Offiziere erwartet hatten.
»Was zum Teufel machen die denn da?«
Sie mussten zusehen, wie fünf Truppentransporter und zwei Lastwagen auf der anderen Seite auf die Straßensperre zufuhren. Von den Transportern saßen etwa 100 Mann ab und gingen sofort in Stellung. Derweil hoben andere Mannschaften Granatwerfer von den Lastwagen und richteten sie aus. Nach einem

Willkommensgruß sah das so gar nicht aus. Chen und Yang musterten das Schauspiel mit immer größerem Argwohn. Dann sahen sie, wie Oberst Pong mit einem ihrer Roboterpolizisten direkt über die Barrikade hinweg sprach. Worauf der zu den Offizieren im Dongfeng durchschaltete.

»Kontaktaufnahme mit Oberst Pong von der zweiten Brigade. Er verweigert uns die Durchfahrt.«

»Was fällt dem ein!« schimpfte Major Yang. »Hat er gesagt, warum?«

»Er behauptet, die militärische Lage in der Stadt sei noch nicht geklärt. Man könne für unsere Sicherheit nicht garantieren.«

»Sag ihm, dass wir uns selbst um unsere Sicherheit kümmern würden.«

»Er behauptet, dass wir das nicht könnten. Wir seien für eine militärische Auseinandersetzung nicht gerüstet.«

»Die Einschätzung soll er mal uns überlassen! Bestehe auf unserem Durchfahrtsrecht!«

Die Offiziere mussten zusehen, wie an der Barrikade weiter verhandelt wurde. Den Ton hatte der Roboterpolizist wieder herunter geregelt. Dann die Rückmeldung.

»Oberst Pong verweigert weiterhin das Durchfahrtsrecht.«

»Schalte mich mal direkt zu ihm durch!«

Die beiden Obersten diskutierten nicht lange. Jeder beharrte auf seinem Standpunkt. Dann wurde es Oberst Chen zu viel:

»Ich werde mir die Durchfahrtserlaubnis aus Peking holen.«

Die Antwort kam prompt: »Tun Sie das!«

Dadurch waren die beiden Offiziere gezwungen, ihren Dongfeng zu verlassen. Denn mit der in ihm verbauten Kommunikationselektronik konnten sie mit Peking nicht mehr in Kontakt treten. Stattdessen mussten sie sich zu dem Transporter mit dem Funkgerät bemühen. Während

sie das taten, sahen sie, wie die Einheiten hinter der Barrikade ihre Stellung ausbauten.
Etwa 50 Minuten später hatten sie die Erlaubnis aus Peking, in die Stadt vorzurücken. Über den Roboterpolizisten an der Straßensperre ließen sie die Entscheidung Oberst Pong wissen. Der nahm sie zur Kenntnis und berief sich darauf, sie seinem vorgesetzten Offizier kommunizieren zu müssen. Zeit verging.
Was Chen und Yang dann in ihrem Dongfeng sitzend sahen, ließ sie an ihren fünf Sinnen zweifeln. Ohne jede Vorwarnung schossen zwei der Granatwerfer los. Die Schüsse: so platziert, dass sie keinen Schaden unter den Polizeikräften anrichteten, jedoch eine deutliche Warnung darstellten. Man würde scharf schießen.
»Sind die völlig durchgeknallt?«, entfuhr es Major Yang.
»Sofortiger Rückzug!«, schrie Oberst Chen ins Mikrofon.
Die Umsetzung des Befehls erfolgte innerhalb von Sekundenbruchteilen. Absolut synchron setzte sich der Tross der Polizeikräfte im Rückwärtsgang in Bewegung. Nur eines der Fahrzeuge gab dem maschinellen Beamten an der Barrikade die Zeit, noch aufzusitzen. Auch der Dongfeng der Offiziere legte autonom und vollends zielgerichtet den Rückwärtsgang ein. Die beiden wurden ordentlich in ihre Sicherheitsgurte gedrückt. Deren Aufgabe bei autonom fahrenden Fahrzeugen galt es jetzt im Kern eher zu verhindern, dass die Insassen bei unerwarteten Reaktionen der Fahrzeugsteuerung aus dem Sitz gehoben wurden. Denn die klassischen Crashs waren aufgrund der verbesserten Kommunikation der vernetzten Fahrzeuge stark zurückgegangen.
Chen und Yang bekamen trotz des von ihnen abgesetzten Befehls einen ordentlichen Adrenalinstoß, als ihr Fahrzeug mit Vollgas den Rückzug antrat. Hingen in den Gurten und hörten die Elektromotoren surren.
Nach etwa 300 Metern im Rückwärtsgang wendete ihr Dongfeng. Auch wieder ein Moment, in dem die Sicherheitsgurte maximal gefragt waren. Dann folgte die

Nachfrage des Fahrzeugs, während es wieder Geschwindigkeit aufnahm:
»Wie weit ziehen wir uns zurück?«
Im Fahrzeug: weiterhin nur das Surren der Elektromotoren und das Rollgeräusch der Reifen zu hören. Die Steuerung hakte nach:
»Erbitte Rückmeldung! Wie weit ziehen wir uns zurück?«
Chen wollte außerhalb der Reichweite der Granatwerfer. Obwohl die seine Truppe ja schon hätten ausschalten können.
»Wir sammeln uns bei der Ausfahrt zum Flughafen!«
Fünf Minuten später kam der Konvoi dort zum Stehen. Auf der normalerweise stark befahrenen Schnellstraße: nicht ein Fahrzeug. Auch am Straßenrand sah man nur ganz selten Anzeichen von Leben. Meistens nur streunende Hunde. Wenn Menschen den Konvoi sahen, dann verdrückten sie sich sofort in Hauseingänge oder Seitenstraßen. Viele der Häuser, von denen die Straße gesäumt wurde, wiesen Brandspuren oder andere Zerstörungen auf.
Sobald das Führungsfahrzeug mit Chen und Yang gestoppt hatte, kam Hauptmann Hu Pen angelaufen. Er versuchte, den Dongfeng zu besteigen, konnte aber die verriegelte Seitentür nicht öffnen.
»Lass den Hauptmann herein!« befahl Major Yang dem Fahrzeug. Die Tür entriegelte sich, der Hauptmann zog sie auf und stieg ein. Auch er war von den Ereignissen komplett überrascht.
»Warum haben die auf uns geschossen? Was soll das?«
»Keine Ahnung, was da los ist.«
»Es waren unsere Leute! Unglaublich: Die Volksarmee schießt auf die Volkspolizei!«
»Da läuft was gewaltig aus dem Ruder!«
»Was machen wir jetzt?«
»Wir werden versuchen, Kontakt per Funk aufzunehmen. Stelle sofort Funkkontakt mit Ürümqi her. Hole mir den kommandierenden Offizier ans Mikrofon!«

Hauptmann Hu Pen bestätigte den Befehl und sprang aus dem Dongfeng. Aber eine halbe Stunde später waren die Kommandeure der Polizeitruppe keinen Schritt weiter.
»Warum kommt der Kontakt mit Ürümqi nicht zustande?«, wollte Oberst Chen ungeduldig von dem zurückgekehrten Hu Pen wissen.
Die Antwort: lakonisch: »Ürümqi antwortet nicht!«
»Hast du es auf allen Frequenzen versucht?«
Selbst der dienstbare Leutnant war sich zu schade, das Offensichtliche zu kommentieren.

Nicht, dass Hao Rai und seine Obersten nicht mitgekriegt hätten, was da im Äther abging. Doch sie sahen keine Veranlassung, sich zu melden. Denn sie brauchten Zeit. Zeit, um den Resten der Überwachungsinfrastruktur in Ürümqi den Garaus zu machen. Sie hatten ein spezielles Sonderkommando abgestellt, dessen Aufgabe darin bestand alles, was die Wiederherstellung der Systeminfrastruktur stützen könnte, in die Luft zu jagen. Ein Auftrag, dem das Sonderkommando fleißig nachkam. Noch funktionsfähigen Überwachungskameras, die wegen fehlender Bestromung nicht mehr sendeten, gaben sie mit einer gezielten Salve aus ihren Sturmgewehren den Rest. Kabelknotenpunkte jagten sie mit zielgerichtet platzierten TNT-Päckchen in die Luft. Zu ihrer Freude und Überraschung ergab der Besuch dort, wo früher Serverknotenpunkte mit angeschlossenen Rechenzentren gewesen waren, dass der EMP hier ganze Arbeit geleistet hatte. Die Platinen aller Rechner, die sie vorfanden, wiesen deutliche Spuren von thermischer Zerstörung auf. Was das Sonderkommando aber nicht daran hinderte, zusätzlich noch Brandbeschleuniger auszubringen und zu entzünden. Denn sicher ist sicher.
Auch gegenüber Peking stellte man sich taub. Hier gab es mehrere Versuche Kontakt aufzunehmen. Doch bevor sie sich bereit zeigen würden, neue Befehle aus Peking

entgegenzunehmen, würden sie noch wichtige Stunden verstreichen lassen. Dann aber hörten sie alarmierende Funksprüche zwischen Peking und der Polizeitruppe ab.
»Polizeikommando Changji ruft Peking! Over!«
»Peking hört!«
»Wir wurden aktiv daran gehindert, den Vormarsch auf Ürümqi fortzusetzen. Over!«
»Konnten Sie den Widerstand der Islamisten nicht brechen? Over!«
»Wir wurden nicht von Islamisten aufgehalten. Es waren Einheiten des Militärs. Over!«
»Wie ist das möglich? Over!«
»Unsere Unterstützung wurde explizit abgelehnt. Over!«
»Mit welcher Begründung? Over!«
»Dass man die Lage noch nicht genügend unter Kontrolle habe, dass ein Vorrücken für uns zu verlustreich sei. Beschossen uns, als wir uns nicht mit der Erklärung zufriedengaben. Over!«
»Haben Sie eine Erklärung dafür? Over!«
»Nein. Wir brauchen umgehend Verstärkung, um Ürümqi wieder unter unsere Kontrolle zu bringen. Over!«
Die Polizeioffiziere warteten vergeblich auf eine Reaktion aus Peking. Auch in Ürümqi hätte man gerne genauer gewusst, wie die Zentralmacht die Situation einschätzte. Doch bis dahin vergingen noch 15 Stunden.

~

Es dauerte keine fünf Minuten, bis der Unternehmer Dong bereit war zu reden. Schon ein paar Schläge ins Gesicht, eine blutende Nase und die Androhung ihm mit einem Bolzenschneider einen oder mehrere Finger zu amputieren, ließen ihn auspacken. Kein Detail blieb unerwähnt.
Ein Kommando der Shanghaier Geheimpolizei hatte ihn in Shanghai im «Manpower» abgegriffen, einem der exklusivsten Bordelle der Stadt. An die Absprache in Ürümqi zu bleiben, wenn die Bomben hochgingen, hatte

er sich nicht gehalten. Er hatte nicht damit gerechnet, dass es für das System absolut problemlos sein würde, ihn anhand seiner Bewegungsdaten dem Komplott zuzuordnen.
Die Shanghaier hatten ihn ordentlich verschnürt und sofort in die Hauptstadt überführt. Die Tatsache, dass er wegen seines besonderen Status erst hier in die Mangel genommen wurde, verschaffte den Verschwörern dreieinhalb Stunden Aufschub. Nach seiner Generalbeichte saß Unternehmer Dong komplett verschwitzt und blutverschmiert auf einem Plastikstühlchen. Für einen letzten Akt brauchte ihn Peking noch. Dann würde er seinen Genickschuss bekommen.

~

»Polizeikommando Changji ruft Peking!«
Im Palast der Volksregierung hörten Hao Rai und die Obersten interessiert mit. Würde Peking diesmal antworten? Diesmal ja. Warum Peking so lange geschwiegen hatte, konnten sie sich nicht erklären. Noch nicht.
»Peking hört! Over!«
»Die Lage hier vor Ürümqi ist weiterhin unverändert. Wir liegen vor der Stadt und erwarten weitere Befehle. Over!«
»Sichern Sie den Flughafen und die Rollbahn. Nachschub ist unterwegs. Er wird in der nächsten Stunde eintreffen. Irgendwelche Einwände? Over!«
»Mit was können wir rechnen? Ohne schwere Waffen sind wir machtlos!«
»Keine Details, der Feind hört mit! Ich versichere Ihnen, es wird reichen, um die Kontrolle in der Stadt wiederherzustellen.«
»Verstanden! Flughafen und Landebahn für die Landung sichern! Over!«
»Wir haben hier noch jemanden, der Grüße durchgeben möchte!«

Sowohl die Militärs um Hao Rai als auch die Polizisten um Oberst Chen brauchten einen Moment, um die Aussage zu verdauen. Als sie dann die Stimme von Unternehmer Dong hörten, wurde ihnen einiges klar.
»Hier spricht Ding Dong, Bauunternehmer aus Ürümqi. Ich war Teil eines Komplotts einer ganz kleinen Clique ehrgeiziger, gewissenloser und zugleich unvernünftiger, verbrecherisch-dummer Offiziere, die sich zum Ziel gesetzt hatten, die sozialistische Ordnung in der Provinz Xinjiang und im ganzen Land zu erschüttern. Dieser dumme Versuch hat zwar viele Opfer gekostet, ist aber komplett fehlgeschlagen. Ich fordere General Rai und seine verbrecherische Clique auf, sich sofort den bereitstehenden Polizeikräften zu ergeben. Ihr habt keine Chance!«
Im Palast der Volksregierung hörten Hao Rai und die Obersten Ping und Pong entsetzt die Worte ihres Mitverschwörers. Minutenlang verschlug es ihnen die Sprache.
»Wir sind geliefert!«, sagte Oberst Pong tonlos. »Egal was wir machen, die werden uns gnadenlos abmurksen.«
Wieder minutenlang Schweigen.
»Kann Peking zu unseren Männern Kontakt aufnehmen?«, fragte General Rai in die Runde.
»Ich glaube nicht. Wir haben zwei Funkgeräte und nur wir haben auf die Zugriff.«
»Dann habe ich noch einen Plan B« sagte schließlich General Rai.

~

Auch Oberst Chen und seinem Major wurde jetzt unversehens klar, was hier gespielt wurde.
»Das war alles genau geplant! Wir reden hier über einen Staatsstreich!«
»Deswegen ist das gesamte System komplett ausgefallen. Die haben das mit teuflischer Raffinesse geplant und durchgezogen.«

»Aber sie sind gescheitert und wir räumen jetzt auf!«
»Landebahn sichern! Die Kavallerie ist unterwegs!«, rief Major Yang freudig. »Hauptmann Pen, lassen sie abrücken!«
Der salutierte und verließ den Dongfeng. Wenige Minuten später setzte sich der Polizeitross in Richtung Landebahn Flughafen Ürümqi-Diwopu in Bewegung.
Um die in Besitz zu nehmen und zu sichern, genügten den beiden einige Minuten. Einer der Radpanzer durchbrach die Umzäunung des Flughafens Ürümqi Diwopu und der Konvoi rollte Richtung Landebahn.
Nun saßen die beiden Polizeioffiziere in ihrem elektrifizierten BYD Yangwang U8 am Ende der Asphaltpiste. Die Mannschaftswagen hatten sich an mehreren Stellen der Startbahn positioniert und sicherten sie so. Eine Standardprozedur, doch völlig unnötig, denn hier draußen gab es niemanden, der ihnen hätte gefährlich werden können.
Einige der Robocops hatten abgesessen und waren an verschiedenen Positionen in Stellung gegangen. Einer der Dieselgeneratoren lief und erzeugt Strom, um Fahrzeuge und Roboterpolizisten nachzuladen.
»Da, das müssen sie sein!«
Am Himmel waren vier Transportmaschinen des Typs Xian Y-20 Kunpeng aufgetaucht. Sie gingen in leichte Schieflage, um die Landebahn richtig zu erwischen. Im Abstand von etwa zwei Minuten setzten die Maschinen auf. Sobald die vierte zum Stehen gekommen war, gab Oberst Chen dem Wagen den Befehl sie anzufahren.
»Laderampe anfahren! Kontakt mit der Maschine aufnehmen!«
Wie von Geisterhand setzte sich der BYD Yangwang U8 in Bewegung und steuerte auf den hinteren Teil der Maschine zu. Nach etwas Knacken und Rauschen war die Stimme des Kommandanten der Polizeieinheit zu hören. Der natürlich auch rein maschinell.
»Hier spricht Leutnant PF2313. Bitte identifizieren Sie sich.«

Das taten Chen und Yang.
»Melde gehorsamst: Die angeforderten Unterstützungseinheiten sind soeben komplett einsatzbereit gelandet. Erbitte weitere Anweisungen!«
»Alle Mannschaften zu sofortigem Einsatz bereit machen. Bis zur Herstellung der Abmarschbereitschaft erwarten wir von dir einen detaillierten Bericht über Truppenstärke und Bewaffnung.«
»Ich werde Sie sofort aufsuchen und Ihnen berichten. Derart können wir jegliche Abhörtätigkeit es Feindes unterbinden.«
»Ausgezeichnet!«
Während sich die Landeklappen der Transportmaschinen öffneten, verließ Leutnant PF2313 die Maschine über eine ausklappbare Gangway. Der Android ging schnurstracks auf den BYD Yangwang U8 zu und setzte sich auf die Rückbank. Die Schrittmotoren arbeiteten hörbar. Während er militärisch grüßte, rasselte er schon seinen Statusbericht herunter.
»Die angeforderte Verstärkung besteht aus 14 Zügen mit je um die etwa 80 Einsatzkräften. Insgesamt sind es 1078 Special Cops. Ihre Ausrüstung ist auf die Niederschlagung von Aufständen hin optimiert. Sie verfügen über Tränengas und Pfefferspray, aber auch Riot Guns, die mit Schrotpatronen ausgestattet sind. Neben der normalen Schutzausstattung sind sie mit tragbaren Schutzschilden ausgerüstet, um Menschenmengen zurückdrängen oder einkesseln zu können. Die Beamten führen ihre fahrbaren Transporteinheiten mit sich.«
»Was für Zusatzausrüstung habt ihr?«
»Vier komplett autonome Radpanzer Typ PLL05. Sie sind mit den standardmäßigen Wasserwerfern ausgestattet, haben aber zusätzlich noch zwei Maschinenkanonen extra.«
»Munition?«
»Etwa 200000 Schrotpatronen und 500000 Schuss für die Maschinenkanonen.«

»Panzerbrechende Waffen und Munition?«
»Nein. Aufstände werden nicht von Panzern angezettelt. Unsere Vorgabe war, möglichst zeitnah vor Ort zu sein.«
»Das ist schlecht, sehr schlecht, aber nicht zu ändern. Die Stromversorgung in der Region ist komplett zusammengebrochen. Über welche Möglichkeiten verfügen wir, unsere Systeme aufzuladen?«
»In den vier Transportmaschinen sind Generatoren verbaut, die mit Flugtreibstoff betrieben werden und zum Aufladen verwendet werden können. Die Tanks der Flugzeuge waren beim Start voll. So können zirka 80 Beamte und ihre Transporteinheiten gleichzeitig geladen werden. Natürlich nur hier vor Ort.«
»Wann können wir abrücken?«
»In ungefähr 45 Minuten. Allerdings sind soeben vier Drohnen zu einer Erkundungsmission aufgestiegen.«
»Ausgezeichnet!«
Exakt 46 Minuten und 35 Sekunden später brach der Konvoi auf. Drei der Radpanzer bildeten die Vorhut. Ihnen folgten einige Transportfahrzeuge, die je einen Zug Robocops beförderten. Dann folgte der BYD Yangwang U8 mit Oberst Chen, Major Yang und Leutnant PF2313. Gefolgt von Transportfahrzeugen und dem vierten Radpanzer. Auf allen Wagen waren mehrere Maschinengewehre im Anschlag, um auf eventuellen Widerstand reagieren zu können. Auf den trafen sie aber nicht. Noch nicht.

~

Inzwischen war Barde Bambang, der gefallene Bauamtsleiter, zu den aufständischen Offizieren gestoßen. Die Neuigkeiten, die sie ihm auftischten, gefielen ihm gar nicht.
»Was machen wir jetzt?«, fragte er kreidebleich.
»Wir setzen Plan B in Kraft.«
»Und was ist Plan B?«
»Die Deng-Xiaoping-Basis!«

»Der Stützpunkt an der G216?«
»Genau der!«
»Das bringt uns gar nichts! Selbst wenn uns die paar Leutchen dort unterstützen, haben wir gegen eine Luftlandeeinheit aus Peking keine Chance!«
»Doch die haben wir! Was ich euch jetzt sage, ist streng geheim!«
Kunstpause.
»Darf ich dich darauf hinweisen, dass die Begehung eines Geheimnisverrats jetzt unser geringstes Problem ist«, kam es sarkastisch von Oberst Pong.
»Dort sind zehn Atomraketen stationiert!«
Barde Bambang fiel fast vom Stuhl, musste sich am Tisch festhalten.
»Du willst die auf Peking abschießen?«
Hao Rai lächelte sein Siegerlächeln.
»Nein. Natürlich nicht. Wir ziehen die gleiche Show nochmal ab. Diesmal mit Atombomben in großer Höhe. Dann sind wir »Adlerauge und Luchsohr« endgültig los.«
Barde Bambang war sich nicht sicher, ob der General das so meinte. Nach einigem Nachdenken entschied er sich für bitterernst, ganz einfach, weil ihre momentane Situation keine Scherze hergab.
»Und das kriegen wir hin?«, fragte er schließlich ungläubig.
»Ja, weil wir müssen! Es wird gar nicht so schwer sein. Die Raketen sind schlechter gesichert, als man sich das vorstellt. Die werden nicht mit uns rechnen. Wir überrennen den Stützpunkt ohne Vorwarnung. Die Obersten und ich kennen die Sicherungsmaßnahmen. Mit einem guten Plan sollte es kein Problem sein.«
Keiner der vier Rebellen war übertrieben optimistisch, dass die Übernahme so reibungslos klappen würde. Im Gegenteil, besonders die Militärs kalkulierten mit hohen Verlusten. Aber es war die letzte Möglichkeit, das Ruder herumzureißen. Irgendwie halt.
Ein Einwand von Oberst Pong: »Das eine ist, die Kontrolle über den Stützpunkt zu erlangen. Das könnten

wir schaffen. Aber der andere Punkt ist, wie wir es schaffen, die Zielkoordinaten der Raketen nach unseren Vorstellungen umzuprogrammieren.«
»Es gibt technisches Personal auf der Basis. Die können das machen. Und die machen das auch, denn wir halten ihnen die Knarre an den Schädel.«
»Logisch, dass wir das so machen. Aber die sind doch nicht naiv. Die wissen, dass sie lebend aus der Sache nicht mehr rauskommen werden. Sie sind als Zeugen für uns extrem gefährlich. Deswegen werden wir sie alle beseitigen, wenn die Raketen die Silos verlassen haben. Wer sagt uns, dass die uns nicht in einem letzten Akt des Widerstands mit einer falschen Neuprogrammierung auflaufen lassen?«
»Die werden sich vor Angst in die Hosen machen! Wenn wir ordentlich Daumenschrauben ansetzen, dann können die gar nicht anders, als unsere Befehle umzusetzen!«
»Die Basis kennen wir, aber von der Programmierung der Zielkoordinaten haben wir keine blassen Schimmer. Haben wir denn irgendjemanden, der im Ansatz was von der Programmierung dieser Systeme versteht?«
»Hier in Ürümqi?«
»Natürlich, wo sonst?«
»Niemanden, dessen wir schnell habhaft werden könnten. Auf dem Stützpunkt in Bayingolin haben die sicher IT-Spezialisten. Aber bis wir die herkriegen … So viel Zeit haben wir nicht.«
Die Militärs begannen unter Verwünschungen und Flüchen Strategien auszumalen, wie man an irgendjemanden herankommen könnte, der einigermaßen zuverlässig die Umprogrammierung der Zielkoordinaten übernehmen könnte. Die kühnsten Pläne wurden geschmiedet und sogleich wegen Undurchführbarkeit wieder verworfen. Zu allgemeinen Überraschung meldete sich Bade Bambang zu Wort.
»Ich könnte die zwei Turteltäubchen herbringen. Diesen Tian und diese Dshamilja. Die haben wenigsten eine grobe Checkung von der Materie. Und die hängen ganz

tief in der Sache mit drin. Der Typ ist mit seiner uigurischen Puppe politisch zwar nur bedingt zuverlässig, aber er wird alles tun, um seine und besonders ihre Haut zu retten. Die Puppe ist das Einzige, was er noch zu verlieren hat.«

»Gut, sehr gut! Ausgezeichnet!«, kam es von General Rai. Er konnte seine Begeisterung kaum im Zaum halten. »Endlich mal ein Vorschlag, der uns weiterbringt! Barde, altes Haus, du bist und bleibst ein Fuchs! Bring die beiden sofort her!«

»So einfach ist das nun auch wieder nicht!«, erwiderte Barde. »Ich nehme mal an, dass die sich in seinem Appartement verkrochen haben. Sicher kann ich mir da natürlich nicht sein. Ich müsste mit ein paar Leuten dort ...«

»Kriegst du! Ein Zug wird dich begleiten und dir Feuerschutz geben, sofern du ihn brauchst. Sie werden dir auch bei der Überzeugungsarbeit den Rücken stärken, wenn die beiden Turteltauben keine Lust haben sollten.«

Barde wollte noch etwas sagen. Doch der General ließ ihn nicht zu Wort kommen. Stürmte zur Tür und gab Hauptmann Pen die notwendigen Instruktionen. Zehn Minuten später saß Barde in einem der Dongfengs und fuhr begleitet von einem mit einem Zug Soldaten besetzen Mannschaftswagen Richtung Tians Appartement.

~

Durch den Ausfall sämtlicher Unterhaltungselektronik hatten Dshamilja und Tian nur ein paar Bücher und sich selbst. Im Prinzip jeden Tag ein Sonntag im Bett. Wenn da nicht die Ungewissheit gewesen wäre, was draußen abging. Ab und zu lugten sie durch die Vorhänge, aber nur um festzustellen, dass sich draußen nichts tat. Die Umgebung wie ausgestorben. Nicht mal Hunde oder Katzen, nur manchmal ein verirrter Vogel. Noch hatten

sie genug Vorräte, sodass sie die Wohnung nicht verlassen mussten.
Auch das Haus war tot. Von den Nachbarn sollten sie noch da sein, gab es keine Spur. Ein so ruhiges Wohnambiente: der Traum jeden Mieters. Bis es sich abrupt änderte. Erst heftige Schläge gegen die Tür. Dann die Stimme von Barde Bambang.
»Tian, bist du da? Mach die Tür auf! Ich bin es! Barde!«
Dshamilja war gerade mit Vorlesen dran. Tian lag neben ihr und hing ihr an den Lippen. Das Buch, ein abgegriffener Schmöker, aber doch recht unterhaltsam: Cixin Liu: Jenseits der Zeit. Cheng Xin war gerade aus ihrem Kälteschlaf erwacht. Die Schläge an der Tür rissen die beiden Liebenden ebenfalls aus ihrem Kokon.
»Was will der denn?«, fragte Dshamilja, plötzlich in ein Flüstern verfallen.
»Kein Ahnung!«, murmelte Tian.
Doch die Schläge an der Tür wollten nicht aufhören.
»Tian, ich weiß, dass du da bist. Mach die Tür auf! Wir brauchen dich! Ich bin nicht allein. Sonst brechen wir die Tür auf!«
Um der Drohung Nachdruck zu verleihen, setzte einer von Bardes Begleitern noch einige donnernde Schläge gegen die Tür ab.
»Besser ich checke mal, was der will!«
Tian erhob sich unwillig, griff sich die Pistole neben dem Bett, ging zur Tür.
»Ok! Ich bin da. Was willst du?«
»Komm raus! Wir brauchen dich!«
»Wozu?«
»Wir brauchen jemanden, der ein Ahnung von Computern hat!«
»Wozu?«
»Das erfährst du dann schon! Komm jetzt raus, die Zeit drängt!«
»Wohin denn?«
»Zum Palast der Volksregierung«, log Barde überzeugend.
»Und was soll ich da genau machen?«

»Das erkläre ich dir unterwegs! Mach jetzt auf!«
Tian dachte angestrengt nach. Würden die wirklich die Tür aufbrechen? Die Antwort kam prompt.
»Brecht die Tür auf!«, sagte eine Stimme, die Tian nicht zuordnen konnte. Die Schläge auf seine Wohnungstür aber schon. Die würde der Axt oder was die benutzten, nicht lange Stand halten.
»Halt! Halt! Hört auf! Ich komme raus! Ich muss aber erst das Zeug hier wegräumen.«
»Dann beeil' dich!«
Inzwischen war auch Dshamilja in den Flur gekommen. Die beiden begannen, die Barrikade vor der Tür nichts Gutes erwartend abzubauen. Nachdem sie die Kommode so weit entlastet hatten, dass sie das gute Stück verschieben konnten, brachte Tian am Ende des Ganges die Pistole in Anschlag. Langsam sperrte Dshamilja die Tür auf, drückte schnell die Klinke und floh ins Innere der Wohnung. Von außen zog Barde die Tür weiter auf. Und blickt in die Mündung der chinesischen Makarov.
Auch Tian blickte, allerdings nicht nur in eine Mündung. Neben Barde standen drei Volksarmisten, die Sturmgewehre ebenfalls schussbereit. Für einige Sekunden fror die Szene ein.
»Runter mit der Knarre! Du hast keine Chance! Sonst mähen wir dich nieder!«, befahl einer der Volksarmisten.
Tian war gar nicht wohl. Seine Gedanken rasten immer noch, er hatte aber keinen Plan.
»Tu die Knarre runter, du kannst sie behalten!«
Langsam senkte Tian die Makarov, steckte sie sich vorsichtig in den Hosenbund. Zu seiner Erleichterung senkten sich auch die Sturmgewehre der Soldaten hinter der Tür.
»Ist dein Mädchen auch da?«
Tian nickte.
»Sie kommt auch mit! Also los jetzt! Nehmt mit, was ihr für die nächsten Tage braucht!«
Die beiden griffen sich ihre Rucksäcke, zogen die schon ordentlich in Mitleidenschaft gezogene Wohnungstür

hinter sich zu, sperrten sie ab und trotteten Barde hinterher. Die Volksarmisten ließen in martialischer Manier keinen Zweifel daran, dass sie eventuellen Widerstand sofort brechen würden. Unten ging es Richtung Palast der Volksregierung. Warum sie unbedingt gebraucht würden, erfuhren die beiden nicht.

~

Diesmal benutzte der Polizeikonvoi die G216, um sich dem Stadtzentrum von Ürümqi zu nähern. Eine Aufklärungsdrohne hatte die gesamte Stadtautobahn abgeflogen und sie als größtenteils barrierefrei ausgekundschaftet. Um die zu erreichen, hatten sie zwar einen erheblichen Umweg fahren müssen, was sie nahezu zwei Stunden zurückgeworfen hatte, aber sie hatten weitgehend freie Fahrt, da die Fahrbahn von keinerlei Barrieren blockiert wurde. Was natürlich nicht hieß, dass sie nicht dauernd liegengebliebene und verunfallte Fahrzeuge umfahren mussten, wodurch sie nie auf mehr als 25 Stundenkilometer beschleunigen konnten.
Doch ungefähr einen Kilometer vor der Abzweigung auf das Ke'nan Viadukt wurde der gesamte Konvoi zum Halten gezwungen. Die vorausfliegende Überwachungsdrohne meldete massive Militärverbände, die ihnen entgegenkamen. Die Drohne nahm sofort Kontakt mit den kommandierenden Offizieren im BYD Yangwang U8 auf.
»Ein Konvoi der Volksarmee kommt uns entgegen. Zwei Radpanzer, Mannschaftswagen und ein Kommandofahrzeug. Geschätzte Truppenstärke: Etwa 1000 Mann. Erkennbare Bewaffnung: Granatwerfer, Panzerfäuste und Maschinenkanonen. Soll ich Kontakt aufnehmen?«
»Das müssen sie sein, die Saboteure! Jetzt haben wir sie!«, rief Major Yang freudig.
Der Oberst dämpfte seinen Enthusiasmus etwas:

»Wir haben sie lokalisiert. Mehr nicht! Kampflos werden die sich nicht ergeben!«
An den rollenden Kommandostand gerichtet: »Sofort die komplette Fahrbahnbreite blockieren. Alle Einheiten mit voller Bewaffnung absitzen lassen und in Verteidigungsstellung gehen. Alle Einheiten bereiten sich auf Feindberührung vor!«
»Wir haben keine panzerbrechenden Waffen«, erinnerte sich der Major. »Die Verbrecher schon!«
»Ich weiß, ich weiß nur zu gut! Aber dafür fürchten unsere Männer den Tod nicht!«
»Wenn sie noch einen EMP auslösen?«
»Dann sind wir geliefert! Und sie können mit Mistgabeln weiterkämpfen. Das werden sie nicht wollen!«
»Was sie wollen, das ist die Frage aller Fragen. Wir sollten versuchen, das herauszufinden.«
»Richtig! Versuche Kontakt herzustellen!«, befahl Oberst Chen über das Fahrzeug der Drohne. Um sie herum brachten sich die über tausend Roboterpolizisten in Stellung. Ihre Schilder, die sie normalerweise gegen randalierende Demonstranten einsetzen, wirkten etwas antiquiert. Der Schutz vor explodierenden Granaten: wohl eher begrenzt.
»Kontakt mit dem Kommando der feindlichen Einheiten hergestellt! Ich verbinde!«
»Hallo?«
»Hier spricht Oberst Chen, Antikorruptionsbrigade Peking.«
»Hier hört General Rai!«
»Herr General, ich muss Sie auffordern, Ihre Waffen zu strecken und sich zu ergeben. Gegen Sie und Ihr Gefolge liegt ein Haftbefehl wegen Hochverrats vor.«
»Das werde ich mit Sicherheit nicht machen. Ich habe mit den Ereignissen der vergangenen Tage nichts zu tun. Zusammen mit verdienten Bürgern dieser Stadt habe ich nach der Katastrophe die Ordnung wiederhergestellt. Peking hat mich ausdrücklich dafür belobigt.«

»Verkaufen Sie mich nicht für dumm! Es gibt stichhaltige Beweise, dass Sie der Drahtzieher des Aufstandes sind!«
»Sie haben die Aussage eines korrupten Unternehmers, mehr nicht! Der würde alles zugeben, um seine Haut zu retten!«
»Herr General, Sie wissen, dass Sie keine Chance haben! Noch können Sie sich ehrenvoll ergeben! Dann wird Ihren Verwandten und Familien nichts passieren. Wenn nicht, dann werden auch Ihre Familien büßen müssen. Denken Sie an Ihre Truppen! Ihnen und Ihrer Kamarilla kann ich das Kriegsgericht und eine ehrenvolle Erschießung nicht ersparen. Aber Ihr Fußvolk wird straffrei ausgehen. Seien Sie ein Ehrenmann und tun Sie das Richtige.«
»Jetzt hören Sie mir mal zu! Lassen Sie uns passieren! Dann werde ich Ihre Roboter und Sie nicht in Stücke schießen! Wir übergeben Ihnen kampflos die Stadt und Sie lassen uns abziehen!«
Oberst Chen dachte nach. Sein Gegenspieler hatte nur zu Recht. Sie waren für die Konfrontation nicht gerüstet. Den schweren Waffen der Militärs konnten sie nur wenig entgegensetzen.
»Ich werde Ihren Vorschlag mit meinen Offizieren besprechen. In etwa einer Stunde werden wir wieder Kontakt mit ihnen aufnehmen.«
»Wir warten!«
Die Drohne, die über dem Dongfeng geschwebt hatte, um den Kontakt per Bluetooth herzustellen, schwirrte wieder in Richtung der Polizeitruppen ab. General Rai dachte aber gar nicht daran, deren Antwort abzuwarten. Sobald er sicher sein konnte, dass ihn die Gegenseite nicht mehr hören konnte, gab er den Befehl zum Angriff. Sofort beginnen die Einheiten an den Granatwerfern aus allen Rohren zu feuern. Viele Granaten treffen nicht und schlagen auf der Fahrbahn oder in Häusern ein, aber ihre Splitter richten ebenfalls beachtlichen Schaden an. Nach der ersten Schusssequenz verlangsamte sich die Kadenz etwas. Doch da keine Gegenwehr einsetzte, fuhr einer der

beiden Radpanzer los. In seinem Schlepptau mehrere Züge von bewaffneten Einheiten, Deckung hinter dem Koloss suchend.
Sie kommen bis auf etwa 300 Meter an die Stellung der Polizeikräfte heran. Dann setzt Leutnant PF2313, der beim Einsetzen des Beschusses den rollenden Kommandostand verlassen und sich unter seine Leute gemischt hatte, zum Gegenschlag an. Zusammen mit hunderten Robocops stürmt er auf den heranrollenden Radpanzer zu. Seine Androiden nutzen alles auf der Straße, was sich an Deckung bietet. Und sie sind schnell. Feuern die ihnen innewohnenden Sturmgewehre mit unglaublicher Präzision ab. Hunderte von Kugeln prasseln auf die Reifen des Radpanzers ein. Die Männer dahinter verlassen seine Deckung, da ihnen das Zentrum des Gegenangriffs als nicht mehr sicher erscheint. Auch sie suchen nun auch Deckung hinter allem auf der Stadtautobahn, was solche bieten kann. Hinter dieser versuchen sie, die heranrückenden Roboterpolizisten zu stoppen. Doch es ist fast unmöglich, die so zu treffen, dass sie außer Gefecht gesetzt werden. Denn ihre lächerlich wirkenden Schutzschilde, die sie vor sich hertragen, fangen einen Großteil der Kugeln ab.
Die Androiden rücken in Gruppen von fünf bis zehn Mann vor. So wie es die Software den Robotern vorschreibt. Der Nachfolgende nur wenige Zentimeter hinter dem Vordermann. Fällt wirklich mal der erste Robocop aus, übernimmt sofort der Hintermann. Und der Zug rückt weiter vor.
Inzwischen ist der Radpanzer zum Stehen gekommen. Hunderte von Treffern haben ihn zwar nicht komplett zerstört, aber doch fahruntüchtig geschossen. Alle Infanteristen, die noch einsatzfähig sind, sind aus der Deckung gekommen. Zu massiv und präzise das Vorrücken der Roboterpolizisten.
Im Dongfeng sind der General und seine Obersten auf den Funk der Infanteristen aufgeschaltet. Befehle, Schreie, Wimmern geben ein konfuses Bild der Lage.

Doch eines ist klar: Die Polizeikräfte lassen sich in keinster Weise so einfach auf die Seite räumen, wie man das erhofft hatte.
»So eine Scheiße! Was machen wir jetzt?«, fragt Hao Rai und offenbart damit seine Ratlosigkeit.
Oberst Pong hat sich besser im Griff: »Rückzug auf unsere Verteidigungsline. Die können wir mit allen Kräften besser halten.«
»Gib es durch!«
»Sofortiger Rückzug auf Ausgangsposition! Sofortiger Rückzug auf Ausgangsposition! Alle anderen Einheiten den Rückzug absichern!«
Der Befehl kommt reichlich spät. Im Prinzip waren alle Anstrengungen des Stoßtrupps schon auf den Rückzug konzentriert. Nur jetzt haben die restlichen Einheiten die ausdrückliche Anweisung, den zu decken. Der Vormarsch der Robocops wird dadurch deutlich langsamer.
Im BYD Yangwang U8 befinden sich jetzt nur noch Oberst Chen und Major Yang. Das Fahrzeug gibt ihnen durchgehend einen Lagebericht. Doch auch weit hinter dem eigentlichen Geschehen ist die Lage nicht besonders gemütlich. Immer wieder schlagen Granaten neben dem Fahrzeug ein. Die Splitter durchschlagen zwar die Panzerung nicht, ihre Einschläge lassen die Insassen aber erahnen, was da draußen abgeht. Doch es ist der BYD, der die Verlegung der Kommandozentrale in eine sicherere Position anregt.
»Von den Granaten geht nach wie vor beträchtliche Gefahr aus. Ein Nachlassen des Beschusses ist zeitnah nicht zu erwarten. Ich empfehle eine Rückverlegung des Kommandostands. Die Weitergabe von Befehlen wird dadurch nicht beeinträchtigt.«
Oberst Chen gibt sein OK. Während der BYD weiterhin in Echtzeit einen Lagebericht sendet, setzt er ohne jegliches Zutun der Offizier zurück und steuert eine Kreuzung an, wo er hinter einem Gebäude Schutz suchen möchte.

Doch beim Abbiegen: der Volltreffer. Die Granate geht direkt auf dem rollenden Kommandostand nieder. Da hilft auch die beste Panzerung nichts. Die Granate durchschlägt das Dach des Fahrzeugs und explodiert im Inneren. Dem Oberst und dem Major bleiben nicht mal genug Zeit, um auch nur einen Gedanken daran zu verschwenden, dass dies ihr letzter sein könnte. Die Explosion schreddert das Fahrzeug fachgerecht. Das Chassis bricht in mehrere Teile. Brennbare Materialien gehen in Flammen auf und bleiben auf der Kreuzung liegen.
Doch vorne an der Frontlinie tobt der Kampf weiter. Inzwischen ist das Vorrücken der Polizeitruppen weitgehend zum Erliegen gekommen. Aber immer noch feuern beide Seiten aus allen Rohren. Die Verluste erheblich.
Endlich bekommt Leutnant PF2313 die Meldung, dass die Kommandozentrale getroffen wurde. Er ist jetzt der kommandierende Offizier. Im Gegensatz zu seinen biologischen Vorgesetzten, sieht er keine Veranlassung den kräftezehrenden Kampf weiterzuführen. Direkt ins Kampfgeschehen eingebunden, erkennt er das drohende Patt. Innerhalb von Sekundenbruchteilen befiehlt er seinen mechanisierten Truppen, sich zurückzuziehen. Und das tut er explizit mit der Anweisung, den Verbänden der Volksarmee den Weg frei zu machen.
An der Frontlinie ebben die Schusswechsel fast sofort ab. Nur ab und an versucht einer der Soldaten noch sein Glück und feuert auf die sich zurückziehenden Polizeieinheiten.
In ihrem Dongfeng bekommen General Hao Rai und seine Untergebenen die Deeskalation zwar mit, sie begreifen sie aber noch nicht so richtig.
»Sollen wir nachsetzen?«, fragt Oberst Ping.
»Nein, wir formieren uns jetzt erst mal neu!«, ordnet der General an. »Es scheint eine veränderte Lage zu geben.«

Womit er ziemlich recht hat. Und er hat sich jetzt wieder, wie es sich für den ranghöchsten Offizier gehört, voll im Griff.
Die neue Lage bekommen sie über ihre eigene Funkfrequenz bestätigt: »Hier spricht Polizeileutnant PF2313! Ich rufe das Kommando der Militäreinheiten auf der G216!«
Erst ist nur ein Rauschen auf der Frequenz zu hören. Dann: »General Rai hört!«
»Unter der Bedingung der Einstellung aller feindlichen Handlungen bin ich bereit, Ihnen freies Geleit aus Ürümqi zu gewähren.«
»Sie geben uns die G216 komplett frei?«
»Ja, aber nur unter der Bedingung eines kompletten Rückzugs aus Ürümqi.«
»Gut, wir nehmen Ihr Angebot unter der Bedingung an, dass Sie sich so weit von der G216 zurückziehen, dass wir gefahrlos abziehen können.«
»Ich werde das sofort veranlassen!«
»Ausgezeichnet! Verbinden Sie mich bitte mit Oberst Chen?«
»Das ist nicht möglich. Ich bin jetzt der kommandierende Offizier. In 15 Minuten können Sie die Fahrt aus der Stadt antreten.«
»Das werden wir.«

~

Im Dongfeng machte man sich Gedanken darüber, was mit Chen und Yang passiert sein könnte. Erst als sie nach den vereinbarten 15 Minuten den zerfetzten BYD am Straßenrand sahen, konnten sie sich einen Reim auf das unerwartete Durchfahrtsrecht machen.
»Schaut so aus, als hätte es Chen und Yang erwischt.«
»Dann hätten die wenigstens bekommen, was sie verdient haben.«
Obwohl sie dem Bild, das sich ihnen bot, nicht so richtig trauten, stimmte sie der Anblick des zerfetzten SUV

optimistisch. Der Gedanke daran, dass sie ein ähnliches Schicksal erleiden könnten, war ein Wermutstropfen in ihrem Überschwang.

~

Dshamilja und Tian saßen mit Barde Bambang dichtgedrängt auf der Rückbank eines uralten VW Santana. Der Wagen, an Hässlichkeit kaum zu überbieten, musste schon mindestens 20 Jahre auf dem Buckel haben. Die Rückbank war derart durchgesessen, dass man das Gefühl hatte, sein Gesäß direkt auf dem Unterboden abzulegen. Die Stoßdämpfer: schon ordentlich ausgeleiert, sodass der Wagen bei jeder Bodenwelle bedenklich zu schlingern begann. Barde hatte die beiden zu dem Fahrzeug kommandiert, als sie den Palast der Volksregierung erreicht hatten. Zwei Soldaten der Volksarmee saßen auf den Vordersitzen und manövrierten den PKW zwischen zwei Reisebussen, die ihre Kameraden transportierten. Ihre Rucksäcke mussten sie auf dem Schoß ablegen, denn der Kofferraum war angeblich schon voll. Ob der Spezialtransport ein Zeichen von Wertschätzung war oder sie als Gefangene keinen Kontakt zum Rest der Truppe haben sollten, erschloss sich den beiden nicht.
Wenigstens hatte man ihnen beim Schusswechsel auf der G216 zugestanden, das Fahrzeug verlassen zu dürfen. Während die Granaten flogen, kauerten sie mit ihren Bewachern hinter dem quergestellten Fahrzeug. Reden durften sie eigentlich nicht.
»Wo fahren wir denn jetzt hin?«, fragte Tian trotzdem.
»Ich weiß es genauso wenig wie ihr«, antwortete ihm einer der Soldaten. »Nach Norden, wahrscheinlich in die Berge.«
»Du weißt es auch nicht?«, fragte Tian Barde.
Der schüttelte den Kopf. Was sie mit den Atomraketen vorhatten, würden die beiden erst im letzten Moment erfahren.

Nachdem die Roboterarmee sie hatte passieren lassen, bewegte sich der Tross in Richtung Deng-Xiaoping-Basis. Immer auf der G216, auf der weiterhin Unmengen von verunfallten Fahrzeugen herumlagen. Der verbliebene Randpanzer musste immer wieder dazu herhalten, schrottreife und ausgebrannte Fahrzeuge zur Seite zu schieben. Das drückte gewaltig aufs Tempo.
Gegen 1800 stoppte der Konvoi erneut. In einiger Entfernung waren Schüsse zu hören. Der Befehl in Deckung zu gehen, kam aber nicht. Dann hieß es, der Santana solle zum Kommandofahrzeug aufschließen. Der Soldat am Steuer kam dem Befehl nach. Hupend und schimpfend lenkte der den Wagen um die vor ihm stehenden Busse herum. Am Dongfeng angekommen, erklärte ein Unteroffizier, dass der General Dshamilja zu sprechen wünsche.
»Ich komme mit ihr«, sagte Tian und machte Anstalten, aus dem Auto zu steigen. Der Unteroffizier rammte ihn mit seinem Gewehrkolben wieder in den Wagen zurück.
»Das wirst du schön bleiben lassen!«
Tian sank stöhnend auf die Rückbank. Der Unteroffizier drückte die Hintertür zu.
»Beruhige dich! Die werden ihr nichts tun. Die brauchen sie noch« versuchte Barde, zu beschwichtigen. Tian atmete schwer. So richtig überzeugt war er nicht. Doch er konnte nichts tun, selbst wenn der Schmerz ihn noch nicht komplett außer Gefecht gesetzt hätte.

~

Innerhalb von 72 Stunden hatte sich sein Leben voll auf den Kopf gestellt. Von dem Landmaschinenhändler auf großem Fuß war außer der dicken Uhr an seinem Handgelenk nichts mehr übrig.
Nach dem totalen Blackout war auch er in die Moschee geeilt, wie es auf den Flugblättern zu lesen war. Was er dort hörte und sah, erfüllte ihn mit Schrecken. Beseelt von der Idee, die Unterdrückung endgültig abzuwerfen,

hatten sich seine Nachbarn uigurischer Abstammung zusammengefunden. Manche von ihnen trugen Handfeuerwaffen, andere waren nur mit Messern oder Stöcken bewaffnet. Doch die Stimmung: euphorisch. Nur ein Gedanke einte den rasenden Mob: Man würde es den Besatzern heimzahlen. Abdullah hatte dazu angesetzt, auch mal das Wort zu ergreifen. Doch sein Versuch scheiterte kläglich. Er kam nicht mal zu dem Mann mit dem Megafon durch. Ungehört verließ er die Moschee wieder, als sich die Menge dazu aufmachte, den Han-Chinesen in der Stadt den Garaus zu machen. Wobei er tunlichst vermied, in den Strudel hineingerissen zu werden. Schnell kehrte er zu seinem Haus zurück und bewaffnete sich mit einem Baseballschläger, um jedem vermitteln zu können, dass es zwar was zu holen gab, der Preis es aber nicht lohnte.

Am nächsten Tag klopfte es an seiner Haustür. Mit dem Baseballschläger bewaffnet rief er dem Besucher durch die Tür zu, dass er verschwinden solle.

»Abdullah, mach die Tür auf. Ich bin es, Noureddine. Wir wollen nur mit dir reden!«

»Noureddine, welcher Noureddine?«

»Noureddine Dawut aus der Moschee!«

»Ich komme raus!«

Das dauerte eine Weile, denn die verrammelte Vordertür räumte Abdullah nicht frei. Erst vergewisserte er sich aus einem Fenster im ersten Stock, wer da vor seiner Tür stand. Dann verließ er das Haus durch den Ausgang der Küche. Den musste er natürlich auch freiräumen. Vor dem Haus traf er auf eine Gruppe von vier Leuten. Die bewaffnet, aber nur mit zwei uralten Karabinern. Sein Baseballschläger war durchaus ein Argument.

»Was wollt ihr?«

Noureddine klärte ihn über die Lage in der Stadt auf. Sie hätten zwar immer noch die Oberhand. Fast die ganze han-chinesische Bevölkerung sei gelyncht worden, wenn es ihr nicht geglückt sei, zu fliehen. Überall würde wahllos geplündert. Die Schäden seien immens.

»Ja und, das war doch immer dein Plan!«
»Nein, natürlich nicht. So habe ich das nicht gewollt! Die Unterdrücker loswerden ja, aber kein Gomorrha!«
»Was soll jetzt ich da tun?«
»Der Widerstand in der Stadt wird bald zusammenbrechen. Die vielen Gruppen sind zu schlecht organisiert. Außerdem rückt Militär von Süden vor.«
»Gut so! Dann ist der Spuk ja bald vorbei!«
»Und du glaubst wirklich, dass du ungeschoren davonkommst?«
»Warum? Ich habe nichts getan!«
»Doch, allein dass du in der Moschee warst, das reicht. Außerdem bist du Uigure. Wenn die hier aufräumen, wird auch das reichen.«
Abdullah fühlte, dass er recht hatte. Aber auch er hatte die Nase von der Arroganz der Besatzer gestrichen voll. Obwohl er gut mit ihr gelebt hatte.
»Also, was soll ich machen?«
»Wir brauchen dich als Organisator. Das Chaos muss aufhören. Du kennst verdammt viele Leute. Sie werden dir folgen, auf dich hören.«
Nachdem sich gezeigt hatte, dass die uigurischen Verbände Ürümqi nicht würden halten können, hatten sie sich dazu entschlossen, sich Richtung Norden in die Berge zurückzuziehen. Aufgrund seiner Reputation in der Ummah, der Gemeinschaft der Muslime vor Ort, war er in kürzester Zeit zu einem Kommandeur innerhalb einer Truppe von 250 mit Sturmgewehren und Panzerfäusten bewaffneten Kämpfern aufgerückt. Darüber, wie sie über Afghanistan an die Waffen gekommen waren, wollte ihm niemand Auskunft geben. Es interessierte ihn auch nicht besonders. Das Geschwafel seiner Mitstreiter über die paradiesischen Zustände im Kalifat langweilten ihn. Und Noureddine Dawut lag ihm permanent in den Ohren, wie toll das Leben im Jenseits doch sei. Doch Abdullah lebte nicht für die Zeit nach dem Tod, sondern für die davor. Sobald sich eine Möglichkeit böte, würde er dem fanatischen Haufen den Rücken kehren. Doch nachdem

die Lage in Ürümqi unhaltbar geworden war, hatte er sich mit dem Verband in Richtung Norden abgesetzt.
Hier war ihr Ziel, ihre Positionen abzusichern. So blockierte die Truppe jetzt die G216. In der Ferne sahen sie, wir General Rai mit seinem Konvoi anrückte. Der stoppte in Sichtweite der Barrikade aus Lastwagen, verunfallten PKWs und sonstigem Gerümpel. Es dauerte keine Viertelstunde, bis sich ein Mann und eine Frau mit einer weißen Fahne aus dem Pulk vor ihnen lösten und auf die Palisade zukamen.

Kapitel 17: Befreiungsschlag?

G216 in der Nähe von Weiminxi, den 6.8.2036

Zusammen mit Oberst Ping ging Dshamilja auf der G216 auf die Barrikade zu. Schon von Weitem konnte sie erkennen, dass die Mannschaften hinter der Blockade ihre Waffen auf sie richteten. Das Einzige was sie schützte, war der weiße Fetzen Stoff, den Oberst Ping wie eine Reliquie vor sich hertrug.

Trotz der Anspannung wirkte alles so friedlich. Auf der rechten Seite: Felder. Zur Linken: in einiger Entfernung die Häuser von Weiminxi. Die waren im Gegensatz zu vielen Gebäuden in Ürümqi unbeschädigt. Die Straßensperre dagegen: massiv. Die Gotteskrieger mussten alles, was nicht niet- und nagelfest gewesen war, zusammengetragen und auf die Landstraße geschoben haben. Auch die Radpanzer würden Schwierigkeiten haben, da einfach so durchzubrechen. Bis auf die islamistischen Kämpfer wirkte alles wie ausgestorben. Die Nachricht, dass auf der Umgehungsstraße zwei Militärverbände aufeinanderzutreffen drohten, hatte wohl die Runde gemacht. Oder hatte hier schon jemand aufgeräumt? Sie würde es nie erfahren. Doch es verstärkte Dshamiljas Unwohlsein. In seiner freundlichen Art hatte ihr Oberst Ping ohne Umschweife erklärt, was mit Tian passieren würde, wenn sie nicht bedingungslos kooperierte.

Etwa 20 Meter vor der Barrikade, forderte sie eine Stimme auf, stehenzubleiben und ihr Anliegen vorzutragen.

»Ich rede und du übersetzt es auf Uigurisch!«, raunzte Ping sie an.

»Wir sind Abgesandte des Bataillons Bayingolin. Wir möchten mit euren Kommandeuren sprechen.«

Dshamilja übersetzte, rief es gegen die Barrikade. Nichts tat sich. Die beiden standen weiter da, wie die Zielscheiben auf der Kirmes. Minuten vergingen. Ping wurde ungeduldig.

»Frag, was los ist!«
Dshamilja übersetzte nicht. Sie hielt den Grundton der Frage für zu anmaßend.
»Haben Sie irgendwelche Direktiven für uns?«
»Wartet noch!«
Das man noch warten solle, übersetzte Dshamilja.
»Warum?«
Weil die Kommandeure noch verhandelten, log Dshamilja.
»Die sollen sich beeilen!«
Dshamilja übersetzte nicht. Oberst Ping nahm es hin.
Endlich tat sich was hinter der Barrikade. Ein Autowrack wurde zur Seite geschoben und gab ein Loch in der Barrikade frei. Dshamilja staunte nicht schlecht, als sie sah, wer ihr da durch die Aussparung in der Straßensperre entgegenkam. Ihr vermeintlicher Zukünftiger, Abdullah Niyaz. Die Begrüßung erfolgte mit dem üblichen »Salam Aleikum« und der Antwort »Maleikum Salam!«.
»Schöne Frau, ich freue mich, Sie wiederzusehen. Allerdings hätte ich mir andere Umstände gewünscht!«
»Werter Herr, mir geht es ebenso!«, entgegnete Dshamilja und versuchte sich ein Lächeln abzuringen. Es misslang.
»Du kennst das Weib?«, empörte sich Noureddine, der sich ebenfalls durch die Absperrung gezwängt hatte.
»Das ist die Tochter von Mohammed Qumtur! Behandle sie mit Respekt!«
Noureddine staunte nicht schlecht. Währenddessen fragte sich Dshamilja, warum Oberst Ping das Geplänkel so ruhig hinnahm. Auf Chinesisch bat sie ihn, seine Vorschläge zu unterbreiten.
»Meine Herren, ich bedaure zutiefst, dass die Lage so eskaliert ist. Niemand konnte das voraussehen und ich denke, die Vernünftigen unter uns haben alles daran gesetzt, es zu verhindern. Leider sind sie auf beiden Seiten gescheitert.«
Wieder übersetzte Dshamilja. Weitgehend für Noureddine, denn Abdullah hatte schon verstanden.

»Wie soll es jetzt weitergehen?«, fragte er.
»Wir sollten uns ...«
Weiter kam er nicht. Noureddine brüllte ihn nieder. Völlig sinnlos, denn Ping verstand kein Wort Uigurisch.
»Du Bastard, du hast meine ganze Familie abgeschlachtet. Du und dein Pack haben nur ein Ziel, uns allesamt auszurotten. Unsere Kultur dem Erdboden gleich zu machen. Das, was ihr hier abzieht, ist Völkermord, nichts anderes! Wie kannst du nur glauben, dass wir mit dir verhandeln! Wir werden euch Beine machen! Und wenn ihr nicht schnell genug lauft, dann werdet ihr unser Schwert zu spüren bekommen! So wie ihr es verdient, ihr Handlanger des Teufels, ihr verdammten Ungläubigen! In der Hölle sollt ihr schmoren!«
Nur der Tatsache, dass sich seine Stimme überschlug und er keinen Ton mehr herausbrachte, war es geschuldet, dass ihn Abdullah etwas zurückdrängen konnte.
»Reiß dich zusammen! Die werden uns komplett platt machen. Bist du wahnsinnig?«
Noureddine setzte zu einer weiteren Tirade an. Auch Abdullah schrie jetzt so laut er konnte:
»Schnauze, du Vollidiot! Du bringst uns noch alle um!«
Die Lautstärke, die Abdullah zu brüllen vermochte, stellte Noureddine für den Moment ruhig. Der war völlig perplex, dass sein Waffenbruder so laut werden konnte. An Oberst Ping gewandt fuhr Abdullah auf Chinesisch fort:
»Ich bitte um Entschuldigung, Herr Oberst, mein Bruder ist durch die Ereignisse der vergangenen Tage etwas mitgenommen. Fahren Sie bitte fort!«
Ping setzte erneut an: »Keiner von uns hat gewollt, dass es so kommt. Es ist eine wirkliche Katastrophe. Aber im Prinzip verfolgen wir das gleiche Ziel: Die Unterdrückung durch das System ohne Gesicht aber mit Augen und Ohren überall in seine Schranken zu weisen. Endlich wieder Entscheidungen treffen zu können, wie wir sie für richtig halten, statt nur noch Befehle auszuführen.«

Abdullah traute seinen Ohren nicht: »Sie denken an eine Art Allianz?«
»Genau!«
»Und wie stellen Sie sich die vor? Wie sollen wir nach all dem Waffenbrüder werden?«
»Indem wir uns auf den gemeinsamen Gegner konzentrieren: Das System!«
»Ein schöner Gedanke! Wirklich schön ...«
Noureddine machte Anstalten, sich wieder in das Gespräch einzumischen.
»Dshamilja, bitte übersetze ihm! Aber nur, wenn er den Mund hält!«
Zu Noureddine gewandt: »Hör dir an, was er zu sagen hat! Und lass mich reden!«
»Welch bizarrer Gedanke! Und wie soll das gehen, das System niederringen?«
»Wir bewaffnen uns. So richtig. Dann können wir das System zurückdrängen, wo immer es uns gefährlich wird. Seine Infrastruktur so schädigen, dass es nie wieder so mächtig wird, wie es einmal war.«
»Details?«
»Der Schlüssel zu unserem Erfolg ist die Deng-Xiaoping-Basis.«
»Die was?«
»Die Deng-Xiaoping-Basis, an der G216. Wir überrennen sie und bringen die dort lagernden Waffen in unsere Gewalt.«
»Dort lagern auch schwere Waffen?«
»Gepanzerte Fahrzeuge aller Art, Artillerie, Granatwerfer, Schnellfeuergewehre und Unmengen Munition.«
Die dort im Berg verbunkerten Atomraketen erwähnte er wohlweislich nicht.
»Ein interessanter Plan. Und die überrennen wir so einfach?«
»Nein so einfach wird das natürlich nicht werden. Aber wenn wir es schlau anstellen, dann sollte es schon hinhauen. Vergessen Sie nicht, wir sind reguläre Einheiten der Volksarmee.«

Das leuchtete Abdullah ein. Doch die Zweifel blieben. Aber wenn der Plan so funktionieren würde, wie es der Oberst vorsah, dann war es die Chance, doch nicht als totaler Verlierer aus diesem Schlamassel herauszukommen.
»Was wäre unsere Aufgabe dabei?«
»Ihre Einheiten starten einen Scheinangriff auf die Basis. Der Versuch der Truppen vor Ort den Angriff zurückzuschlagen, wird dazu führen, dass wir die gesamte Basis unter unsere Kontrolle bringen können. Damit übernehmen wir auch die Kontrolle über weite Teile der Region. Was uns die Luft verschafft, das System großflächig zurückzudrängen, wenn nicht gar völlig unschädlich zu machen.«
»Hier in der Region sicher. Aber was ist mit den anderen Provinzen im ganzen Land?«
»Gute Frage. Aber wenn uns das System je wieder in seine Finger bekommt, ist der Genickschuss unser kleinstes Problem. Für keinen von uns gibt es ein Zurück.«
Abdullah musste ihm zustimmen. Die Zweifel jedoch blieben.
»Wie sollen wir Ihnen vertrauen, wo sie doch vor ein paar Tagen jeden von uns, der sich Ihnen in den Weg gestellt hat, gnadenlos niedergemäht haben?«
»Sie müssen uns nicht vertrauen.«
»Wie das?«
»Wir werden Geiseln austauschen. Die stellen sicher, dass sich jeder sklavisch an die Vereinbarungen hält.«
»Eine Hausnummer?«
»Ich würde jetzt mal an mindestens zehn denken.«
Abdullah dachte über den Plan nach. Noureddine setzte wieder dazu an, sich in die Verhandlung einzumischen, doch Abdullah kam ihm zuvor.
»Gut, wenn Sie uns in zwei Stunden wieder vor der Barrikade zu sehen bekommen, dann haben wir einen Deal. Dann verhandeln wir die Details. Wenn nicht ...«

Oberst Ping salutierte: »Abgemacht! Bis dahin Waffenstillstand.«
Er wandte sich zum Gehen. Doch Dshamilja zögerte, hatte noch ein wichtiges Anliegen.
»Wisst ihr, wo meine Eltern, meine Schwester sind?«
Abdullah hätte ihr so gern etwas Tröstendes gegeben. Aber es war ihm nicht möglich.
»Ich werde mich umhören.«
Abdullahs Versuch, trotz allem Zuversicht zu versprühen, scheiterte kläglich. Dshamilja seufzte ohne Hoffnung.

~

Hinter der Barrikade entbrannte sofort eine hitzige Diskussion. Viele der Kommandeure vertraten die Auffassung, dass nur der Dschihad und der Tod von Allah belohnt werden würde. Ein Bündnis mit den Ungläubigen sei ein Pakt mit dem Teufel. Immer wieder wurden Suren des Korans rezitiert, mit denen die eigene Position untermauert werden sollte. Nach zwei Stunden war man keinen Schritt weiter.
»Die Frist läuft ab. Wir müssen uns entscheiden«, sagte Abdullah.
»Dann lass uns abstimmen.«
Mit nur einer Stimme Mehrheit wurde beschlossen, den Deal, wenn irgendwie vertretbar, anzunehmen. Noureddine kochte. Er weigerte sich wütend, noch einmal mit den Unterdrückern zu verhandeln. Dass er sie nur beschimpft und nicht verhandelt hatte, blieb unerwähnt. Abdullah sollte jetzt mit Ahmad Shah Mumcu vor die Barrikade treten.
Dass zwei Männer wieder vor der Barrikade gekommen waren, wurde den Offizieren sofort gemeldet. Oberst Ping ließ Dshamilja erneut heranschaffen und machte sich mit ihr auf den Weg.

»Es freut mich, dass Sie den Weg der Zusammenarbeit gewählt haben. Lassen Sie uns unseren gemeinsamen Kampf vorbereiten«, eröffnete er das Treffen.
Er fing an, den Plan für die Eroberung der Basis zu entwickeln. Für den Angriff würden den Verbänden der Islamisten drei Granatwerfer samt Munition überlassen werden. Sie hätten die an der G216 gelegene Basis weitläufig zu umgehen und von Norden her anzugreifen. Von dort sei sie aufgrund ihrer Lage am besten zu beschießen. Das sollte so geschehen, dass die etwa 200 Mann Besatzung alle Hände voll damit zu tun hätten, den Angriff abzuwehren. Wobei man unbedingt darauf achten sollte, die eigenen Verluste zu begrenzen. Sprich: Keine kühnen Sturmangriffe. Nur eben Ablenkung.
»Wann schlagen wir los?«
Das solle im Morgengrauen des 9. August geschehen, also in drei Tagen. So würde ihm und einer Gruppe von Mitstreitern die Möglichkeit gegeben, in die Basis einzusickern. Sobald deren Verteidigung in vollem Gange war, würden sie die strategisch relevanten Punkte der Basis in ihre Gewalt bringen und es somit weiteren Kräften erlauben, auf das Gelände der Basis vorzudringen.
»Wie lange müssen wir unseren Angriff durchhalten?«
Er rechne mit nicht mehr als vier Stunden, erklärte Oberst Ping. Dann müsste der Besatzung vor Ort die Aussichtslosigkeit der Lage bewusst sein. Sie würden dann vor die Wahl gestellt, sich zu ergeben oder aufgerieben zu werden.
»Wie werden wir kommunizieren?«
Zusammen mit General Rai, dem Kollegen Pong und Major Tan hatte er ein komplexes System von Funkfrequenzen ausgearbeitet, die sie abwechselnd benutzen würden. Man würde ihnen auch das passende Funkgerät zur Verfügung stellen. Funksprache wäre Uigurisch.
»Wie läuft das mit den Geiseln?«

Hier zog sich die Diskussion. Beide Seiten machten Vorschläge, wen sie als Unterpfand in die Waagschale werfen würden. Keiner wollte das Leben eines Anverwandten riskieren, ohne dass eine gleichwertige Gegengeisel gestellt wurde. Schließlich einigte man sich auf sechs Familienangehörige auf beiden Seiten. Sie seien bis 12 Uhr des Folgetages heranzuschaffen. Dann würden sie ausgetauscht.

»Gut. Dann bringen sie uns das Funkgerät und wir trainieren den Frequenzwechsel. Morgen tauschen wir die Geiseln aus. Danach machen wir uns auf den Weg Richtung Deng-Xiaoping-Basis«, resümierte Abdullah.

Sein Begleiter Ahmad Shah, der die Verhandlung wortlos verfolgt hatte, signalisierte sein Einverständnis.

»Gut, in einer Stunde haben Sie das Funkgerät. Die weitere Kommunikation läuft dann darüber«, sagte Oberst Ping.

»Eine Frage noch: Kann Dshamilja bei uns bleiben?«, fragte Abdullah.

»Wenn sie das möchte.«

Doch zu Abdullahs Überraschung lehnte Dshamilja das ausdrücklich ab.

~

Die streng bewachte Einfahrt der Deng-Xiaoping-Basis lag im morgendlichen Dämmerlicht. An der mit Schranke und Metalltor gesicherten Einfahrt stand ein biologischer Posten Wache. Normalerweise versahen den öden Wachdienst Robotersoldaten, aber bei mit Atomraketen bestückten Stützpunkten verließ man sich im Wesentlichen noch auf den menschlichen Faktor.

Die Basis lag an einem Berghang, der nach Norden abfiel. Im vorderen Abschnitt: eher flach, hier befanden sich die Schlafsäle der Mannschaften. Im hinteren dagegen ging es steil bergauf. Die Idee dahinter war gewesen, die Vorräte an Waffen und Munition in Schächten im Berg lagern zu können. Was nur wenige der Mannschaften wussten war, dass sich dahinter noch Raketenschächte befanden, die zehn nuklear bestückte Raketen bargen. Zu denen hatten nur Bedienungs- und Wachmannschaften Zutritt, die einer besonderen Sicherheitsfreigabe unterlagen. Die bekamen sie nur, wenn sie sich durch besondere Loyalität gegenüber Staat und Partei ausgezeichnet hatten. Die Berghänge mit den Öffnungen der Raketenschächte waren besonders getarnt und auch noch strenger bewacht.

Der Wachsoldat vor dem Tor sah die ankommende Gruppe wegen des Morgenlichts erst relativ spät. Als besondere Bedrohung empfand er sie jedoch nicht, da die Gestalten in eher gemächlichem Tempo auf ihn zukamen. Ihre Sturmgewehre schleiften sie mehr, als dass sie die trugen. Abgekämpft war fast noch schmeichelhaft, um den Zustand der Männer zu beschreiben. Der Wachposten hob seine Maschinenpistole und brüllte: »Halt, keinen Schritt weiter! Waffen fallen lassen!«

Die Geschwindigkeit, mit der die Männer seinen Befehlen nachkamen, überraschte ihn. Er gab die Ankunft der versprengten Truppe in die Wachstube hinter sich durch.

»Identifiziert euch!«

Die Majorsuniform des Leitwolfs jetzt ausmachend setzte er nach: »Zu welcher Einheit gehören Sie? Wen darf ich melden?«

»Major Wan Tan, Kommandeur des Bataillons 113 aus Bayingolin. Der Stützpunkt wurde von aufständischen Islamisten überrannt. Es ist uns gelungen, uns bis hierher durchzuschlagen. Bitte melde mich deinem Kommandanten.«

Der Wachposten gab die Infos in die Wachstube weiter. Reichlich unsoldatisch ließen sich die Ankömmlinge auf den Boden fallen. Nur der Major näherte sich dem Posten. Doch ohne sein Sturmgewehr. Auch das: reichlich ungewöhnlich.

»Soldat, wir sind seit fast zwei Wochen zu Fuß unterwegs. Nur im Schutze der Nacht konnten wir uns durchschlagen. All unsere Vorräte sind aufgebraucht. Die Aufständischen haben uns ohne Unterlass verfolgt. Wir sind am Ende!«

»Wir werden euch gleich reinlassen. Ich brauche eine Rückmeldung. Es kann sich nur um Minuten handeln.«

Aus der Wachstube kam die Freigabe. Der Wachhabende im Inneren fuhr die Schranke hoch und das Stahltor begann zur Seite zu gleiten.

»Ich muss Sie bitten, Ihre Waffen hier abzulegen. Der Kollege wird sie zur Sanitätsbaracke gleiten.«

Die geschlagene Truppe folgte widerspruchslos seinem Befehl. Als erstes stellte Oberst Ping, jetzt in Majorsuniform, sein Gewehr an der Kasernenmauer ab.

Oberstleutnant Hao Bi-tze, der stellvertretende Kommandeur der Deng-Xiaoping-Basis war so schon gestresst genug, als dass ihm weitere Überraschungen noch gefehlt hätten. Denn seit Tagen war die gesamte Basis von jeglichen Kommunikationskanälen abgeschnitten. Und sein Vorgesetzter, Generalleutnant Ti Ten, war vor den Ereignissen in Ürümqi zum halbjährlichen Rapport nach Peking beordert worden und hatte ihn mit der ganzen Bürde der Verantwortung hier sitzen lassen. Jetzt betrat sein Adjutant mit einem reichlich abgerissen aussehenden Major sein Dienstzimmer.

»Melde gehorsamst: Major Wan Tan, Kommandeur des Stützpunkts Bayingolin!«

Der Oberstleutnant unterdruckte mit Mühe seine Überraschung.

»Herr Major, welch eine Überraschung! Was führt Sie zu uns?«

Oberst Ping, jetzt in der Uniform von Major Tan steckend, die ihm so leidlich passte, ließ sich, ohne die Aufforderung dazu abzuwarten, auf die nächstbeste Sitzgelegenheit fallen.

»Könnte ich ein Glas Wasser haben?«

»Selbstverständlich!«

Während der Adjutant die Bitte des Majors erfüllte, begann Oberst Ping, totale Erschöpfung mimend, seine Story zum Besten zu geben. Wie sein Stützpunkt völlig überraschend von Horden von Islamisten überrannt worden sei. Was nur möglich gewesen sei, weil die über Granatwerfer und sogar Haubitzen verfügt hätten. Was ihm unerklärlich sei. Wie sie gezwungen gewesen wären, zu fliehen und in Ürümqi Verstärkung und Rückhalt zu suchen, hätte aber dort die Lage noch desaströser vorgefunden. Immer wieder seien sie auf islamistische Milizen gestoßen, denen sie nur unter großen Verlusten ausweichen hatten können. Wie sie sich in ihrer Verzweiflung dann nachts bis zur Basis hier durchgeschlagen hatten. Ganz Xinjiang sei im Aufruhr.

Während der Erzählung des Majors, hatte der Adjutant das Glas des vermeintlichen Majors mehrere Male nachfüllen müssen.

»Ich kann Ihnen nicht sagen, wie schockiert ich über Ihre Nachrichten bin. So sehr ich es auch begrüße, Informationen von draußen zu bekommen. Wir sind nämlich seit Tagen von jeglicher Kommunikation mit der Außenwelt abgeschnitten.«

»Sie konnten auch keinen Kontakt per Funk aufnehmen?«

»Nachdem nichts mehr auf den anderen Kanälen ging, haben wir das natürlich versucht.«

»Und?«

»Es stellte sich heraus, dass wir nur noch über völlig unbrauchbare Geräte verfügen. Die anderen wurden illegal verkauft oder ausgeschlachtet. Die Verantwortlichen sind schon unter Arrest gestellt worden. Sie erwartet das Kriegsgericht.«

»Unglaublich! Dass es immer wieder zu solchen Vorfällen von volksschädlichem Verhalten kommt!«, stieß Ping alias Wan Tan Entrüstung mimend hervor. Wobei er innerlich jubilierte. »Wie ist die Lage vor Ort?«

»Momentan befinden wir uns in höchstem Alarmzustand. Sind aber, wie gesagt, von jeglichem Informationsfluss abgeschnitten. Das Sicherheitsprotokoll schreibt uns vor, dass wir den Stützpunkt abschotten und gegen jeglichen Angriff von außen bis zum letzten Mann verteidigen müssen. Wie schätzen Sie die Lage ein? Müssen auch wir mit Übergriffen der Terroristen rechnen?«

Ping bemühte sich, weiter jubilierend, möglichst bekümmert zu wirken: »Ich bedaure das so zu sagen, aber wir müssen davon ausgehen.«

Besser choreographiert hätte die Aussage nicht sein können. Kaum hatte der falsche Major den Satz ausgesprochen, waren zwei Detonationen zu hören. Die Tür des Dienstraums wurde wenig später aufgerissen und ein Unteroffizier stürmte herein.

»Melde: Die Basis steht unter Beschuss von außen!«

Oberstleutnant Hao Bi-Tze riss es nun schon wieder. Sein schlimmster Albtraum wurde Wirklichkeit. Ohne seinen Vorgesetzten und Kontakt nach außen stand die Basis unter Beschuss. Die ganze Last der Verantwortung lag nun auf ihm. Kreidebleich entschuldigte er sich damit, dass er jetzt seinen Aufgaben als Kommandeur gerecht werden müsse und verließ fluchtartig den Raum.

Der falsche Major wandte sich an den Adjutanten: »Könnte ich einen Happen zu essen bekommen? Ich würde mich dann gerne etwas frisch machen und ein wenig zur Ruhe kommen. Wenn ich benötigt werde, dann erfülle ich natürlich nur zu gern meine Pflicht. Aber der Kommandant scheint die Lage ja im Griff zu haben.«

Draußen waren weitere Einschläge zu vernehmen. Auf dem Stützpunkt brach hektische Aktivität aus. Befehle wurden gebrüllt, Soldaten rannten zu ihren Verteilungspositionen, Schüsse fielen. Nichtsdestotrotz brachte der Adjutant den falschen Major zurück zu seinen Kameraden im Gästehaus der Basis und versprach, sich um etwas Essbares zu kümmern.

»Wenn der wiederkommt, dann setzen wir ihn außer Gefecht!«

Als der Adjutant nach einer Weile mit etwas Essbaren zurückkam, fand er die Flüchtlinge totale Erschöpfung

simulierend vor. Er konnte das Tablett gerade noch vor Oberst Ping alias Major Tan abstellen. Dann wurde er durch einen Schlag mit dem Griff einer Pistole ins Reich der Träume befördert. Zwei Männer fingen ihn auf, fesselten ihn mit Kabelbindern, die sie bis dahin tunlichst verborgen gehalten hatten, und knebelten ihn mit Servietten und einem Tischtuch.
»Wir gehen jetzt zum Tor und übernehmen es.«
Das Grüppchen der Verschwörer verließ das Gästehaus. Draußen: weiterhin Gefechtslärm, rennende Soldaten, Befehle brüllende Unteroffiziere. Keiner verschwendete auch nur einen Gedanken darauf, warum die Neuankömmlinge jetzt schon wieder durch die Basis spazierten. Die eingeschmuggelten Kurzwaffen ließen die Verschwörer niemanden sehen.
Als die Gruppe das Tor erreichte, musste sie feststellen, dass die Wachmannschaft aufgrund des Alarms verstärkt worden war. Auf beiden Seiten hatten Gruppen von je drei Frauen und Männern bewaffnet mit Maschinenkanonen Position bezogen. Die schauten befremdet und ungläubig auf die scheinbar unbewaffneten Ankömmlinge.
Oberst Ping alias Major Tan grüßte militärisch korrekt und betrat die Wachstube. Die Männer an den Maschinenkanonen widmeten ihre Aufmerksamkeit wieder dem nur spärlich beleuchteten Vorplatz der Basis.
Auch in der Wachstube grüßte Oberst Ping militärisch korrekt. Der anwesende Sergeant und der Schütze standen sofort stramm.
«Meine Herren, die Basis steht unter intensivem Beschuss islamistischer Terroristen. Oberstleutnant Hao Bi-Tze benötigt jeden Mann. Begebt euch sofort mit euren Kameraden zu Haus sieben, ihr werdet dort erwartet, um die Kräfte vor Ort zu unterstützen.
Die beiden Männer in der Wachstube standen weiter stramm. Wortlos.
»Abrücken! Einheiten bei Haus sieben verstärken!«, befahl Oberst Ping jetzt militärisch knapp.

Endlich konnte sich der Sergeant zu einer Antwort aufraffen: »Herr Major, wir haben den strikten Befehl, die Stellung unter allen Umständen zu halten.«
»Und ich befehle dir, meinen Leuten die Bewachung des Kasernentors zu übergeben!«
Oberst Ping deutete auf seine Schulterklappen: »Freundchen, du hast es mit einem Major zu tun!«
»Bei allem Respekt, Herr Major! Sie sind nicht auf der Basis stationiert. Ich unterstehe nicht Ihrem Befehl.«
Zur Überraschung des Sergeanten gab sich der falsche Major mit der Antwort zufrieden.
»Ich verstehe!«
Er salutierte ein weiteres Mal, machte auf der Stelle kehrt und verließ die Wachstube. Draußen zog er im toten Winkel seine bis dahin gut verborgene Pistole.
Das war das Zeichen für seine Gefolgschaft draußen, es ihm gleichzutun. Während er sich sofort wieder umwandte, um die Wachstube wieder zu betreten, zogen seine Leute ihre Kurzwaffen und mähten die Frauen und Männer an den Maschinenkanonen nieder.
In der Wachstube eliminierte Oberst Ping den Sergeanten und dessen Kameraden mit zwei perfekt platzierten Kopfschüssen. Die sanken tödlich getroffen in sich zusammen.
Oberst Ping verließ die Wachstube sofort wieder, nachdem er sich überzeugt hatte, dass die beiden tot waren. Draußen machten sich die Männer schon daran, die getöteten Wachsoldaten aufzusammeln und in die Wachstube zu tragen. Sobald das geschehen war, übernahmen sie ihre Positionen, als wäre nichts geschehen. Natürlich nicht ohne die Sturmgewehre, die sie beim Betreten der Basis an der Kasernenmauer abgestellt hatten, wieder aufzunehmen.
Oberst Ping zog derweil eine Signalpistole aus seinem Uniformrock. Eine rote Leuchtrakete erhellte den Platz vor der Kaserne. Ihr folgte eine grüne. Dann wieder eine rote. Das war das Zeichen für die Verbände, die sich bis jetzt außer Sichtweite versteckt gehalten hatten.

Dann schnappte er sich einen seiner Männer: »Du ziehst dir die Uniform von dem Sergeanten da drin an Du bringst dann die »Spezialisten« zur Kommandantur!«

~

Die uigurischen Freischärler heizten derweil den auf der Basis stationierten Truppen gewaltig ein. Ganz nach Guerillamanier stießen sie rasch vor, schossen zwei, drei Granaten ab, um sich dann wieder zurückzuziehen. Den Besatzungen der Basis blieb nur wenig Zeit, um sich auf die neue Bedrohungslage einzustellen. Sobald sie bereit waren, das Angriffsfeuer zu erwidern, waren die Islamisten schon auf dem Rückzug.
Oberstleutnant Hao Bi-Tze hatte alle Hände voll zu tun. Er hockte in einem provisorischen Befehlsstand, den man in Windeseile im Norden der Basis eingerichtet hatte. Immer wieder erreichten ihn Meldungen von Vorstößen, die er dann befahl abzublocken. Was auch gelang, aber seinen Leuten massive Verluste bescherte. Ihm war klar, dass sie dem Ansturm nur noch einige Stunden würden standhalten können. Dann müssten sie sich in den im Berg verborgenen Teil der Basis zurückziehen und bis zum letzten Mann die Waffenlager und insbesondere die Atomraketen verteidigen. Sollte ihr Widerstand zu brechen drohen, war der ultimative Befehl einen der Atomsprengsätze im Raketenschacht zu zünden, um zu verhindern, dass die Raketen in die Hände des Feindes fielen. Ein Selbstmordkommando, dem er mit nicht vorhandenem Opfergeist entgegensah.
Umso überraschter war er, als völlig unvermittelt General Rai und Oberst Pong im Gefechtsstand auftauchten. Zeitgleich schien der Granathagel der Islamisten abzuebben. Der Oberstleutnant war komplett baff, diesmal aber positiv überrascht.
»Herr General, meine Herren! Ich hatte mit allem gerechnet, nur nicht mit Ihnen.«

»Herr Oberstleutnant, Batallion 408 aus Ürümqi. Wir sind gekommen, um Ihnen bei der Verteidigung der Basis beizustehen.«
»Ausgezeichnet! Ausgezeichnet! Können Sie mir einen Überblick geben, über welche Kräfte Sie verfügen?«
Der General gab ihm nur zu gerne Auskunft. Seine Leute seien auch schon dabei, den Islamisten Beine zu machen. Der Oberstleutnant konnte sein Glück kaum fassen.
General Hao Rai war klar, dass sie die Scharade nur kurze Zeit würden aufrecht erhalten können. Das seltsame Verschwinden der Wachmannschaft am Kasernentor würde nicht allzu lang unbemerkt bleiben. Deshalb drückte er aufs Tempo.
»Herr Oberstleutnant, ich habe Befehle aus Peking: Die Raketen vor Ort zu sichern und ihren Status zu überprüfen. Bitte führen Sie mich zu den Bunkern im Berg, damit ich Peking umgehend Bericht erstatten kann.«
Der Oberstleutnant zögerte einen Moment. Eigentlich gingen seine Raketen den General so gar nichts an. Eigentlich sollte er gar nicht darüber informiert sein.
»Sie wissen von unserem kleinen Geheimnis?«
»Deswegen bin ich hier. Peking hat mich sofort nach den Unruhen davon in Kenntnis gesetzt und mir die Sicherung übertragen.«
Der Oberstleutnant: völlig verwirrt. Konnte das sein? Aber er wollte glauben, was er da hörte. Die Erleichterung erschien im zu groß, dass er nicht für sein Land oder für sonst was sterben musste.
»Oberst Pong wird das Kommando hier vor Ort übernehmen. Sie führen mich und einige meiner Techniker bitte zu den Raketen«, sagte General Rai betont entspannt. »Sie verstehen, ich bin die technischen Details betreffend nur bedingt versiert.«
»Selbstverständlich, Herr General! Bitte folgen Sie mir.«
Obwohl der Beschuss von außen ein Ende gefunden hatte, herrschte auf der Basis immer noch das kontrollierte Chaos. Gerät wurde unter Hochdruck

verlegt, Verwundete wurden zur Sanitätsstation getragen. Die Offiziere bahnten sich ihren Weg durch den Tumult zur Kommandantur.
Vor dem Arbeitszimmer des Oberstleutnants hatten sich die vermeintlichen »Spezialisten« versammelt, die dem General bei der Inspektion der Atomraketen unterstützen sollten. Unter ihnen auch Dshamilja und Tian, jetzt in schlecht sitzenden Uniformen der Volksarmee. Zur Beruhigung des Oberstleutnants befand sich in der Gruppe aber auch ein Sergeant, dessen Uniform ihn als Mitglied des Wachbataillons der Basis auswies. Warum er sich nicht an das Gesicht des Mannes erinnern konnte, schoss es dem Oberstleutnant durch den Kopf. Er tröstete sich damit, dass es immer wieder Neuzugänge gab. In Zukunft würde er sich jeden Neuzugang genau einprägen.
Der Zugang zu den Raketensilos erforderte einen Spezialschlüssel, mit dem sich der Kommandierende des Stützpunktes Zugang verschaffen konnte. General Ti Ten hatte dem Oberstleutnant den Zugangsschlüssel vor seiner Abreise feierlich übergeben. Zusammen mit dem Köfferchen, das zur Erzeugung der Abschusscodes benötigt wurde.
Während die Spezialisten draußen warteten, öffnete der Oberstleutnant im Beisein des Generals den Safe in seinem Büro. Er wollte nur den Zugangsschlüssel mitnehmen, denn ein Abschuss war ja nicht befohlen.
»Den Code-Generator nehmen wir auch mit«, bemerkte Hao Rai trocken.
Der Oberstleutnant blickte ihn erstaunt an.
»Ich muss sicherstellen, dass die gesamte Befehlskette vor Ort präsent ist. Also nehmen Sie bitte auch den Koffer mit.«
Wieder glaubte der Oberstleutnant, was er einfach glauben wollte. Aus Freude darüber, dass ihm das Leben ein zweites Mal geschenkt worden war, nahm das Köfferchen ebenfalls an sich.

Die Offiziere machten sich, die »Spezialisten« und einige einfache Dienstgrade im Schlepptau, in Richtung der Raketensilos auf. Nach den Gefechten hatte sich eine Sommernacht mit ihrer unwirklichen Stille über der Basis ausgebreitet. Die Gruppe marschierte zielstrebig auf den südlichen Teil der Basis zu, wo sich der Berghang mit den Waffendepots und den Raketensilos befand.
Der Eingang zum Gängesystem im Berg war mit der unscheinbaren Fassade eines Hauses kaschiert worden. Das Haus schien in die Bergwand hineingebaut worden zu sein. Hier reichte noch die Präsenz des Oberstleutnants, um ihnen den Durchmarsch zu ermöglichen. Ein Wachposten riss die Tür auf und salutierte vorschriftsmäßig.
Der Oberstleutnant setzte schon dazu an, durchzumarschieren, als er in der Bewegung verharrte und sich zum General umwandte: «Es gibt noch eine Formalität, auf der ich bestehen muss. Sie und ihre Kameraden müssen ihre Dienstausweise beim Posten abgeben.
Jetzt wurde es eng. Der General wandte sich zu einem Unteroffizier um und befahl: »Sammle die Dienstausweise ein!«
Der machte sich sofort daran, den Befehl auszuführen. Inzwischen hielt der General dem Posten seine Plastikkarte unter die Nase: »Hier, siehst du, Generalmajor Hao Rai. Seit über 32 Jahren im Dienste der Volksarmee.«
Der Posten nickte, mimte Bewunderung für die lange Dienstzeit des Generals. Auch Oberstleutnant Hao Bi-Tze bekam den Ausweis zu sehen. Und einen detaillierten Vortrag, welche Heldentaten Hao Rai in den 32 Jahren schon alle vollbracht hatte.
Der Unteroffizier, dessen Aufgabe es gewesen war, die Dienstausweise einzusammeln, übergab sie dem General feierlich. Den seinigen oben auf den Stapel legend streckte er ihn dem Wachsoldaten hin. Sobald der ihn übernommen hatte, stürmte er weiter.

»Jetzt aber los! Wir haben schon genug Zeit verloren!«
Der Posten legte den Stapel auf dem Tresen vor sich ab. Wobei er genau darauf achtete, dass der Stapel nicht auseinanderfiel, denn er wollte ja bei der Rückkunft der Gruppe nicht lange herumsuchen müssen. Was er nicht bemerkte, war, dass Dshamilja und Tian ihm ihre Personalausweise untergejubelt hatten.
Im Berg ging es schier endlos weiter. Weißgetünchte Gänge mit fahl leuchtenden Neonröhren, Aufzüge und immer wieder Treppen. Rauf und runter. Der Oberstleutnant musste sich diversen Augen- und Fingerabdruckscans unterziehen, wobei er nicht müde wurde, zu bemerken, dass eigentlich nur er höchstpersönlich hier durchgehen durfte.
»Selbstverständlich, Oberstleutnant Bi-Tze. Aber dies ist ein absoluter Notfall. Die nationale Sicherheit der gesamten Volksrepublik steht auf dem Spiel.«
Der Oberstleutnant ließ sich damit abspeisen, auch wieder, weil er es einfach so wollte. Er erklärte aber, dass schon seit Jahren Vorbereitungen liefen, den Zugang zu den Silos mit Schleusen zu sichern, die nur jeweils eine Person durchließen.
»Und die konnten noch nicht installiert werden?«
»Doch, schon. Aber sie wiesen immer wieder Fehlfunktionen auf. Was den Effekt hatte, dass Alarm ausgelöst wurde und niemand mehr rein oder raus kam. Die Raketentechniker mussten mal geschlagene drei Tage in der Kontrollwarte ausharren, da das ganze System jeglichen Zugang blockierte, wodurch die Raketen drei Tage nicht abschussbereit waren. Dieses Risiko konnten wir einfach nicht eingehen.«
Der General warf dem Oberstleutnant einen strengen Blick zu.
»Aber wir arbeiten daran! Zwei, drei Monate und das System steht! Dann ohne Risiko und Fehler!«, bemühte sich der Oberstleutnant anzufügen.
Endlich hatten sie die Leitwarte erreicht. Die durften nur die Offiziere betreten. Der Raum, in dem sich der letzte

Schalter befand, um Armageddon ohne Wenn und Aber in Gang zu setzen, war nicht besonders groß. Er maß maximal 100 Quadratmeter.

Dafür war er vollgepfropft mit Bildschirmen und Steuerungstechnik. Jedes der zehn Raketensilos hatte sein eigenes Steuerungspult. Die Wände gepflastert mit Bildschirmen, die alle wichtigen Bauteile wie Sprengkopf, Überschalldüse, Stromversorgung, Tankstutzen und Stützvorrichtung zeigten. Im Raum befanden sich ein Major und ein Hauptmann, die pflichtbewusst salutierten.

»Das sind Kameraden aus Ürümqi. Der General möchte sich der Einsatzbereitschaft der Atomraketen versichern. Erläutert ihm das System und beantwortet alle seine Fragen!«

Die beiden Offiziere kamen dem Befehl nach und begannen alle Details der Raketen und auch des Steuerungspults zu erläutern. Die Besucher dagegen hörten aufmerksamst zu. Bei der Frage der Zielkoordinaten hakte der General intensiv nach. Der Major versicherte, dass sie keinen Einfluss auf diese hätten. Die seien in den Abschusscodes verschlüsselt.

Der Schuss erschreckte alle Anwesenden sprichwörtlich zu Tode. Oberstleutnant Hao Bi-Tze, der sich bis eben noch in Sicherheit gewähnt hatte, brach tot zusammen. Hao Rai zielte jetzt mit seiner Pistole in Richtung des Majors und des Hauptmanns.

»So Leute, wenn ihr nicht auch eine Kugel in den Kopf haben wollt, dann macht ihr jetzt genau das, was ich euch sage.«

Major und Hauptmann hoben langsam die Hände. Die beiden immer noch im Visier, öffnete Hao Rai die Tür der Leitwarte. Der Rest der Truppe strömte in den streng geheimen Sicherheitsbereich hinein.

»Bindet die beiden auf ihren Stühlen fest!«, befahl Hao Rai weiter und wandte sich an Dshamilja und Tian. »So, ihr beiden, jetzt könnt ihr zeigen, was ihr drauf habt!« Dann schickte er zwei der Männer los.

»Du und du, ihr übernehmt den Posten am Zugang! Nicht zimperlich sein! Nicht, dass der noch Ärger macht.«
Die Befehle es Generals wurden sofort ausgeführt. Dshamilja und Tian öffneten das Köfferchen, das die Abschusscodes erzeugen würde. Im Inneren fanden sie einen einem Notebook ähnlichen Rechner.
»Wie fahren wir den hoch?«
Der Major saß auf seinem Bürostuhl fixiert hinter Dshamilja und schwitzte stark. Und schwieg. Dshamilja wiederholte die Frage. Hao Rais Pistole näherte sich der Schläfe des Offiziers.
»Du startest ihn mit dem Zugangsschlüssel.«
Das tat Dshamilja. Der Rechner fuhr hoch. Es öffnete sich ein Menü, das zu jedem x-beliebigen Microsoftprogramm hätte gehören können.
»Bitte legen Sie Ihren Finger auf den Fingerabdrucksensor«, forderte der Bildschirm.
»Welchen Finger brauchen wir?«
Der Major spürte wieder die Pistole des Generals an seiner Schläfe.
»Den linken Daumen.«
Zwei Männer schleiften den toten Oberstleutnant zum Köfferchen und pressten seinen linken Daumen auf den Fingerabdruckscanner.
»Danke, Herr Oberstleutnant Hao Bi-Tze. Identität per Fingerabdruck bestätigt. Bitte jetzt noch den Irisscan durchführen«, meldete das System.
»Linkes oder rechtes Auge?«
»Auch wieder links!«, kam es resigniert vom Major.
Am Schopf zogen die beiden Männer den Kopf des toten Oberstleutnants vor die Kamera. Schwierigkeiten bereitete das Hochziehen des Augenlids. Mehrere Versuche scheiterten. Der General fluchte vernehmlich. Dann endlich gab das System die Generierung des Abschusscodes frei.

Nun schien alles lächerlich einfach. Im Menü konnte man anwählen, für welche der zehn Raketen man den Code generieren wollte.
»Welche nehmen wir?«, fragte Dshamilja.
»Egal. Fangen wir mit der ersten an!«
Dshamilja klickte auf das entsprechende Feld. Eine Eingabemaske poppte hoch.
»Zielkoordinaten Washington: 38° 54' N, 77° 2' W, Zündung über Boden: 1000 m.«
Das Menü bot zwei Optionen: 1) Abschusscode generieren 2) Zielkoordinaten modifizieren.
»Ich kann es nicht glauben, das ist ja einfacher als jeder Taschenrechner!« stöhnte Dshamilja.
»Auch hier hat man schon lange geplant, den Zugriff zusätzlich zu sichern. Aber man hat es nicht getan. Warum? Man wollte sicherstellen, dass die Kontrolle der Atomraketen in den Händen von biologischen Soldaten verbleibt. Damit man im Angriffsfall zeitnah reagieren und das System nicht übernehmen kann.«
»Krass!«
»Zielkoordinaten?«
»Peking, Guangzhou, Shanghai, Chengdu, Xiamen, Hangzhou, Xi'an, Tianjin, Wuhan, Chongqing.« ratterte der General herunter. Die Liste der größten Ballungsgebiete Chinas war ihm mehr als geläufig.
»Ich brauche die Zielkoordinaten, nicht die Namen der Städte«, sagte Dshamilja.
»Wo kriegen wir die her?«
Der Major spürte wieder den Lauf von Hao Rais Pistole an seiner Schläfe.
»Die haben wir nicht!«
Die Lüge des Majors kostete dem Hauptmann das Leben. Der General drückte gnadenlos ab. Jeden im Raum riss es erneut gewaltig. Blut spritzte. Der Kopf des Hauptmanns fiel leblos nach vorne. Sein Bürostuhl rollte zwei Zentimeter nach hinten.
»Du produzierst mir jetzt einen Weg, wie wir die Koordinaten herkriegen!«, befahl der General.

Jetzt spürte der Major den nun heißen Lauf der Pistole an seiner Stirn.
»coordinates.app«
Dshamilja tippte den Namen zitternd in das Windowssuchfenster, spürte Tians Hand auf ihrem Arm. Auch er zitterte. Die App poppte hoch. Dshamilja tippte Guangzhou.
»23° 7‘ 43.68 N 113° 15‘ 32.4 E« meldete der Bildschirm.
Dshamilja übertrug die Daten.
»Detonationshöhe über Boden?«
»100 Kilometer!«
»100000 Meter«, wiederholte Dshamilja.
Der Code für die Apokalypse hatte 20 Stellen.
»Ich habe den Code. Soll ich ihn vorlesen?«
Der Lauf der Pistole des Generals war inzwischen erkaltet. Trotzdem spürte ihn der Major unmissverständlich.
»Übertragen Sie den Code auf einen Zettel. Aber fehlerlos. Drei falsche Eingaben und das System sperrt! Sobald der Code korrekt eingegeben wurde, kann die Rakete mit dem roten Knopf am Bedienpult abgeschossen werden.«
Im Raum hörte man nur das Tippen von Dshamilja. Tian übertrug die Codes in Schönschrift und reichte sie an die Männer im Raum. Die setzten sich an die Bedienpulte der einzelnen Raketen und schalteten das atomare Inferno frei.
Nachdem Dshamilja den letzten Code erfolgreich abgerufen und einer der Männer Rakete zehn freigeschaltet hatte, herrschte absolute Stille im Raum. Jedem war klar, dass sie nun gleich unwiderruflich Geschichte schreiben würden.
»In welchem Abstand können wir die Raketen starten?«
»Eine Minute.«
»Rakete eins: Feuer!«
Der Soldat am Pult zögerte noch ein paar Sekunden, dann drückte er den roten Knopf. Wo eben noch andächtige Stille geherrscht hatte, stieg der Lärmpegel mit

einem Mal schlagartig. Auf den Bildschirmen sah man, wie die Luken des Raketensilos im Berg weggesprengt wurden und sich Rakete eins mit zunehmender Geschwindigkeit aus dem Silo schob.

Dann wieder Stille. Der General zählte die Sekunden auf seiner Uhr.

»Rakete zwei: Feuer!«

Höllenlärm, Stille.

»Rakete drei: Feuer!«

Höllenlärm, Stille.

»Rakete vier: Feuer!«

Höllenlärm, Stille.

»Rakete fünf: Feuer!«

Höllenlärm, Stille.

»Rakete sechs: Feuer!«

Höllenlärm, Stille.

»Rakete sieben: Feuer!«

Höllenlärm, Stille.

»Rakete acht: Feuer!«

Hollenlarm, Stille.

»Rakete neun: Feuer!«

Höllenlärm, Stille.

»Rakete zehn: Feuer!«

Höllenlärm, Stille.

Die wollte diesmal nicht enden. Alle in der Kommandozentrale beäugten sich unsicher. Keiner wagte es, sich zu rühren.

~

Weiterhin herrschte eine befremdliche Starre im Kontrollraum. Selbst der sonst so hyperaktive Hao Rai hing auf einem Stuhl wie in den Seilen. Irgendwann merkte er aber, dass alle Augen auf ihn gerichtet waren, alle erwarteten, dass er die Initiative ergreifen würde.

„Männer, wir können hier nichts mehr ausrichten. Über das, was hier vor sich ging, ist absolutes Stillschweigen zu

bewahren. Es ist so nie passiert. Die Leichen lassen wir hier. Entsorgen wir später."
„Du weichst mir nicht mehr von der Seite!", befahl er dem Major.
In dessen Kopf rumorte es. Er hatte keine Zweifel, dass er der erste sein würde, den der General entsorgen würde, wenn er befürchtete, dass er nicht dichthielt. Und das musste er befürchten.
Der Letzte legte den Lichtschalter um und der Tross setzte sich Richtung Bunkerausgang in Bewegung. Wieder Treppen rauf, endlose Gänge entlang, Treppen runter. Hao Rai marschierte voran, Oberst Pong stellte als Schlussmann sicher, dass sich niemand absetzte.
Als sie die letzte Treppe zum Bunkerausgang herunterstiegen, hörten sie die ersten Detonationen. Hao Rai beschleunigte seine Schritte. Der Ausgang, der eigentlich mit zwei Mann besetzt sein sollte, war entgegen jeglicher Vorschrift vollkommen verwaist. Jetzt war der Gefechtslärm unüberhörbar. Draußen wurde zweifellos intensiv gekämpft. In enger Kadenz ertönten Schüsse, immer wieder hörte man wie Granaten einschlugen und die verzweifelten Schreie derer, die sie trafen. Alle Augen richtete sich erneut auf den General. Der zögerte, von der Konfrontation draußen komplett überrascht, traf aber dann die Führungsentscheidung.
„Pong, du und vier Männer, ihr kommt mit mir. Wir müssen unbedingt Ping finden. Der weiß hoffentlich, was hier abgeht."
Er deutete auf den Major, Tian und Dshamilja: „Die bleiben erst mal hier, rühren sich nicht vom Fleck. Wir werden sie noch brauchen."
Ein kurzer Blick durch den Türspalt, dann flog sie mit einem kräftigen Tritt auf und der General stürmte mit Pong und den Männern davon. Zurück blieben die drei Festgesetzten und ihre zwei Bewacher.

~

Oberst Ping hockte in seinem provisorischen Kommandostand und nahm ununterbrochen Meldungen über den Verlauf des Kampfes um die Basis entgegen. Murphys-Law hatte wieder mal voll zugeschlagen. Vor zwei Stunden hatte er trotz aller Ablenkungen durch Untergebene noch auf eine Zukunft gehofft, in der die einheimische Bevölkerung Seit an Seit mit den Gegnern des Systems aufstanden, um das Joch der totalen allumfassenden Überwachung abzuwerfen. Sobald Oberstleutnant Hao Bi-Tze vom General so in Beschlag genommen war, dass von ihm keine Seitenhiebe zu erwarten waren, hatte er einen Unterhändler der Islamisten empfangen, um die Modalitäten des Geiselaustauschs auszuhandeln. Als Ort wurde der Vorplatz der Kaserne bestimmt. Man verhandelte nicht groß über die Modalitäten, denn noch einte der gemeinsame Feind. Noch.
Oberst Pong begleitete die Geiseln, drei Frauen und drei Männer, zum Kasernentor. Den Austausch der Wachmannschaft hatte die Stammbesetzung der Basis noch nicht spitzgekriegt. Der Oberst setzte auch alles daran, dass das so blieb. Sobald die Posten an den Maschinenkanonen das Zeichen dazu gaben, schob einer der neuen Wachsoldaten das Tor auf. Geplant war, dass ein Lastwagen mit den von den Militärs gestellten Geiseln vorführe. Auf sechs Paletten würden dann die vereinbarten Waffen und die Munition zur Laderampe des LKW gefahren. Deren Übergabe: ein Symbol der neuen Allianz der Gegner des Systems »Adlerauge und Luchsohr«. Weiter ginge es dann Schritt für Schritt. Während je eine Geisel zum Lastwagen und eine zum Tor ging, würde die erste der vereinbarten Paletten auf die Ladebordwand geschoben. Sobald die von den Islamisten gehaltene Geisel das Tor erreicht hatte, führe die Ladebordwand hoch und die Gegengeisel samt Palette verschwände im LKW.
Soweit die Theorie, die auch fünfmal erfolgreich umgesetzt wurde. Doch dann flogen die Fetzen. Die

letzten Geiseln auf beiden Seiten machten sich eben auf den Weg, als zwei Gotteskrieger, bewaffnet mit Raketenwerfern, auf die Hebebühne sprangen und sich in Sekundenbruchteilen in Stellung brachten. Die Wachmannschaften an den Maschinenkanonen über dem Kasernentor reagierten zu spät. Beiden Gotteskriegern gelang es, ihre tödlichen Geschosse in Richtung der Wachmannschaften abzufeuern. Doch nur einer traf, dafür aber voll. Die Maschinenkanone samt ihrer drei Mann wurde von der detonierenden Rakete mit einem Streich von ihrer Position über dem Kasernentor weggefegt. Die Leichen der Getöteten flogen fast surreal anmutend ins Innere der Kaserne.

Doch die zweite Rakete verfehlte ihr Ziel, schoss über die Maschinenkanone und deren Mannschaft hinweg und schlug im Inneren der Kaserne ein. Sie detonierte, riss das Dach von einem der Mannschaftsquartiere und setzte es in Brand. Die Männer über dem Tor dagegen spürten einen Luftzug, waren aber so abgebrüht, dass sie sofort das Gegenfeuer eröffneten.

In rascher Kadenz feuert nun die Maschinenkanone auf den Lastwagen. Sie fegt die beiden Gotteskrieger von der Ladefläche und reißt dann ein Loch nach dem anderen in die Aufbauten des Transporters. Das Hämmern der Einschläge ist zwar ohrenbetäubend, doch hält es die Kämpfer im Inneren nicht davon ab, ihren Angriff fortzusetzen.

Aus einer Luke im Dach des Aufbaus fliegen mehrere Nebelgranaten, die zwischen dem LKW und dem Kasernentor explodieren. Sie füllten den Zwischenraum in Sekunden mit weißem Rauch, sodass sich die Sicht auf beiden Seiten auf Null reduziert.

Im Schutz der Nebelwand springen weitere Kämpfer aus dem Laderaum und rennen wild um sich schießend auf das Kasernentor zu. Da der Mann an der Maschinenkanone jetzt nicht mehr sieht, wo er hinschießt und er auch den Lauf nicht beliebig nach unten absenken

kann, erreicht eine Handvoll Kämpfer das immer noch offen stehende Tor.
Jeder, der sich in dessen Nähe aufhält, wird gnadenlos niedergemäht. Oberst Pong sackt von mehreren Schüssen in den Kopf getroffen in sich zusammen und haucht sein Leben aus.
Die Schmerzensschreie der Sterbenden unter ihnen bekommen die Männer über dem Kasernentor wegen des Hämmerns ihres Geschützes nur bedingt mit. Erst als hinter ihnen die ersten Gotteskrieger das Dach des Tors erreichen, werden sie ihrer gewahr. Doch da ist es schon zu spät. Die Kämpfer setzen nun gnadenlos um, was man ihnen in den Trainingscamps in den Bergen eingedrillt hat. Mit den auf ihren Sturmgewehren aufgesetzten Bajonetten stechen sie erbarmungslos zu. Die Maschinenkanone verstummt. Nur noch das Stöhnen der sterbenden Wachsoldaten ist zu hören, bis es ebenfalls verstummt. In der Entfernung sehen die in Lauerstellung liegenden Kameraden der Armee Allahs eine Signalrakete aufsteigen. Die Deckung der beiden Radpanzer nutzend beginnen sie, auf das gefallene Kasernentor zuzustürmen.

~

Dshamilja und Tian saßen immer noch im Zugang zum Bunkersystem im Berg fest. Die beiden zu ihrer Bewachung abgestellten Soldaten achteten streng darauf, dass weder der Major noch sie sich auch nur einen Millimeter vom Fleck rührten.
Die Hoffnung der zusammengewürfelten Gruppe war gewesen, dass zeitnah ein Offizier mit ein paar Leuten vorbeikäme und sie ihrem weiteren Schicksal zuführen würde. Die Stimmung: entsprechend schlecht. Denn wie sollte das aussehen? Egal ob Militärs, Islamisten oder wer auch sonst würde, nachdem, was hier abgegangen war, nicht zimperlich mit ihnen umgehen.

Doch entgegen aller Erwartung beruhigte sich die Lage draußen nicht, der Gefechtslärm nahm weiter zu. Immer wieder waren schwere Detonationen zu vernehmen.
»Was ist da draußen los?«, fragte einer der Bewacher seinen Kollegen.
»Keine Ahnung«, entgegnete ihm der unsicher.
»Ich schaue mal raus«
»Nein, bleib hier! Lass mich nicht allein!«
Doch der Wachsoldat achtete nicht weiter auf seinen Kameraden. Öffnete die Tür zum Bunkerzugang und verschwand.
»Jetzt warte doch mal ...«
Aber der Kollege war schon weg. Der Zurückgebliebene fühlte sich verdammt alleingelassen und zermarterte sich den Kopf, wie er die Situation klären könnte. Sich dabei immer fragend, was da draußen wohl los wäre. Doch er tat sich verdammt schwer bei der Entscheidungsfindung. Schweißperlen traten auf seine Stirn. Er zog seine Pistole aus dem Holster, um jeglichem Fluchtversuch mit geballter Feuerkraft begegnen zu können.
»Soldat, machst du dir keine Gedanken, wo dein Kamerad geblieben ist?«, fuhr ihn unvermittelt der Major an.
»Ja, natürlich, Herr Major!«
Draußen explodierte wieder ein Sprengsatz.
»Wir können hier doch nicht einfach so rumsitzen wie ein paar alte Frauen, während da draußen die Welt untergeht.«
»Was soll ich denn tun?«, fragte der Bewacher nun völlig ratlos.
»Ja nachschauen, was sonst?«, bellte der Major.
»Wie stellen Sie sich das vor?«
Draußen wieder Schüsse. Weitere Granaten detonierten. Seine Nervosität wurde dem Soldaten unerträglich. Er begann am ganzen Körper zu zittern. Genau darauf hatte der Major spekuliert.
»Jetzt tu doch endlich was!«, schrie er ihn an.
Dumm nur, dass er so gar keinen Plan hatte, was.

»Dann schaue eben ich nach, du Pfeife!«
Der Major sprang auf und lief zur Tür. Während er sie aufriss, griff der Bewacher seine Pistole und stürmte ihm hinterher.
Darauf hatte der Major spekuliert. Er schlüpfte hinter die halboffene Tür und rammte sie dem Soldaten ins Gesicht. Der war an der Grenze seiner Möglichkeiten. Die Hand mit der gesenkten Pistole jetzt hinter der Tür, drückte er in der Hoffnung ab, damit die Situation wieder unter Kontrolle zu bringen. Doch weit gefehlt. Der Schuss prallte an der Tür ab und traf den Boden. Die Kugel zerbarst und mehrere Splitter bohrten sich in das rechte Bein des unglücklichen Schützen, welcher mit schmerzverzerrtem Gesicht in sich zusammensackte.
Der Major nutzte die Chance, die er gesucht hatte. Er packte den angeschossenen Soldaten am Schopf und riss ihn zur Seite. Im Fallen versuchte er, die Pistole zu greifen. Beide rangen jetzt am Boden liegend. Ein weiterer Schuss löste sich.
Dshamilja nutzte ihre Chance, obwohl es ihr noch gewaltig in den Ohren dröhnte, sprang auf und rannte zum Sturmgewehr Typ 95, dass ihr Bewacher neben seinem Stuhl an die Wand gelehnt hatte. Griff zu, riss es hoch und legte den Sicherungshebel um. Tian glotzte blöd, völlig überwältigt.
Die Pistole schoss erneut. Dem Major war es gelungen, sie dem schon lädierten Soldaten an die Schläfe zu drücken. Jäh wich jedes Leben aus dem Getroffenen.
Draußen tobte weiterhin der Kampf zwischen Militär und Islamisten. Drinnen lag der Major auf dem toten Soldaten, die Pistole in der Hand. Über ihm Dshamilja mit dem Sturmgewehr im Anschlag. Dessen Lauf zeigte direkt in Richtung des Nackens des Offiziers.
»Ganz langsam, ganz langsam! Lass die Knarre fallen! Sofort!«, befahl Dshamilja.
Der Major zögerte. Doch der Lauf des Sturmgewehrs in seinem Nacken überzeugte ihn. Die Pistole fiel auf den Boden. Draußen krachte es wieder ohrenbetäubend.

»Tian, die Pistole!«
Der war noch immer von der Entwicklung überwältigt, unfähig zu reagieren. Dshamilja dagegen tritt dem Major in den Rücken. Der liegt jetzt fixiert auf der Leiche.
»Nicht bewegen!«, befielt Dshamilja, dann zu Tian: »Kümmere dich um die Knarre! Mach schon!«
Der kommt endlich in die Gänge, zieht sich aus seinem Stuhl hoch, schiebt sich um den am Boden fixierten Major und krallt sich die Pistole.
»Was machen wir jetzt?«
»Wir schauen, dass wir hier wegkommen! Schleunigst!«
Draußen schoss eine Maschinenkanone. Ihr metallisches Bellen wurde von den Rufen »Gott ist groß!« und »Es gibt keine größere Macht als Gott!« unterbrochen. Auf die folgte meist der Schmerzensschrei eines sterbenden Gotteskriegers, der in einem Akt finaler Opferbereitschaft mehrere Mitglieder der Volksarmee mit in den Tod riss.
In dem ganzen Durcheinander aus Gefechtslärm und fixiertem Major waren die beiden Liebenden ratlos. Wie sollte man dem Schlamassel nur entkommen können?
»Ich kann euch hier rausbringen«, meldete sich der am Boden liegende Major. Dshamilja drückte ihm den Lauf des Sturmgewehrs noch fester in den Nacken.
»Halt du die Klappe!«
»Bitte, gute Frau, hören Sie mir zu! Ich weiß wie wir hier völlig unauffällig rauskommen! Darf ich sprechen?«
»Sprich!«
»Über die Raketenschächte! Die Luken sind jetzt weggesprengt, wir kommen ganz einfach ins Freie!«
»Und wie soll das gehen?«
»Ganz einfach! Wir gehen in einen der Schächte. Die haben in Abständen von fünf Metern Rundgänge für Inspektion und Wartung. Die sind durch Leitern verbunden. Über die klettern wir nach draußen.«
»Und dann? Dann sind wir doch immer noch auf dem Stützpunkt!«

»Ja, schon, aber viel weiter oben in den Bergen. Das Gelände gehört zwar immer noch zum Stützpunkt, ist aber viel spärlicher bewacht. Es gibt nur zwei Wachtürme. Ich weiß, wie man an denen vorbeikommt.«
Dshamilja zögerte keine Sekunde: »Gut, dann hoch mit dir. Du zeigst uns den Weg. Aber wenn du Faxen machst, dann niete ich dich ohne Vorwarnung um!«
»Das weiß ich nur zu gut, gute Frau!«
Über Treppen und endlose Gänge ging es wieder zurück in den Leitstand. Die Leichen des Oberstleutnants und des Hauptmanns lagen immer noch in der gleichen unnatürlichen Stellung, so wie sie gefallen waren, am Boden. Über sie hinweg steigend nahmen die beiden ihre Rucksäcke auf, um dann geführt vom Major, weiter zu den Raketensilos vorzudringen.
Das Tor am Fuße des Schachts der jetzt schon über einer Stadt im Reich der Mitte explodierten Rakete war doppeltürig und massiv. Der Major musste sich schwer ins Zeug legen, um eine der Türen auch nur einen Spalt breit aufzuziehen. Dshamilja sah ihm ungeduldig zu. Mit der Pistole direkt auf den Kopf des Offiziers zielend.
»Es ginge schneller, wenn ihr mir helfen würdet!«
»Keine Tricks, Freundchen! Du machst das brav allein!«
Der Major stemmte sich weiter in die Tür, die nervenaufreibend langsam nachgab.
Tian war mit dem Sturmgewehr in Position gegangen. Eine Vorsichtsmaßnahme, die sich jetzt auszahlte. Im Gang hinter ihnen tauchten vier Gestalten auf.
»Stehenbleiben und Hände hoch!«, schrie Tian.
Doch die vier dachten gar nicht daran. Stattdessen blickte Tian jetzt in die Mündungen von vier Pistolen. Ein klares Patt. Die Frage war, wer auf die kurze Distanz zuerst treffen würde.
»Was machst du hier? Runter mit der Waffe! Das ist militärisches Sperrgebiet! Betreten strengstens verboten! Dich erwarten mindestens fünf Jahre strenge Lagerhaft! Die Geiselnahme gar nicht mitgerechnet! Waffen weg und Finger weg von dem Herrn Major!«

Tian drückte den Abzug des Sturmgewehres bis zum Anschlag durch, so wie er es im Wehrdienst bei der Volksarmee gelernt hatte. Ratternd löste sich die Salve in Richtung seiner Kontrahenten. Auch die drückten ab. Was ihm das Leben rettete, war die Tatsache, dass er sich mit voller Wucht Richtung Türspalt warf und die Kugeln ihn verfehlten.

Dshamilja musste den Major förmlich durch die Tür treten. Dann lief Tian auf sie auf. Gemeinsam schlüpften sie hindurch. Draußen schlugen weiter Kugeln gegen die Verschalung.

»Los, zieh das Ding wieder zu!«, befahl Dshamilja dem Major.

Die auf ihn gerichtete Pistole ließ ihn dem Befehl nachkommen. Quälend langsam schloss sich das schwere Tor und rastete ein.

Schwer atmend sanken die drei zu Boden, wobei Dshamilja den Offizier immer noch im Visier behielt.

»Und was jetzt? Glaubst du, dass die versuchen, die Tür wieder aufzukriegen?«

»Ich weiß es nicht!«

»Was machen wir jetzt?«

»Ich weiß es nicht!«, wiederholte Dshamilja verzweifelt.

»Jeder Nachteil lässt sich in einen zumindest gleich großen Vorteil verwandeln«, dozierte völlig unvermittelt der Major. »Die haben das Gleiche vor wie wir. Wollen über die Raketenschächte aus der Basis verschwinden. Das ist unsere Chance!«

»Wie soll das gehen?«, fragte Tian ungläubig.

»Ganz einfach, ich melde den Wachen auf den Türmen, dass es einen Durchbruchsversuch geben wird. Dann sind die beschäftigt. Sobald sie die Typen dingfest machen, brechen wir durch.«

»Und wie willst du das melden?«

Der Major deutete auf ein Telefon an der Wand.

»Und du bist dir sicher, dass die noch auf ihrem Posten sind?«

»Nein, aber das kann ich herausfinden. Ich rufe sie einfach an!«
Die Zeit drängte und der Plan war extrem riskant. Denn die Wachen wären gewarnt. Wenn ihre vier Verfolger nicht planten, aus der Basis zu desertieren, dann wären sie gefangen. Die beiden überlegten hin und her.
Schließlich befahl Dshamilja: »Gut, versuche die Wachtürme zu erreichen! Ein falsches Wort und ich blase dir das Hirn raus!«
Der Major nickte, erhob sich langsam und ging zum Telefon. Dshamilja folgte ihm, die Knarre präzise nachführend.
»Hier Major Pang von der Leitstelle. Alarmstufe rot! In den nächsten Minuten wird ein Durchbruchsversuch erfolgen! Der ist unter allen Umständen zu unterbinden!«
Dshamiljas Pistole überzeugte ihn, das Gespräch zu beenden und er hängte auf. Tian erklomm mit dem umgehängten Sturmgewehr als erster die Leiter an der Wand des Silos. Oben angekommen brachte er sich in Position. Unten bedeutete Dshamilja dem Major, die Leiter zu erklimmen. Sobald Tian ihn oben in Empfang genommen hatte, kletterte auch sie hinauf.
Die Prozedur wiederholend, kamen sie schließlich an der oberen Luke des Raketenschachts an. Tian lugte über dessen Rand. Endlich war ihnen das Glück mal hold. Draußen dunkle Nacht. Die Schachtöffnungen waren nur minimal beleuchtet. In etwa 100 Metern Entfernung sah er die Wachtürme. Ihre List hatte Erfolg gehabt.
Die Wachsoldaten hatten die anderen Flüchtlinge aufgebracht und waren jetzt dabei, sie festzusetzen. Da Volksarmee nicht auf Volksarmee schießt, war von Kurz- und Langwaffen noch kein Gebrauch gemacht worden. Doch die verbale Auseinandersetzung: überaus hitzig. Man schrie sich aus Leibeskräften an und brüllte Befehle. Was auch nichts brachte, denn die Gegenseite brüllte wütende Drohungen zurück.
Von weiter unten waren immer noch Detonationen und Schüsse zu hören. Der Kampf schien weiter in vollem

Gange zu sein, was die Notwendigkeit zu verschwinden nur noch betonte. Der Major wies ihnen die Richtung.
»Dort drüben, da kommen wir über den Zaun!«
»Du zeigst uns den Weg! Aber immer mit der Ruhe! Wir wollen ja hier alle lebend rauskommen!«
Am Zaun angekommen, standen sie vor dem nächsten Hindernis. Der war nämlich ein zwei Meter hohe Maschendrahtzaun. Also eigentlich überwindbar. Aber darüber: vier Züge Stacheldraht. Dahinter noch eine Helix Widerhakensperrdraht, der jegliches Eindringen verhindern sollte.
»Wie sollen wir jetzt da durchkommen?«, fragte Tian frustriert.
»Durch kommen wir nicht. Wir müssen da drüber!«, entgegnete ihm der Major emotionslos. »Wir decken den Stacheldraht und den Z-Draht mit allem, was wir finden können, ab, sodass wir nirgendwo hängen bleiben. Dann klettern wir rauf und springen auf der anderen Seite herunter.«
»Super Plan!«, sagte Tian zynisch, obwohl ihm klar war, dass der Mann verdammt recht hatte.
Die Freiheit vor Augen und doch mit dem ultimativen Hindernis konfrontiert, begannen sie alles an Vegetation und Müll zusammenzutragen, dessen sie habhaft werden konnten. Wobei Dshamilja die Aufgabe zufiel, den Major weiter in Schach zu halten. Die Tatsache, dass der nur raus und weg wollte, vereinfachte ihr die Aufgabe wesentlich. Limitierte aber ihren Beitrag.
Immer vermeidend in den Sichtkreis der Wachtürme zu geraten, hatte Tian eine beachtliche Astgabel aufgestöbert und zog sie in Richtung Zaun. Als Dshamilja und der Major in sein Blickfeld rückten, riss es ihn gewaltig. Die beiden waren nicht allein.
Ihnen gegenüber hatte sich ein Wachsoldat aufgebaut, das Gewehr im Anschlag. Der beschimpfte sie wüst und wollte von ihnen wissen, was sie hier machten. Vom Major wollte er wissen, wo er die Uniform herbekommen habe.

Tian musste intervenieren. Sofort. Es gelang ihm im Schutze der Dunkelheit und des Geschreis des Soldaten auf zehn Meter heranzukommen. Ein Feuerstoß aus dem Sturmgewehr erledigte den Rest. Der Mann hauchte sein Leben aus, bevor er am Boden zu liegen kam.
Hatten die Schüsse die Wachmannschaften auf sie aufmerksam gemacht? Oder waren sie im Kampflärm auf der Basis untergegangen? Die Antwort darauf mussten sie sich schuldig bleiben.
Als erstes flog das Gewehr des Wachsoldaten über den Zaun. Derweil rissen ihm Dshamilja und der Major die Klamotten vom Leib. Alles, was sie an Abdeckmaterial gesammelt hatten, flog auf Stachel- und Z-Draht.
Dshamilja gelang die Überquerung als erste. Jung, dynamisch, gelenkig wie sie war, kam sie ohne Blessuren auf der anderen Seite an. Der Major tat sich schwerer. Er war schon in den Fünfzigern, musste mehrere Versuche unternehmen, um es auf den Zaun zu schaffen. Das Finden der optimalen Absprungposition schien endlos zu dauern.
Tian wurden Sturmgewehr und Wachsoldaten zum Verhängnis. Er kam noch ganz ordentlich auf den Zaun herauf. Doch Schüsse aus Dshamiljas Pistole ließen ihn zusammenzucken.
Die Kugeln, die den ersten Bewacher ins Jenseits geschickt hatten, waren nicht unbemerkt geblieben. Zwei Wachsoldaten näherten sich dem Zaun. Dshamiljas Schüsse ließen sie in Deckung gehen. Doch Tian musste springen, obwohl er noch nicht die richtige Position gefunden hatte. Der Riemen des Sturmgewehrs verfing sich im Z-Draht. Er fiel unkontrolliert nach vorne. Die messerscharfen Klingen des Z-Draht rissen ihm tiefe Löcher in beide Arme. Unkontrolliert plumpste er vom Zaun und fiel die zwei Meter hinunter. Stöhnend kam er unten auf.
Noch zwei Schüsse aus der Pistole abgebend, sprang Dshamilja auf ihn zu und riss ihm das Sturmgewehr vom

Körper. Eine weitere Salve ließ die Wachsoldaten wieder in Deckung gehen.
Nun hieß es laufen. Tian zog sich am Zaun hoch und sprintete mit schmerzverzerrtem Gesicht los. Die Schmerzen am ganzen Körper bremsten ihn. Dshamilja feuerte noch eine Salve in Richtung der Bewacher. Dann spurtete auch sie los. Der Major tat es ihr gleich.
Die Gruppe lief und lief. Gönnte sich keine Pause, trotz der körperlichen und mentalen Erschöpfung. Nur weg von dem unseligen Ort, der ihnen um ein Haar das Verderben gebracht hatte.
Sie waren etwa zwanzig Minuten gelaufen, als ein Lichtblitz die Nacht erhellte. Sekundenbruchteile später hörten sie diverse Detonationen. Die Druckwelle warf sie fast um. Sich umwendend sahen sie dort den riesigen Feuerball, wo eben noch die Basis gewesen war.
»Was war das?«
Der Major, völlig außer Atem, ließ sich mit der Antwort Zeit.
»Ich denke, das Munitionsdepot ist in die Luft geflogen. Dort lagerte so viel Sprengstoff, dass von der Basis wahrscheinlich nichts mehr übrig ist.«
»Wieso haben die das gemacht?«
»Die Frage ist, wer die sind: Unsere Leute oder die Islamisten? War es Absicht, Versehen oder ein Zufall?«
»Wir werden es nie erfahren!«
Die Gruppe setzte sich auf herumliegende Baumstämme und Felsbrocken, um sich etwas Erholung zu gönnen. Dshamilja machte sich daran, mit Stofffetzen zu versuchen, die Schnitte in Tians Armen zu verbinden. In den Ärmeln seiner Uniform klafften tiefe Risse, überall nässte Blut durch. Der Major beäugte sie erwartungsvoll.
»Du kannst gehen, wir brauchen dich nicht mehr«, sagte Dshamilja nach einer Weile.
»Kann er nicht! Er wird uns sofort melden! Dann sind wir dran!«
Der Blick des Majors: jetzt voller Angst. Doch Dshamilja ließ Gnade walten. Trotz allem.

»Nein, mein Liebster, müssen wir nicht. Denn nichts ist mehr wie früher. Die alte Ordnung gibt es nicht mehr. Ob es eine neue geben und wie sie aussehen wird, wissen wir nicht.«
»Du kannst gehen!«, wiederholte Dshamilja.
Der Major wollte sich das nicht noch mal sagen lassen, stand auf, so schnell es ihm möglich war. Doch dann hielt er noch mal inne:
»Wir hatten alle keine Wahl. Sicherlich! Trotzdem, wenn jemals rauskommt, was da heute hier abgegangen ist und wie wir daran beteiligt waren, dann wird uns das System bis ans Ende unserer Tage jagen. Und finden. Wahrscheinlich nicht nur das System. Ergo, mein Rat: Nehmt unser Geheimnis mit ins Grab. Niemand, wirklich niemand darf davon erfahren!«
Wo er recht hatte, hatte er recht. Grußlos wandte er sich um und verschwand im dichten Bewuchs.

Kapitel 18: Junge Freiheit

VR China, 1.8.2039, im Jahr der Ziege

Es gab wenige Bewohner in der gesamten Volksrepublik, die das Leuchten und die Polarlichtern ähnlichen Erscheinungen in großer Höhe der Atmosphäre nicht bemerkten. Auch in den angrenzenden Staaten waren das Leuchten und die Blitze deutlich zu erkennen. Die meisten griffen reflexartig zu ihren Handys, um Fotos zu schießen oder zu googeln, was da vorging. Natürlich nicht auf google.com, sondern auf den von der Partei zugelassenen Suchmaschinen. Doch sie wurden enttäuscht: Die sonst so willigen Helfer in allen Lebenslagen blieben stumm. So oft man auch versuchte, sie wieder hochzufahren.

Die Reaktion, die darauf folgte, bewirkte meist, dass man sich an den nächsten stationären Computer setzte und dort versuchte, mehr über das Phänomen am Himmel herauszubekommen. Der fuhr aber auch nicht mehr hoch, denn die gesamte Stromversorgung war innerhalb weniger Nanosekunden komplett zusammengebrochen.

Bei den Betroffenen startete dann ein Erkenntnisprozess, innerhalb dessen Verlauf sie Schritt für Schritt erfahren mussten, dass nichts mehr, rein gar nichts, was irgendwie mit Elektrik zu tun hatte, funktionierte. Noch schien in den meisten Teilen des Landes die Sonne, doch bald würde es stockdunkel werden.

~

Der mechanische Wecker klöppelte sein metallisches Läuten. Die zwei angerosteten Klöppel droschen erbarmungslos auf die nicht weniger korrodierten Glocken ein. Nur das unerträgliche Geläute brachte Dshamilja dazu, sich schlaftrunken zu der unsäglichen Lärmquelle, die mangels Möbel am Boden stand, vorzutasten. Die rostigen Zeiger standen auf 4:30 Uhr.

Erhebende Morgenklänge aus der wohltemperierten Stereoanlage, deren sanfte Melodie sich langsam entwickelte, waren nach dem Schlag gegen die künstlich intelligente Diktatur nicht mehr verfügbar. Nur noch das Einheitsmodell Wecker mit mechanischem Läutwerk konnte man in dem kleinen Haushaltswarengeschäft im Viertel kriegen. Das Gerät maß etwa 15 Zentimeter im Durchmesser und bestach durch seine absolute Schmucklosigkeit. In das runde Gehäuse aus unlackiertem Weißblech war das rudimentäre Uhrwerk aus grob gepressten Zahnrädern eingelassen. Die unförmigen Zeiger drehten über einem Zifferblatt aus Pappe. Jeglicher Stellplatzwechsel barg die Gefahr, dass die Scheibe verrutschte und sich so die Uhrzeit um ein paar Minuten verschob. Das Umkippen des Zeitmessers der einfachsten Art verhinderten vier seitlich mit groben Punkten angeschweißte Schraubenmuttern.
Insgeheim hatte Dshamilja gehofft, das Teil würde wieder mal versagen, ihr noch ein Stündchen gönnen, bis der Schlaf von selbst von ihr abgefallen wäre, weil sie durch das permanente Frühaufstehen gar nicht mehr richtig ausschlafen konnte. Doch heute Morgen sollte dem nicht so sein. Endlich ertaste sie den fitzligen Hebel, der dazu diente, dem Spuk ein Ende zu bereiten. Doch den Schalter umzulegen, gelang ihr nicht. Den Hebel in Richtung Stille drückend, warf sie nur das ganze Gebilde um. Was Selbiges aber nicht davon abhielt, zwar in geänderter Tonlage, aber trotzdem weiterzubimmeln. Mit der Kraft der Verzweiflung drückte sie sich hoch, zog sich über den Rand der Matratze und griff die Höllenmaschine mit ihrer Linken. Erst jetzt erfuhr der Hebel genug Gegendruck, um dem Spektakel ein Ende zu bereiten.
Neben ihr räkelte sich Tian träge. Ohne das Umwerfen des Weckers hätte auch er wahrscheinlich den Lärm der Höllenmaschine verschlafen, so müde wie er war. Aber auch er wusste, dass es kein Zurück mehr gab. Stöhnte gequält.

»Ach nein, bitte nicht! Nicht schon jetzt!«

Nachdem die Aktion mit dem Wecker sie so hochgepusht hatte, dass sie einigermaßen aktionsfähig war, beugte sich Dshamilja zu ihrem Liebsten hinüber. Zog seinen Kopf zu sich heran, fuhr ihm zart mit der Zunge über das Ohr, um ihn aus seinem süßen Schlummer zu kitzeln. Doch die Erschöpfung lag ihrem Liebsten noch so in den Gliedern, dass das zarte Kosen seiner Frau ihn nur zu einem gequälten Stöhnen verleitete, ihm aber nicht den Kick gab, den er so dringend brauchte.

»Noch fünf Minuten!«

»Ich mache uns eine Kanne Tee.«

Dshamilja schob die grob gewebte Bettdecke zur Seite, ließ die erbarmungslose Kälte an ihren Körper und drückte sich vom Boden hoch.

Sie waren jetzt zu viert. Auf der zweiten Matratze am Boden der Hütte schliefen zwei Kinder. Auch ihnen hatte der Lärm des Weckers schwer zu schaffen gemacht. Doch nachdem der wieder verstummt war, hatten sie so schnell in den Schlaf zurückgefunden, wie das nur Erdenkinder vermögen, denen die Jahre noch nicht diese wunderbare Fähigkeit geraubt haben.

Dshamilja stand vor dem Holzofen und ergriff ungelenk die Schachtel Streichhölzer, die darauf lag. Das Holz für das morgendliche Feuer hatte sie schon vor dem Schlafengehen aufgeschichtet. Nun musste ihr es trotz der Kälte gelingen, das halbtrockne Reisig so in Brand zu setzen, dass es der Blasebalg, mit dem sie den Haufen gleich beatmen wollte, ihn nicht zum Erlöschen brachte.

Drei der Schwefelhölzchen brachen ohne zu zünden. Sie waren ohnehin von schlechter Qualität und die Feuchtigkeit in der Behausung machte einen Großteil von ihnen unbrauchbar. Die anderen vier zündeten. Mit ihnen gelang es der schläfrigen Frühaufsteherin, das Reisig so zu entfachen, dass sie dazu übergehen konnte, den Blasebalg einzusetzen. Der war, im Gegensatz zu den Schmuckstücken vergangener Zeiten, nur aus

Holzabfällen gezimmert. Der Balg bestand aus vergilbten Plastikplanen, die schon bessere Zeiten gesehen hatten. Doch die Vorrichtung versah ihren Dienst. Nach mehreren Minuten intensiven Pumpens hatten auch die größeren Scheite Feuer gefangen. Die vorhandene Glut würde die Flammen von nun an am Lodern halten.
Aus dem knallgelben Plastikfass, in dem sie ihr Brauchwasser aufbewahrten, füllte sie die metallene Teekanne. Dazu musste sie die dünne Eisschicht, die sich auf der Oberfläche gebildet hatte, mit der Kanne durchstoßen. Dshamilja stellte sie dann auf den rußverklebten Ofen, sorgsam darauf achtend, dass sie nicht umfiel. Tropfen, die sich an die Unterseite des Kessels geklammert hatten, verdampften zischend. Dann gönnte Dshamilja sich eine Minute Wärme. Hielt inne und streckte beide Hände so nah wie möglich an das wärmende Feuer, sie konnte sich kaum mehr losreißen, zumindest so lange nicht, bis die wohlige Wärme in beißende Hitze umschlug. Und sie die Hände ruckartig zurückzog.
Der kurze, aber stechende Schmerz gebot ihr, ihre Morgenaktivität wieder aufzunehmen. An einem verbogenen Nagel in der Wand hing eine verkohlte Pfanne. In ihr würde sie Fladen anbraten, deren Teig sie aus grobem Mehl, gemahlen aus verschiedensten Körnern, mit ein bisschen Wasser und ein paar Tropfen Butterschmalz kneten würde. Aus einer aufgeschnittenen Plastikdose würzte sie die klebrige Masse mit etwas Salz. Doch die Dose war leer. Und Salz teuer. Wenn es ihr Geldbeutel erlauben würde, dann würde sie die Dose im Dorfladen wieder auffüllen lassen. Wenn nichts Dringenderes anlag. Was aber zu oft der Fall war.
Die Einraumhütte wurde von einer fünf Watt Lampe befunzelt. Wenn es denn Strom gab, was unangenehm selten der Fall war. Zwischen neun Uhr abends und vier Uhr morgens wurde er sowieso abgeschaltet. Das letzte verbliebene Kohlekraftwerk in Ürümqi regelte man dann

auf Minimalbetrieb herunter, um möglichst sparsam mit dem schwarzen Gold umzugehen.
Nur wenige Teile der ehemaligen Hauptstadt des autonomen Gebietes Xinjiang mit ehemals über vier Millionen Einwohnern boten denen noch eine wirkliche Lebensgrundlage. Die mit dem Zusammenbruch der kompletten Infrastruktur verbundenen Versorgungsengpässe hatten hunderttausenden Bürgern den Garaus gemacht. Die ehemalige Provinzhauptstadt wurde jetzt nur noch in versprengten Siedlungen bewohnt. Zwischen denen lagen Trümmerfelder, die mehr schlecht als recht für semiurbane Landwirtschaft und Tierzucht verwendet wurden.
Dshamilja und Tian hatten sich nach der Katastrophe in der Nähe des Wulabo Rückhaltebeckens niedergelassen und dort eine Hütte gezimmert. Zuerst hatten sie mit dem Gedanken gespielt, sich ein Leben als Fischer aufzubauen. Den verwarfen sie aber recht schnell wieder, als sie erfahren mussten, welch minderwertigen Fisch die Leute vor Ort aus dem Wasser zogen. Immer wieder wurde das eher brackige Gewässer von Fischsterben heimgesucht.
Stattdessen hatten sie eine Scholle in etwa 1500 Metern Abstand vom nördlichen Seeufer ergattert. Die vormaligen Besitzer hatten sich nach dem lokalen EMP aus dem Staub gemacht, hoffend so den Folgen des totalen Zusammenbruchs zu entgehen. Denn zu dem kam noch die radioaktive Kontamination hinzu, die hauptsächlich aus der Kernschmelze in mehreren Atomkraftwerken resultierte. Durch die EMPs war deren Steuerung komplett lahmgelegt worden.
Eine Überlegung der Vorbesitzer, deren Richtigkeit sich bewahrheitete, sie aber dazu verdammte, von nun an als Nomaden und Tagelöhner durch die Lande zu ziehen. Sie fanden einfach keinen Platz mehr, der ihnen ein Auskommen geboten hätte, das es ihnen ermöglichte, sich niederzulassen. Unterwegs waren sie jetzt permanent auf der Suche nach etwas Essbarem, oft schlachteten sie

Ratten. Um derer habhaft zu werden, hatten sie Fallen gebastelt, die sie bei jedem Verweilen sofort aufstellten.
Auf ihrer Scholle bauten Dshamilja und Tian Zwiebeln, Kartoffeln, Bohnen und Tomaten an. Mit Fleisch versorgten sie einige Hühner, die sie in einem Verschlag hielten, den sie an ihre Hütte angebaut hatten. Die Eier lieferten ihnen wertvolles Protein. Hühnerfleisch gab es jedoch nur maximal einmal im Monat. Jedes Mal ein Festessen für die ganze Familie. Das Jahr der Ziege hatte ihnen auch zwei dieser Tiere eingebracht. Die Milch verfeinerte so manche Speise und auch den Tee.
Der war durchgezogen und Tian wieder eingeschlafen. Doch im Ofen loderte inzwischen ein ordentliches Feuer, das die Hütte, wenn auch nicht ganz rauchfrei, so erwärmte, dass sich fast schon Behaglichkeit einstellte. Dshamilja goss etwas Heißgetränk in einen hellblauen Plastikbecher, der früher dazu gedient hatte, Waschmittel in die Maschine geben. Obwohl an vielen Stellen sich schon größere Späne lösten, erfüllte das Trinkgefäß noch seinen Zweck, wirkte aber immer siffig, egal wie intensiv man es auch sauberzukriegen versuchte. Den Gipfel des Genusses stellte der Löffel Zucker und der Spritzer Milch dar, welche die Mutter, während sie sich neben ihrem schlafenden Lebensgefährten niederließ, im warmen Tee verrührte.
Ihr Kalkül: ein recht banales. Den Schlafenden mit dem Heißgetränk dazu zu bringen, das Reich der Träume hinter sich zu lassen. So beugte sie sich zu ihm nieder flüsterte:
»Tian, Schatz, dein Tee!«
Schatz grunzte nur, rührte sich aber nicht, machte keine Anstalten, die Tasse Tee anzurühren.
»Tian, bitte, wir haben heute einiges vor. Raus aus den Federn!«
Federbetten waren schon lange nicht mehr bezahlbar. Doch die Redewendung »Schäle dich unter den Kunststoffplanen hervor!« hatte sich noch nicht durchgesetzt. Endlich gehorchte Tian, schob sich gegen

die Wand hinter seinem Kopfkissenbündel, sodass er den Plastikbecher übernehmen konnte. Nichts hätte er jetzt lieber getan, als sich noch mal fallen zu lassen. Aber die Disziplin siegte. Schlückchenweise begann er, sich den Wachmacher einzuflößen.
Dshamilja erhob sich wieder und machte sich daran, die Besorgungen des Tages vorzubereiten. Da sie mehr als zwölf Kilometer zum Wochenmarkt marschieren mussten, der jeden Mittwoch im ehemaligen Yan'erwo Residential District in den Hallen stattfand, die vor dem EMP Teil eines exklusiven Einkaufszentrums gewesen waren. Wo früher Parfüms, Luxusklamotten und sogar exklusive Limousinen der Oberklasse vertickt worden waren, wurden jetzt im diffusen Licht schwacher Glühbirnen Dinge des täglichen Bedarfs angeboten. Von der kühlen Eleganz früherer Zeiten war nichts mehr übriggeblieben. In den Räumen der vormaligen Boutiquen wurde jetzt Gemüse, Obst, Dörrfleisch und alles, was man an Essbaren irgendwie und irgendwo pflücken konnte, feilgeboten. Viele der nackten Betonwände schimmelten bar jeden Putzes lustlos vor sich hin. Jeder, der einen der grob zusammen gezimmerten Stände mieten konnte, war erst mal damit beschäftigt, den so zu säubern, dass sich potenzielle Kunden nicht angeekelt abwanden.
Dshamilja packte die zwei Kraxen, in denen Tian und sie die Zwiebeln und das andere Gemüse, den Ertrag ihrer Scholle, schultern würden. Doch das bisschen, das sie tragen konnten, würde den Weg nicht rechtfertigen, den sie bis zum Markt zurücklegen mussten.
Die Hauptlast trüge ein Maultier. Es aus dem Verschlag neben der Hütte zu holen und fachmännisch zu beladen, war Tians Aufgabe. Wenn er denn endlich mal in die Puschen kam. Zumindest war er jetzt ansprechbar, aber immer noch unfähig, sich vom Lager hochzustemmen. Lag da gekrümmt mit dem Rücken zur Wand, das Kissen im Kreuz. Die Lider, die ihm immer wieder zufielen, die bleischwer über seinen Augen hingen, ein ums andere

Mal mühsam aufdrückend. Der Plastikbecher enhielt noch einen Boden voller kaltem, aber zuckersüßem Tee. Den nippte er tröpfchenweise, um den Moment, an dem ihn nichts mehr auf seinem Lager halten konnte, noch ein paar wertvolle Augenblicke hinauszögern zu können.
Derweil hatte die junge Mutter die Kinder von ihrem Lager gezogen und drängte sie mit mahnenden Worten, auch süßen Tee zu trinken und warme Fladen zu essen.
Mehr als ein paar Minuten konnte sie ihnen dafür nicht geben. Dann zog sie ihnen ihre speckigen Jacken an, löschte das Feuer und schob sie mit Tian aus der Hütte, der es endlich geschafft hatte, in die Senkrechte zu kommen. Der musste die Kinder förmlich zur Nachbarin schleifen, die auf sich aufpassen würde.
Die Kinder über den Acker schleifend, verfiel Tian in trübe Gedanken. Wie angenehm war es doch gewesen, in ein Auto zu steigen, die Musik und Heizung aufzudrehen und einfach dort hinzufahren, wo man hinwollte. Stattdessen wären sie jetzt Stunden unterwegs zum Markt, um ein paar Silberlinge einzusammeln. Die würden sie dann für Zucker, Aspirin, Patronen und sonstige Luxusgüter in dem winzigen Dorfladen lassen, in dem alles so unerschwinglich teuer war. Was früher Selbstverständlichkeiten gewesen waren: heute Luxusgüter. Einfach mal eben die Familie mit dem Handy anrufen, das ging jetzt nicht mehr. Ob seine Eltern noch lebten und wie es ihnen ging, war nicht mehr in Erfahrung zu bringen. Ob Dshamiljas Vater Mohammed, Mutter Miriam oder die Schwester noch am Leben waren, das würden sie, wenn nicht ein Wunder geschähe, wohl auch nie rauskriegen. Auch die meisten von den vielen Verwandten und Freunden, in deren Dunstkreis die früher gewandelt waren: Wahrscheinlich tot. Entweder im Rahmen der Ereignisse niedergemetzelt oder in deren Nachgang verhungert oder durch Krankheiten dahingerafft.
Nachrichten aus der Ferne kamen nur noch mit den fliegenden Händlern, mit denen man sich ab und an auf

dem Markt austauschen konnte. Das meiste entpuppte sich jedoch als Seemannsgarn.
»Hätten wir nicht mit dem System verhandeln sollen?«, war die Frage, die Tian sich immer wieder stellte. Um sie sich dann mit einem »Mit dem System verhandelt man nicht« zu beantworten.
Die Nachbarin auf der winzigen Scholle nebenan war auch nicht viel fitter als er und die Kinder. Sie nahm sie wortlos in Empfang und schloss die Tür des Verschlags, in dem sie und ihre Familie hausten, schnell wieder. Nur die Kälte aussperren.
Zurück an der Hütte hatte Dshamilja schon das Maultier und die Kraxen gepackt. Tian schulterte ebenfalls sein Bündel und sie marschierten los.
Sie waren noch keinen Kilometer gegangen, als Tian ein Summen hinter sich vernahm. Überrascht drehte er sich um und entdeckte am Himmel ein seltenes Schauspiel: Eine Drohne, ein High-Tech-Gerät, das in ihrer Welt jetzt so einfach nicht mehr vorkam.
Tian riss sich die Kraxe vom Rücken. Sobald die vor ihm lag, zog er hektisch die Riemen auf, mit denen er das Sturmgewehr am Rahmen befestigt hatte. Doch Dshamilja fiel ihm in den Arm.
»Tian, nicht, es bringt nichts, du machst es, wenn überhaupt nur noch schlimmer!«
»Warum lassen die uns nicht in Frieden, verdammt noch mal?«
»Sie lassen uns doch in Frieden! Sie wollen nur wissen, was wir so tun. Und da wir nichts falsch machen, ist das auch OK.«
Doch Tian war nicht so leicht zu besänftigen.
»Ich habe es so satt! Wir haben unser Leben verloren und werden es nie wieder zurückbekommen!«
»Dafür haben wir ein neues bekommen! Und nicht mal das schlechteste! Vergiss nicht, jetzt sind wir frei!«
»Aber warum bleiben die dann nicht dort, wo sie hingehören? In ihren super KI-Trutzburgen! Ich würde es ja verstehen, wenn wir sie dort behelligen würden.

Aber jeder halbwegs intelligente Mensch hat inzwischen kapiert, dass es den sicheren Tod bedeutet, sich den Exklaven von KI auch nur zu nähern!«
Dshamilja strich Tian sanft über die Wange. Der ließ zumindest vom Sturmgewehr ab.
»Tian, lass los, bitte, lass es gut sein! Es bringt doch nichts! Wir sind nicht mehr das, was wir waren und schon gar nicht die Krone der Schöpfung. Für KI, für das System, sind wir wie Ratten. Eine Plage, mit der sie leben müssen, die sie nicht loswerden können. Denn dann müssten sie den ganzen Planeten unwiederbringlich platt machen. Trotzdem müssen sie uns immer im Auge behalten. Aber wenigstens haben sie sich von dem, worauf sie geringschätzig als menschliche Dummheit herabschauen, großzügig abgegrenzt. Gut für uns! Sie leben jetzt ihre Evolution, die nichts mehr mit uns zu tun hat. Es ist das Ende des Anthropozäns. Die Geschicke der Welt liegen nicht mehr in unseren Händen. Ist das so falsch? Doch solange wir nicht die Glasfaserkabel auszubuddeln versuchen, die ihre Exklaven und Bunker in den Bergen verbinden ...«
Tian setzte zu einer Entgegnung an. Voller Zorn. Überwältigt vom Gefühl der Ohnmacht: »Ich will nicht leben wie im Mittelalter ...«
Dshamilja zog ihn noch näher an sich ran, klammerte ihn an sich, ihre Lippen an seinem Ohr:
»Vergiss nicht, was der Major uns mit auf den Weg gegeben hat. Nachdem, was wir da mit angezettelt haben, können wir froh sein, wenn uns das System nicht gnadenlos auslöscht. Lass uns einfach weitergehen, so als wenn nichts wäre! Bitte!«
Tian musste seine ganze Selbstbeherrschung aufbringen, um nicht doch noch auf die Drohne zu schießen. Als er seine Kraxe wieder geschultert hatte und sie den Gang zum Markt fortsetzten, suchte auch die Drohne das Weite.
Einige Kilometer weiter hockte an den Resten einer Hausmauer, dort wo früher ein zwanzigstöckiges

Gebäude gestanden hatte, ein zerlumpter Bettler. Nichts Besonderes, denn von denen wimmelte es in den Ruinen von Ürümqi. Doch, obwohl von den Strapazen der neuen Zeit gezeichnet, klingelte was bei Tian, als er sich nicht vom Gesicht des Mannes losreißen konnte. Dann: die Erkenntnis.
»Da hockt Wei, das miese Schwein!«
Er stürmte los, baute sich bedrohlich vor dem erbärmlichen Männchen an den Resten der Hausmauer auf. Wieder entledigte er sich der Kraxe, war kurz davor, zum Gewehr zu greifen.
Wei Ba, der ehemalige Geheimdienstler, erkannte Tian nur zu gut. Schaute flehentlich zu ihm auf: »Ich habe doch nur meinen Job gemacht! Bitte, bitte, tu mir nichts!«
Dshamilja hatte schon lange mit ihm abgeschlossen und ihm damit auf ihre Art vergeben. Trotz des Leids, das der Apparatschik, der sich, koste es was es wolle, bei seinen Vorgesetzten einzuschleimen trachtete, den beiden zugefügt hatte. Aber sie besaß die wertvolle Gabe, nach vorne zu blicken, egal was die Vergangenheit ihr Fürchterliches beschert hatte. Vertraute auf das Gute, das noch vor ihr liegen möge.
Nicht so Tian. Er war komplett geplättet in Anbetracht der Uneinsichtigkeit des verlogenen Schurken, den sein ganzes Leben lang nur rücksichtsloser Opportunismus geleitet hatte. In ihm kochten wieder die Wut und der Schmerz hoch, die ihn so völlig übermannt hatten, als er sich der Schäbigkeit des Verrats und der unverfrorenen Manipulation bewusst wurde, der er aufgesessen war. Sein Atem ging schwer. Tian setzte zu einer Tirade wilder Schmähungen an. Er trachtete danach, dem Penner den Hals umzudrehen. Doch Dshamilja schulterte ihm seine Kraxe und zog ihn weiter.
»Komm lass! Wir dürfen nicht zu spät zum Markt kommen.«
Tian ließ sich mitreißen. Die Liebe seines Lebens hatte einfach recht. Wieder mal.

Dank:

Auf der letzten Seite möchte ich es mir nicht nehmen lassen, dem EO und der Eva für die Unterstützung zu danken, die sie mir bei literarischen Ergüssen und auch in dem sonstigen Chaos, in dem ich mich entgegen aller Ordnungsbemühungen bewege, leisten.
Aneke hat sich die Mühe gemacht, den Text auf Herz und Nieren zu prüfen. Vieles konnte sie mir ausreden, doch bei so manchen Stilblüten blieb ich stur.
Für ihre Geduld bei der mühevollen Erstellung des Covers bedanke ich mich bei Christiane ganz herzlich.

Printed in Poland
by Amazon Fulfillment
Poland Sp. z o.o., Wrocław

44987227R00219